宗璞

宗璞著

铁箫斋文萃

中华书局

图书在版编目（CIP）数据

铁箫斋文萃/宗璞著. —北京:中华书局,2019.5
ISBN 978-7-101-13662-3

Ⅰ.铁…　Ⅱ.宗…　Ⅲ.随笔–作品集–中国–当代　Ⅳ.I267.1

中国版本图书馆 CIP 数据核字（2019）第 002265 号

书　　　名	铁箫斋文萃	
著　　　者	宗　璞	
责任编辑	孟庆媛	
出版发行	中华书局	
	（北京市丰台区太平桥西里 38 号　100073）	
	http://www.zhbc.com.cn	
	E-mail:zhbc@zhbc.com.cn	
印　　　刷	北京瑞古冠中印刷厂	
版　　　次	2019 年 5 月北京第 1 版	
	2019 年 5 月北京第 1 次印刷	
规　　　格	开本/920×1250 毫米　1/32	
	印张 14¾　插页 2　字数 335 千字	
印　　　数	1-2000 册	
国际书号	ISBN 978-7-101-13662-3	
定　　　价	78.00 元	

目　录

I

题　记

　　我家有一支铁箫。

　　那是真正的铁箫。一段顽铁，凿有七孔，拿着十分沉重，吹着却易发声。声音较竹箫厚实，悠远，如同哀怨的呜咽，又如同低沉的歌唱。听的人大概很难想象，这声音发自一段顽铁。

　　铁质硬于石，箫声柔如水；铁不能弯，箫声曲折。顽铁自有了比干七窍之心，便将美好的声音送往晴空和月下，在松荫与竹影中飘荡，透入人的躯壳，然后把躯壳抛开了。

　　哦，还有个吹箫人呢，那吹箫人，在哪里？

　　原载《铁箫人语》，春风文艺出版社，一九九四年七月

柳　信

　　今年的春，来得特别踌躇、迟疑，乍暖还寒，翻来覆去，仿佛总下不定决心。但是路边的杨柳，不知不觉间已绿了起来，绿得这样浅，这样轻，远望去迷迷蒙蒙，像是一片轻盈的、明亮的雾。我窗前的一株垂柳，也不知不觉在枝条上缀满新芽，泛出轻浅的绿，随着冷风，自如地拂动。这园中原有许多花木，这些年也和人一样，经历了各种斧钺虫豸之灾，只剩下一园黄土、几株俗称瓜子碹的树。还有这棵杨柳，年复一年，只管自己绿着。

　　少年时候，每到春天，见杨柳枝头一夜间染上了新绿，总是兴高采烈，觉得欢喜极了，轻快极了，好像那生命的颜色也染透了心头。曾在中学作文里写过这样几句：

　　　　嫩绿的春天又来了
　　　　看那陌头的杨柳色
　　　　世界上的生命都聚集在那儿了
　　　　不是么？
　　　　那年青的眼睛般的鲜亮呵——

老师在这最后一句旁边打了密密的圈。我便想，应该圈点的，不是这段文字，而是那碧玉妆成、绿丝绦般的杨柳。

于是许多年来，便想写一篇《杨柳辩》。因为人们历来并不认为杨柳是该圈点的，总是以松柏喻坚贞，以蒲柳比轻贱。现在呢，"辩"的锐气已消，尚幸并未全然麻木，还能感觉到那柳枝透露的春消息。

抗战期间在南方，为躲避空袭，我们住在郊外一个庙里。这庙坐落在村庄附近的小山顶上，山上蓊蓊郁郁，长满了各样的树木。一条歪斜的、可容下一辆马车的石板路，从山脚蜿蜒而上。路边满是木香花，春来结成两道霜雪覆盖的花墙。花墙上飘着垂柳，绿白相映，绿的格外鲜嫩，白的格外皎洁。柳丝拂动，花儿也随着有节奏地摇头。

庙的右侧，有一个小山坡，草很深，杂生着野花，最多的是野杜鹃，在绿色的底子上形成红白的花纹。坡下有一条深沟，沟上横生着一株柳树，据说是雷击倒的。虽然倒着，还是每年发芽。靠山坡的一头有一个斜生的枝杈，总是长满长长的柳丝，一年有大半年绿莹莹的，好像一把撑开的绿伞。我和弟弟经常在这柳桥上跑来跑去，采野花，捉迷藏，不用树和灌木，只是草，已足够把我们藏起来了。

一个残冬，我家的小花猫死了。昆明的猫很娇贵，养大是不容易的。那是我第一次看到什么是死。它躺着，闭着眼。我和弟弟用猪肝拌了饭，放在它嘴边，它仍一动也不动。"它死了。"母亲说，"埋了吧。"我们呆呆地看着那显得格外瘦小的猫，弟弟呜呜地哭了。我心里像堵上了什么，看了半天，还不离开。

"埋了吧，以后再买一只。"母亲安慰地说。

我作了一篇祭文，记得有"呜呼小花"一类的话，放在小猫身上。我们抬着盒子，来到山坡。我一眼便看中那柳伞下的地方，虽然当时只有枯枝。我们掘了浅浅的坑，埋葬了小猫。冷风在树木间吹动，我们那时都穿得十分单薄，不足以御寒的。我拉着弟弟的手，呆呆地站着，好像再也提不起玩的兴致了。

忽然间，那晃动的枯枝上透出一点青绿色，照亮了我们的眼睛，那枝头竟然有一点嫩芽了，多鲜多亮啊！我猛然觉得心头轻松好多。杨柳绿了，杨柳绿了，我轻轻地反复在心里念诵着。那时我的词汇里还没有"生命"这些字眼，但觉得自己又有了精神，一切都又有了希望似的。

时光流去了近四十年，我已经历了好多次的死别，到一九七七年，连我的母亲也撒手别去了。我们家里，最不能想象的就是没有我们的母亲了。母亲病重时，父亲说过一句话："没有你娘，这房子太空。"这房子里怎能没有母亲料理家务来去的身影，怎能没有母亲照顾每一个人、关怀每一个人的呵斥和提醒，那充满乡土风味的话音呢！然而母亲毕竟去了，抛下了年迈的父亲。母亲在病榻上时，用力抓着我的手说过，她放心，因为她的儿女是好的。

我是尽量想做到让母亲放心的。我忙着料理许多事，甚至没有好好哭一场。

两个多月过去，时届深秋。园中衰草凄迷，落叶堆积。我从外面回来，走进藏在衰草落叶中的小径——这小径，我曾在深夜里走过多少次啊。请医生，灌氧气，到医院送汤送药，但终于抵挡不住人生大限的到来。我茫然地打量着这园子，这时，侄儿迎上来说，家里的大猫——狮子死了，是让人用鸟枪打死的，已经埋了。

这是母亲喜欢的猫，是一只雪白的狮子猫，眼睛是蓝的，在灯下闪着红光。这两个月，它天天坐在母亲房门外等，也没等得见母亲出来。我没有问埋在哪里，无非是在这一派清冷荒凉之中罢了。我却格外清楚地知道，再没有母亲来安慰我了，再没有母亲许诺我要的一切了。

深秋将落叶吹得团团转，枯草像是久未梳理的乱发，竖起来又倒下去。我的心直往下沉，往下沉——忽然，我看见几缕绿色在冷风中瑟瑟地抖颤，原来是窗前那株柳树。在冬日的萧索中，柳色有些黯淡，但在一片枯草之间，它是绿着。"这容易生长的、到处都有的、普通的柳树，并不怕冷。"我想着，觉得很安慰，仿佛得到了支持似的。

清明时节，我们将柳枝插在门外，据说可以避邪；又选了两枝，插在母亲骨灰盒旁的花瓶里。柳枝并不想跻身松柏等岁寒之友中，它只是努力尽自己的本分，尽量绿得长一些，就像一个普通正常的母亲、平凡清白的人一样。

柳枝正绿着，衬托着万紫千红。这丝丝垂柳，是会织出大好春光的。

一九八○年四月

原载《福建文艺》一九八○年第九期

九十华诞会

一九八五年十二月四日，是父亲九十寿诞。我们家本来没有庆寿习惯，母亲操劳一生，从未过一次生日。自进入八十年代，生活渐稳定，人不必再整天检讨，日子似乎有了点滋味；而父亲渐届耄耋，每一天过来都不容易。于是每逢寿诞，全家人总要聚集。父亲老实地坐在桌前，戴上白饭巾，认真又宽宏地品尝每一样菜肴，一律说好。我高兴而又担心，总不知明年还能不能有这样的聚会。

一年年过来了。今年从夏天起，便有亲友询问怎样办九十大庆，也有人暗示我国领导人是不过生日的。我想一位哲学家可以不必在这一点上向领导人看齐，与其在追悼会上颂扬一番，何如在祝寿时大家热闹欢喜，活到九十岁毕竟是难得的事。我那久居异国的兄长钟辽，原也是诗、书、印三者兼治的，现在总怀疑自己的中国话说得不对，早就"声称"要飞越重洋，回来祝寿；父亲的学生、《三松堂自序》笔录者、《三松堂全集》总编纂涂又光居住黄鹤楼下，也有此志。北京大学中国哲学史教研室汤一介等全体同仁，热情地提出要为父亲九十寿诞举行庆祝会。父亲对此是安慰的、高兴的，我知道。

　　记得一九八三年十二月，北京大学哲学系为父亲和张岱年先生庆祝执教六十周年，当时北大校长张龙翔和清华副校长赵访熊两先生都在致词中肯定了父亲的爱国精神，肯定了一九四八年北平解放前夕他从美国赶回，是爱国的行动，并对他六十年的教学与研究工作做了好的评价。老实说，三十多年来，从我的青年时代始，耳闻目睹，全是对父亲的批判。父亲自己，无日不在检讨。家庭对于我，像是一座大山压在头顶，怎么也逃不掉。在新中国移去了人民头上的"三座大山"后，不少人又被自己的家庭出身压得喘不过气来。我因一直在中央机关工作，往来尽有识之士，所遇大体正常，但有一个在检讨中过日子的父亲，自己也并不轻松。虽然他的检讨不尽悖理，虽然有时他还检讨得很得意，自觉有了进步。

　　那天是我第一次听到对父亲过去行为的肯定而不是对他检讨的肯定。老实说，骤然间，我如释重负。这几年在街上看见花红柳绿的穿着，每人都有自己的外表，在会上听到一些探讨和议论，每人都有自己的头脑，便总想喊一声：哦！原来生活可以是这样。在如释重负的刹那，我更想喊一声：幸亏我活着，活过了"文化大革命"，活到今天！

　　一位九十岁的哲学老人活着，活到今天，愈来愈看清了自己走过的路，不是更值得庆贺吗？他活着，所以在今年十二月四日上午举行了庆祝会。会上有许多哲学界人士热情地评价了他在哲学工作上的成就，真心实意地说出了希望再来参加"茶寿"的吉利话。茶字拆开是一百零八，我想那只是吉利话，但是真心实意的吉利话。现在人和人的关系不同了。人和人之间不再只是揭发、斗争和戒备，终日如临大敌，而也有了互相关心和信任，虽然还只是开始。人们彼此本来应该这样相待。

在会上还听到哲学系主任黄枬森的发言。他不只肯定了老人的爱国精神，还说了这样的话："在解放前夕，冯先生担任清华校务会议代理主席，北平解放后，他把清华完整地交到人民手中，这是一个功绩。"我们又是第一次听到这样的肯定。这次不再如释重负，而是有些诧异，有些感动。父亲后来说："当时校长南去，校务委员会推选我代理主席，也没有什么大机智大决策，只是要求大家坚守岗位，等候接管。这也是校务会议全体同仁的意思。现在看来，人们的看法愈来愈接近事实。这是活到九十岁的好处。"

父亲还说："长寿的重要在于能多明白道理，尤其是哲学道理，若无生活经验，那是无法理解的。孔子云：'假我数年，五十以学易，可以无大过矣。'五十岁以前，没有足够的经验，不能理解周易的道理；五十岁以后，如果老天不给寿数，就该离开人世了。所以必须'假我数年'。若不是这样，寿数并不重要。"

中国数千年的历史中，年过九十的哲学家只有明朝中叶的湛若水和明末清初的孙奇逢二人。父亲现已过九十，向百岁进军。这当然和全国人民寿命增长、健康水平提高有关。毕竟到了二十世纪下半叶了，转眼便要进入二十一世纪。人所处的时代不同，条件不同，人本身，也总该有所不同了罢。

这"人"的条件的准备，从中国传统文化能取得什么，一直是大家关心的问题。从父亲身上我看到了一点，即内心的稳定和丰富，这也可能是长寿的原因之一。他在具体问题前可能踌躇摇摆，但他有一贯向前追求答案的精神，甚至不怕否定自己。历史的长河波涛汹涌，在时代证明他的看法和事实相谬时，他也能一次再

9

一次重新起步。我经常说中国人神经最健全，经得起折腾。这和儒家对人生的清醒、理智的态度和实践理性精神，是有关系的。而中国传统文明的另一重要精神，无论是曾点"浴乎沂，风乎舞雩，咏而归"的愿望，或是庄子游于无何有之乡的想象，或是"我来问道无余说，云在青天水在瓶"的禅宗境界，都表现了无所求于外界的内心的稳定和丰富。

提起宋明道学，一般总有精神屠刀的印象。其流毒深远，确实令人痛恨。但在"人欲尽处，天理流行"之下，还有"乐其日用之常……直与天地万物，上下同流"等话。照父亲的了解，那"孔颜乐处"，是把出世和入世的精神结合起来，从而达到彼岸性和此岸性的一致。所以能"胸次悠然"。所以父亲能在被批判得体无完肤，又屡逢死别的情况下活下来，到如今依然思路清楚、记忆鲜明，没有一点老人的执拗和怪癖。有的老先生因看不懂自己过去的著作而厌世，有的老先生因耳目失其聪明而烦躁不安，父亲却依然平静自如。其实他目力全坏，听力也很可怜。但他总处于一种怡悦之中。没人理时，便自己背诗文。尤爱韩文杜诗，有时早上一起来便在喃喃背诵。有时有个别句子想不起来，要我查一查，也要看我方便。他那大脑皱褶像一个缩微资料室。所以他做学问从不在卡片上下功夫，也很少做笔记。

四日这天黄昏，在不断的前来祝寿的亲友中来了一位负责编写西南联大校史的教师，她带来西南联大纪念碑的拓片，询问一些问题。我们看了拓片都很感慨。这篇文章是父亲平生得意之作，他的学生赞之为有论断、有气势、有感情、有文采、有声调，抒国家盛衰之情，发民族兴亡之感，是中国现代史上一篇大文。

一九八〇年我到昆明，曾往联大旧址，为闻一多先生衣冠冢和联大纪念碑各写了一首小诗。纪念碑一首是这样的：

> 那光下极清晰的文字
>
> 留住提炼了的过去
>
> 虽然你能够证明历史
>
> 谁又来证明你自己

到了一九八五年，人们不再那么热衷证明过去了，过去反倒清楚起来。因为轮廓清楚了，才觉得有些事其实无须计较的。

我们还举行了一次寿宴，请了不少亲友参加。父亲的同辈人大都在八十岁以上了。我平素不善理事，总有不周到处，这次也难免。但看到大红绸上嵌有钟鼎文寿字的寿幛，看到坐在寿幛前的精神矍铄的父亲，旁边有哥哥认真地为他夹菜，我相信没有人计较我的不周到。大家都兴高采烈。寿，人人喜欢；老寿翁，也人人喜欢。那飘拂的银髯，似乎表示对人生已做了一番提炼，把许多本身的不纯净，或受到的误解和曲解都洗去了，留下了闪闪的银样的光泽。

"为天下的父母，喝一口酒。"我说。

有的父母平凡，有的父母伟大。就一个家庭来说，不论业绩如何，如果父母年届九十，都值得开一个庆祝会。

一九八五年十二月

原载《东方纪事》一九八七年一月

一九八二年九月十日

　　写这篇文章，有些像写历史小说。因为记的是一九八二年九月十日这一天，而现在已是一九八五年底了。三年如逝水，那一天情景却仍然历历在目，没有冲淡，没有洗掉，看来应该记录在案。

　　三年前的九月十日，美国哥伦比亚大学授予父亲名誉文学博士学位。这是我侍八十七岁老父赴美的起因。

　　但这次旅行的实际动机是，据我们的小见识，以为父亲必须出一次国，不然不算解决了政治问题，所以才扶杖远涉重洋。总算活着出去，也活着回来了。所获自然不止政治上争了一口气和一个名誉博士。

　　我们在九月九日自匹兹堡驱车往纽约，到市郊时已是黄昏，路边的灯不知不觉间亮了起来，越来越多。到哥大招待所时，黑夜已先我们而至了。从高楼的房间里下望，只见一片灯光的海洋，静止的闪烁的和流动的光，五彩缤纷，互相交叉，互相切入，好不辉煌。

　　十日上午，有几家报纸和电台来访，所问大多为来美感想。其中一位记者与我的兄长在宾州大学同学，大家又一次慨叹世界

12

之小。在不断的客人中，清华老学长黄中孚出现在门前，宣称带来了熨斗，问我们的"礼服"是否需要熨一下。接着我在费城的几位女友联袂而至，带来四双鞋任我挑，因为据说我的鞋不大合格。这时我们不但惊世界之小，更喜人情之厚了。

下午四时，在哥大图书馆圆形大厅举行了隆重的授予名誉博士的仪式。仪式由哥大校长索尔云主持。上台的几个人都罩上了丝绒长袍，很庄严，可也很热。索尔云笑道："荣誉和安逸是不能并存的。"

仪式最先由哥大哲学教授狄百瑞先生致词。这次授予学位本系他所倡议。狄先生在香港中文大学新亚书院讲学时，对他的介绍中有一句话："先生本一介书生。"看到一位金发碧眼的书生，觉得很有趣。他在致词中说："我自己不能理解也不能同意近年来对冯先生的批评；我也不妄自评价他的行为的意义。我以为，他了解自己是有困难的，其中有尖锐的冲突。但是他忍耐，他永不失望，总是向着未来，相信中国和西方会有更好的了解。他是中国真正的儿子，也是哥伦比亚可尊敬的校友。他的学术研究为促进我们两大民族的了解，做出了很多贡献。"

之后由索尔云致词，授证书，戴兜帽。再由父亲致答词。这份答词已收入《三松堂自序》。他在答词中概括地讲述了自己六十年哲学路程，最后引用了"周虽旧邦，其命维新"这两句诗。他的努力是保持旧邦的同一性和个性，同时要促进实现新命——现代化。请注意"旧邦新命"的提法首见于冯撰西南联大纪念碑碑文："我国家以世界之古国，居东亚之天府，本应绍汉唐之遗烈，作并世之先进。将来建国完成，必于世界历史，居独特之地位。盖并世列强，虽新而不古；希腊罗马，有古而无今。唯我国家，亘古亘今，亦新亦旧，斯所谓'周虽旧邦，其命维新'者也。"碑文作于一九四六年。这次又提到这两句，强烈地表现了老人一贯热爱祖国的精神，如日月昭昭，肺腑可见！

答词中还说，在国家统一、建立了强大的中央政府后，会出现新的广泛哲学体系，作为国家的指针。中国今天也需要一个包括新文明各个方面的广泛哲学体系来指导。对于这一点，父亲的挚友卜德提出了异议。

仪式之后是招待会，父亲坐在轮椅上和来祝贺的宾客握手，不少人问起我的创作。现在想来很觉惭愧，三年来我在这方面毫无进展。晚上为父亲举行的宴会上，有几位朋友讲了话。卜德先生是《中国哲学史》两卷本的英译者，曾数次到中国。他自己说，一九七八年是最后一次，那年他两次到北大，都未获准见父亲。他确曾写过一信，说既然如此，他永不再来。如今逢此盛会，彼此感动可想而知。感动和欢喜不妨碍他坦率地说出自己的看法，意见不同也丝毫不妨碍友谊。这使我也感动和欢喜。

卜德那一段异议译文大意如下："冯先生答词中说，一国政治的统一往往伴随着新的统一的哲学，并以为今天也要如此。可以理解，在任何时代和国家中，许多人——特别在他们经历了严酷的政治、社会紧张局面之后，会渴望有一个无所不包的单一的体系，使他们知道如何待人处世，如何对待人类以外的世界，这体系会使人得到心理上的平安和有社会目的。但是如果这样，特别是官方支持时，就会走向教条主义和盲目的狂热，使人不敢提出问题。所以我以为，理智的多样思考，尽管会带来实际困难，总是比整齐划一为好。我以为，先秦的百家争鸣，汉以后佛道教的争辩，比后来政府支持的正统儒家，更能促进理性发展。"

父亲后来说，当时无时间深谈，可是卜德说的不需要正统，这不需要本身也是一个正统。所以在一个时期中还是要有大多数人共同的思想。我很怕落入哲学的论辩，制止他再发挥。我以为，一个时期大多数人共同的思想最好是自然形成而非人为强制，可以提倡，而不应禁止。数千年封建制度使我们习惯于统一，最好也渐渐习惯于不同、多样。

晚宴上发言的还有哥大副教授陈荣捷和哈佛教授杜维明。陈先生说，最重要的是，当别人贬低中国文化传统时，在一片全盘西化的呼声中，冯先生写出了他的哲学史，使知识界重新信任自己的传统。他至少给中国哲学以尊严，如果还不是荣耀的话。这就保证了他在中国历史上的地位。杜先生说，冯教授最关心的是儒家文化的个性和为科学技术规定的世界文化二者的创造性综合，这和儒家那永远的追求不可分。那追求是：在使人性失去的世界中，追求充分的人的意义。

最后父亲讲了一则轶事：我们在旧金山机场遇到一位老人，攀谈起来。那位老先生问，你们来自中国，可知道冯友兰先生是否还在世？双方大笑后得知老先生也是哥大校友，比父亲高一班，老先生说大家都非常关心父亲的情况。晚宴结束了。父亲再次感谢哥大，也感谢在美国体验到的温暖的人情和理解。

回到房间里，凭窗而望，见灯光的海洋依旧。心头不觉泛起一阵温暖的波浪，这是人情的温暖，是逐渐了解的温暖。一张张含笑的面孔在眼前掠过，仪式上的、招待会上的、晚宴上的，还有两个多月来的新朋旧友，他们那关心的、寻求理解的目光比灯还亮。灯光的海洋流动着，夜复一夜。从昨晚到今晚，有多少页人生的书翻过了呢。

一九八五年岁暮

原载《丁香结》，百花文艺出版社，一九八七年四月

心的嘱托

　　冯友兰先生——我的父亲，于一八九五年十二月四日来到人世，又于一九九〇年十二月四日毁去了皮囊，只剩下一抔寒灰。在八天前，十一月二十六日二十时四十五分，他的灵魂已经离去。

　　近年来，随着父亲身体日渐衰弱，我日益明白永远分离的日子在迫近，也知道必须接受这不可避免的现实。虽然明白，却免不了紧张恐惧。在轮椅旁，在病榻侧，一阵阵呛咳使人恨不能以身代。在清晨，在黄昏，凄厉的电话铃声会使我从头到脚抖个不停。那是人生的必然阶段，但总是希望它不会来，千万不要来。

　　直到亲眼见着他的呼吸渐渐急促，血压下降，身体逐渐冷了下来，直到亲耳听见医生的宣布，还是觉得这简直不可能，简直不可思议。我用热毛巾拭过他安详的紧闭了双目的脸庞，真的听到了一声叹息，那是多年来回响在我耳边的。我们把他抬上平车。枕头还温热，然而我们已经处于两个世界了，再无须我操心侍候，也再得不到他的关心和荫庇。这几年他坐在轮椅上，不时会提醒我一些极细微的事，总是使我泪下。我的烦恼，他无须耳和目便能了解，现在再也无法交流。天下耳聪目明的人很多，却再也没

17

有人懂得我的有些话。

这些年，住医院是家常便饭，这一年尤其频繁。每次去时，年轻的女医生总是说要有心理准备。每次出院，我都有骄傲之感。这一次，是《中国哲学史新编》完成后的第一次住院，孰料就没有回来。

七月十六日，我到人民出版社交《新编》第七册稿。走上楼梯时，觉得很轻快，真是完成了一件大任务。父亲更是高兴，他终于写完了。直到最后一个字，都是他自己的，无须他人续补。同时他也感到长途跋涉后的疲倦。他的力气已经用尽，再无力抵抗三次肺炎的打击。他太累了，要休息了。

"存，吾顺事；殁，吾宁也。"父亲很赞赏张载《西铭》中的这最后两句，曾不止一次讲解：活着，要在自己恰当的位置上发挥作用；死亡则是彻底的安息。对生和死，他都处之泰然。

父亲在清华任教时的老助手、八十八岁的李濂先生来信说："十一月二十四日夜梦恩师伏案作书，写至最后一页，灯火忽然熄灭，黑暗之中，似闻恩师与师母说话。"正是那天下午，父亲病情恶化。夜晚我在病榻边侍候，父亲还能断续说几个字："是璞么？是璞么？""我在这儿，是璞在这儿。"我大声叫他，抚摩他，他似乎很安心。我们还以为这一次他又能闯过去。

从二十五日上午，除了断续的呻吟，父亲没有再说话。他无须再说什么，他的嘱托，已浸透在我六十二年的生命里；他的嘱托，已贯穿在众多爱他、敬他的弟子们的事业中；他的嘱托，在他的心血铸成的书页间，向全世界发出回响。

父亲是走了，走向安息，走向永恒。

十二月一日兄长钟辽从美国回来。原是回来祝寿的，现在却变为奔丧。和母亲去世时一样，他又没有赶上，但也和母亲去世时一样，有了他，办事才有主心骨。我们秉承父亲平常流露的意思，原打算只用亲人的热泪和几朵鲜花，送他西往。北大校方对我们是体贴尊重的。后来知道，这根本行不通。

络绎不绝的亲友都想再见上一面，不停的电话询问告别日期。四川来的老学生自戴黑纱，进门便长跪不起。南朝鲜学人宋兢燮先生数年前便联系来华，目的是拜见老人，现在只能赶上无言的诀别。总不能太不近人情，这毕竟是最后一面。于是我们决定不发讣告，自来告别。

柴可夫斯基哽咽着的音乐伴随告别人的行列回绕在遗体边，真情写在每一个人脸上。最后我们跪在父亲的脚前时，我几乎想就这样跪下去，大声哭出来，让眼泪把自己浸透。从母亲和小弟离去，我就没有痛快地哭一场。但是我不能。我受到许多真诚的心的簇拥和嘱托，还有许多许多事要做，我必须站起来。

载灵的大轿车前有一个大花圈，饰有黑黄两色的绸带。我们随着灵车，驶过天安门。世界依然存在，人们照旧生活，一切都在正常运行。

我们一直把父亲送到炉边。暮色深重，走出来再回头，只看见那黄色的盖单，它将陪同父亲到最后的刹那。

两天后，我们迎回了父亲的骨灰，放在他生前的卧室里。母亲的遗骨已在这里放了十三年。现在二老又并肩而坐，只是在条几上。明春他们将合葬于北京万安公墓。侧面是那张两人同行的照片，母亲撑着伞，父亲一脚举起，尚未落下。那是六十年代初一位不知名的人在香山偷拍的,当时二老并不知道。摄影者拿这张照片在香港出售,父亲的老学生,加拿大籍学人余景山先生恰巧看见,遂将它买下,七十年代末方有机会送来。母亲也见到了这帧照片。

亲爱的双亲,你们的生命的辉煌乐章已经停止,但那向前行走的画面是永恒的。

借此小文之末,谨向所有关心三松堂的亲友致谢。关系有千百种不同,真情的分量都不同寻常。踵吊和唁文未能一一答谢,心灵的慰藉和嘱托永远铭记不忘。

一九九○年十二月十七日至十九日距曲终已三周矣

原载《文汇报》一九九一年一月二日

三松堂断忆

转眼间父亲离开我们已快一年了。

去年这时，也是玉簪花开得满院雪白，我还计划在向阳的草地上铺出一小块砖地，以便把轮椅推上去，让父亲在浓重的树荫中得一小片阳光。因为父亲身体渐弱，忙于延医取药，竟没有来得及建设。九月底，父亲进了医院，我在整天奔忙之余，还不时望一望那片草地，总不能想象老人再不能回来，回来享受我为他安排的一切。

哲学界人士和亲友们都认为父亲的一生总算圆满，学术成就和他从事的教育事业使他中年便享盛名，晚年又见到了时代的变化。生活上有女儿侍奉，诸事不用操心，能在哲学的清纯世界中自得其乐。而且，他的重要著作《中国哲学史新编》，八十岁才开始写，许多人担心他写不完，他居然写完了。他是拼着性命支撑着，他一定要写完这部书。

在父亲的最后几年里，经常住医院，一九八九年下半年起更为频繁。一次是十一月十一日午夜，父亲突然发作心绞痛，外子蔡仲德和两个年轻人一起，好不容易将他抬上救护车。他躺在担

21

架上，我坐在旁边，数着脉搏。夜很静，车子一路尖叫着驶向医院。好在他的医疗待遇很好，每次住院都很顺利。一切安排妥当后，他的精神好了许多，我俯身为他掖好被角，正要离开时，他疲倦地用力说："小女，你太累了！""小女"这乳名几十年不曾有人叫了。"我不累。"我说，勉强忍住了眼泪。说不累是假的，然而比起担心和不安，劳累又算得了什么呢。

过了几天，父亲又一次不负我们的劳累和担心，平安回家了。我们笑说："又是一次惊险镜头。"十二月初，他在家中度过九十四寿辰。也是他最后的寿辰。这一天，丁石孙先生和民盟中央的几位负责人前来看望，老人很高兴，谈起一些文艺杂感，还说，若能汇集成书，可题名为《余生札记》。

这余生太短促了。中国文化书院为他筹办了庆祝九十五寿辰的"冯友兰哲学思想国际研讨会"，他没有来得及参加。但他知道了大家的关心。

一九九〇年初，父亲因眼前有幻象，又住医院。他常常喜欢自己背诵诗词，每住医院，总要反复吟哦《古诗十九首》。有记不清的字，便要我们查对。"青青陵上柏，磊磊涧中石。人生天地间，忽如远行客。""浩浩阴阳移，年命如朝露。人生忽如寄，寿无金石固。"他在诗词的意境中似乎觉得十分安宁。一次医生来检查后，他忽然对我说："庄子说过，生为附赘悬疣，死为决疣溃痈。孔子说过，朝闻道，夕死可矣。张横渠又说，存，吾顺事;殁，吾宁也。我现在是事情没有做完，所以还要治病。等书写完了，再生病就不必治了。"我只能说："那不行，哪有生病不治的呢！"父亲微笑不语。我走出病房，便落下泪来，坐在车上，更是泪如泉涌。一

22

种没有人能分担的孤单沉重地压迫着我，我知道，分别是不可避免的。

我们希望他快点写完《新编》，可又怕他写完。在住医院的间隙中，他终于完成了这部书。亲友们都提醒他，还有本《余生札记》呢。其实老人那时不只有文艺杂感，又还有新的思想，他的生命是和思想和哲学连在一起的。只是来不及了，他没有力气再支撑了。

人们常问父亲有什么遗言。他在最后几天有时念及远在异国的儿子钟辽和唯一的孙子冯岱。他用力气说出的最后的关于哲学的话是："中国哲学将来一定会大放光彩！"他是这样爱中国，这样爱哲学。当时有李泽厚和陈来在侧。我觉得这句话应该用大字写出来。

然后，终于到了十一月二十六日那凄冷的夜晚，父亲那永远在思索的头脑进入了永恒的休息。

作为父亲的女儿，而且是数十年都在他身边的女儿，在他晚年又身兼几大职务，秘书、管家兼门房，医生、护士带跑堂，照理说对他应该有深入的了解。但是我无哲学头脑，只能从生活中窥其精神于万一。根据父亲的说法，哲学是对人类精神的反思。他自己就总在思索，在考虑问题。因为过于专注，难免有些呆气。他晚年耳目失其聪明，自己形容自己是"呆若木鸡"。其实这些呆气早已有之。抗战初期，几位清华教授从长沙往昆明，途经镇南关，父亲手臂触城墙而骨折。金岳霖先生一次对我幽默地提起此事，他说："当时司机通知大家，不要把手放在窗外，要过城门了。别人都很快照办，只有你父亲听了这话，便考虑为什么不能放在窗外，放在窗外和不放在窗外的区别是什么，其普遍意义和特殊意义是什么。还没考虑完，已经骨折了。"这是形容父亲爱思索。他那时正是因为在思索，根本就没有听见司机的话。

他的生命就是不断地思索，不论遇到什么挫折，遭受多少批判，他仍顽强地思考，不放弃思考。不能创造体系，就自我批判，自我批判也是一种思考。而且在思考中总会冒出些新的想法来。他自我改造的愿望是真诚的，没有经历过二十世纪中叶的变迁和六七十年代的各种政治运动的人，是很难理解这种自我改造的愿望的。首先，一声"中国人民站起来了"促使多少有智慧的人迈上了走向炼狱的历程。其次，知识分子前冠以资产阶级，位置固定了，任务便是改造，又怎能知自是之为是，自非之为非？第三，各种知识分子的处境也不尽相同，有的居庙堂而一切看得较为明白，有的处林下而只能凭报纸和传达，也只能信报纸和传达，其感受是不相同的。

幸亏有了新时期，人们知道还是自己的头脑最可信。父亲明确采取了不依傍他人，"修辞立其诚"的态度。我以为，这个"诚"字并不能与"伪"字相对。需要提出"诚"，需要提倡说真话，这是我们这个时代的悲哀。

我想历史会对每一个人做出公允的、不带任何偏见的评价。历史不会忘记有些微贡献的每一个人，而评价每一个人时，也不要忘记历史。

父亲一生对物质生活的要求很低，他的头脑都让哲学占据了，没有空隙再来考虑诸般琐事。而且他总是为别人着想，尽量减少麻烦。一个人到九十五岁，没有一点怪癖，实在是奇迹。父亲曾说，他一生得力于三个女子：一位是他的母亲、我的祖母吴清芝太夫人，一位是我的母亲任载坤先生，还有一个便是我。一九八二年，我随父亲访美，在机场上父亲作了一首打油诗："早岁读书赖慈母，中年事业有贤妻。晚来又得女儿孝，扶我云天万里飞。"确实得有人料理俗务，才能有纯粹的精神世界。近几年，每逢我生日，父亲总要为我撰写寿联。一九九〇年夏，他写了最后一联，联云："鲁殿灵光，赖家有守护神，岂独文采传三世；文坛秀气，知手持生花笔，莫让新编代双城。"父亲对女儿总是看得过高。"双城"指的是我的长篇小说，曾拟名《双城鸿雪记》，后定名为《野葫芦引》。第一卷《南渡记》出版后，因为没有时间，没有精力，便停顿了。我必须以《新编》为先，这是应该的，也是值得的。当然，我持家的能力很差，料理饭食尤其不能和母亲相比，有的朋友都惊讶我家饭食的粗糙。而父亲从没有挑剔，从没有不悦，总是兴致勃勃地进餐，无论做了什么，好吃不好吃，似乎都滋味无穷。这一方面因为他得天独厚，一直胃口好，常自嘲"还有当饭桶的资格"；另一方面，我完全能够体会，他是以为能做出饭来已经很不容易，再挑剔好坏，岂不让管饭的人为难。

父亲自奉甚俭，但不乏生活情趣。他并不永远是道貌岸然，也有豪情奔放、潇洒闲逸的时候，不过机会较少罢了。一九二六年父亲三十一岁时，曾和杨振声、邓以蛰两先生，还有一位翻译李白诗的日本学者一起豪饮，四个人一晚喝去十二斤花雕。六十年代初，我因病常住家中，每天傍晚随父母到颐和园包坐大船，一元钱一小时，正好览尽落日的绮辉。一位当时的大学生若干年后告诉我说，那时他常常看见我们的船在彩霞中漂动，觉得真如神仙中人。我觉得父亲是有些仙气的，这仙气在于他一切看得很开。在他的心目中，人是与天地等同的。"人与天地参"，我不止一次听他讲解这句话。《三字经》说得浅显，"三才者，天地人"。既与天地同，还屑于去钻营什么！那些年，一些稍有办法的人都能把子女调回北京，而他，却只能让他最钟爱的幼子钟越长期留在医疗落后的黄土高原。一九八二年，钟越终于为祖国的航空事业流尽了汗和血，献出了他的青春和生命。

父亲的呆气里有儒家的伟大精神，"天行健，君子以自强不息"，自强不息到"知其不可而为之"的地步；父亲的仙气里又有道家的豁达洒脱。秉此二气，他穿越了在苦难中奋斗的中国的二十世纪。他一生便是二十世纪中国文化的一个篇章。

据河南家乡的亲友说，一九四五年初祖母去世，父亲与叔父一同回老家奔丧，县长来拜望，告辞时父亲不送；而对一些身为老百姓的旧亲友，则一直送到大门。乡里传为美谈。从这里我想起和读者的关系，父亲很重视读者的来信，许多年常常回信，星期日上午的活动常常是写信。和山西一位农民读者车恒茂老人就保持了长期的通信，每索书必应之。后来我曾代他回复一些读者来信，尤其对年轻人，我认为最该关心，也许几句话便能帮助发掘了不起的才能。但后来我们实在没有能力做了，只好听之任之。把人家的千言万言书束之高阁，起初还感觉不安，时间一久，则连不安也没有了。

26

时间会抚慰一切，但是去年初冬深夜的景象总是历历如在目前，我想它是会伴随我进入坟墓的了。当晚，我们为父亲穿换衣服时，他的身体还那样柔软，就像平时那样配合。他好像随时会睁开眼睛说一声"中国哲学将来一定会大放光彩"。我等了片刻，似乎听到一声叹息。

不得不离开病房了。我们围跪在床前，忍不住痛哭失声！仲扶着我，可我觉得这样沉重的孤单！在这茫茫世界中，再无人需我侍奉，再无人叫我的乳名了。这么多年，每天清晨最先听到的，是从父亲卧房传来的咳嗽，每晚睡前必到他床前说几句话。我怎样才能从多年的习惯中走出来！

然而日子居然过去快一年了。只好对自己说，至少有一件事稍可安慰：父亲去时不知道我已抱病，他没有特别的牵挂，去得安心。

文章将尽，玉簪花也谢尽了。邻院中还有通红的串红和美人蕉，记得我曾说串红像鞭炮，似乎马上会劈劈啪啪响起来。而生活里又有多少事值得它响呢！

一九九一年九月病中
原载《读书》一九九一年第十二期

花朝节的纪念

农历二月十二日，是百花出世的日子，为花朝节。节后十日，即农历二月二十二日，从一八九四年起，是先母任载坤先生的诞辰。迄今已九十九年。

外祖父任芝铭公是光绪年间举人。早年为同盟会员，奔走革命，晚年倾向于马克思主义。他思想开明，主张女子不缠足，要识字。母亲在民国初年进当时的女子最高学府北京女子师范学校读书，一九一八年毕业。同年，和我的父亲冯友兰先生在开封结婚。

家里有一个旧印章，刻着"叔明归于冯氏"几个字，叔明是母亲的字。以前看着不觉得，父母都去世后，深深感到这印章的意义。它标志着一个家族的繁衍，一代又一代来到世上，扮演各种角色，为社会做一点努力，留下了各种不同色彩的记忆。

在我们家里，母亲是至高无上的守护神。日常生活全是母亲料理，三餐茶饭，四季衣裳，孩子的教养，亲友的联系，需要多少精神！我自幼多病，常在和病魔作斗争，能够不断战胜疾病的主要原因是我有母亲。如果没有母亲，很难想象我会活下来。在昆明时我严重贫血，上"纪念周"站着站着就晕倒，后来索性染上肺结核休学在家。当时的治法是一天吃五个鸡蛋，晒太阳半个小时。母亲特地把我的床安排到有阳光的地方，不论多忙，这半小时必在我身边，一分钟不能少。我曾由于各种原因多次发高烧，除延医服药外，母亲费尽精神护理。用小匙喂水，用凉手巾敷在额上。有一次高烧昏迷中，觉得像是在一个狭窄的洞中穿行，挤不过去。我以为自己就要死了，一抓到母亲的手，立刻知道我是在家里，我是平安的。后来我经历名目繁多的手术，人赠雅号"挨千刀的"。在挨千刀的过程中，也是母亲，一次又一次陪我奔走医院。医院的人总以为是我陪母亲，其实是母亲陪我。我过了四十岁，还是觉得睡在母亲身边最心安。

母亲的爱护，许多细微曲折处是说不完、也无法全捕捉到的。但也就是因为有这些细微曲折才形成一个家，这人家处处都是活的，每一寸墙壁、每一寸窗帘都是活的。小学时曾以"我的家庭"为题作文。我写出这样的警句："一个家，没有母亲是不行的。母亲是春天，是太阳。至于有没有父亲，不很重要。"作业在开家长会时展览，父亲去看了，回来向母亲描述，对自己的地位似并不在意，以后也并不努力增加自己的重要性，只顾沉浸在他的哲学世界中。

希腊文明是在奴隶制时兴起的，原因是有了奴隶，可以让自由人充分开展精神活动。我常说，父亲和母亲的分工有点像古希腊。在父母那时代，先生专心做学问，太太操劳家务，使无后顾之忧，是常见的。不过我的父母亲特别典型，他们真像一个人分成两半，一半主做学问，一半主理家事，左右合契，毫发无间。应该说，他们完成了上帝的愿望。

母亲对父亲的关心真是无微不至，父亲对母亲的依赖也是到了极点。我们的堂姑父张岱年先生说："冯先生做学问的条件没有人比得上。冯先生一辈子没有买过菜。"细想起来，在昆明乡下时，有一阵子母亲身体不好，父亲带我们去赶过街子，不过次数有限。他的生活基本上是水来湿手，饭来张口。古人形容夫妇和谐用"举案齐眉"几个字，实际上就是孟光给梁鸿端饭吃；若问"是几时孟光接了梁鸿案"，也应该是做好饭以后。

旧时有一副对联"自古庖厨君子远，从来中馈淑人宜"，放在我家正合适。母亲为一家人真操碎了心，在没有什么东西的情况下，变着法子让大家吃好。她向同院的外国邻居的厨师学烤面包，用土豆引子，土豆发酵后力量很大，能"砰"的一声，顶开瓶塞，声震屋瓦。在昆明时一次父亲患斑疹伤寒，这是当时西南联大一位校医郑大夫经常诊断出的病，治法是不吃饭，只喝流质，每小时一次，几天后改食半流质。母亲用里脊肉和猪肝做汤，自己擀面条，擀薄切细，下在汤里。有人见了说，就是只吃冯太太做的饭，病也会好。

一九六四年父亲患静脉血栓，在北京医院卧床两个月。母亲每天去送饭，有时从城里我的住处，有时从北大，都总是第一个到。我想要帮忙，却没有母亲的手艺。父亲暮年，常想吃手擀的面，我学做过几次，总不成功，也就不想努力了。

母亲把一切都给了这个家。其实母亲的才能绝不只限于持家。母亲毕业于当时的女子最高学府，曾任河南女子师范学校预科算术教员。她有一双外科医生的巧手，还有很高的办事能力。外科医生的工作没有实践过，但从日常生活中，从母亲缝补、修理的功夫可以想见；办事能力倒是有一些发挥。

五十年代初至一九六六年，母亲做居民委员会工作，任北大燕南、燕东、燕农、镜春、朗润、蔚秀、承泽、中关八大园的主任，曾为家庭妇女们办起装订社、缝纫社等。母亲不畏辛劳，经常坐着三轮车来往于八大园间。这是在家庭以外为社会服务，她觉得很神圣，总是全心全意去做。居委会成员常在我家学习，最初贺麟夫人刘自芳、何其芳夫人牟决鸣等都是成员，后来她们迁往城内，又有吴组缃夫人沈淑园等参加。五十年代有一次选举区人民代表，不记得是哪一位曾对我说，"任大姐呼声最高"。这是真正来自居民的声音。

我心中有几幅图像，愈久愈清晰。

一幅在清华园乙所，有一间平台加出的房间，三面皆窗，称为玻璃房，母亲常在其中办事或休息。一个夏日，三面窗台上摆着好几个宽口瓶和小水盆，记得种的是慈姑。母亲那时大概不到四十岁，身着银灰色起蓝花的纱衫，坐在房中，鬓发漆黑，肌肤雪白。常见外国油画有什么什么夫人肖像，总想怎么没有人给母亲画一幅。

另一幅在昆明乡下龙头村。静静的下午，泥屋、白木桌，母亲携我坐在桌前，为我讲解鸡兔同笼四则题。父亲从城里回来，点评说这是一幅乡居课女图。

龙头村旁小河弯处有一个小落差，水的冲力很大。每星期总有一两次，母亲把一家人的衣服装在箩筐里，带着我和小弟到河边去。还有一幅图像便是母亲弯腰站在欢快的流水中，费力地洗

31

衣服，还要看着我们不要跑远，不要跌进河里。近来和人说到洗衣的事，一个年轻人问，是给别人洗吗？还没到那一步，我答。后来想，如果真的需要，母亲也不怕。在中国妇女贤淑的性格中，往往有极刚强的一面，能使丈夫不气馁，能使儿女肯学好，能支撑一个家庭度过最艰难的岁月。孔夫子以为女人难缠，其实儒家人格的最高标准"富贵不能淫，贫贱不能移，威武不能屈"，用来形容中国妇女的优秀品质倒很恰当，不过她们是以家庭为中心罢了。

母亲六十二岁时患甲状腺癌，手术后一直很好。六十年代末又患胆结石，经常大发作，疼痛，发烧，最后不得不手术。那一年母亲七十五岁。夜里推进手术室，父亲和我在过厅里等，很久很久，看见手术室甬道那边推出一辆平车，一个护士举着输液瓶，就像一盏灯。我们知道母亲平安，仍能像灯一样给我们全家以光明、以温暖。这便是那第四幅图像了。握住母亲的手时，我的一颗心落在腔子里，觉得自己很有福气。

母亲虽然身体不好，仍是操劳家务，真没有过一天清闲的日子。她总是说，你们专心做你们的事。我们能专心做事，都因为有母亲，操劳一生的母亲！

记得是一九七七年九月十日，母亲忽然吐血，拍片后确诊为肺门静脉瘤。当时小弟在家，我们商量，母亲虽然年迈，病还是该怎么治就怎么治，不可延误。在奔走医院的过程中，受到许多白眼。一家医院住院部一位女士说："都八十三岁了，还治什么！我还活不到这岁数呢。"可以说，母亲的病没有得到治疗，发展很快。最后在校医院用杜冷丁控制疼痛，人常在昏迷状态。一次忽然说：

"要挤水！要挤水！"我俯身问什么要挤水，母亲睁眼看我，费力地说："白菜做馅要挤水。"我的眼泪一下涌了出来，滴在母亲脸上。

母亲没有让人多侍候，不过三周便抛弃了我们。当时父亲还在受审查，她走时很不放心，非常想看个究竟，但她拗不过生死大限。她曾自我排解说，知道儿女是好的，还有什么可求呢。十月三日上午六时三刻，我们围在母亲床前，眼见她永远阖上了眼睛。我知道，我再不能睡在母亲身边讨得那样深的平安感了。我们的家从此再没有春天和太阳了。我们的家像一叶孤舟忽然失了掌舵的人，在茫茫大海中任意漂流。我和小弟连同父亲，都像孤儿一样不知漂向何方。

因为政治，亲友都很少来往。没有足够的人抬母亲下楼，幸亏那天来了一位年轻的朋友，才把母亲抬到太平间。当晚哥哥自美国飞回来，到家后没有坐下，立刻要"看娘去"，我不得不告诉他母亲已去。他跌坐在椅上，停了半晌，站起来还是说"看娘去"。

父亲为母亲撰写了一副挽联："忆昔相追随，同荣辱，共安危，期颐望齐眉，黄泉碧落君先去；从今无牵挂，斩名缰，破利锁，俯仰无愧怍，海阔天空我自飞。"自己一半的消失使父亲把一切都看透了。以后，母亲的骨灰盒一直放在父亲卧室里。每年春节，父亲必率领我们上香，如此凡十三年。直到一九九〇年初冬那凄惨的日子，父母相聚于地下。又过了一年，一九九一年冬，我奉双亲归窆于北京万安公墓，一块大石头作为石碑，隔开了阴阳两界。

我曾想为母亲百岁冥寿开一个小小的纪念会，又想到老太太们行动不便，最好少打扰，便只就平常的了解或电话上的交谈，记下几句话。

姨母任均是母亲最小的妹妹。姨父母在驻外使馆工作时，表弟妹们读住宿小学，周末假日接回我家，由母亲照管。姨母说，三姐不只是你们一家的守护神，也是大家的贴心人。若没三姐，那几年我真不知怎么过。亲戚们谁没有得过她关心照料？人人都让她费过心血，我们心里是明白的。

牟决鸣先生已是很久不见了。前些时打电话来，说："回想起在北大居住的那段日子，觉得很有意思。任大姐那时是活跃人物，她做事非常认真，总是全力以赴。而且头脑总是很清楚。"

在昆明时，赵萝蕤先生和我家几次为邻居，那时她还很年轻。她不止一次对我说很想念冯太太。她说在人际关系的战场上，她总是一败涂地当俘虏。可是和冯太太相处，从未感到战场问题。是母亲教她做面食，是母亲教她用布条打纽扣结，她有什么事都可以向母亲倾诉。记得在昆明乡下龙头村时，有一次赵先生来我家，情绪不大好，对母亲说，一位军官太太要学英语，又笨又俗又无礼，总问金刚钻几克拉怎么说。她不想教，来躲一躲。母亲安慰她，让她一起做家务事。赵先生走时，已很愉快。

另一位几十年的邻居是王力夫人夏蔚霞。现在我们仍然对门而居。夏先生说："你千万别忘记写上我的话。我的头生儿子缉志是你母亲接生的。当时昆明乡下缺医少药，那天王先生进城上课去了，半夜时分我遣人去请你母亲。冯先生一起来的，然后先回去了。你母亲留下照顾我，抱着我坐了一夜，次日缉志才出世。

若没有你母亲，我和孩子会吃许多苦！"

　　像春天给予百花诞辰一样，母亲用心血哺育着，接引着——
亲爱的母亲的诞辰，是花朝节后十日。

一九九三年五月

原载《中华散文》创刊号，一九九三年九月

梦回蒙自

　　对我的父亲——冯友兰先生来说，蒙自是一个有特殊意义的
地方。

　　一九三八年春，北大、清华、南开三校从暂驻足的衡山湘水，
迁到昆明，成立了西南联合大学。因为昆明没有足够的校舍，文
学院和法学院移到蒙自，停留自四月至八月。我们住在桂林街王
维玉宅，那是一个有内外天井、楼上楼下的云南民宅。一对年轻
夫妇住楼上，他们是陈梦家和赵萝蕤。我们住楼下。在楼下一间
小房间里，父亲修订完毕《新理学》，交小印刷店石印成书。

　　《新理学》是哲学家冯友兰哲学体系的奠基之作，初稿在南岳
写成。自序云："稿成之后，即离南岳赴滇，到蒙自后，又加写鬼
神一章，第四章第七章亦大修改，其余各章字句亦有修正。值战时，
深恐稿或散失。故于正式印行前，先在蒙自石印若干部，分送同好。"
此即为最初的《新理学》版本。其扉页有诗云："印罢衡山所著书，
踌躇四顾对南湖。鲁鱼亥豕君休笑，此是当前国难图。"据兄长冯
钟辽回忆，父亲写作时，他曾参加抄稿。大概就是《心性》《义理》
和《鬼神》这几章。我因年幼，涂鸦未成，只会捣乱，未获准亲

近书稿。

《新理学》石印现仅存一部，为人民大学石峻教授所藏。纸略作黄色，很薄，字迹清晰。这书似乎是该在煤油灯或豆油灯下看的。

蒙自是个可爱的小城。文学院在城外南湖边，原海关旧址。据浦薛凤记："一进大门，松柏夹道，殊有些清华工字厅一带情景。故学生有戏称昆明如北平，蒙自如海淀者。"父亲每天到办公室，我和弟弟钟越随往。我们先学习一阵（似乎念过《三字经》），就到处闲逛。园中林木幽深，植物品种繁多，都长得极茂盛而热烈，使我们这些北方孩子瞠目结舌。记得有一段路全为蔷薇花遮蔽，大学生坐在花丛里看书，花丛暂时隔开了战火。几个水池子，印象中阴沉可怖，深不可测，总觉得会有妖物从水中钻出。我们私下称之为黑龙潭、白龙潭、黄龙潭，不知现在去看，还会不会有这样的联想。

南湖的水颇丰满，柳岸荷堤，可以一观。有时父母携我们到湖边散步。那时父亲是四十三岁，半部黑髯（胡子不长，故称半部），一袭长衫，飘然而行。父亲于一九三八年自湘赴滇途经镇南关折臂，动作不便，乃留了胡子。他很为自己的胡子长得快而骄傲。当年闻一多先生参加步行团，从长沙一步步走到昆明，也蓄了大胡子。闻先生给家人信中说："此次搬家，搬出好几个胡子。但大家都说，只我和冯芝生的最美。"

记得那时有些先生的家眷还没有来，母亲常在星期六轮流请大家用点家常饭。照例是炸酱面，有摊鸡蛋皮、炒豌豆尖等菜肴。以后到昆明也没有吃过那样好的豌豆尖了。记得一次听见父亲对母亲说，朱先生（自清）警告要来吃饭的朋友说，冯家的炸酱面很好吃，可小心不要过量，否则会胀得难受。大家笑了半天。

那时新滇币和中央法币的比值是十比一，旧滇币和新滇币的比值也是十比一，都在流通。用法币计算，鸡蛋一角钱可买一百个，以法币为工资的人不愁没钱用。在抗战八年的艰苦的日子里，蒙自数月如激流中一段平静温柔的流水，想起来，总觉得这小城亲切又充满诗意。

当时生活虽然平静，人们未尝少忘战争。而且抗战必胜的信心是坚定的，那是全民族的信心。一九三八年七月七日，学校和当地民众在旧海关旷地举行抗战纪念集会。父亲出席作讲演，强调一年来抗战成绩令人满意，中国必将取得最后胜利。又言战争固能破坏，同时也将取得文明之进步。并鼓励学术界提高效率。浦薛凤说这次讲演"语甚精当"。

在那战火纷飞的年月，学生常有流动。有的人一腔热血，要上前线；有的人追求真理，奔赴延安。父亲对此的一贯态度还是一九三七年抗战前在清华时引用《左传》的那几句话："不有居者，谁守社稷？不有行者，谁捍牧圉？"奔赴国难或在校读书都是神圣的职责，可无论做什么都要做好。

清华第十级在蒙自毕业，父亲为毕业同学题词："天将降大任于是人也，必先苦其心志，劳其筋骨，饿其体肤，空乏其身，行拂乱其所为，所以动心忍性，增益其所不能。第十级诸同学由北平而长沙衡山，由长沙衡山而昆明蒙自，屡经艰苦，其所不能，增益盖已多矣。书孟子语为其毕业纪念。"

一九八八年第十级毕业五十年，要出一纪念刊物。王瑶（第十级学生）教授来请父亲题词，父亲题诗云："曾赏山茶八度花，犹欣南渡得还家。再题册子一回顾，五十年间浪淘沙！"

　　如今又是五年过去了，父亲也去世三年有余了。岁月流逝，滚滚不尽；哲人留下的足迹，让人长思。

一九九四年一月中旬

原载《华人文化世界》一九九四年第三期

向历史诉说

一九九五年十二月四日，是冯友兰先生百年诞辰；前此八天，是他逝世五周年忌日。父亲走完了漫长的人生旅程，像所有的"过客"一样，消失在长满野百合花的道路尽头，但是他的名字和他的思想留在了历史的册页中。

对于我来说，父亲的形象是不可磨灭的。他永远和我在一起，直到我也进入野百合花丛。

他在哲学方面的业绩，自有学者们评说。就一般的精神说来，我以为最突出的有两方面：一是他爱思想，一是他爱祖国。

抗战前，在清华乙所，他的书房是禁地，孩子们不得入内，但是我们常偷偷张望，我记得他伏案书写的身影。他听不见外界的一切，他在思想。在昆明为避轰炸，我们住在乡下，进城需步行三个小时，我随在他身后走着，一路不说话。但我感觉到，他在思想。在"文革"期间，我家被迫全家人挤在一间斗室，各处堆满东西。父亲能坦然坐在一盘食物上，害我们找了半天。他不能再感觉别的事物，他在思想。

从前我不懂"天不生仲尼，万古如长夜"这句话，后来渐渐懂了。

就是说如果没有人类思想的光辉，外界的一切是没有意义的。《新原人》第一章便说，人的特点是有觉解。因为人有觉解，所以人是"天地之心"。

思想是通向觉解的过程。父亲把人类有思想这一特点发挥到极致，他生活的最大愉快就是思想。而在他的生活中，在中国土地上，恰恰遇见一段历史，这段历史的特点是不准思想。如果只是不准思想也还罢了，只要不说究竟怎样想，别人不会知道；问题是不准想，还必须说，那就只能说别人的话了。这就是思想改造。

巴金老人在他的《随想录》中有这样的话："有一点是可以确定的：表态，说空话，说假话，起初别人说，后来自己跟着别人说，再后是自己同别人一起说。起初自己还怀疑这可能是假话，不肯表态，但是一个会一个会地开下去，我终于感觉到必须甩掉'独立思考'这个'包袱'，才能'轻装前进'，因为我已在不知不觉中给改造过来了。"（《真话集》，线装本第一〇三页，华夏出版社）他又说："我相信过假话，我传播过假话，我不曾跟假话作过斗争。别人'高举'，我就'紧跟'，别人抬出'神明'，我就低首膜拜——我甚至愚蠢到愿意钻进魔术箱变'脱胎换骨'的戏法。"（《探索集》，线装本第七五页）每一个亲身经历过那一段历史的人都能体会老人的话是何等真实痛切！

中国学者钱理群在他的《一代学者的历史困境》一文中说："那一时代服从政治需要的要求是绝对的，对其任何背离都会直接威胁到自身的生存。这是我们考察这一代知识分子的选择时，所必须充分注意并予以理解的。正是为了生存与自救，也部分地为了自己的信仰……总想努力跟上时代。他们不断地检查自己，在每一次政治和思想批判运动中，都或主动或被动地作种种或违心或半信半疑的表态。"（《读书》一九九四年第七期）这一段话清楚而概括地说明了那时的情况。

一个哲学头脑的改造似乎要更艰难一些，他需要思想的依据。就是说假话，也要在自己思想里能自圆其说，而不是不管不顾地照着说，于是便有了父亲的连篇累牍的检讨。他已经给放在烧热的铁板上，只有戴着叮当作响的铁铃跳动。

他的改造除了客观形势使然，也有自觉成分。这个自觉成分最主要的原因是爱国。他有着对祖国对中国文化的深沉广博的爱。这种爱不是对哪个朝代、哪个政权，而是对自己的历史文化，对自己生存的空间，对自己的父母之邦的一种感情，如同遗传因子传下来，成为血肉。近百年来，我们的国家屡经丧权辱国，已经到了国不成国民不成民的地步。经过这样的历史，"中国人民站起来了"的巨吼怎能不让人割舍一切！"若惊道术多迁变，请向兴亡事里寻。"这是他以中华民族兴亡为重的心声。孟子早有话："民为贵，社稷次之，君为轻。"三个层次分得很清楚。

二十世纪的学者中，受到见诸文字的批判最多的便是冯先生。甚至在课堂上，学生们也先有一个指导思想，学习与批判相结合，把课堂讨论变成批判会。批判胡适先生的文字也很多，但是他远在海外，大陆这边越批得紧，对他可能反而是一种荣耀。对于冯先生来说，就是坐在铁板上了。在这样的情况下，当时的哲学工作者，除了极少数例外，几乎无人不在铁板下加一把火。这里我绝没有责备的意思，那是时势使然，个人很难违抗。应该说的是，冯先生对批判者从不心存芥蒂，在家里从来没有对哪一个个人表示过不满。他知道烧烤别人的人自己并不好受，而且大多后来也受到烧烤。"夫子之道，忠恕而已矣"，我在父亲身上感到他充满理解与同情的博大胸怀。

冯先生在这种铺天盖地的批判中，单枪匹马。但他不是孤独的，他有思想为伴。他在思想。他爱自己的祖国，他还要卫护中国宝贵的文化。在讨论哲学遗产继承问题时，他提出要区分哲学命题的两种意义，具体意义和抽象意义，具体的不能继承，只能继承抽象意义，这就是著名的"抽象继承法"。这一说法受到批判达十余年之久。

一九五八年，他又写文章《树立一个对立面》，提出哲学系要培养理论工作者，而不是培养普通劳动者。当然又引起大批判。

以后形势愈来愈严峻，但他仍不断提出自己的看法。如一九五九年强调"境界说"仍有合理性；一九六一年提出"普遍性形式"说，认为孔子关于"仁"的学说有进步性。同时他有一个大计划，足以承载他的思想，那就是写《中国哲学史新编》。这部书和"贞元六书"一样，表现了强烈的爱国心。他不是钻在故纸堆中，为史而史，而是要为我们建设新文化提供营养，也就是"阐旧邦以辅新命"。他在六十年代初写这部书，先写过两册，以后停顿约二十年，二十年中经历了多少折腾！他以惊人的毅力坚持下来，他一定要写完这部书，他终于写完了。

蔡仲德《论冯友兰的思想历程》一文中，将冯友兰的思想历史分为三个时期。我同意这个分法，第三个阶段是确实存在的，只是还不为人所知。但我以为，第二时期所谓"失落自我"并没有完全失落。我看到有作家因胡风问题被投入狱，出狱多年后，还是低头哈腰，检讨不完；我听说一九四九年后，有画家自巴黎回国，"文革"中遭批判，他认为画画浪费了纸张，每天沿街捡马粪纸，以赎前愆。冯先生自一九四九年后，生活的主要内容就是检讨，但是他并没有完全失落自我。他在无比强大的政治压力下不自杀，不发疯，也不沉默。在这混乱的世界中，在他的头脑里，有一片——哪怕已挤压得很小——清明的哲学王国，所以他在回归自我时很顺利。

他的失落最突出的表现当然是"批林批孔"那一段。老实说，我始终不明白何以"批林"要联系"批孔"。冯先生参加了"批孔"，我想有几方面的原因。

一，对儒家的批判自"五四"始，"打倒孔家店"的口号和批判精神一直传沿下来。

二，开始"批孔"时声势浩大，又是黑云压城城欲摧的气氛。很明显，冯先生又将成为众矢之的，烧在铁板下的火，眼看越来越大。他想脱身，想逃脱烧烤——请注意，并不是追求什么，而是逃脱！——哪怕是暂时的。他逃脱也不是因为怕受苦，他需要时间，他需要时间写《中国哲学史新编》。那时他已近八十岁。我母亲曾对我说，再送进牛棚，就没有出来的日子了。他逃的办法就是顺着说。

三，毛泽东的影响。冯先生思想中无疑是有封建意识的。他在"文革"中遭批斗、被囚禁，毛泽东的一句话（大意是，研究唯心主义还得请教冯友兰），"解放"他于水深火热之中。他对毛有一种知己之感。幸亏他有一个回归自我的阶段，后来他的认识很清楚。

冯先生参加"批孔"是事实，我有责任说出我的看法。

至于所谓江青问题，不是事实。有关的批判或诟骂，根据是对几首诗的深文周纳、无端臆造。这种做法实际上是一种文字狱。

因为多年搞运动，我家来往的亲友很少，消息也少。江是毛的夫人，是政治局委员，出来活动自然是代表毛的。至于她怎样从夫人而变为中央领导，则非我们所能知，希望将来历史会有交代。由于毛泽东的旨意，一九七三年冯先生奉调两校大批判组（这一点，有人听过传达，见《冯友兰先生百年诞辰纪念文集》中焦树安《回忆与纪念》一文），这是组织安排，如同要你去西藏、新疆一样。这些情况在《三松堂自序》中写得很清楚。至于究竟还有何内幕，我想真正的知情人会在适当时机出来说话。

一九七六年北京地震，江青到北大，由周培源先生陪同，到我家地震棚来看望。当时我在场，亲耳听到数百学生聚集在棚外高呼"毛主席万岁"，场面热烈。当时大多数人都认为江是毛的代表。

冯先生写过《咏史》二十五首，其中有一首讲武则天，被人附会为吹捧江青，其实这首诗与江青毫无关系。我现在还觉得武则天是一奇女子，五千年历史毕竟只有这一个女皇帝。有些人惯于歪曲诗的本意，甚至在所谓研究文章中杜撰，把自己的揣测硬安在别人头上，这种做法甚不足取。

对于没有根据的责备，冯友兰先生是坦然的。他逝世后，《三生石》英译者赖艾美写信来吊唁，说她在美国报纸上看到有文章说，冯先生的一生"生活过，斗争过，享有过，没有任何可追悔"。他的心境如光风霁月，如晴空碧海。他"俯仰无愧怍，海阔天空我自飞"。他晚年不参加任何会议，一方面是因为身体欠佳，另一方面正表现了他看破一切、潇洒自如、"愈写愈自由"的心境。他曾说，晋人懒得穿戴整齐，他当时很有体会。连穿戴都懒得，更不要说参加什么会了。

从一九七九年起，他基本结束了三十多年的检讨生涯，每天上午在书房两个多小时，口授《中国哲学史新编》。这一段生活大体上是平静的，愉悦的。他曾引孔子的话，"假我数年，五十以学易，可以无大过矣"。在他心目中，活着是为了多明白哲学道理，为了思想。他说自己是"欲罢不能"，他不能不思想。他的最后十五年，一切都围绕着《中国哲学史新编》的写作。甚至说，现在治病，是因为书还没写完，等书写完了，有病就不必治了。果然，书成后四个月，他便安然离去。

经过这么多年的折腾，我深切地感到，我们需要能用自己头脑思想的人。不可能有很多哲学家，但是应该重视自由的思想。哲学家是爱智者，每个人最好都能爱思想，把人类有思想这一特点发挥得多一些。这样可以使人减少些物欲，减少些浅薄。冯友兰在不可能充分发展的情况下建立了冯学。人去境迁，将来的冯学研究者，会赋予它新的意义。但是爱思想这一点，只要有人类，就应该发扬。这也是一种抽象继承吧。

冯先生对祖国的深挚感情体现在爱中国文化，也体现在爱父母家乡，爱他周围的一切。他爱河南多灾多难的土地，爱北京的钟鼓楼，爱北大、清华的校园，曾自己为燕园的亭台楼榭命名，只是从未被采纳。这些不是一个"爱国主义"所能包括的。它可以发展为爱赫贞江①、爱塞纳河、爱和平、爱世界，这是人类的一

①　赫贞江，美国纽约的一条河，现译为哈德逊河。

种美好感情，从中可以激发出无比的力量。

另外，我还想特别提出他在中西文化交融、互补这一方面的贡献。

一九三四年，冯先生在布拉格第八届国际哲学大会上宣读他的论文《哲学在当代中国》。在这篇文章中，他指出，从十九世纪末到二十世纪三十年代的五十年中，对新旧文明的解释和批评有三个阶段。第一阶段的精神领袖们用旧的眼光解释、批评新的。如康有为是维新运动的领袖，但他自认为他的作为并非来自西方新文明，而是来自孔子旧教义。第二阶段是用新的眼光批评旧的，如胡适的哲学史，读后让人觉得整个中国文明完全走错了路。冯文中说的第三阶段："我们现在没有兴趣用另一种文明的眼光去批评某种文明，但是有兴趣用另一种文明阐明某种文明，使两种都能被人更好地理解。"第三阶段提出要互相解释，而不是互相批评。对东西方文明，"我们把它们看作人类进步的同一趋势的不同原理的不同表现"，这样东西方不只连结而且能够合一。他明确地提出"希望不久以后我们可以看到，欧洲哲学观念得到中国直觉和体验的补充，中国哲学观念得到欧洲逻辑和清晰思想的澄清"。冯先生的《中国哲学史》成功地完成了他所希望看到的事。他用逻辑的科学方法澄清、梳理了中国哲学史。近闻西方哲学有文学化的趋向，变得贴近人生，不知是否得到中国哲学的补充？

中国学者范明生先生在其《中西思维模式及其转型》一文中说，中国哲学缺少正的方法（其实质是说形而上学的对象是什么），西方哲学缺少负的方法（其实质是说形而上学的对象不是什么），将两者结合，对双方都有积极意义，冯先生的主要贡献之一就在这里。

他还说:"在'贞元六书'中,结合中西思维模式,改铸中国传统哲学的思维模式的努力,都是在推进和提高中华民族抽象思维能力的宏伟事业上,做出了载诸史册的贡献。"

对东西方文化各自所处地位的清醒的态度和为促进两种文化互补互融所做的努力以及得到的成绩,在冯学研究中,是非常重要的一个方面。我愿意给它和爱思想、爱祖国鼎足而三的地位。

冯友兰先生临终前有一句掷地作金石声的遗言:"中国哲学将来一定会大放光彩!"这也就是半个世纪前他提出的,希望用中国哲学的直觉和体验补充西方哲学。他相信中国哲学一定会在世界哲学中做出应有的重要贡献。我为他的信心下泪,我相信他的希望一定会实现。

为纪念冯友兰先生一百周年诞辰,他的许多朋友、学生和同行从各方面写了文章。对此我衷心感谢,感谢大家没有忘记这一位哲学老人,感谢大家用自己的文字使"写的历史"向真实靠近。

冯友兰,不是孤独的。

附注:一九九五年八月四日,国际中国哲学会借双年例会之际,举行了纪念冯友兰先生百年诞辰大会。此文在会上宣读。

一九九五年五月

原载《冯友兰先生百年诞辰纪念文集》,

清华大学出版社,一九九五年十二月

三松堂依旧

三松堂依旧。

三棵松树依然屹立。高的一棵那成九十度角的横枝仍然直指西方，矮的一棵还是向四面散开；最大最古老的靠近屋门的一棵，常在我眼中的是那树身，可以抚摸，可以依靠。时光已流逝了许多年，这里仍不时有世界各地的人前来，探望三松，探望三松堂。

冯友兰先生一九一八年从北京大学毕业。当他走出校门的时候，他不知道自己的一生会有怎样的安排，但有一条已经确定，就是他永远不离开哲学。

他太爱哲学，他一生在哲学上的建树以他自撰的楹联总结得最好："三史释今古，六书纪贞元。"上联写他哲学史方面的成就，下联写他在哲学体系方面的创造，这是大家都知道的了，我不再复述。近来有学者提出，对冯学的研究，要从三个方面，即中国哲学、西方哲学、马克思主义哲学入手。在二十世纪东西方文化大碰撞的时代，唯有融合各方面的优秀成果，才能为中国文化做出新的贡献、找到新的出路，而冯友兰哲学就正是这三方面融合的产物。张岱年先生曾说，当代中国最有名望的思想家是熊十力先生、金岳霖先生和冯友兰先生，三家学说都是中西哲学的融合，但熊先生的体系是"中"占十分之九，"西"占十分之一，金先生的体系是"西"占十分之九，"中"占十分之一，"唯有冯友兰先生的哲学体系可以说是'中''西'各半，是比较完整的意义上的中西结合"(《冯友兰先生百年诞辰纪念文集》)。上海西方哲学学者范明生在其《中西思维模式及其转型》[①] 中说："中国哲学缺少正的方法（其实质是说形而上学的对象是什么），西方哲学缺少的是负的方法（其实质是说形而上学的对象不是什么），将两者结合，对双方都是积极意义，冯先生的主要贡献之一就在这里。"他还说："在'贞元六书'中，结合中西思维模式，改铸中国传统哲学的思维模式的努力，都是在推进和提高中华民族抽象思维能力的宏伟事业上，做出了载诸史册的贡献。"(《冯友兰先生百年诞辰纪念文集》)

《中国哲学史》两卷本中有这样一段话，孔子的历史地位如苏格拉底，孟子的历史地位如柏拉图，其气象之高明亢爽亦似之；荀子的历史地位如亚里士多德，其气象之笃实沉博亦似之。读这段话感到很亲切，似乎看到三位东方先哲和三位西方先哲相视微笑，并颔首表示嘉奖冯友兰对他们的理解。

我读的哲学书不多，这几年接触一些文章，发现冯学研究已取得很大成绩，其中一些研究西方哲学的学者写的文章，另有一种分量。我想，这些学者们做的工作恰是冯学研究中比较薄弱的一面，更深入地研究冯学与西方哲学的关系，可能是理解冯学的一个方

------

① 《中西思维模式及其转型》，见《冯友兰先生百年诞辰纪念文集》。

法。这也说明了冯学在中西文化大碰撞中吸收融合创立新说的贡献。

我从小至大，直到后来工作，都没有离开家。尤其是母亲去世以后，照顾父亲就成了我的重任。有朋友对我说："你自己就是一个字不写，把老先生照顾好，你的功劳就够大了。"我是努力去做的。我常觉得，我不只对父亲尽孝心，我是对中国文化尽一个炎黄子孙的孝心。

从日常生活中，我觉得父亲的精神有两点应该说一说。一是爱祖国，一是爱思想。

爱祖国不是空泛的，他爱自己的家乡，爱自己的亲人，爱祖国大地的山山水水，爱北京的每一个角落，爱北大、清华的校园，更爱祖国的文化。这是一种很美好的感情。他曾自己给北大的亭台楼阁起名字，我记得现在鸣鹤园小山上的亭子叫做西爽亭。那时人们很少闲情逸致，顾不上他的这些创作。他的头脑是一座资料库，除了藏有大量经史典籍，还有大量诗文。他常在三松下小坐，津津有味地背诵。一次我们比赛，他把《秋兴八首》一字不漏地背出来，我却不能。他坐在那里，思接千里，联系着祖国的历史和未来，联系着祖国的天空和大地。他对祖国的深切感情使他永远不离开祖国的土地，终生在这片土地上服务。

父亲热爱思想。他在《新原人》里说，人的特点就是有觉解，也就是有思想。有了思想的光辉，世界才有意义。"天不生仲尼，万古如长夜"，柏拉图著名的洞穴比喻也是父亲常爱引用的。因为无时无刻不在思想，他对外界事物，尤其是生活琐事有些漠然。"文革"中，我家只剩下一间房子，一切活动都在其中。一次我回家，母亲包了些饺子，等到要煮时，却找不到了，找了半天，后来才发现父亲正坐在这盘饺子上，他毫无感觉。"文革"中常有批斗，一次批斗十分凶猛，父亲回家来稍事休息，平静地对母亲说："我们吃饭吧。"母亲言及时不觉泪下。父亲的精神中有一块思想圣地，尽管也受时代的沾染，留着烙印，但他"所挟持者甚大"，所以虽从荆棘中走过，仍是泰然自若。

现在有些青年学者对冯学甚感兴趣，有人自称到了痴迷的地步，也有人对他仍持批判态度。这里用一个"仍"字，是因冯学的发展是从批判中过来的，这在学术史中并不多见。冯友兰哲学有一个特点，就是不只属于哲学界、学术界，而且属于普通人。在文学上我们有些作品可以做到雅俗共赏，在哲学上很少有人能做到这一点，冯学可以说是做到了。我们常收到各种各样读者来信，也有登门造访的，询问冯著出版情况，叙说他们喜欢读冯先生的书。有一位读者说，他经常读《中国哲学史》和"贞元六书"。他不能说出具体的收获是什么，但觉得读了和不读不一样，感到舒服。大概这就是"受用"吧。一个多月以前，冯先生已经逝世七年了，东北边陲的一个女青年在人生道路上遇到了困惑，写信来要求冯爷爷帮助她。照说哲学似乎是没什么实际用途，冯学在普通人中的影响，说明哲学对于人们的精神境界的作用。

五十年代初，各大学进行院系调整，冯先生回到北大任教，燕园成为他一生居住最长的地方。当时各方面都在探索，对"资产阶级思想"甚为顾忌。冯先生曾有一句话，这句话是："家藏万贯，膝下无儿。"他以不能将自己的学问传下去为憾。据说当时江隆基副校长曾多次引用这句话。在越来越"左"的路线指引下，不要说一家之言，连整个的中国文化传统都割断了，还有什么可说。幸好我们迎来了改革开放的新时期，各种学说渐渐地可以研究探讨传播，这才有了中华民族的生机。冯先生就是在这时，在年过八旬的高龄开始并最终完成了他晚年的巨著《中国哲学史新编》，创造了人类文化史上的奇迹。我要说一句，尽管经历过各种危难，各种折磨，各种痛苦，中国学者们仍然继续传承，继续创造，无论是哲学方面还是文学方面，中国文化的主流仍在祖国的本土，决不在任何另外的地方。

曾有人问冯先生，谁是他最敬仰的人。他答称是他的母亲吴清芝太夫人和蔡元培先生。他曾说："蔡先生是中国近代的大教育家，这是人们所公认的。我在'大'字上又加了一个'最'字，因为一直到现在我还没有看见第二个像蔡先生那样的大教育家。"

他对蔡元培先生的敬仰，也表明了他对母校的感情。他在《新事论·自序》中说："二十七年为北京大学成立四十周年，同学诸子谋出刊物，以为纪念。此书所追论清末民初时代之思想，多与北大有关系者。谨以此书，为北大寿。"当时北大四十周年。现在欣逢北大一百周年寿诞，他如果远在千万里之外，也会赶来为母校庆寿，但是他永不能再归来。我愿代他向他的母校北京大学祝贺寿诞，并向保持三松堂依旧的北大校方敬致谢意。

一九九八年一月

原载《北京大学学报》一九九八年第二期

蜡炬成灰泪始干

二〇〇〇年春，我患目疾，好几个月都在奔走医院。住医院，上手术台，对我都不是新鲜事，这一次却怀着极大的恐怖。我怕变为盲人，我怎能忍受那黑洞里的生活，怎能忍受那黑暗，那茫然，那隔绝。

我在等待第三次手术，日子一天天过，还在等待。一个夜晚，我披衣坐在床上，觉得自己是这样不幸，我不会死，可是以后再无法写作。模糊中似乎有一个人影飘过来，他坐在轮椅上，一手捋须，面带微笑。那是父亲。

"不要怕，我做完了我要做的事，你也会的。"我的心听见他在说。此后，我几次感觉到父亲。他有时坐在轮椅上，有时坐在书房里，有时在过道里走路，手杖敲击地板，发出有节奏的声音。他不再说话，可是每次我想到他，都能得到指点和开导。

老实说，父亲已去世十年。时间移去了悲痛，减少了思念。以前在生活安排上，总是首先考虑老人，现在则完全改变了，甚至淡忘了。而在失明的威胁下，父亲并没有忘记我，或者说我又想起了他。因为我需要他。

　　"不要怕，我做完了我要做的事，你也会的。"

　　我会吗？我需要他的榜样，我向记忆深处寻找……

　　父亲最后的日子，是艰辛的，也是辉煌的。他逃脱了政治旋涡的泥沼，虽然被折磨得体无完肤，却幸而头在颈上，他可以相当自由地思想了。一九八〇年，他开始从头撰写《中国哲学史新编》这部大书。当时他已是八十五岁高龄。除短暂的社会活动，他每天上午都在书房度过。他的头脑便是一个图书馆，他的视力很可怜，眼前的人也看不清，可是中国几千年来的哲学思想的发展在他头脑里十分清楚，那是他一辈子思索的结果。哲学是他一生的依据。自一九一五年，他进入北京大学哲学门，他从没有离开过哲学。

　　父亲考入北大时，报的是文科。当时有人劝他读法科容易找工作，而且法科可以转文科，可是文科不可以转法科。父亲依言报了法科，考取了，但他还是转入文科。如果他要进仕途，可以从入法科开始，但那不是他的理想。他选择了哲学作为他的终身事业。

　　父亲那样出生在十九世纪末的一代人，分布在各个学科，创造了中国社会转型时期的新文化。不管在哪一学科，他们有一个共同点，那就是热爱祖国，要使自己的国家扬眉吐气地屹立在世界民族之林。我相信，我的了解没有错。父亲的哲学也不是空谈哲理，也不是书斋里的机锋，他要"阐旧邦以辅新命"，就是要汲取中国文化的精华，作为建设新国家的营养。永远关心着国家、民族的命运，这就是他的"所以迹"。经过多少折腾、磨难，初衷不改，他的最后巨著《中国哲学史新编》的最后一页，仍写着张载的那几句话："为天地立心，为生民立命，为往圣继绝学，为万世开太平。"他仍然是"虽不能至，心向往之"。

他在一九四二年写的《新原人》中提出了他的境界说——他的哲学的灵泉。此书自序一开始就写了张载四句，接下去便说："此哲学家所应自期许者也。况我国家民族，值贞元之会、当绝续之交、通天人之际、达古今之变、明内圣外王之道者，岂可不尽所欲言，以为我国家致太平，我亿兆安身立命之用乎？虽不能至，心向往之。非曰能之，愿学焉。"我一直认为，"贞元六书"的几篇短序都是绝妙文章，表现父亲的心胸气魄。听人说有哲学教师讲张载四句竟至泪下，可知怀有为国家致太平、为亿兆安身立命这种深情的人并非少数。

父亲最后十年的生命，化成了《中国哲学史新编》这部书。学者们渐渐有了共识，认为这部书对论点、材料的融会贯通超过了三十年代的两卷本，又对玄学、佛学、道学，对曾国藩和太平天国的看法提出了独到的见解，还认为人类的将来必定会"仇必和而解"，都说出了他自己要说的话。一点一滴，一字一句，用口授方式写成了这部一百五十万字的大书，可谓学术史上的奇迹。蝇营狗苟、利欲熏心的人能写出这样的书么？我看是抄也抄不下来！有的朋友来看望，感到老人很累，好意地对我说："能不能不要写了。"我转达这好意，父亲微叹道："我确实很累，可是我并不以为苦，我是欲罢不能。这就是'春蚕到死丝方尽，蜡炬成灰泪始干'吧！"

是的，他并不以写这部书为苦，他形容自己像老牛反刍一样，细细咀嚼储存的草料。他也在细细咀嚼原有的知识储备，用来创造。这里面自有一种乐趣。父亲著述还有一个特点，就是不做卡片，曾有外国朋友问："在昆明时，各种设备差，图书难得，你在哪里找资料？"父亲回答："我写书，不需要很多资料，一切都在我的头脑中。"这是他成为准盲人后，能完成大书的一个重要条件。

更重要的是他的专注，他的执着，他的不可更改的深情。他在生命的最后两年中不能行走，不能站立，起居需人帮助，甚至咀嚼困难，进餐需人喂，有时要用一两个小时。不能行走也罢，不能进食也罢，都阻挡不了他的哲学思考。一次，因心脏病发作，我们用急救车送他去医院，他躺在床上，断断续续地说：现在有病要治，是因为书没有写完，等书写完了，有病就不必治了。

当时，我为这句话大恸不已。现在想来，如丝已尽，泪已干，即使勉强治疗也是支撑不下去的；而丝未尽，泪未干，最后的著作没有完成，那生命的灵气绝不肯离去。他最后的遗言"中国哲学将来一定会大放光彩"，就是用他整个生命说出来的。

父亲久病后，偶然颤巍巍地站立，总让人想到风烛残年这几个字。烛火在风中摇曳，可以随时熄灭，但父亲的精神之火却是不会熄灭的。他是那样顽强、坚韧，那样丰富，他不烧干自己决不甘心。

一九八二年，父亲到哥伦比亚大学接受名誉博士学位，他写了一首诗："一别贞江六十春，问江可认再来人？智山慧海传真火，愿随前薪做后薪。"薪火相传的意思出自《庄子·养生主》："指穷于为薪，火传也，不知其尽也。"他要像浇了油的木柴一样，前面的木柴烧完了，后面的木柴便接上去，薪火相传代代不息。

父亲那一代人责任感太强了，他们无暇逍遥。其实父亲心底是赞成孔子"吾与点也"那一句话的。曾点说，他的愿望是"浴乎沂，风乎舞雩，咏而归"，父亲是欣赏这种境界的。

四十年代，常有人请父亲写字，父亲最喜写唐李翱的两首诗——"练得身形似鹤形，千株松下两函经。我来问道无余说，云在青天水在瓶"。还有一首是"选得幽居惬野情，终年无送亦无迎。有时直上孤峰顶，月下披云啸一声"。

这两首诗，父亲写过几十幅，现在家中只有"月下披云啸一声"那一幅，没有了"云在青天水在瓶"的那一幅。父亲的执着顽强，那春蚕到死，蜡炬成灰，薪尽火传的精神，后面有着极飘逸、极空明的另一方面。一方面是儒家"知其不可而为之"的担得起，一方面是佛、道、禅的"云在青天水在瓶"的看得破。有这样的互补，中国知识分子才能在极严酷的环境中活下去。

很多年以前，父亲为我写了一幅字，写的是龚定庵诗："虽然大器晚年成，卓荦全凭弱冠争。多识前言蓄其德，莫抛心力贸才名。"后来父亲又为我和外子作过一首诗："七字堪为座右铭，莫抛心力贸才名。乐章奏到休止符，此时无声胜有声。"父亲深知任何事都要用心血做成，谆谆教诲，不要为一点轻易取得的浮名得意，在寂静中也许会有更好的音乐。想到这些，常觉得父亲坐在那里，以手向上一指向下一指，在沉默中，让人想到"云在青天水在瓶"的诗句；可是那含义，那境界，有谁领会。

我做了手术，出院回家，在屋中走来走去，想倾听父亲卧房里发出的咳声，但是只有寂静。我坐在父亲的书房里，看着窗外高高的树。在这里，准盲人冯友兰曾坐了三十三年；无论是否成为盲人，我都会这样坐下去。

原载《人民日报》（海外版）二〇〇〇年八月二十九日

哭小弟

飞机强度研究所
技术所长冯钟越

我面前摆着一张名片，是小弟前年出国考察时用的。名片依旧，小弟却再也不能用它了。

小弟去了。小弟去的地方是千古哲人揣摩不透的地方，是各种宗教企图描绘的地方，也是每个人都会去、而且不能回来的地方。但是现在怎么能轮得到小弟！他刚五十岁，正是精力充沛，积累了丰富的学识经验，大有作为的时候，有多少事等他去做啊！医院发现他的肿瘤已相当大，需要立即手术，他还想去参加一个技术讨论会，问能不能开完会再来。他在手术后休养期间，仍在看研究所里的科研论文，还做些小翻译。直到卧床不起，他手边还留着几份国际航空材料，说是"想再看看"。他也并不全想的是工作。已是滴水不进时，他忽然说想吃虾，要对虾。他想活，他想活下去啊！

可是他去了，过早地去了。这一年多，从他生病到去世，真

59

像是个梦，是个永远不能令人相信的梦。我总觉得他还会回来，从我们那冬夏一律显得十分荒凉的后院走到我窗下，叫一声"小姊——"

可是他去了，过早地永远地去了。

我长小弟三岁。从我有比较完整的记忆起，生活里便有我的弟弟，一个胖胖的、可爱的小弟弟，跟在我身后。他虽然小，可是在玩耍时，他常常当老师，照顾着小朋友，让大家坐好，他站着上课，那神色真是庄严。他虽然小，在昆明的冬天里，孩子们都生冻疮，都怕用冷水洗脸，他却一点不怕。他站在山泉边，捧着一个大盆的样子，至今还十分清晰地在我眼前。

"小姊，你看，我先洗！"他高兴地叫道。

在泉水缓缓的流淌中，我们从小学、中学至大学，大部分时间都在一个学校，毕业后就各奔前程了。不知不觉间，听到人家称小弟为强度专家；不知不觉间，他担任了总工程师的职务。在那动荡不安的年月里，很难想象一个人的将来。这几年，父亲和我倒是常谈到，只要环境许可，小弟是会为国家做出点实际的事的。却不料，本是最年幼的他，竟先我们而离去了。

去年夏天，得知他患病后无法得到更好的治疗，我于八月二十日到西安。记得有一辆坐满了人的车来接我，我当时奇怪何以如此兴师动众，原来他们都是去看小弟。到医院后，有人进病房握手，有人只在房门口默默地站一站，他们怕打扰病人，但他们一定得来看一眼。

手术时，有航空科学研究院、六二三所、六二一所的代表，弟妹、侄女和我在手术室外，还有辆轿车在医院门口。车里有许多人等着，他们一定要等着，准备随时献血。小弟如果需要把全身的血都换过，他的同志们也会给他。但是一切都没有用。肿瘤取出来了，有一个半成人的拳头大，一面已经坏死。我忽然觉得一阵胸闷，几乎透不过气来——这是在穷乡僻壤为祖国贡献着才华、血汗和生命的人啊，怎么能让这致命的东西在他身体里长到这样大！

我知道在这黄土高原上生活的艰苦，也知道住在这黄土高原上的人工作劳累，还可以想象每一点工作的进展都要经过十分恼人的迂回曲折。但我没有想到，小弟不但生活在这里，战斗在这里，而且把性命交付在这里了。他手术后回京在家休养，不到半年，就复发了。

那一段焦急的悲痛的日子，我不忍写，也不能写。每一念及，便泪下如缕，纸上一片模糊。记得每次看病，候诊室里都像公共汽车上一样拥挤。等啊等啊，盼啊盼啊，我们知道病情不可逆转，只希望能延长时间，也许会有新的办法。航空界从莫文祥同志起，还有空军领导同志都极关心他，各个方面包括医务界的朋友们也曾热情相助，我还往海外求医。然而错过了治疗时机，药物再难奏效。曾有个别的医生不耐烦地当面对小弟说，治不好了，要他"回陕西去"。小弟说起这话时仍然面带笑容，毫不介意。他始终没有失去信心，他始终没有丧失生的愿望，他还没有累够。

小弟生于北京，一九五二年从清华大学航空系毕业。他填志愿到西南，后来分配在东北，以后又调到成都、调到陕西。虽然他的血没有流在祖国的土地上，但他的汗水洒遍全国，他的精力的一点一滴都献给祖国的航空事业了。个人的功绩总是有限的，也许燃尽了自己，也不能给人一点光亮，可总是为以后的绚烂的光辉做了一点积累吧。我不大明白各种工业的复杂性，但我明白，任何事业也不是只坐在北京就能够建树的。

我曾经非常希望小弟调回北京，分担我侍奉老父的重担。他是儿子，三十年在外奔波，他不该尽些家庭的责任吗？多年来，家里有什么事，大家都会这样说："等小弟回来。""问小弟。"有时只要想到有他可问，也就安心了。现在还怎能得到这样的心安？风烛残年的父亲想儿子，尤其这几年母亲去世后。他的思念是深的，苦的，我知道，虽然他不说。现在，他永远失去他的最宝贝的小儿子了。我还曾希望在我自己走到人生的尽头，跨过那一道痛苦的门槛时，身旁的亲人中能有我的弟弟，他素来的可倚可靠会给我安慰。哪里知道，却是他先迈过了那道门槛啊！

一九八二年十月二十八日上午七时，他去了。

这一天本在意料之中，可是我怎能相信这是事实呢！他躺在那里，但他已经不是他了，已经不是我那正当盛年的弟弟，他再不会回答我们的呼唤，再不会劝阻我们的哭泣。你到哪里去了，小弟！自一九七四年沅君姑母逝世起，我家屡遭丧事，而这一次小弟的远去最是违反常规，令人难以接受！我还不得不把这消息告诉当时也在住院的老父，因为我无法回答他每天的第一句问话："今天小弟怎么样？"我必须告诉他，这是我的责任。再没有弟弟可以依靠了，再不能指望他来分担我的责任了。

父亲为他写挽联："是好党员，是好干部，壮志未酬，洒泪岂只为家痛；能娴科技，能娴艺文，全才罕遇，招魂也难再归来！"我那唯一的弟弟，永远地离去了。

他是积劳成疾，也是积郁成疾。他一天三段紧张地工作，参加各式各样的会议。每有大型试验，他事先检查到每一个螺丝钉，每一块胶布。他是三机部科技委员会委员，他曾有远见地提出多种型号研究。有一项他任主任工程师的课题研制获国防工办和三机部科技一等奖。同时他也是六二三所党委委员，需要在会议桌上坦率而又让人能接受地说出自己对各种事情的意见。我常想，能够"双肩挑"，是我们五十年代至六十年代初期出来的知识分子的特点。我们是在"又红又专"的要求下长大的，当然，有的人永远也没有能达到要求，像我。大多数人则挑起过重的担子，在崎岖的、荆棘丛生的、有时是此路不通的山路上行走。那几年的批判斗争是有远期效果的。他们不只是生活艰苦，过于劳累，还要担惊受怕，心里塞满想不通的事，谁又能经受得起呢！

小弟入医院前，正负责组织航空工业部系统的一个课题组，他任主任工程师。他的一个同志写信给我说，一九八一年夏天，西安一带出奇的热，几乎所有的人晚上都到室外乘凉，只有"我们的老冯"坚持伏案看资料。"有一天晚上，我去他家汇报工作，得知他经常胃痛，有时从睡眠中痛醒。工作中有时会痛得大汗淋漓，挺一会儿，又接着做了。天啊！谁又知道这是癌症！我只淡淡地说该上医院看看。回想起来，我心里很内疚！我对不起老冯，也对不起您！"

这位不相识的好同志的话使我痛哭失声！我也恨自己，恨自已没有早想到癌症对我们家族的威胁，即使没有任何症状，也该定期检查。云山阻隔，我一直以为小弟是健康的。其实他早感不适，已去过他该去的医疗单位。区一级的说是胃下垂，县一级的说是肾游走。以小弟之为人，当然不会大惊小怪，惊动大家。后来在弟妹的催促下，趁工作之便到西安检查，才做手术。如果早一年有正确的诊断和治疗，小弟还可以再为祖国工作二十年！

往者已矣。小弟一生，从没有埋怨过谁，也没有埋怨过自己，这是他的美德之一。他在病中写的诗中有两句："回首悠悠无恨事，丹心一片向将来。"他没有恨事。他虽无可以彪炳史册的丰功伟绩，却有一个普通人的认真的、勤奋的一生。历史正是由这些人写成的。

小弟白面长身，美丰仪；喜文艺，娴诗词，且工书法篆刻。父亲在挽联中说他是"全才罕遇"，实非夸张。如果他有三次生命，他的多方面的才能和精力也是用不完的；可就是这一辈子，也没有得以充分的发挥和施展。他病危弥留的时间很长，他那颗丹心，那颗想让祖国飞起来的丹心，顽强地跳动，不肯停息。他不甘心！

这样壮志未酬的人，不止他一个啊！

我哭小弟，哭他在剧痛中还拿着那本航空资料"想再看看"，哭他的"胃下垂""肾游走"；我也哭蒋筑英抱病奔波，客殇成都；我也哭罗健夫不肯一个人坐一辆汽车；我还要哭那些没有见诸报章的过早离去的我的同辈人。他们几经雪欺霜冻，好不容易奋斗着张开几片花瓣，尚未盛开，就骤然凋谢。我哭我们这迟开早谢的一代人！

已经是迟开了，让这些迟开的花朵尽可能延长他们的光彩吧。

这些天，读到许多关于这方面的文章，也读到了《痛惜之余的愿望》，稍得安慰。我盼"愿望"能成为事实，我想需要"痛惜"的事应该越来越少了。

小弟，我不哭！

一九八二年十一月

原载《人民日报》一九八二年十二月二十七日

怎得长相依聚
——蔡仲德三周年祭

蔡仲德（1937—2004） 人本主义者。

这是我为仲德设计的墓碑刻字，我想这是他要的。他在病榻上的最后几个月，想得最多的就是关于人本主义问题。如果他能多有些时日，会有正式的文章表达他的信念。但是天不佑人，他来不及了。只在为我写的一篇短文里提出市场经济、民主政治、人权观念等几个概念。虽然简单，却也清楚地表明了他的理想。现在又想，理想只能说明他追求的高，不能说明他生活的广和深。因为他的一生虽然不够长，却足够丰富。他是一个好教师，也是一个好学者。生活最丰满处是因为他有了我，我有了他。世上有这样的拥有，永远不能成为过去。

人人都以为，我最后的岁月必定有仲德陪伴，他会为我安排一切。谁也没有料到，竟是他先走了，飘然飞向遥远的火星。我们原说过，在那里有一个家。有时我觉得，他正在院中的小路上走过来，穿着那件很旧的夹大衣；有时在这边说话，总觉得他的书房里有回应，细听时，却又没有。他已经消失了，消失在蓝天白云，青山绿水，树木花草之间。也许真的能在火星上找到他，因为我们这里的事情，要经过漫长的光阴和遥远的距离，才能到达那里，他是一个怎样的人，在那里可以重现。

首先，他是一个教师。他在入大学前曾教过两年小学，又任中学教员二十余年，以后调入中央音乐学院音乐学系。他四十六年的教学生涯里，在中央音乐学院任教四十四年。他教中学时，课本比较简单，他自己添加教材，开了很长的古典诗词目录，要求学生背诵。有的学生当时很烦，说蔡老师的课难上。许多年后却对他说，现在才知道老师教课的苦心，我们总算有了一点文学知识，比别人丰富多了。确实，这不仅是知识，更是对性情的陶冶，影响着一个人的生活。

七十年代初，在军营中经过政治磨难的音院师生回到北京，附中在京郊苏家坨上课，虽然上课很不正常，仲德却没有缺过一次课。一次刮大风，我劝他不要去，他硬是骑自行车顶着西北风赶二十几里路去上课，回来成了一个土人。上课对于一个教师是神圣的。他在音乐学系开设两门课：中国音乐美学史和士人格研究。人说他的课讲得漂亮。我听过几次，一次在河南大学讲授中国古代音乐美学，一次在香港浸会大学讲"说郑声"。一节课的时间被他安排得十分恰当，有头有尾，宛如一篇结构严密的文章。更让人称道的是下课铃响，他恰好讲出最后一个字，而且是节节课都如此，就连他出的考题也如一篇小文章。他在每次上课前都认真准备，做了严谨的教案。他说要在四十五分钟以内给学生最多的东西，小学、中学、大学都是如此。一次我们在外边用餐，不知为什么，一个陌生的年轻人拿了一本唐诗，指出一首要我讲，我不记得是哪一首了，只记得其中有两个典故。我素来喜读书不求甚解，讲不出，仲德当时做了详细的讲解。他说做教师就要甚解，要经得起学生问。学生问了，对教师会有启发。

他淹缠病榻两年有半，一直惦记着他的课和他指导的学生。就在他生病的这一个秋天，录取了一名硕士生。他在化疗期间仍要这个学生来上课，在北京肿瘤医院室内花园，在北大医院的病室，甚至是一面打着吊针，一面在进行授课。他对学生非常严格，改文章一个标点都不放过，学生怕来回课，说若是回答草率，蔡老师有时激动起来，简直是怒发冲冠，头发胡子都根根竖起。不是他指导的学生也请他看文章，他一视同仁，十分认真地提意见挑毛病改文字。同学们敬他爱他又怕他。

他做手术的那一天，走廊里站了许多我不认识的音院师生，许多人要求值班。那天清晨，有位老学生从很远的地方赶到我家，陪伴我。一个现在台湾的老学生在电话中哭着恳求我们收下他们的捐助。我们并不需要捐助，可是学生们的关心从四面八方把我们沉重的心稍稍托起。

一个大学教师在教的同时，自己必须做学问，才能带领学生前进，才能不是一个教书匠。上世纪七十年代末，他从研究《乐记》的成书年代开始，对中国音乐美学做了考察，写出了《中国音乐美学史》这部巨著。这是我国的第一部音乐美学史。后来这本书要修订出版，那时他住在龙潭湖肿瘤医院。他坐一会儿躺一会儿，一字一字，一页一页，八百多页的书稿在不时插上又拔下针管的过程中修订完毕。

经过多年的努力，他对各种文献非常熟悉，却从不炫耀，从不沾沾自喜，总是尽力地做好他承担的事，而且不断地思考。不知不觉间又写出了多篇论文，音乐方面的结集为《音乐之道的探求》，由上海人民音乐出版社出版。文化方面的结集为《艰难的涅槃》，正像书名一样，这本书命运多舛，因为思想不合规矩，现在尚未能出版。

他能够连续十几小时稳坐书案之前，真有把板凳坐穿的精神。他从事学术研究不限于音乐美学，冯学研究也是重要的部分。其著述材料之翔实，了解之深切，立论之精当，为学界所推重。还是不知不觉间，他写出了六十六万字的《冯友兰先生年谱初编》，并整理、修订增补了七百余万字的《三松堂全集》第二版，又写出了《冯友兰先生评传》《教育家冯友兰》等。

对于我的父亲，他不只是一个研究者，而且也远远超过半子。幸亏有他，父亲才有这样安适的晚年。他推轮椅，抬担架，帮助喂饭、如厕。我的兄弟没有做到和来不及做的事，他做了；我自己承担不了的事，他承担了。从父母的墓地回来，荒寂的路上如果没有他，那会是怎样的日子！可是现在，他也去了。

在繁忙的教学、研究之余，他为我编辑了《宗璞文集》四卷本。他是我的第一读者，为我的草稿挑毛病。用引文懒得查时，便去问他，他会仔细地查好。我称他为风庐图书馆长，并因此很得意。现在我去问谁？

父亲去世以后，我把家中藏书赠给清华大学思想文化研究所，设立了"冯友兰文库"，但留了"四部丛刊"和一些线装典籍，供仲德查阅。他阅读的范围，已经比父亲小多了。现在他走了，我把最后留下的书也送出。我已经告别阅读，连个范围也没有了。他自己几十年收集的关于音乐美学方面的书，我都送给了中央音乐学院图书馆。学生们从这些书中得到帮助时，我想他会微笑。

他喜欢和人辩论，他的许多文章都在辩论。辩论就是各抒己见，当仁不让。他说思想经过碰撞会迸发出火花，互相启迪，得到升华，所谓真理愈辩愈明。如果只有"一言堂"，思想必然僵化，那是很可怕的。他看到的只是学问道理，从没有个人意气。

他关心社会，反对躲进象牙之塔。他认为每一个生命是独立的又是相联的。他在音乐学院任基层人民代表十年，总想多为别人做些事。他是太不量力了，简直有些多事，我这样说他。他说大家的事要大家管。音乐史专家毛宇宽说："蔡仲德是一位真正意义上的中国知识分子。"我觉得他是当得起的。

我们居住的庭院中有三棵松树。因三松堂名得到许多人的关心，常有人来，有的是从很远的地方，就为了要看一看这三棵松树。三棵松中有两棵高大，一棵枝条平展，宛如舞者伸出的手臂。仲德在时，这一棵松树已经枯萎，剩下一段枯木，我想留着，不料很不好看，挖去了。又栽上一棵油松，树顶圆圆的，宛如垂髫少女。仲德和我曾在这棵树前合影，他坐我立，这是他最后的一张室外照片，也是我们最后的合影。又一棵松树在一次暴风雨中折断了，剩下很高的枯干，有些凶相。现在这棵树也挖去了，仍旧补上一棵油松，姿态和垂髫少女完全不同，像是个小娃娃，人们说它是仙童。

仲德没有看见这棵新松。万物变迁，一代又一代，仲德留下了他的著作和理想，留下了他的爱心。爱心和责任感是连在一起的。我们家中从里到外许多事都是他管，他生病后的第一个冬天，在病房惦记着家里的暖气。他认为来暖气时应该打开暖气上的阀门，让水流出来，水才会通。他在病床上用电话指挥，每个房间依次打开不能搞乱。我们几个女流之辈，拿着水桶，被他指挥得团团转。其实我认为这是不必要的，可是我领头依令而行，泪滴在水桶里……

仲德和我在一起生活了三十五年，因为有了他，我的生活才这样丰满。我们可以彼此倾诉一切，意见不同可以辩论，但永远互相理解，互相尊重。我觉得，只要有他，实在别无所求。但是他去了。所幸的是他的力量是这样大，可以支持我，一直走上火星。

蔡仲德，我的夫君，在那里等着我。

女儿告诉我，她做过一个梦，梦见我们三个人在一起，仲德不知为什么起身要走。我们哭着要拉住他，可是怎么也拉不住。

人生的变化是拉不住的。

二〇〇七年一月五日

距二〇〇四年二月十三日仲德逝世已将三年矣

原载《文汇报》二〇〇七年一月十七日

他的"迹"和"所以迹"

——为冯友兰先生一百一十年冥寿作

人寿绝少超过百年,而思想却可以活过百年千年,一直活下去。一九九〇年,我的父亲冯友兰先生去世。头几年,信箱里仍常有他的信件。我看到时总有一种异样的感觉,觉得是混淆了阴阳界。我拆阅,小心地收好,偶然也回复。后来,信渐渐少了,他的著作的传播却从未停止。前两个月又收到寄给冯先生的信。信是一位在北大就读的台湾学生写的。他说:"冯大师,虽然我知道这是一封您收不到的信,但我还是想向您表达敬意。""'贞元六书'是改变我一辈子的书,过去我太注重人的动物性,忽略了人的人性,在您的书中我深刻地体会到人性的重要性。"几天后又有人说起读《中国哲学史新编》的体会,说那真是一部浩瀚如海的大文化史。

父亲已经去世了,只能从九天之上俯视我们,而他的书仍活在人间,与我们为伴。

"贞元六书"是冯先生于抗日战争中在一盏油灯下写出的六本书。这六本书构成了他完整的哲学体系。《新世训》有序云:"事变以来,已写三书。曰《新理学》,讲纯粹哲学。曰《新事论》,

谈文化社会问题。曰《新世训》，论生活方法，即此是也。书虽三分，义则一贯。"

《新原人》序云："此书虽写在《新事论》《新世训》之后，但实为继《新理学》之作。"书中提出了人生境界说，要人不断地提高自己的精神境界。《新知言》序云："前发表一文《论新理学在哲学中底地位及其方法》，后加扩充修正，成为二书，一为《新原道》，一即此书。《新原道》述中国哲学之主流，以见新理学在中国哲学中之地位。此书论新理学之方法，由其方法，亦可见新理学在现代世界哲学中之地位。承百代之流，而会乎当今之变，新理学继开之迹，于兹显矣。"序虽简短，六书各自的地位、彼此的关系，都说得很是明白。

冯先生说，他的哲学是最哲学的哲学，于实际无所肯定。去年，一位老哲学工作者茅冥家先生，写了一本书叫《还原冯友兰》，他的意思就是冯友兰被扭曲了，现在来还原他。这个书写得很内行。他说《新原道》讲形上学的历史，在中国没有一本书讲形上学的历史。如果黑格尔读到这本书，就不会说中国没有哲学了。这是茅冥家先生的意见。我想，做学问就像冯先生在《新原道》序言中说的："学问之道，各崇所见，当仁不让。"我觉得这个话非常好。当仁不让，这样才能百家争鸣。当然这也要有它的环境。

一九二六年，冯先生在燕京大学任教，教授中国哲学史，就开始酝酿写一部中国哲学史。一九二八年到清华，从此找到了安身立命之地。在那里他一直参与学校的领导工作，在教学和行政工作之余，写出了两卷本的《中国哲学史》，这是我国第一部完整的用现代方法写成的中国哲学史，对这个哲学史我也是越来越认识到它的价值。因为以前读书就是这样读过去，知其然不知其所以然。这些年读到一些文章，如任继愈先生有文章说，冯先生具有高度的概括能力，他用现代的治学方法，把我们中国的哲学史梳理得非常清楚，原来说不清楚的地方现在都说清楚了。例如把惠施哲学归结为合同异，把公孙龙哲学归结为离坚白。大家读起来以为本来就是这样的，其实这是我们前辈学者经过多少辛苦工作整理出来的。其他还有很多例子，例如把王弼的《老子注》和郭象的《庄子注》从《老子》《庄子》的附庸地位中独立出来。美国学者欧迪安特别推崇冯先生关于郭象的文章，把它译成英文。一九九五年我在美国，她用特快专递把译稿寄给我，表示对冯先生的崇敬。

关于冯先生对中国哲学史的贡献，陈来教授有一篇文章，说明了哪些地方是冯先生第一次提出来的，说得很详细。冯先生的这些新见发前人之所未发，也是后人不能改变的事实。

一九四六到一九四七年，冯先生在美国宾州大学讲授中国哲学史，一面和卜德教授一起翻译两卷本的《中国哲学史》。冯先生用英文授课，这个讲稿就是后来的《中国哲学简史》。有人误认《简史》为《中国哲学史》两卷本的缩写本，这是完全错误的。它不是两卷本《中国哲学史》的缩写本，而是一本全新的书。如果只是缩写，内容就只限于两卷本原有的，但这书有冯先生新的研究心得，是在一个新的高度上写出的。它用不长的篇幅把很长的中国哲学史说得极为明白而且有趣，真是一本出神入化的书，我每读都如醍醐灌顶，心神宁静。去年有赵复三先生的新译本，译文准确流畅，也是难得的。

我们迎来了改革开放，冯先生得以用全身心写作《中国哲学史新编》。他用尽了生命写出了这部书，用"春蚕到死丝方尽，蜡炬成灰泪始干"这两句诗来形容实不为过。这部哲学史有它自己的特点，也提出了新的看法。

《新编》自序中说，这部书的特点"除了说明哲学家的哲学体系外，也讲了一些他所处的政治社会环境。这样做可能失于芜杂。但如果做得比较好，这部《新编》也可能成为一部以哲学史为中心而又对于中国文化有所阐述的历史"。我想他是做到了。

《新编》提出了许多新看法。如对佛教的发展过程，提出"格义""教门""宗门"三个阶段；又如认为太平天国是向中世纪神权的倒退。最后更提出了"仇必和而解"的论断，指出人类社会应该走上和谐、理解的道理。

父亲曾自撰茔联："三史释今古，六书纪贞元"，这是他对自己工作的总结，也是他的"迹"。现在要问一问"所以迹"，怎么会有这些"迹"。

有人问我，冯先生一九四八年在美国，为什么回国？我对这个问题很惊讶，他不可能不回国，这里是他的父母之邦，是和他的血肉联结在一起的。政权是可以更换的，父母之邦不能更换。中国文化是他的氧气，他离不开这古老的土地，这种感情不是一个"爱国主义"所能包括的。当然他并没有预测到以后会经历这样坎坷的生活。这也不是冯友兰一个人的经历，他可以说是一个代表人物。

他在《新世训》序中说："贞元者,纪时也。当我国家复兴之际,所谓贞下起元之时也。我国家民族方建震古烁今之大业,譬之筑室,此三书者,或能为其壁间之一砖一石欤?是所望也。"

《新原人》也有序云:"'为天地立心,为生民立命,为往圣继绝学,为万世开太平。'此哲学家所应自期许者也。况我国家民族,值贞元之会,当绝续之交,通天人之际,达古今之变。"在这样的情况下,哲学工作者"岂可不尽所欲言,以为我国家致太平,我亿兆安心立命之用乎?虽不能至,心向往之。非曰能之,愿学焉。"

全部"贞元六书"充满着抗战必胜的坚定信念,祖国昌盛、民族复兴的热切期望。对祖国的热爱,是他回国的原因,也是他去留学的原因,也是他全部学术工作的根本动力。抗战胜利西南联大结束,冯先生写了西南联大纪念碑碑文,以纪念这一段历史。有文云:"并世列强,虽今而不古,希腊罗马,有古而无今。唯我国家,亘古亘今,亦新亦旧,斯所谓周虽旧邦,其命维新者也。"我们是数千年文明古国,到现在还是生机勃勃,有着新的使命。新命就是现代化,要建设我们自己的现代化国家。旧邦新命,这是冯先生常说的一句话。杨振宁先生说,他第一次读到"旧邦新命"这四个字时,感到极大的震撼。他还对清华中文系的同学说,应该把纪念碑文背下来。冯先生把这个意思写了另一副对联:"阐旧邦以辅新命,极高明而道中庸。"这副对联悬于他书房的东墙,人谓"东铭",与张载的"西铭"并列。下联的意思是他追求人生的最高境界(极高明),但又不离乎人伦日用(道中庸),这种境界就是即世间而出世间;上联的意思是他要把我们古老文化的营养汲取出来,来建设我们的现代化国家。这就是他的"所以迹”。

一副茔联，一副对联，一共二十四个字，概括了他的一生。

这二十四个字包含的内容是那样丰富，充满了智慧的光辉，在流逝的时间里时明时暗，却从未断绝，也不会断绝。

二〇〇五年七月二十二日

原载《人民日报》二〇〇五年十一月六日，

编者改题为《智慧的光辉》

漫记西南联大和冯友兰先生

　　和几个少年时的朋友在一起，总会说起昆明。总会想起那蓝得无比的天，那样澄澈，那样高远；想起那白得胜雪的木香花，从篱边走过，香气绕身，经久不散；更会想起彪炳青史的国立西南联合大学，北大、清华、南开三校联合，在抗战的艰苦环境中，弦歌不辍，培养了大批人才，成为教育史上的奇迹。

　　今年是卢沟桥事变、中华民族开始全面抗战七十周年，也是西南联大成立七十周年（包括其前身长沙临时大学）。八年抗战，中华民族经历了各种苦难，终于取得了最后的胜利，西南联大也是这段历史中极辉煌的一部分。

　　这些年来，对西南联大的研究已成为专门题目。记得似乎是在上世纪七十年代末或八十年代初，美国人易社强来访问我的父亲冯友兰先生，请他谈西南联大的情况。这是我接触到的第一个西南联大的研究者。他是外国人，为西南联大的奇迹所感，发愤研究，令人起敬。可是听说他多年辛苦的结果错误很多，张冠李戴，鹊巢鸠占，让亲历者看来未免可笑。历史实在是很难梳理清楚的，即使是亲历者也有各自的局限，受到各种遮蔽，有时会有偏见，所以很难还历史原貌。不过，每一个人都说出自己所见的那一点，也许会使历史的叙述更多面、更真实。

余生也晚，没有赶上入西南联大，而是一名联大附中的学生。只因是西南联大的子弟，也多少算是亲历了那一段生活。生活是困苦的，也是丰富的。虽然不到箪食瓢饮的地步，却也有家无隔宿之粮的时候。天天要跑警报，在生死界上徘徊，感受各种情绪的变化，可算得丰富。而在学校里，轰炸也好，贫困也好，教只管教，学只管学。那种艰难，那种奋发，刻骨铭心，永不能忘！

现在有人天真地提出重建一所西南联大，发扬她的精神。还是那几个少年时的朋友一起谈论，都认为那是完全不可能的。情况完全不一样了，环境也不一样了，人更不一样了。真的，连昆明的天也不像以前蓝得那样清澈了。现在昆明的年轻人，甚至不知道木香花。我们不再说话，各自感慨。

确实各方面都不一样了。那是在国难当头，民族危亡之际，一种生死存亡的紧迫感，让人不能懈怠。这是大环境。从在长沙开始直到抗战胜利，不断有学生投笔从戎。学校和民族命运是一体的。据联大校史载，先后毕业学生三千余人，从军旅者八百余人。奔赴抗日前线和留在学校学习，是一个事物的两个方面。冯友兰先生曾在他为学校撰写的一个布告中对同学们说："不有居者，谁守社稷？不有行者，谁捍牧圉？"不论是直接参加抗日还是留校学习，"全国人士皆努力以做其应有之事"。前者以生命作代价，后者怎能不以全身心的力量来学习？学习的机会是多少生命换来的，学习的成绩是要对国家的未来负责的。所以联大师生无论遇到怎样的困难，从未对教和学有一点松懈。一九三八年，师生步行，从长沙经贵阳，跋涉千里，于四月二十六日到昆明，五月四日就开始上课。一九四二年以前，昆明常有空袭，跑警报是家常便饭，是每天必修之课。师生们躲警报跑到郊外，在乱坟堆中照常上课。据联大李希文校友（现任云南大学外语系教授）记忆，冯友兰先生曾站在炸弹坑里上课。并不是没有别的教室，而是炸弹坑激励着教与学。这种不屈不挠的精神，上昭日月。

西南联大的子弟从军旅者也不乏人，这也体现了父辈的爱国精神。梅贻琦先生的子女，梅祖彦从军任翻译官，梅祖彤参加国际救护队；冯友兰先生之子冯钟辽、熊庆来先生（当时任云南大学校长）之子熊秉明、李继侗先生之子李德宁都参军任翻译官。当时，梅祖彦、冯钟辽都在联大二年级，未被征调。他们是志愿者。西南联大纪念碑碑阴刻录了参军同学的名字，但因当时条件限制，未能完全收录。在这里，我愿向碑上有名或无名的所有参军的老学长们深致敬意！

我的母校联大附中属于联大师范学院，为六年一贯制，不分高中初中，有实验性质，计划要将中学六年缩短为五年，但终未实现。因为学校是新建的，没有校舍，教室是借用的，借不到教室，就在大树底下上课。记得地理课的"教室"便是在树下。同学们各带马扎（帆布小凳），黑板靠在树上。闫修文老师站在树下，用极浓重的山西口音讲课，带领我们周游世界。课后我们笑闹着模仿老师的口音："伊拉 K（克）、K（克）拉 K（克）"。伊拉克现在是人所共知的了，但克拉克在什么地方，我却不记得。下雨时，几个人共用一柄红油纸伞，一面上课，一面听着雨点打在伞上，看着从伞边流下的串串雨珠。老师一手拿粉笔，一手擎伞，上课如常。有时雨大，一堂课下来，衣服湿了半边。大家不以为苦，或者说，是根本不考虑苦不苦，只是努力去做应该做的事。

管理学校，校方要和政府打交道，这可以说是一个中环境。在这个环境里，学校当局有多少自由以实行自己的规划，对办好学校来说是关键性的。一九四二年六月，陈立夫以教育部长的身份三度训令联大务必遵守教育部核定的应设课程、统一全国院校教材、统一考试等新规定。联大教务会议以致函联大常委会的方式，驳斥教育部的三度训令。此函由冯友兰先生执笔，全文如下：

敬启者，屡承示教育部二十八年十月十二日第 25038 号，二十八年八月十二日高壹 3 字第 18892 号、二十九年五月四日高壹 1 字第 13471 号训令，敬悉部中对于大学应设课程及考核学生成绩方法均有详细规定，其各课程亦须呈部核示。部中重视高等教育，故指示不厌其详，但准此以往则大学将直等于教育部高等教育司中一科，同人不敏，窃有未喻。夫大学为最高学府，包罗万象，要当同归而殊途，一致而百虑，岂可刻板文章，勒令从同。世界各著名大学之课程表，未有千篇一律者；即同一课程，各大学所授之内容亦未有一成不变者。惟其如此，所以能推陈出新，而学术乃可日臻进步也。如牛津、剑桥即在同一大学之中，其各学院之内容亦大不相同，彼岂不能令其整齐划一，知其不可亦不必也。今教部对于各大学束缚驰骤，有见于齐无见于畸，此同人所未喻者一也。教部为最高教育行政机关，大学为最高教育学术机关，教部可视大学研究教学之成绩，以为赏罚殿最。但如何研究教学，则宜予大学以回旋之自由。律以孙中山先生权、能分立之说，则教育部为有权者，大学为有能者，权、能分职，事乃以治。今教育部之设施，将使权能不分，责任不明，此同人所未喻者二也。教育部为政府机关，当局时有进退；大学百年树人，政策设施宜常不宜变。若大学内部甚至一课程之兴废亦须听命教部，则必将受部中当局进退之影响，朝令夕改，其何以策研究之进行，肃学生之视听，而坚其心志，此同人所未喻者三也。师严而后道尊，亦可谓道尊而后师严。今教授所授之课程，必经教部之指定，其课程之内容亦须经教部之核准，使教授在学生心目中为教育部之一科员不若。在教授固已不能自展其才，在学生尤启轻视教授之念，于部中提倡导师制之意适为相反。此同人所未喻者四也。教部今日之员司多为昨日之教授，在学校则一筹不准其自展，在部中则忽然周智于万物，人非至圣，何能如此。此同人所未喻者五也。然全国公私立大学之程度不齐，教部训令或系专为比较落后之大学而发，欲为之树一标准，以便策其上进，别有苦心，亦可共谅，若果如此，可否由校呈请将本校作为第……号等训令之例外。盖本校承北大、清华、南开三校之旧，一切设施均有成规，行之多年，纵不敢谓为极有成绩，亦可谓为当无流弊，似不必轻易更张。若何之处，仍祈卓裁。此致常务委员会。

此函上呈后，西南联大没有遵照教育部的要求统一教材，仍是秉承学术自由兼容并包的原则治校。这说明斗争是有效果的。

学术自由，民主治校，原是三校共同的理念。现在，三校联合，人才荟萃，更有利于实践。由此形成一个小环境。西南联大在管理学校方面，沿用教授治校的民主作风，除校长、训导长由教育部任命，各院院长都由选举产生。以梅贻琦常委为首，几年的时间，形成一个较稳定的、有能力的领导班子。这是联大获得卓越成绩的一大因素。他们都是各专业举足轻重的人物，又都是干练之才，品格令人敬服。另一个文件可以帮助我们增加了解。

一九四二年，昆明物价飞涨，当时的教育部提出要给西南联大担任行政职务的教授们特别办公费，这应该说是需要的，但是他们拒绝了。也有一封信，已由清华档案馆查出。信为文言繁体字，字迹已经模糊，经任继愈先生辨认，我们得到准确的信文。任先生认为此信明白晓畅，用典精当，显然为冯友兰先生手笔。全文如下：

敬启者：承转示教育部训令总字第 45388 号，附"非常时期国立大学主管人员及各部分主管人员支给特别办公费标准"，奉悉一是。查常务委员总揽校务，对内对外交际频繁，接受公费亦属当然。为同人等则有未便接受者：盖同人等献身教育，原以研究学术启迪后进为天职，于教课之外肩负一部分行政责任，亦视为当然之义务，并不希冀任何权利。自北大、清华、南开独立时已各有此良好风气。五年以来，联合三校于一堂，仍秉此一贯之精神，未尝或异。此为未便接受特别办公费者一也。且际兹非常时期，从事教育者无不艰苦备尝，而以昆明一隅为尤甚。九儒十丐，薪水犹低于舆台；仰事俯畜，饔飧时虞其不给。徒以同尝甘苦，共体艰危，故虽啼饥号寒，尚不致因不均而滋怨。当局尊师重道应一视同仁，统筹维持。倘只瞻顾行政人员，恐失均平之谊，且令受之者无以对其同事。此未便接受特别办公费者二也。此两端敬请常务委员会见其悃愫，代向教育部辞谢，并将原信录附转呈为荷。专上常务委员会公鉴。

　　签名人：冯友兰　张奚若　罗常培　雷海宗　郑天挺　陈福田　李继侗　陈岱孙

　　吴有训　汤用彤　黄钰生　陈雪屏　孙云铸　陈序经燕树棠　查良钊　王德荣　陶葆楷　饶毓泰　施嘉炀　李辑祥　章明涛　苏国桢　杨石先　许浈阳

　　签名者共二十五人。他们担任各院院长、系主任等行政职务，付出了巨大劳动，不肯领取分文补贴。"同人等献身教育，原以研究学术启迪后进为天职，于教课之外肩负一部分行政责任，亦视为当然之义务，并不希冀任何权利。"难得的是，这样想的不是一两个人，而是一群人。除这二十五位先生外，还有许多位教授，也同样具有这样光风霁月的精神。有这样高水平的知识群体，怎么能办不好一所学校！

　　今年，有人问我：七十年前，日本人打来了，你们为什么离开北平？这个问题真奇怪，我们怎么能不离开北平！留下来当顺民吗？那时不要说文化人，就是老百姓，也奔向大后方，要去为保卫国家尽一份力量。离开北平不是逃避，而是去尽自己的一份责任。当然，留在沦陷区的人也会有所作为。教师们肩负传递文化的重任，他们可以在轰炸声中上课，在炸弹坑里上课，在和政府的周旋中上课，他们能在沦陷区上课吗？能在沦陷区办出一所国立西南联合大学来吗？

冯友兰先生在西南联大期间，不仅担任教学，而且参加学校领导工作，从一九三八年起一直担任文学院院长。冯先生是西南联大的"得力之人"，西南联大校友、旅美历史学者何秉棣在他的《读史阅世六十年》一书中这样说。老友闻立雕说，"得力之人"的说法很好，但还不能充分表现冯先生对西南联大的贡献。应该指出，冯先生为西南联大付出大量心血，是当时领导集团的中坚力量。云南师范大学雷希教授对西南联大校史研究多年，在《冯友兰先生在西南联大校务活动考略》一文中说："从有案可查的历史记载来看，冯先生在西南联大是决策管理层的最重要成员之一，教学研究层的最显要教授之一，公共交往层的最重要人物之一。"这是符合实际情况的。

据《冯友兰年谱初编》载，除了上课，冯先生每天都开会，每周的常委会，院系的会，还有各种委员会。在繁重的工作之余，他著书立说，建立了自己的哲学体系。他的"贞元六书"与抗战同始终，第一本《新理学》写在南渡之际，末一本《新知言》成于北返途中。在六本书各自的序言中，表达了他对国家和民族深切宏大的爱和责任感。他引横渠四句"为天地立心，为生民立命，为往圣继绝学，为万世开太平"，说"此为哲学家所自期许者也"。听说有一位逻辑学者教课时，讲到冯先生和这四句话，为之泣下。冯先生的哲学，不属于书斋和象牙之塔，他希望它有用。哲学不能直接致力于民生，而是作用于人的精神。在这方面，已经有了广泛的影响。社会科学工作者李天爵先生说，他在极端困惑中看到冯先生的书，知道人除了自己的社会地位，还应当考虑自己在宇宙中的地位。一个普通工人告诉我，他看了《中国哲学简史》，觉得心胸顿然开阔。最近在报上看见，韩国大国家党前党首、下届国家总统候选人朴槿惠在文章中说，在她人生最困难的时候，读了冯友兰的书，如同生命的灯塔，使她重新找回了内心的平静。

二十世纪四十年代，一天在昆明文林街上走，遇到罗常培先生。他对我说："今晚你父亲有讲演，题目是《论风流》，你来听吗？"我那时的水平，还没有听学术报告的兴趣。后来知道，那晚的讲演是由罗先生主持的。很多年以后，我读了《论风流》，深为这篇文章所吸引。风流四要素：玄心、洞见、妙赏、深情，是"是真名士自风流"的极好阐释，让人更加了解名士风流的审美的自由人格。这篇文章后来收在《南渡集》中。《南渡集》顾名思义，所收的都是作者在抗战时写的论文，一九四六年已经编就，后来收在《三松堂全集》中。

最近，三联书店出版了"贞元六书"和《南渡集》的单行本。《南渡集》是第一次单独出版。它和"贞元六书"一样，凝聚着作者对国家民族的满腔热情。它们的写作距今已超过半个世纪，仍然可以感到，作者的哲学睿智和诗人情怀化成巨大的精神力量，扑面而来。

西南联大这所学校虽然已不复存在，但它的精神不会消失，总会在别的学校得到体现，在众多知识分子、文化人身上延续。对此我深信不疑。冯友兰先生在他撰写的《国立西南联合大学纪念碑碑文》中为这一段历史做出了深刻而全面的总结，指出可纪念者有四。转述不如直接阅读，节录如下：

我国家以世界之古国，居东亚之天府，本应绍汉唐之遗烈，作并世之先进，将来建国完成，必于世界历史，居独特之地位。盖并世列强，虽新而不古；希腊罗马，有古而无今。唯我国家，亘古亘今，亦新亦旧，斯所谓周虽旧邦，其命维新者也。旷代之伟业，八年之抗战已开其规模，立其基础。今日之胜利，于我国家有旋乾转坤之功，而联合大学之使命，与抗战相终始。此其可纪念者一也。

文人相轻，自古而然，昔人所言，今有同慨。三校有不同之历史，各异之学风，八年之久，合作无间。同无妨异，异不害同；五色交辉，相得益彰；八音合奏，终和且平，此其可纪念者二也。

万物并育而不相害，道并行而不相悖，小德川流，大德敦化，此天地之所以为大。斯虽先民之恒言，实为民主之真谛。联合大学以其兼容并包之精神，转移社会一时之风气，内树学术自由之规模，外获民主堡垒之称号，违千夫之诺诺，作一士之谔谔，此其可纪念者三也。

稽之往史，我民族若不能立足于中原，偏安江表，称曰南渡。南渡之人，未有能北返者：晋人南渡，其例一也；宋人南渡，其例二也；明人南渡，其例三也。风景不殊，晋人之深悲；还我河山，宋人之虚愿。吾人为第四次之南渡，乃能于不十年间，收恢复之全功，庾信不哀江南，杜甫喜收蓟北，此其可纪念者四也。

此文不仅内容丰富且极富文采，可以掷地作金石声。不止一个人建议，年轻人应该把它背下来。我想，记在心上的是这篇文章，也就是对西南联大的永恒的纪念。

二〇〇七年六月至七月

为《西南联大建校七十周年纪念文集》而作

原载《中华读书报》二〇〇七年十一月二十三日

人和器

"旧邦新命:冯友兰与西南联大"书面发言

云南师范大学成立七十周年,是十分值得庆祝和纪念的。西南联合大学已经离开昆明七十年了,可是它留下的种子在云南师大这里埋藏着、生长着。先贤们的精神从来没有中断他们的影响。

冯友兰先生自留学归来,参加工作的那一天起,便一直在大学的讲台上,一生从事教育事业,没有一天转向。尤其在国家民族的危亡时刻,他和同仁们一起坚持西南联大的工作,为民族传递着文化血脉,为国家培养了精英人才,成为教育史上的一个奇迹。

冯先生的哲学成就,往往掩盖了他对教育事业的贡献,而在他的一生中,教育是很重要的一方面。他关于教育的著作不多,但可以看出他的教育思想。那是带有根本性的,很有意义。写于一九四八年六月的《论大学教育》一文,较完整地传达了他的看法。

冯先生的教育思想最根本的一点是关于大学目的的阐述。大学要培养什么?他的回答是:"大学要培养的是人,不是器。"当然,来上大学的都是人，不是桌椅板凳。这里所说的人不是生物意义上的人，而是完整意义上的人。他说："'人'是什么？如何成为一个'人'？所谓'人'，就是对于世界社会有他自己的认识、看法，对以往及现在所有有价值的东西——文学、美术、音乐等都能欣赏，具备这些条件者就是一个'人'。所以大学教育除了给人一专知识外，还养成清楚的脑子、热烈的心，这样他对社会才可以了解、判断，对以往、现在所有的有价值的东西才可以欣赏。有了清楚的脑、热烈的心以后，他对于人生、社会的看法如何，那是他自己的事，他不能只接受已有的结论。"他还说，如果一个学校只要求学生接受结论，那就成了宣传。训练出来的人也就成了器。

根据冯先生的看法，大学的任务不只在传播知识，更重要的是启发心智，培养独立人格。人人具有清楚的脑和热烈的心，社会必定是文明的，和谐的，不断进步的。

冯先生用"继往开来"描述大学的工作。大学要传授已有的知识，并要研究将来的知识。如果只能传授已有的知识，那就是职业学校。大学必须求新知识，特别是那些冷僻的看似无用的知识。不必问它们能不能直接解决穿衣吃饭的问题，因人类不只是穿衣吃饭就够了。

照这样的想法，大学教师应不只教书，而且著书。冯先生自己就是这样做的。二十世纪三十年代，在清华时期，写出了《中国哲学史》两卷本。四十年代，在西南联大时期，写出了"贞元六书"。八十年代，在北大时期，写出了《中国哲学史新编》。三史六书形成了一个个学术高峰。

特别是"贞元六书"，写在国家危亡之际，写在民族大灾难的时刻，写在地处边陲的昆明，在一盏油灯下，一字一句建立了他的哲学体系。他在《新世训》序中说："承百代之流，而会乎当今之变。好学深思之士，心知其故，乌能已于言哉？"并说，他希望他的书，能成为建国的一砖一石。又在《新原人》序中说，哲学家"岂可不尽所欲言，以为我国家致太平，我亿兆安心立命之用乎？虽不能至，心向往之。非曰能之，愿学焉"。

如果不读"贞元六书"，只读"六书"的六篇短序，也可以感到他的哲学是和国家民族的命运息息相关的。他希望民族复兴，国家富强。这也是他们那一代人的共同愿望。

他还说，大学是一个专家集团，这个专家集团是自行继续的，只有他们能决定他们自己的事，所以有自己的传统，自己的特色。他几次提出，不能把大学当做教育部的一个司，这在《西南联大教授会为不同意统一教材致教育部函》中剖析甚明。

现在看来，西南联大之所以能成为西南联大，正因为它是一个高水平的知识群体。在不断的斗争中，在相当程度上，这个群体能够实践他们的想法，能够照他们所想的方法教书育人。他们是成功的，对得起中华民族抗日战争那一段历史。

冯先生晚年，因客观形势一度不能讲课，曾十分感叹，说自己是"家藏万贯，膝下无儿"。他希望有更多的人研究他，理解他。当然，那只是一段时间。他的学生很多，好学生也很多，研究他、理解他的人也越来越多。现在举行的"旧邦新命：冯友兰与西南联大"研讨会正是这样做的。我想，这样的学术道路会日益宽阔。

我因身体欠佳，不能来参加会议。想到在我少年时代居住的昆明的蓝天下，有识之士正在纪念冯友兰先生，心中有无限的感动和感谢。

我崇敬我的父亲那一代人，不必列举他们的名字，他们的精神和祖国的江山同在。

二〇〇八年十月十日

《新理学》七十岁

一九三八年，冯友兰先生的哲学体系——新理学体系的第一本书《新理学》，于云南蒙自以石印本的方式问世。

抗战初起，清华大学先至长沙，次年又到昆明。西南联合大学成立后，因校舍不够，文法学院暂居蒙自。父亲携带在湖南衡山撰成初稿的《新理学》，经过长途跋涉，在蒙自做最后修订。

那年六月，母亲带领我们四姊弟，与朱自清、周作人几位先生的家眷同行，自北平来滇，和父亲团聚。

蒙自的民居多有院落，木格窗可以撑起。窗下的白木案上摆着《新理学》书稿，父亲常坐在案旁，伏案工作。我们按照在清华乙所的习惯，不踏进书房禁地。这里当然没有书房，房间的一角，摆着白木书桌和一架子书，书架由煤油箱搭成，就自然成了禁地。我们在房间另一半，无论怎样嬉笑，父亲充耳不闻，他自有他的哲学世界。

一天，胞兄钟辽得到一个光荣任务，为父亲抄稿子。《新理学》序中云："到蒙自后，又加写鬼神一章，第四章、第七章亦大修改。"钟辽抄的便是这一部分，他很高兴，甚至有些得意。因为我和弟弟钟越仍不得走进禁区。

当时，蒙自有电灯，但电力不足，灯光很暗，钨丝只能呈红色，晚上工作常点煤油灯。记得父亲讲过"老婆点灯"的故事，说老婆点灯为省油，一次只放一点油，岂知这样挥发得快，更费油。后来，父亲分析日军在侵华战场上兵力的投入，也曾用老婆点灯的比喻。

书稿终于修订完毕。蒙自有一家石印作坊，父亲决定，先印出石印本。送稿子那天，我和哥哥随去。石印作坊很小，地势低洼。店主看着我们说，冯院长好一双儿女。那年我十岁，哥哥十四岁。云南人说话一般都很文气，不知怎么，许多云南人都这样称呼父亲。父亲只顾交代印书，那是他心血的结晶，也是他的儿女。

当时文法学院的校址是原来的海关，园子很大，花木繁多，是孩子们喜欢去的地方。附近有一座文庙，据说这建筑原来没有大门，蒙自人要等到蒙自出了状元才开大门。后来，好不容易熊庆来先生家出了一位进士，也就不等状元了，开了大门。进士当然和官有点关系，但更是一种学历，这也说明人们对文化的尊重和期盼。

石印本印出了，取回了，它的纸张很坏，黄而脆，可是到底成书了。可惜我家无存，听说人民大学石峻教授保存了一本。他过世后，便也找不到了，但它的模样始终在我心中。

《新理学》序中云："怀昔贤之高风，对当世之巨变，心中感发，不能自已。"他希望自己的著作"对于当前之大时代，即有涓埃之贡献"。

父亲的哲学不属于象牙之塔，而是关心着国家民族的命运。

他相信抗战是民族复兴的一个转折点。贞下起元，冬去春来，他要为中华民族重建的大厦提供一砖一瓦。

我很崇敬父亲那一代学人。他们在无比艰难的情况下工作，不仅是物质上的匮乏，在精神上、工作上也要承受各种压力，应付多方面势力的干扰。他们终于能够使西南联大"内树学术自由之规模，外获自由堡垒之称号"，至今为人们所称道。而且他们大都有领先于本学科的著作。

据记载，父亲工作繁忙，除授课外，一天要开不止一个会。就是这样，抗战八年，他写出了"贞元六书"，差不多一两年就是一本，形成了完整的新理学体系。《新理学》是"贞元六书"的第一本，也是新理学体系的哲学基础。

《新理学》于一九三九年五月在长沙商务印书馆正式出版。一九四一年至一九四六年，教育部曾举办六次全国学术著作评奖。一九四一年举行首次评奖，经学术审议会投票选出，《新理学》获文科一等奖。理科方面获奖的是华罗庚的《堆垒素数论》。两人获奖后，华先生曾来家中看望，不巧父亲不在家，不然一定会有一番有趣的谈话。

人民文学出版社故社长韦君宜在《敬悼冯友兰先生》一文中说："在延安，有一次老同学蒋南翔向我介绍冯友兰先生新著的书《新世论》。他说，'这书写得实在好，他自己不标榜唯物主义，但是这实在是唯物主义的，你看看那一章《谈儿女》，我们这些人写不出来'。我把这本书看了，完全同意老蒋的看法。"（《冯友兰先生纪念文集》四三页，北京大学出版社）他们没有政治偏见，能够看出书的真实价值。

上海市社科院学者范明生说，冯友兰先生"凭借逻辑分析思维模式做出建立科学的中国哲学史的努力，渗透在其'贞元之际所著书'中，结合中西思维模式、改铸中国传统哲学的思维模式的努力，是在推进和提高中华民族抽象思维能力的宏伟事业上，做出了载诸史册的贡献"（《冯友兰先生百年诞辰纪念文集》二三九页，清华大学出版社）。

父亲的书获得称赞和推许，也受到批评和非难。父亲从不以为意，他在批评与赞誉中前进。正如他在接受哥伦比亚大学授予名誉文学博士仪式上的答词中所说："右翼人士赞扬我保持旧邦同一性和个性的努力，而谴责我促进实现新命的努力。左翼人士欣赏我促进实现新命的努力，而谴责我保持旧邦同一性和个性的努力。我理解他们的道理，既接受赞扬，也接受谴责。赞扬和谴责可以彼此抵消。我按照自己的判断继续前进。这就是我已经做的事和我希望我将来要做的事。"

答词全面而深刻，引文到这里可以结束。但我要继续引下面一段。

在这个仪式上，我深深感到，母校给予我的荣誉不单是个人荣誉。它象征着美国学术界对中华民族学术的赞赏。它象征着中美人民传统友好关系的继续发展。这种发展正是中国人民的共同愿望。

在这里，他讲中美人民友谊，也说明学术不只属于一个国家，而是属于世界。

新理学体系是中国哲学向现代转型的一个路碑。它记载了中国哲学的努力和发展。现在,"贞元六书"和作者的三种哲学史一样,不断有各种版本。人们现在读,将来也还会读。

二〇〇八年十二月十二日

原载《光明日报》二〇〇八年十二月二十九日,*编者略有删节*

在冯友兰先生诞辰一百一十五周年纪念会上的发言

　　一九九五年十二月，清华大学为纪念冯友兰先生百年诞辰，举行了一次国际学术会议，这已是十五年前的事了。十五年来，对冯学的研究开展得更深入了，历史也在不断地清楚起来，虽有新的蒙蔽，不过总会越来越清楚。学者们研究冯先生在哲学和哲学史方面的著作时，也注意到冯先生对教育事业的贡献。他从开始工作就在学校教书，他的一生是和教育紧密连接在一起的，其中的重点是清华大学，在清华大学里又是文学院，他在这里投入了全部心血。

　　清华大学文学院于一九二九年六月十二日成立，一九五二年因院系调整撤销，它存在了二十三年，成绩是辉煌的。从上世纪三十年代初，它汇集了诸多名师，又得天独厚，有两个自然的传统——清华本来是留美预备学校，学西方是它的任务；一九二五年成立了国学研究院，对国学有深入研究。中西两个传统在文学院自然合流。

　　清华文学院的学风是有渊源的，自然而然形成的。中西融会，古今贯通，是为了创造新文化。融会了，贯通了，得出来的结果是创造性，不光是文科，理工科也是一样。大学不但要研究以往的知识，而且要创造新文化，至少要为创造新文化准备条件。这是冯先生和已逝去的那一代人的共同愿望。

冯先生在他的《清华的回顾与前瞻》一文中说：

清华大学之成立，是中国人要求学术独立的反映。在对日全面战争开始以前，清华的进步，真是一日千里，对于融合中西新旧一方面，也特别成功。这就成了清华的学术传统。

抗战八年中间，清华在物质方面，受到了许多打击，但是他的学术传统，是仍然存在的。这个学术传统对于中国的新文化，一定是有大贡献的。

不管政治及其他方面的变化如何，我们要继续着这个学术传统，向前迈进。对于中国前途有了解的人，不管他的政治见解如何，对于这个传统是都应该重视爱护的。

在这篇文章里，冯先生还说："不管哪一方面的政治势力政见如何，请爱护清华的传统。"

我觉得这句话真是声泪俱下。

我自幼为清华的水木所滋养。在这里读大学的三年，虽然时局动荡，还是体会到清华教育的原创精神。

冯先生在《论大学教育》中说："培养出的人要能欣赏古往今来一切美好的东西。"这点很重要。如果能欣赏美，就会站在正义一边，就会继承、吸收精华，扬弃糟粕，就会成为社会的一个健康细胞，不会成为废品。如果逐臭嗜痂、美丑不辨，社会是不能进步的。

感谢清华大学开这样的会。感谢各位学者前来参加。尤其是当年文学院的老校友，大都已经老迈，来开会很不容易。我们大家在一起，证明了一段教育史。我相信，历史总是会越来越清楚的。

二〇一〇年十二月

原载《文汇报》二〇一〇年十一月二十九日

编者改题为《他在这里投入了全部心血》

水仙辞

仲上课回来，带回两头水仙。可不是，在不知不觉间，一年只剩下一个多月了，已到了养水仙的时候。

许多年来，每年冬天都要在案头供一盆水仙。近十年，却疏远了这点情趣。现在猛一见胖胖的茎块中顶出的嫩芽，往事也从密封着的心底涌了出来。水仙可以回来，希望可以回来，往事也可以再现，但死去的人，是不会活转来了。

记得城居那十多年，澂菜与我们为伴。案头水仙，很得她关注，换水、洗石子都是她照管。绿色的芽，渐渐长成笔挺的绿叶，好像向上直指的剑。然后绿色似乎溢出了剑锋，染在屋子里，在北风呼啸中，总感到生命的气息。差不多常在最冷的时候，悄然飘来了淡淡的清冷的香气，那是水仙开了。小小的花朵或仰头或颔首，在绿叶中显得那样超脱，那样悠闲。淡黄的花心，素白的花瓣，若是单瓣，则格外神清气朗，在线条简单的花面上洋溢着一派天真。

等到花叶多了，总要用一根红绸带或红绉纸，也许是一根红线，把它轻轻拢住。那也是澂菜的事，我只管赞叹："哦，真好看。"

现在案头的水仙也会长大，待到花开时，谁来操心用红带拢住它呢。

管花人离开这世界快十一个年头了。没有骨灰，没有放在盒里的一点遗物，也没有一点言语。她似乎是飘然干净地去了，在北方的冬日原野上，一轮冷月照着其寒彻骨的井水，井水浸透她的身心。谁能知道，她在那生死大限上，想喊出怎样痛彻肺腑的冤情，谁又能估量她的满腔愤懑有多么沉重！她的悲痛、愤懑以及她自己，都化作灰烟，和在祖国的天空与泥土里了。

人们常赞梅的先出，菊的晚发。我自然也敬重它们的品格气质。但在菊展上见到各种人工培养的菊花，总觉得那曲折舒卷虽然增加了许多姿态，却减少了些纯朴自然。梅之成为病梅，早有定庵居士为之鸣不平了。近闻水仙也有种种雕琢，我不愿见。我喜欢它那点自然的挺拔，只凭了叶子竖立着。它竖得直，其实很脆弱，一摆布便要断的。

她也是太脆弱。只是心底的那一点固执，是无与伦比了。因为固执到不能扭曲，便只有折断。

她没有惹眼的才华，只是认真，认真到固执的地步。五十年代中，我们在文艺机关工作。有一次，组织文艺界学习中国近代史，请了专家讲演。待到一切就绪，她说："这个月的报还没有剪完呢，回去剪报罢。"虽然她对近代史并非没有兴趣。当时确有剪报的任务，不过从未见有人使用这资料。听着嚓嚓的剪刀声，我觉得她认真得好笑。

"我答应过了。"她说。是的，她答应过了。她答应过的事，小至剪报，大至关系到身家性命，她是要做到的。哪怕那允诺在冥暗之中，从来无人知晓。

我们曾一起翻译《缪塞诗选》，其实是她翻译，我只润饰文字而已。白天工作忙，晚上常译到很晚。我嫌她太拘泥，她嫌我太自由，有时为了一个字，要争论很久。我说译诗不能太认真，因为诗本不能译。她说诗人就是认真，译诗的人更要认真。那本小书印得不多，经过那动荡的年月，我连一本也没能留得下。绝版的书不可再得了。眼看新书一天天多起来，我指望着更好的译本。她还在业余翻译了法国长篇小说《保尔和维绮妮》，未得出版。近见报上有这部小说翻译出版的消息，想来她也会觉得安慰的。

她没有做出什么惊人的事业，那点译文也和她一样不复存在了。她从不曾想要有出类拔萃的成就，只是认真地、清白地过完了她的一生。她在人生的职责里，是个尽职的教师、科员、妻子、母亲和朋友。在到处是暗礁险滩的生活的路上，要做到尽职谈何容易！我想她是做到了。她做到了她尽力所能做到的一切，但是很少要求回报。她是这样淡泊。人们都赞水仙的淡泊，它的生命所需不过一盆清水。其实在那块茎里，已经积蓄足够的养料了。人的灵魂所能积蓄的养料，其丰富有时是更难想象的罢。

现在又有水仙在案头，我不免回想与她分手的时候。记得是激莱到干校那年，有人从外地辗转带来两头水仙，养在"破四旧"时漏网的白瓷盆里。她走的那天，已经透出嫩芽了。当时两边屋里都凌乱不堪，只有绿芽白盆、清水和红石子，似乎还在正常秩序之中。

我们都不说话，心知她这一去归期难卜。当时每个人都不知自己明天会变成什么，去干校后命运更不可测。但也没有想到眼前就是永诀。让她回来收拾东西的时间很短，她还想为在重病中的我做一碗汤，仅只是一碗汤而已，但是来不及了。她的东西还没有收拾好，用两块布兜着，便去上车。仲草草替她扎紧，提了送她。我知道她那时担心的是我的病体，怕难见面。我倚在枕上想，我只要活着，总会有见面的一天。她临走时进房来看水仙，说了一句"别忘了换水"，便转身出去。从窗中见她笑着摆摆手。然后大门呀的一声，她走了。

那竟是最后一面！那永诀的笑容留下了，留在我心底。是她，她先走了。这些年我不常想到她。最初是不愿意想，后来就自然地把往事封埋。世事变迁，旧交散尽，也很少人谈起她这样平常的人。她自己，从来是不愿占什么位置的，哪怕在别人心中。若知道我写这篇文字，一定认为很不必，还要拉扯水仙，甚至会觉得滑稽罢。但我隔了这许多年，又在自己案头看见了水仙，是不能不写下几行的。

尽管她希望住在遗忘之乡，我知道记住她的不止我一人。我不只记住她那永诀的笑容，也记住要管好眼前的水仙花。换水、洗石子，用红带拢住那从清水中长起来的叶茎。

澂莱姓陈，原籍福建，正是盛产水仙花的地方。

一九八二年一月

原载《天津日报·文艺》一九八二年第一期

三幅画

戊辰龙年前夕,往荣宝斋去取裱的字画。在手提包里翻了一遍,不见取物字据。其实原字据已莫名其妙地不知去向,代替的是张挂失条,而现在连这挂失条也不见了。

业务员见我懊恼的样子,说,拿走罢,找着以后寄回来就行了。

我们高兴地捧了字画回家。一共五幅,两幅字三幅画,一幅幅打开看时,甚生感慨。现只说这三幅画。

三幅画均出自汪曾祺的手笔。

老实说,在一九八六年以前,我从不知汪曾祺擅长丹青,可见是何等的孤陋寡闻。原只知他不只写戏还能演戏,不只写小说散文还善旧诗,是个多面手。四十年代初,西南联大同学排演《家》。因为兄长钟辽扮演觉新,我去看过戏。有两个场面印象最深,一是高老太爷过世后,高家长辈要瑞珏出城生产,觉新在站了一排的长辈面前的惶恐样儿。哥哥穿一件烟色长衫,据说很潇洒。我只为觉新伤心,以后常常想起那伤心。一是鸣凤鬼魂下场后,老更夫在昏暗的舞台中间,敲响了锣,锣声和报着更次的喑哑声音回荡在剧场里。现在眼前还有老更夫的模样,耳边还有那声音,涩涩的，很苦。

老更夫是汪曾祺扮演的。

时光一晃过了四十年。八十年代初，《钟山》编辑部举办太湖笔会，从苏州乘船到无锡去。万顷碧波，洗去了尘俗烦恼，大家都有些忘乎所以。我坐在船头，乘风破浪，十分得意，不断为眼前景色欢呼。汪兄忽然递过半张撕破的香烟纸，上写着一首诗："壮游谁似冯宗璞，打伞遮阳过太湖。却看碧波千万顷，北归流入枕边书。"我曾要回赠一首，且有在船诸文友相助，乱了一番，终未得出究竟。而汪兄这首游戏之作，隔了五年，仍清晰地留在我记忆中。

一九八六年春，偶往杨周翰先生家，见壁悬画图，上栖一只松鼠，灵动不俗。得知乃汪兄大作时，不胜惊异。又有一幅极清秀的字，署名上官碧，又不知这是沈从文先生笔名。杨先生则为我的无知而惊异，笑说，你怎么什么都不知道。

实在是的，我常处于懵懂状态，这似乎是一种习惯。不过一经明白，便有行动，虽然还是拖了许久。初夏时，我修书往蒲黄榆索画，以为一年半载后可得一张。

不想一周内便来了一幅斗方。两只小鸡，毛茸茸的，歪着头看一串紫红色的果子，很可爱。果子似乎很酸，所以小鸡在琢磨罢。

这画我喜欢，但不满意，怀疑汪兄存有哄小孩心理，立即表态：不行不行，还要还要！

第二幅画也很快来了。这是一幅真正的赠给同行的画，红花怒放，下衬墨叶，紧靠叶下有字云："人间存一角，聊放侧枝花。临风亦自得，不共赤城霞。"画中花叶与诗都在一侧，留有大片空白，空白上有烟灰留下的一个小洞。曾嘱裱工保留此洞，答称没有这样的技术。整个画面在临风自得的恬淡中，却有一种活泼的热烈气氛。父亲看不见画，听我念诗后，大为赞赏，说用王国维的标准来说，这诗便是不隔。何谓不隔？物与我浑然一体也。

我这时已满意，天下太平，不再生事。不料秋末冬初时，汪兄忽又寄来第三幅画。这是一幅水仙花，长长的挺秀的叶子，顶上几瓣素白的花，叶用蓝而不用绿，花就纸色不另涂白。只觉一股清灵之气，自纸上透出。一行小字：为纪念陈澂莱而作，寄与宗璞。

把玩之际，不觉歔欷。谢谢你，汪曾祺！

澂莱乃我挚友，和汪兄也相识。五十年代最后一年，澂莱与我一同下放在涿鹿县。当时汪兄在张家口一带，境况比我们苦得多了。一次开什么会，大家穿着臃肿的大棉袄在塞上相见。我仍是懵懵懂懂，见了不认识的人当认识，见了认识的人当不认识。澂莱常纠正我，指点我这人那人都是谁；看我见了汪兄发愣，苦笑道，汪曾祺你也不认识！

澂莱于一九七一年元月在寒冷的井中直落九泉之下，迄今不明原因。我曾为她写了一篇《水仙辞》的小文。现在谁也不记得她了，连我都记不准那恐怖的日子。汪兄却记得水仙花的譬喻，为她画一幅画，而且说来年水仙花发，还要写一幅。

从前常有性情中人的说法，现在久不见这词了。我常说的"没有真性情，写不出好文章"的大白话，也久不说了。性情中人不一定写文章，而写出好文章的，必有真性情。

汪曾祺的戏与诗，文与画，都隐着一段真性情。

三幅画放到一九八七年才送去裱，到一九八八年春节才取回。在家里再翻手提包，那挂失条竟赫然在焉。我只能笑自己的糊涂。

一九八八年四月

原载《钟山》一九八八年第五期

《丛竹间燕园的家书》读后

转眼间，沈同先生已去世大半年了。

一个黄昏，沈先生的外甥女沈昆送来一本装帧极精美的书，让我看看。原来是沈先生写给外甥沈靖的一批信，由沈靖自制成书，扉页是大幅照片——燕南园五十三号，他们的家的外景，两扇窗和茂盛的植物。在这上面印出了书名《丛竹间燕园的家书》。

沈先生夫妇除了自己的四个孩子外，还抚养两个甥子女长大成人，是燕园中尽人皆知的事，大家对此都怀着敬意。这些信中不只充满了舅父对甥儿的关心和疼爱，也表露了一个科学家对后辈的教导和期望，沈先生引爱因斯坦的话："知识面愈扩大，那么知道，还没有知道的领域更扩大。"这和我们的先贤所说"学然后知不足"是一致的，只是那示意图我觉得特别有趣。

在图上他自己还写了几个字，希望沈靖不断上进，"Upward！Upward！！Upward！！！"（向上！向上！！向上！！！）

在这万金家书中，他也写到燕南园邻居的情况。没想到其中还提到我。说我去看望他，送去乌龙茶。

我掩卷叹息。在燕南园邻居中，沈先生不算老邻居，不像王力先生、江泽涵先生那样，从昆明时起一直做邻居，在相隔不过数百米空间里过了半个世纪。不过在燕南园邻居中，我最常见到的，可以说是沈先生。因为我每天清晨出外走路（号称做气功），必经过五十三号。总见他在松墙后草地上活动。我常想问一问做的什么操，却始终没有问。忽然有几个星期没看见，还没来得及想是怎么回事，沈先生已去世了。

母亲病重时，我曾向沈太太查良锭先生请教营养方面的问题，她是协和医院的营养师。我也曾好几次想去旁听沈先生关于生命科学的讲座，但像我想做的许多事一样，皆为"梦幻泡影"。

对沈先生有一点认识，是由"总鳍鱼"引起的。

总鳍鱼登陆发生在古代泥盆纪，距今已三亿五千万年了。它们登陆后发展为两栖动物，又发展为高级脊椎动物。如果没有总鳍鱼登陆，就没有今天的人类。而其中的一支鱼不肯登陆，不肯变革，不肯发展，亿万年后成为总鳍鱼的活化石。七十年代末我一直想用两支总鳍鱼的命运写一篇童话，提醒人们僵化保守固步自封的下场。

童话本是最容许想象自由驰骋的文学体裁，不过内容有关生物发展，就不该违背科学史实。一九八三年初秋，我动笔写这篇童话时，为了避免错误，便去请教沈先生。

沈先生觉得我的想法很有意思。我想他可以立刻回答的，他却说要再查一查。这是读书人的习惯。似乎是当天下午，沈先生打电话来，说已查到，让我就去。我到五十三号院中，他已站在门廊下等我。那天飘着雨丝，草地绿得发亮。

他递给我一张纸，又拿起一本大书，纸上工整地用英文写着一段话，是从那书上抄下来的。沈先生不算长辈，但当时也已满头白发，我很惶恐，连说："说说就行了，写着多费事。"

沈先生却不嫌费事，见我有些专门名词不认得，还加以讲解，足以作为我笔下总鳍鱼生活的根据了。童话写成后，发表在上海《少年文艺》上，后获全国首届儿童文学优秀创作奖。

沈先生一九三九年从美国康乃尔大学学成归国，一九四〇年开始在西南联大任教，主持动物实验室。也曾在北门街唐家大戏台上住过，那是当时几位单身教员的宿舍。

我以为写《野葫芦引》第二部《东藏记》时，他一定会给我丰富的材料，也以为近在咫尺，随时可以讨教，不料《东藏记》尚未开始，却再无谈话机会了。

但那几个字仍在我耳边回响，"向上！向上！！向上！！！"

一九九三年九月

原载《文汇报》一九九三年九月五日

久病延年

　　一九九五年夏，在美、加之行中，沿途几次听到朋友的噩耗，心情很觉沉重。不料九月底回到北京，一出机场，得到的消息更为惊人，那就是冯牧同志去世。我几乎怔住，呆呆地望着说话的人。在飞机上，我还筹划着要先去医院看望冯牧，送上我带回的加拿大草药书。但是太晚了。

　　在整理旧物的时候，忽见一方图章，上镌"久病延年"四个字。白文，图章是方形，很扁。这是冯牧同志在七十年代初送给我的。那时人们渐渐地趋向逍遥，而我则忙着生病，第一次重病刚趋稳定，又要做一次手术。冯牧当时正以篆刻消遣，收罗了些旧石头，每日练刀。他知道我不停地生病，就刻了这四个字给我。

　　这四个字对于冯牧同志和我来说，可以说是互勉。五十年代后期我们都在《文艺报》工作，他当时就是大病号。编辑部在文联大楼（即今商务印书馆所在地）四层。大家形容他走到二层便倚着栏杆休息，拿出药瓶喷药，看几页书再上楼去。他还常常发烧，常备抗菌素，有时从我门前过，便在信箱里放上几包，以示支援。在对付疾病这一点上，我们都相信破罐子熬得过铁锅。可能是因为身体的关系，他在编辑部从来没有管过全面的工作，似乎有点顾问的味道。但他有时到国际组来随便谈谈，出些主意，对我们的工作总是很有启发。

那些年强调斗争，"与天奋斗，其乐无穷；与地奋斗，其乐无穷；与人奋斗，其乐无穷"，最温良恭俭让的人因为要求进步，也强迫自己去斗争。在这方面，冯牧没有"改造"好，他好像不大会整人。他对人宽厚，喜欢朋友。因他常常生病，人去看他，回来说，以为冯牧在家什么都不知道，其实他什么都知道。这当然是因为去看望他的人很多，他关心别人，别人也关心他。进入新时期以后，冯牧担负的工作逐渐多起来。他关心整个的文学事业，这表现为关心作家，关心文学青年，总希望能有一个好的环境，让每一个人的文学才能，哪怕只有一点，都能发挥出来。曾听一位指挥说，一个好的指挥不仅要指挥现有的乐队，还要能提高现有的乐队。我并不太了解情况，感觉上，冯牧同志在他负责工作的那几年里，就是这样做的。

六十年代我在遒兹府住，与作协黄土岗宿舍很近，冯牧有时到我处闲谈。当时我的挚友陈澂莱和我同住，说起来，他上中学时常和澂莱的堂兄们一起打篮球，是西皇城根陈家花园的常客。一转眼很多年过去了，少年们走上不同的道路。但是我们都觉得，冯牧骨子里总有一种旧家子弟的矜持，这使他的性格更为丰富。冯牧同志在自己和疾病的斗争中，还关心很多事，其中之一是我的医疗问题。常常生病的人，跑医院是开门七件事之后的第八件事，不可缺少，也是延年的条件。冯牧希望延年，是为了文学事业。他希望我延年，是要我把小说写完。我想冯牧同志可以放心，无论怎样挣扎，我不会放弃我的小说。

冯牧和我还有一个共同点，就是热爱云南。抗战时我在云南度过了少年时代，那蓝天白云红土和抑扬顿挫的昆明话伴随我成长，成为我的一部分。冯牧在《彩云之南》这篇文章里说："我把云南看作是我的另一个故乡，一个哺育我发展成长的地方，一个常常使我魂萦梦绕的地方。"他一有机会就要去云南。一九九四年秋，作协创联部组织作家访问云南，请他做团长，当时他身体已很不好，有人劝他不要出门。他在一次电话里说，不愿放弃这个机会，亲近云南的机会。有一次他从云南回来以后，寄来一张照片，背景是大片的木香花，他说，木香花有桂花的香气。这我以前完全没有注意到。一九九五年初，《中国作家》"我和云南"征文发奖，冯牧从医院里来颁奖，我从他手里接过奖状，这是最后一次在公开场合见到他。去冬还有几次会，本来都是少不了冯牧的，会场里熙熙攘攘，却觉得有些空，我们再也见不到他了。

"久病延年"这四个字，用来作一篇追思文字的题目，似乎很不合适，可是我还是用了。因为它有一种精神，有一种毅力，还有一种不离不弃的对生活的爱。

原载《文汇报》一九九六年三月十一日

刚毅木讷近仁

——记张岱年先生

　　张岱年先生的著作，我家有好几种，大部分是张先生送给先君冯友兰先生的。也有几种赐我和外子仲，如《张岱年学术论著自选集》《中国伦理思想研究》《张岱年文集》等。我以为哲学书是要正襟危坐来读的，但总没有这样的日子。近日，仲往中关园探望，又带回一本《张岱年学术文化随笔》。因为书名是随笔，似乎可以随便读，一读之下，启示良多，没想到我也是要把学术思想变为随笔才能领会。后又浏览《中国文化及哲学》等书，便有一些想法。张先生书的一个突出特点是个性鲜明，他旁征博引，用的材料很多，但是绝无堆砌之弊，而是经过咀嚼消化，条理分明地用来说出自己的看法。父亲曾说张先生的著作读来亲切有味，我想这是因为他提炼了中国文化的精髓，给我们的不仅是香醇的乳汁，而且是乳汁的乳汁，是奶油。

　　我很喜欢《论中国文化的基本精神》一文。文中提到中国文化的四个基本要点，即刚健有力、和与中、崇德利用、天人协调。我读后精神为之一振。文中说，《周易·大传》提出"刚健"的学说："大有，其德刚健而文明，应乎天而时行。"又云："大畜，

刚健笃实辉光,日新其德。"这些都是赞扬刚健的品德。《象传》说:
"天行健,君子以自强不息。"天体运行,永无已时,故称为健。
健含有主动性、能动性以及刚强不屈之义。君子法天,故应自
强不息。张先生特别赞赏"天行健,君子以自强不息"的思想,
在多篇文章中都讲到。这句话下面还有一句"地势坤,君子以
厚德载物"。坤者,顺也,大地以其宽厚能载万物,也就是要宽
容,要兼容并包。这句话很重要,如无厚德载物的地,自强不
息的天是没有根基的。这两句话曾被清华大学作为校训,激励
着许多学子,它镌刻在年轻人的心里。我自己非常喜欢这两句话,
曾多次建议清华恢复这一校训,许多校友都有这想法。近闻清
华大礼堂内原有的这八个字已经恢复,看来有望。张先生文的
第二个要点:和与中。"以他平他谓之和",意谓聚集不同的事物
而得其平衡,叫做"和",这样就能产生新事物,所以说"和实
生物"。"君臣亦然,君所谓可,而有否焉;臣献其否,以成其可。
君所谓否,而有可焉,臣献其可,以去其否,是以政平而不干。"
这是《左传》记晏婴的话,君与臣也不能只是君说了算,要讨
论哪些是否,哪些是可。第三个要点是"正德、利用、厚生"。
这是春秋时代的三事说,意即端正品德,善于使用工具器物,
改善丰富生活。这就包括了人的精神和物质两方面生活。第四
个要点是"天人协调"。《文言》说:"夫大人者,与天地合其德,
与日月合其明,与四时合其序,与鬼神合其吉凶。先天而天弗违,
后天而奉天时。"《基本精神》文中说:"此所谓先天,即引导
自然;此所谓后天,即随顺自然。在自然变化未萌之先加以引
导,在自然变化既成之后注意适应,做到天不违人,人亦不违

天,即天人相互协调。"张先生把中国文化精神从糟粕中清理出来,让我们知道该继承什么,而不是只盯着三纲五常,认为中国文化一无是处。若能把这几点略通一二,人们就会清醒些,就不会在糟粕中打滚,不会以邪门歪道求进身,不会用站笼把人活活站死,也不会学抽鸦片烟!

读这本书,知道一点张先生提出的文化综合创意的学说。有人说这一学说提示了文化发展的规律,因为文化总是在推陈出新的。这是大学问,我无研究。又知道张先生从青年时代就是唯物论者。《世界文化与中国文化》(1933年)一文中贯穿了辩证思想。最后写道:"文化是最复杂的现象,文化问题只有用唯物辩证法对待,才能妥善地处理。列宁说:'在文化问题上,性急与皮相是最有害的。'这是我们应永远注意的名言。"张先生自选集中收了这篇文章。他在三十年代就引用列宁的话了。我上过张先生所授的历史唯物主义和辩证唯物主义课,当时有人议论,说张先生讲的唯物论不见得合官方的意思。我懵懵懂懂地过了好些年,现在才逐渐明白,他讲的唯物论,大概是和政治有距离的,所以有学院派马克思主义者之称。去年在加拿大,有几位哲学教授,对张先生的文章都很钦佩,虽然他们都是有信仰的神学家。若论信仰唯物论,张先生可谓老资格,但似一直没有得到应有的重视,他从未当过什么委员、代表,倒是赶上当了回"右派"。

北大中哲史教研室主任陈来先生有一篇文章,其中说:"冯先生的《中国哲学史》,张先生的《中国哲学大纲》,前者以人物为线,后者以问题为纲,一纵一横,构成现代中国哲学史研究的经典双璧。"我读陈来文章才知道,有一段时期,因为是

"右派"，张先生的书不能用真名出版。无独有偶，冯先生的书五六十年代在台湾多次出版，却没有作者名字，好像这书是从天上掉下来的。曾遇一韩国作家，他说他很感谢偷印这书的人，不然就读不到，岂非大遗憾。现在在台湾读冯著倒是方便了，谁知又有新麻烦。

我一直认为"右派"都是聪明人。近闻有一位老学者说，"右派"是中华民族的光荣和骄傲。这是现在的认识，那时的经历，可是太惨痛了。曾与张先生谈及那一段生活，我问是什么支持着他，他答道："批判想不通，觉得世间再无公理，曾有过自杀的念头。但想到我若自杀，你七姑和孩子就没法活了。"在最艰险的时刻，是朴素的亲情挽住了生命之舟。我自己也有亲身体会。

家里有一张古老的结婚照片，许多人簇拥着魁伟的新郎和娇小的新娘，那便是张先生和我的堂姑母，七姑冯缱兰。前面站的两个小女孩，穿着红缎镶亮边的小袍子，高的是张申府先生的女儿，矮一些的就是我，所以我在七岁就认识张先生了。七姑曾在清华乙所和我们城内寓所住过一段时期，但是张先生很少理会孩子，不像陆先生（侃如）还曾把我们孩子抢起来转圈，使得大家都很高兴。那是因为张先生满心装的都是哲学，别的再也塞不进去。七姑曾形容他，上公共汽车永远是被别人挤下来，怎么也上不去。这些年，我却越来越觉得张先生亲近，从心里爱戴他。张先生为人厚道，有求必应，这是众所周知的。我们常常觉得他也能说句"不"才好。

父亲和张先生俱治中国哲学，方法、道路不同，但他们互相理解，互相尊重，且有很深的感情，那并不是因为姻亲的关系。父亲去世的次日，张先生赶到家里，一定要去医院看望，我不愿老人看见他所关心的人躺在一个冰冷的匣子里，但是七姑父坚持要去，非去不可。当时有几位清华教师同来吊唁，乃陪同前往。两位老学者，一个躺着，一个站着，阴阳两隔，相对无语，似乎时间都凝固了。事隔多年，写到这一段，我还是忍不住自己的眼泪。父母亲下葬的那天，大雪纷飞，郊外青山如着一袭素衣。亲友们站在雪地中，没有一位肯戴帽子。张先生披着雪花作墓前演说，他说冯先生是一位与时俱进的思想家，他的一生是追求真理的一生。张先生的话透过雪花，在众人心上回荡。

一九九一年我罹重病，张先生数次从中关园步行半小时来看望。我知道他看望的不只是我。

我们一代又一代的学者，都是在努力追求真理，但是他们的步履是多么艰难！从焚书坑儒始，各种查禁，以至于砍头，可以作一部专史。到"文化大革命"，歪曲批判，残酷斗争，还有各种助纣为虐的唾骂，一起上阵。他们坚持活下来，完成自己认为应该做的事，这需要多么大的勇气和毅力。东坡论留侯云："天下有大勇者，卒然临之而不惊，无故加之而不怒，此其挟持者甚大，而其志甚远也。"在荆棘中行走的人，很少认为自己是大勇者，只是有一种精神，一种志向，遂留下了名山事业。

有的人内涵很少，却从外界得到很多，有的人内涵丰富，却从外界得到很少，这也就是一种平衡吧。

"刚毅木讷近仁"，是孔夫子的话，父亲用来形容张先生（见《张岱年文集》序）。我写下这句话作题目时还以为是自己的发明呢，其实我一定读过这篇序的。张先生有一枚非等闲的闲章,镌有"直道而行"四字。他确实是直道而行,所以不会挤公共汽车。他口吃,不善言词,木讷气质一见便知,于木讷中自有一种温厚气象,使人如坐春风。这春风很近,因为房间堆满书,人能占有的地方很小。在表弟未分得房子时,张先生的书斋放不下一把待客的椅子,我们去了,索性坐在床上。现在倒有了一张凸凹不平的老式沙发,人先需侧行,然后就坐。张先生重听,日益严重,而我听力、视力减退的速度似乎要和老人比赛,大家促膝而谈,倒免得高声。

以上文字是去年写的,总想再改得好些,便搁着。转眼冬去春来,一九九七年三月二十二日《张岱年全集》由河北人民出版社出版并举行了首发式。张先生命我参加,我当时正在医院又一次和病魔搏斗,未能前往。本来对一位哲学家的著作轮不到我发言,但以我的三重身份:学生、晚辈和读者,似还是可以说几句,意思虽肤浅,心却是真挚的。

张先生亲自参加《全集》的首发式,亲眼见到自已的全集出版,这样的例子并不多。我很为张先生高兴,也为读者高兴。没怎么听见动静,《全集》便到了读者面前,而且装帧精美,错字很少。比较起来,《三松堂全集》的出版过程要艰难得多,已历经十二个寒暑(玄奘取经也不过十四载),还不知何时能见全貌,只有耐心等待了。

去年一份报上刊出张家二老的照片,有小字说明他们都是七十八岁的老人。其实去年他们是八十七岁,今年正好是米寿大庆。

我想"改得好些"的愿望，看来一时做不到了，乃将去年之稿略作修改，祝贺《张岱年全集》的出版，并为二老寿。

一九九六年十一月中旬初稿

一九九七年六月下旬病中改，八月始成

原载《随笔》一九九七年第六期

悼念陈岱孙先生

陈岱孙先生是大学者，是我的父执，是长辈。但在我心中，总觉得他是一位朋友，一位"老友"。

不知道这是不是高攀，也不知道他是不是把我当做小友。我们的来往并不很多，而他待人的平等亲切，让人免去俗套，感到友情的萦绕。

约在八十年代中期，顾毓琇先生到京，来访先君冯友兰先生，让我邀请陈先生也到三松堂。那是一个下午，阳光从西窗射进来，照亮了三位老人的白发。不知是谁说了句"这是三位老院长的相聚"，我猛然一惊。三人中，冯是文学院院长，年最长；陈是法学院院长，年居次；顾是工学院院长，最年轻。回想当时在清华，年最长的不过三十出头，各领一方，和同仁们一起，建立了清华的学术地位。那时是何等的意气风发！而转眼间都是老人了。座谈间，顾先生话语最多，他将中国喻为初醒的巨龙，正待腾飞，言下十分振奋。

一九八九年，陈先生迁至燕南园，与我们成为斜对门的邻居。一天，他和他的堂妹陈荷一起来探访。当时父亲已经坐在轮椅上，乃由我陪两位陈先生在院中看看。看看乱草中新长出的铃兰，枯叶中新长出的玉簪，还有那一小片属于香椿树的土地，树旁钻出的许多枝条也已有了嫩叶。因说起陈家院子里该种些什么，我说，种一棵香椿吧，可以吃到最新鲜的香椿芽，随即让人挖出两根枝条。陈先生接过，把它们举了一举，说："给了我两根木棒。"他的笑容是那样年轻。

父亲去世的次日，陈先生由厉以宁先生陪同来吊唁。当时家里人很多很乱，看到陈先生高大的身影，我沉重的心感到一丝宁静，好像有一只无形的手帮我移去了什么。数日后，在冯友兰哲学思想国际研讨会上，陈先生讲了话，谈到他在南岳与父亲相处的日子，说到"贞元六书"和爱国主义。这篇讲话后来整理为《冯友兰纪念文集》的序言。一九九四年清华以三松堂捐书建立"冯友兰文库"，开幕那天，陈先生和大家一同乘面包车前往参加。举行仪式后，大家去参观文库，因文库在五楼，陈先生对我说："我不上去了，我在车里等。"幸亏有车先送他回去。那年陈先生是九十四岁，现在我进入老年还不太久，已经步履维艰，才体会到那里有多么重的情谊。

陈先生还帮助我了解历史，在我的记忆之井里添贮活水。家中有一张一九四八年中央研究院第一届院士会议的照片，其中许多人我们都认不出，都说去问陈先生。陈先生总是不嫌麻烦，耐心解答问题。我去看望他时，谈话的很大一部分内容是昆明的生活。有一次陈先生对我说，三十年代末，他曾随马帮到丽江去旅行，晚上披着麻袋坐在房檐底下，算是住宿。自己煮饭，煮牛干巴，肉汤很好喝。一天来到一片黑压压的树林，据说是强人出没的地方，大家都很紧张。马帮头一声令下，大家逃命似的冲过树林，总算没有遇险。

又一次，谈到一份杂志发表的陈先生的经济学文章。我不懂经济学，记得陈先生说，凡事都有来龙去脉，不连贯起来看，就看不懂问题，也许会得出相反的印象。

他看见《中华读书报》上有关于我的简讯，画了圈，让人送来给我。家人说："连陈先生都帮你搜集资料。"

一九九五年我偕外子去美国，到费城，得见顾毓琇先生。顾先生应我之请题词。他写的是"学究天人，道贯古今；哲理泰斗，典范永存"十六个字，笔力遒劲，后放在《冯友兰研究》第一辑中。顾先生还要我们代为问候陈先生。我们回京后，到陈宅讲起顾先生情况，陈先生极言顾先生多才多艺。顾先生为科学博士，却又能写诗词、剧本，其英诗译作很有味道。

老人渐老和小孩渐长，都是可以看得见的。所以，说人"见老了""见长了"很传神。不记得什么时候，听说陈先生在会上晕倒了，便去看望。陈先生说："是在会后饭桌上，没有任何先兆，忽然失去了知觉，现在已经好了。"自那以后，他似乎出门少得多了。过些时又去看他，他说："我现在是大门不出，二门不迈。"客厅里靠窗摆着两张沙发，他总是坐那靠门的一张，让客人坐靠内室的一张，因为门边有风。而我一直不解为什么这样坐，想问，踌躇了一下，以后也就忘了。再过些时，陈先生说："我老是觉得很累，早上一起来就累。"说了这些话以后，我怕他累，起身要走，老人说：

"不要走,再坐一会儿吧。"于是我就再坐一会儿。这一会儿很重要,从此再没有见到陈先生。

我家的后院离商店、邮局比较近,陈先生有时从这里穿过,一直是腰身挺直,稳步而行。后院的石子小路坑洼不平,曾想让人修整,像我对一切事一样,总是一再蹉跎。等到把那些坑洼填平,老人已经太累了,已是"大门不出,二门不迈"。也曾想到做点什么好吃的送过去,但不是有事就是有病,这想法终于成了完成不了的心愿。

一九九七年我索性一病经年,住了三回医院。待回到家来,发现燕南园墙外正在大兴土木,日夜施工,令人不能安枕。"陈先生怎么受得了!"我想,"可能学校会安排老人暂避一时。"过几天,知道陈先生住医院了。住几天也好,我们议论。没有想到,陈先生一去不回,永远地离开了。

我们去陈宅吊唁,灵堂里有鲜花有遗像,十分肃穆。这又是贤孝外甥女儿们的劳绩。还有那两张沙发,依然留在窗下,我见了不禁悲从中来。

我很伤心,世上又少了一位宽厚仁让、能主持公道的长者。人常用学贯中西、中西合璧等形容人的学问,我想,陈先生身上体现了人格的中西合璧,既有中国的发自内心的"礼",又有西方的平等精神,这样的人愈来愈少了。我难过,倒也不全是为陈先生,敬他爱他的人很多,无须我这一掬泪。我是被两句诗击倒:"侬今葬花人笑痴,他年葬侬知是谁。"它们不知怎么忽然跳到我心中。那是曹雪芹假托十余岁少女林黛玉的锦心绣口说出的,我到七十岁才有些懂得。这是一个可以抽象出来的道理。父亲曾为许多朋友写过悼念的文字，陈先生为父亲写了悼念文字，我现在又在悼念陈先生。再往下呢？后人而复吊后人，代代无已。在这条来去匆匆的路上，人们"见长""见老"，要停也停不住。

一九九八年四月下旬

原载《陈岱孙纪念文集》，福建人民出版社，一九九八年十二月

烟斗上小人儿的话

一九九九年是闻一多先生百年冥寿。他离开我们已经五十余年了,人们只能从照片里瞻仰他的风采。有一张照片传布最广,也是最能显出闻先生诗人气质、学者风度。他侧着头,口含烟斗。在画面的烟斗上有一个小人儿,那就是我。

我在照片里坐了四十多年,一九九一年在医院中才发现那是我。我真是高兴。这张照片成为我的护身符,当我和各种魔怪(包括病魔)战斗时,每想到这照片,想到闻先生,就觉得增添了力量。

许多人在语文课本里读过闻先生的《最后一次讲演》,那跨出门就不准备再回来的精神感染了多少人,教育了多少人。有时私下议论,鲁迅、闻一多活到"文革"时代会是怎样情况。估计他们也活不到"文革",在前面的运动中,就会活不下去;或能顽强地用另一种方式活下来,但肯定是过不了"文革"这一关的。

闻先生倡导说真话,他要做到怎么想就怎么说。抗战后期,他发表许多言论,尖锐批评最高统治者,丝毫不顾及自身安危。他这种大无畏精神,上薄云天。他无所畏惧,但他对同事朋友是宽厚的,常替别人着想,从未闻有刻薄伤人之言。我想,他对统

127

治者的愤怒是站在人民的利益上，而不是站在一己的利益上，而对于个人之间的摩擦（总会有的）是不放在心上的，可以说是"横眉冷对千夫指，俯首甘为孺子牛"的表率。

闻先生的革命精神包含了诗人气质，"这是一沟绝望的死水，清风也吹不起半点漪沦"（《死水》）。"春光从一张张的绿叶上爬过……仿佛有一群天使在空中逻巡……忽地深巷里迸出一声清籁：'可怜可怜我这瞎子，老爷太太！'"（《春光》）他以无比的深情关怀着整个社会。我喜欢《也许》这首葬歌："我把黄土轻轻盖着你，我叫纸钱儿缓缓地飞。"这又是另一种深情，看透了生死，似浅淡，却长远的深情。闻先生著有《九歌古歌舞剧悬解》，这是他根据屈原《九歌》写的歌舞剧本，想象力真丰富。我非常想看它的演出。另一个愿望是看爱罗先珂《桃色的云》上演。我想今生是看不到了。

最近，闻惠羽小妹送我一本闻先生的《诗经通义》。这是一部草稿，经闻惠羽校补成书。我翻阅后，见一字一词注释得详尽，更体会到"何妨一下楼主人"的精神。古人说，"三年不窥园，绝庆吊之礼"，才能做一点学问。做学问需要这种不窥园、不下楼的精神。一九四七年，我在南开大学上学。五六月间，举行了一次诗歌晚会，纪念闻一多。冯至从北京来参加，做了讲演。会后，我写了一首诗，那是我第一首发表的新诗。现摘一段在这里，诗的题目是《我从没有这样接近过你》。

> 我从没有这样接近过你。
> 真的，我从没有这样接近过你。
> 在大家沉重的脸中我看见了

你的脸。

在大家呜咽的声音里我听到了

你的声音。

我今天才找到了你，找到了你。

找到你

在我们中间。

　　闻一多是永远在青年中间的，他的精神永远年轻。这些年，我们不大想起闻一多了，远离了他的精神，而我们是多么需要他的精神！对强暴大无畏，对普通人深具同情，富有想象力的审美眼光，还有踏实认真甘坐冷板凳的治学态度——我知道"何妨一下楼"中只有冷板凳。

　　再来看一看那张照片。一九四五年初，西南联大悠悠体育会组织去石林，邀请闻先生参加。闻先生带了立雕（韦英）兄弟和我及钟越同往。那时去石林要乘火车，骑小马，到尾泽小学打地铺。到几个地方看景致都是步行，大家都是很能走路的。记得有一天中午，在一个小店打尖。闻先生要了米线，每个孩子一碗，招呼我们先吃。后来在长湖畔举行了联欢会，照片便是那时出世的。

　　我坐在烟斗上，并不感到云雾缭绕的飘飘然，而是感到焦虑沉重——是因为坐在烟斗上么？我感到沉重，因为我们离闻一多远了；感到焦虑，因为我们似乎并不知道究竟已经离闻一多有多远。

一九九八年十二月于风庐

原载《回忆纪念闻一多》，武汉出版社，一九九九年九月

仙踪何处

冰心老人离开我们了。

人们常把这种离去称为仙逝。我觉得谢先生确实是成了仙了。她随世纪而来，又随世纪而去，有着完满的一生。她不只是好作家，也是好女儿、好妻子、好母亲，有这样福分的人不多。

中国伦常的一项重要内容是朋友。谢先生有很多朋友，这又是一种难得的福分。她爱朋友们，朋友们也爱她。赵萝蕤先生曾对我说，她结婚前，谢先生专到她家讨论这桩婚事，这关心让人难忘。经过了"十年浩劫"，人们渐渐从麻木中醒来，彼此有了来往。赵先生和我商量去看望老人。我们去了，大家都十分高兴，谈话很随意。当然还有那只猫。在梁启超书的那幅"世事沧桑心事定，胸中海岳梦中飞"字下照相时，我想，这对老人来说，是重复而又重复的节目了。她却不嫌烦，因为她心里装着朋友。赵先生先老人一年而去，如今她们在一起时，不知会讨论哪些话题。

老人世事洞明，晚年更增添了棱角。她的短文《我请求》影响很大。一位自小相识的准兄弟看后责备我："你怎么不写一篇？"我很难回答。以后的文章《等待》，似很平淡，也给人极深的印象。

这一篇简单朴素的文字，只写了几个家人，却装着一个大关心，关心着人民的疾苦和祖国的命运。

这个多福的老人留给我们一个谜，这个谜恰在我身边。老人曾居住于燕南园，那是她婚后最初的家。我曾认为她住的是六十六号，有何根据，却记不得、说不出了。近见有文章，说林庚先生也说是六十六号。但吴青说是六十号，当然应以她的话为准。有意思的是，燕南园房屋样式多不相同，恰恰这两幢十分相像，都是带有门廊的二层小楼，里面结构也大致相同。记得谢先生有文《我的家在哪里》，描写梦中回到各个时期的家，似乎没有提到燕南园。现在若回来，会分辨出哪一座是最初的家吗？

谢先生是成了仙了，她从闪烁的星空中俯视我们，从溶溶的春水中映照我们。在一次冰心奖的发奖会上，我曾写过两句话，"繁星爱之光，春水生之意"。那是永远的爱之光，永远的生之意。

一九九九年三月十二日

原载《群言》一九九九年第五期

在曹禺墓前

四十年代后期，在清华读书时，有一阵子，每到下午课后，常常骑车出去漫游。圆明园、颐和园以及这一带当时还很荒僻的郊野，都是常到的地方。漫游中有一个"景点"，便是万安公墓。那时的万安真是安静，很少人迹，墓也不多。春来野花烂漫，秋至落叶萧萧，便总想起华兹华斯的那首《我们是七个》，诗中说一个孩子认为死去的姐妹只不过是躺在墓园里，有句云"每当夕阳西下／我来到墓边／拿着我的小碗／坐在他们身旁吃晚饭"，似乎他们仍在世上。那时我在墓间走来走去，觉得彼岸世界浑和静穆，很近又很远。

后来自己经历了几次亲人的永别，才知道什么是死亡。万安公墓不再是我欣赏的对象，而是牵连到我的心魂。我几乎是怕去，但又想去，抚一抚父母的墓碑，也是定省。今年清明前我们照例去扫墓，擦拭了作为墓碑的大石头，摆好了花束，又照例默然站了一会儿，各人想自己的心事。然后为一点小问题，我们到管理处去。走过另一个区时，家人忽说："曹禺在这里。"

我们快步向前，见一个矮碑，写着"曹禺"两个大字，为巴金老人所题。墓面是隆起的黑色大理石，没有任何别的字迹。本来"曹禺"两个字就足以说明一切了。我们不约而同肃然而立，深深三鞠躬。

五十年代中，我在文艺界打杂，曹禺同志（这是习惯的称呼）为写《明朗的天》，曾约我谈话，要我讲讲解放前后教授的生活、学生的心情等。我讲话的能力很差，大概没有帮助。讲到刚解放时，和几个同学在寒风中，走到海淀去看解放军。解放军一个个都很年轻，戴着大皮帽子。他很注意这一细节。《文艺报》一个同事的妹妹是医生，他也曾去拜访。听说他写《日出》时，对不了解的生活特去做实地考察。这样补充生活，有时能酿出蜜来，有时却不一定，而这种认真的精神很值得我学习。以后，每在一些场合遇到时，他总要关心地问起冯老师近况。印象最深的是在阳翰老八十五华诞的庆祝会上，曹禺同志特地走到我面前说："问冯老师好。我是万家宝，告诉他，万家宝问好。"

一九九三年，我在深圳小住。住处有一个女服务员，学写小说，笔名梅子，拿了几篇作品来征求意见，乃和她谈起要多读书。她说最想读曹禺的剧本，许多人想读，但是买不到。回京后，我立即到处搜寻《曹禺选集》，遍寻无着。我们又失望又气闷，为什么想看的书总是买不到呢？这个奥秘我到现在也不明白。当时有一家小出版社负责人听说，觉得偌大北京城买不到曹禺剧本实在不可思议，便想由他填补空白。我们都很兴奋，特地到北京医院看望曹禺同志，说了这一愿望。他说已和人民文学出版社签有合同，可是不知是没有书了，还是有书渠道不通。那家小出版社只好作罢。他还坚持依照习惯，坐在轮椅上送我们到电梯口。其实我们也知道,这样的张罗只是尽心而已。我只好写信给梅子,告诉买不到书,也不知道她收到这信没有。后来《曹禺全集》是由花山文艺出版社出版的,不知是什么原因。

一九九六年底,曹禺同志逝世,我觉得历史好像翻过了一页,再也回不去了。

曹禺同志是话剧史上的里程碑,我没有专门研究,这只是一个读者的看法。记得在昆明,上中学时,曾看过《家》《北京人》等演出,每次都受到很大的震撼。它们都有一种诗意,就好像《红楼梦》和别的小说的区别,就是有一种诗意。这使得作品超凡脱俗,直叩人们心底。从来改编自小说的剧本都不及小说,只有《家》的改编是个例外。它本身就是创作,很有灵气,很美。我很喜欢曹禺的对话。只凭对话不用描写,就能塑造出活生生的人物,真是了不起!而且那语言是多么铿锵有力。那时我们几个少年人在一起,有人随便说一句:"太阳出来了!"别的人就会自然地接上去:"黑暗留在后头,但是太阳不是我们的,我们要睡了。"还有《北京人》中的台词,"这是人类的祖先,这也是人类的希望,那时候的人要爱就爱,要恨就恨",也是我们常背诵的。《原野》中仇虎和金子的对话,一个说:"给你钱。"一个答:"钱我有。"一个说:"给你车。"一个答:"车不用。"过了几十年,我还记得。我觉得他的剧本不只是为上演,也是为了阅读,可以大声朗诵,也可以默默阅读,那语言在你心里回荡时,真是无声胜有声了。

若要攀点关系,可以说曹禺同志和我是清华先后同学。我一直认为,自一九二八年清华学校改为清华大学以降,在文科领域里,曹禺是清华学长第一人。

还有一位我敬佩的清华学长是作曲家黄自。老实说，当我知道黄自也是清华毕业（一九二四年）时，很觉奇怪。我喜欢他的音乐。在我国现代音乐史上，第一部交响音乐是他创作的。一九九五年，我在美国参加一个会，一个台湾旅美作家说，他很关心对黄自的评价。其实我们的中央音乐学院已经在校园里竖起了黄自的铜像，我每次去都要行注目礼。我永远记得他的《抗敌歌》中那雄壮的合唱："锦绣江山谁是主人翁？我们四万万同胞！"前几天，中央电视台还演播了他的《春思曲》。可惜黄自在抗战后一年，在三十四岁的锦绣年华去世了，不然我们还会听到他的更好的、真正伟大的音乐。

曹禺和黄自对中华民族的文化倾注了自己生命的甘泉。他们的作品都是原创性的，不可替代的。他们是清华的骄傲。我们仍在读他的书，唱他的歌，而且会一直继续下去。

我不知道想读曹禺的读者们是否已经有书。希望他们不会等得太久。

明年清明，我当另带一束鲜花，放在曹禺墓前。

一九九九年清明前后　搁至端阳始又检出

原载《中华读书报》一九九九年六月二十三日

大战韦君宜

二〇〇二年一月二十六日黄昏，邵燕祥来电话告诉我，君宜同志已于当日中午辞世。我立即给杨团打电话，杨团说君宜同志是在歌声中离去的。那是抗日战争时代留下的歌，万众一心用血肉铸成长城的歌。她是唱着这些歌走上革命道路的，用这样的歌为她送行再恰当不过。

君宜同志是个敢说真话的人。我们经历过的那个古怪时代，要把所有的人的头脑都变成复印机，传达什么就照着讲照着说，够不上传达的也要人云亦云，以免出"错"。君宜同志不是这样，她要把她看到的真实情况说出来。小至对一个人的看法，大至对国家局势的看法。我常说，历史是一个哑巴，人们知道的只是写出的字。要更多的人说出真话，我们才可以接近真的历史。

君宜同志是一个能够反思的人。痛定思痛，只有人才能够做到这一点。可是人常常放弃这一特性。有多少人于痛定时就失去了记忆；有多少人于痛定时还要涂抹油彩，说本来就没有什么痛。《思痛录》中有这样一段话："我就是这样一步一步思索我这十来年的痛苦，直到思索痛苦的根源：我的信仰。直到我们这一整代

136

人所做出的一切，所牺牲和所得失的一切。思索本身是一步一步的，写下来又非一日，其中深浅自知，自亦不同。现在仍归其旧。这个根源，我留给后来者去思索。"她的反思不是偶然的、片段的，而是有目的、有系统的，有这样的反思才能进步。

然而这需要多么大的勇气。也许她根本没有想到勇气，她只是要把她看到和认真思索过的说出来，为了后人。

君宜同志是个永不消沉的人，缠绵病榻十余年，写下了近三十万字的文稿，为历史作证。我是一个老病号，在和病魔周旋时，有时会万念俱灰，满脑子萦绕着那两句"纵有千年铁槛寺，终需一个土馒头"。我深知病中写作的艰难，我不知道君宜同志有没有灰心的时刻，但她是胜利者。

她终于明白地说出了要说出的话，可以安心地沉默，这让人减少些悲痛。

写于二〇〇二年清明前夕

祭李子云

子云，时间过得真快，转眼间你已经离去十五个月了。这期间我常出入医院，也常在心中描摹你在医院中的情景，怎样的挣扎，怎样的告别。我知道只有一个结果，我再也不能与你相见，再也不会听到你的洞见妙语，再也不能毫无顾忌地畅谈我的各种感受了。

我们会面不多，但每次长谈都像是森林中的氧气，从你得到的永远是理解和启发，使我感到清醒和熨帖。二○○四年春我到杭州去，我是独自去的，再没有仲德陪伴了。经上海时，我们见面，从你得到许多安慰。我们讨论人生，也没有忘记文学。你说几天后你也去杭州，可是，后来你家遇事，没有来。二○○五年我又到上海，我们在一个小西餐馆相会，那种东一句西一句漫无边际的闲谈，真是一种快乐。能这样谈话的人太少了。如今又少了你，到哪里去寻找呢？总以为还会有再见面的机会，哪知这就是我们最后的见面。

随着时间的推移，灾祸向我们推进，而终于到了你结束一切的时候，我怕也不远了。

子云，你是有卓越见识的人。在改革开放初期，你的一批评论文章，给了新时期文学多少力量！

你是说真话的人。有见识不容易，能说出来更不容易。在这充满谣言和谎话的时代，说真话需要多么大的魄力！这包括勇气、决断、担当等等条件。

你是能听懂别人话的人，你从来不凭几个条条框框去评论别人。因为能听懂别人的话，看懂别人的书，能体会作品和作者最本质的东西，还能把它揭示出来，说你是第一流的评论家是不够的。你知作品之意，会作者之心。金圣叹读《西厢记》，读到"他不瞅人待怎生"，卧床品味三日未食。现在的人已经缺少这种感动的能力了，而你的慧悟从未减退。

你能领略生活中的各种美，服饰永远得体。你七十岁以后的肤色还可以为化妆品做广告。

天地间孕育一个你这样的人，需要多少灵秀之气！要消逝竟这样容易。子云，我们会再见，在消逝中再见。

原载《新民晚报》二〇一〇年十二月二十七日
编者改题为《李子云的慧悟》

握 手

　　上世纪四十年代上半期，我在昆明联大附中读书时，有各种文艺活动。在一次诗朗诵会上，光未然来了，他好像朗诵了一首《为少男少女们歌唱》，有的同学记得是《午夜雷声》。那应该是我第一次见到光年同志，但已没有什么印象。印象清楚的是五十年代初，我在政务院文教委员会宗教事务处工作，文教委员会开会有时叫我去做记录。有一次会议，记得是由习仲勋主持。发言的人我大多不认得，做记录时，有人告诉我他们的名字。到张光年同志发言时，我才知道他就是光未然。他的发言很长，发言中常有人插话。他对旁边的人（好像是胡乔木）说："我们这些人数学都不好。"不知为什么，会议的内容我全不记得了，只记得这句话。

　　一九五七年初，我到《文艺报》工作。当时《文艺报》年轻人多，很有朝气，学习的热情很高。那时还没有狠批"封资修"。记得副主编陈笑雨复习英文，要我为他找些书。我找的书是以前的高中英语课本，上面有《大卫·考博菲尔》在饭馆被骗的一段，读了都觉得很有趣。当时编辑组的两位女同志召明和杨明想读点古文，我建议她们背诵。她们要我布置功课并按时听她们背书。有一次，召明背到中间卡了壳，急得哭了起来。在这样的学习气氛中，作为主编的光年同志，自然是重量级。他开讲《文心雕龙》，每周一个半天。这本是很好的学习机会，但我没有能认真听讲。在编辑部的同乐会上，光年同志也朗诵过诗，印象最深的是这样几句："绿色的伊拉瓦底啊！带着玻璃样透明的心肠，高傲而满足地，流在缅甸庄严的佛土上。"我觉得光年在朗诵时特别显出一种诗人气质。他是一位诗人又是一位学者。

我所在的外国文学部，主任是萧乾，副主任是黄秋耘和邹获帆，大家都很谈得来。萧乾曾带我们全组人员到北海去会见文洁若。秋耘常说自己是军人，但他总是带一副多愁善感的模样。我们有时一起背诗，你一句我一句，很畅快。在宝钞胡同的《文艺报》宿舍，谢永旺等四个年轻人住一个房间，我称他们为"四杰"。文学评论组有两位年略长的同志，被我们称为"鸭、羊二兄"。那一段日子，也就是"反右"以前的几个月，回想起来是很快乐的。

"反右"运动开始以后，空气紧张起来。七月份，我的小说《红豆》在《人民文学》杂志发表，受到批判。当时的《人民文学》主编张天翼曾带我到北大中文系开了一次会，听取意见。后来又安排我写一篇外国作家大炼钢铁的报道，也在《人民文学》发表，以此表示我还可以发表作品，没有什么大问题。这都是对我的关心和爱护。但他也指出这个年轻人肯定是应该注重思想改造的。

一九五八年，干部开始轮换"下放"改造。在一次小规模的会上，光年力主我应该第一批下放，但后来因为工作需要，我到一九五九年才下放。在桑干河畔度过了整整一年。一九六〇年初，我回到编辑部不久，光年和我做了一次长时间谈话。主要是通知我作协党组的决定，调我到《世界文学》杂志工作。我们谈了很多关于思想改造的问题，他鼓励我要巩固下放的收获。到《世界文学》以后，我写了短篇小说《后门》，批评社会上"走后门"的现象。虽然我已十分注意语气的委婉，并将原因归于资产阶级的影响。在《新港》(《天津文学》前身)发表时——这在当时已很不容易——题目改为《林回翠和她的母亲》。光年看到了这篇小说，也许是有人向他报告的。在一次作协的会议上，开会休息时他对我说："这篇小说不好，要投鼠忌器，要注意。"我很感谢光年的关照。以后，局面越来越紧，要写出自己的见识很困难，我在《世界文学》，对研究外国文学也很有兴趣。可做的事很多，我暗下决心不再写作。直到十四年后"新时期"到来，我才重新拿起尘封的笔。

到二十世纪末，作协原领导层的同志多已去世，只剩下光年，也患重病。大概在世纪之交的某一天，我和外子仲到崇文门外他的住处去看望他，光年很高兴，对我说："'文革'时被打倒，众人都不理我。有一次在灯市口遇见你，你走过来和我握手。后来我写了一首诗，题目就叫《握手》。"说着，坐在旁边的黄叶绿同志取出了那首诗。光年给我们念了一遍，这也是一次朗诵。以后这首诗收在《张光年文集·诗歌卷》，全诗如下：

> 当黑色的风暴，
> 席卷中国大地；
> 我匆匆穿过长街，
> 一切熟人视同路人的时候，
> 感激你，真挚的朋友，

你默默地同我握手，
你紧紧地同我握手！

当我开肠破肚，
摘除一串毒瘤；
我泰然躺在病床，
怀念健在的一切故人的时候，
感激你，真挚的朋友，
你深情地同我握手，
你紧紧地同我握手！

当一阵倒春寒，
挟来一阵冰雹；
我闭门谢客，
而又渴望倾诉衷肠的时候，
感激你，真挚的朋友，
你轻轻推门进来，
你紧紧地同我握手！

当风暴过去，
当病痛过去，
当感冒过去的时候，
感激你，真挚的朋友！
想念你，不死的友谊！

让我们紧紧地握手，
紧紧地，更紧紧地！

现在再读，真觉得无限感慨。

《黄河大合唱》是名作，感动了很多人，激励了很多人。我曾多次被那黄河的怒吼震撼。有一次，在北大百年纪念堂听《黄河大合唱》，有一段朗诵特别长，以前听《黄河》时没有的。我觉得这段朗诵不太好，不只啰嗦，也妨碍了音乐，而且词句太政治化了。怎么会有这一段？便打电话给光年。他说，《黄河大合唱》本来是有这一段的，一九四九年进城时说表演不便，删去了。现在又恢复了，很好。我说，我觉得效果不好。又说了我的理由。光年没有再说话，我们就谈别的事了。以后我没有再听到《黄河大合唱》，不知道那一段朗诵如何处理了。

不久以后，光年同志去世了。那一代文艺精英差不多全部走完，这是生活的规律，只有黯然。现在十年过去了，我们来纪念光年同志百岁冥寿。不知为什么，我又想起光年同志当年说的"我们这些人数学都不好"，其实，这话也许并不尽然。我想，他们的共同点是把文学当成党的事业。拿光年来说，无论学者的才，还是诗人的才，都没有充分发挥；发挥较好的似乎是在文学事业的组织工作方面。他们竭尽全力，贡献了自己。这种精神是可敬的。

二〇一二年九月二十六日
原载《回忆张光年》，作家出版社，二〇一三年十月

我爱燕园

我爱燕园。

考究起来，我不是北大或燕京的学生，也从未在北大任教或兼个什么差事。我只是一名居民，在这里有了三十五年居住资历的居民。时光流逝，如水如烟，很少成绩，却留得一点刻骨铭心之情：我爱燕园。

我爱燕园的颜色。五十年代，春天从粉红的桃花开始。看见那单薄的小花瓣在乍暖还寒的冷风中轻轻颤动，便总为强加于它轻薄之名而不平，它其实是仅次于梅的先行者。还没有来得及为它翻案，不要说花，连树都难逃斧钺之灾，砍掉了。于是便总由金黄的连翘迎来春天。因它可以入药，在校医院周围保住了一片。紧接着是榆叶梅热闹地上场，花团锦簇，令人振奋。白丁香、紫丁香，幽远的甜香和着朦胧的月色，似乎把春天送到了每个人心底。

绿草间随意涂抹的二月兰，是值得大书特书的。那是野生的花，浅紫掺着乳白，仿佛有一层亮光从花中漾出，随着轻拂的微风起伏跳动，充满了新鲜，充满了活力，充满了生机。简直让人不忍走开。紫色经过各种变迁，最后便是藤萝。藤萝的紫色较凝重，也有淡

145

淡的光,在绿叶间缓缓流泻。这时便不免惊悟,春天已老。

夏日的主色是绿,深深浅浅浓浓淡淡的绿。从城里奔走一天回来,一进校门,绿色满眼,猛然一凉,便把烦恼都抛在校门外了。绿色好像是底子,可以融化一切的底子,那文眼则是红荷。夏日荷塘是我招待友人的保留节目。鸣鹤园原有大片荷花,红白相间,清香远播。动乱多年后,寻不到了。现在勺园附近、朗润园桥边都有红荷,最好的是镜春园内的一池,隐藏在小山之后,幽径曲折,豁然得见。红荷的红不同于桃、杏,鲜艳中显出端庄,就像白玉兰于素静中显出华贵一样。我曾不解为什么佛的宝座作莲花状,再一思忖,无论从外貌或品德比较,没有比莲花更适合的了。

秋天的色彩令人感到充实和丰富。木槿的花有紫有白,紫薇的花有紫有红,美人蕉有各种颜色,玉簪花则是玉洁冰清,一片纯白。而最得秋意的是树叶的变化。临湖轩下池塘北侧一排高大的银杏树,秋来成为一面金色高墙,满地落叶也是金灿灿的,踩上去不由生出无限遐想。池塘西侧一片灌木不知名字,一个叶柄上对称地生着秀长的叶子,着雨后红得格外鲜亮。前年我为它写了一篇小文《秋韵》,去年再去观赏时,却见树丛东倒西歪,让人踩出一条路。若再成红霞一片,还不知要多少年!我在倒下的枝叶旁徘徊良久,恨不能起死回生!"文化大革命"中滋长的破坏习性,什么时候才能改变?!

一望皆白的雪景当然好看,但这几年很少下雪。冬天的颜色常常是灰蒙蒙的,很模糊。晴时站在未名湖边四顾,天空高处很蓝,愈往边上愈淡,亮亮地发白,枯树枝桠、房屋轮廓显出各种姿态,像是一幅没有着色只有线条的钢笔画。

我爱燕园的线条。湖光塔影，常在从燕园离去的人的梦中。映在天空的塔身自不必说，投在水中的塔影，轮廓弯曲了，摇曳着，而线条还是那么美！湖心岛旁的白石舫，两头微微翘起，有一点弧度，显得既圆润又利落。据说几座仿古建筑的檐角，就是因为缺少了弧度，而成凡品。湖西侧小山上的钟亭，亭有亭的线条，钟有钟的线条，钟身上铸了十八条龙和八卦。那几条长短不同的横线做出的排列组合，几千年来研究不透。

我爱燕园的气氛，那是人的活动造成的。每年秋天，新学年开始，园中添了许多稚气的脸庞。"老师，六院在哪里？""老师，一教怎样走？"他们问得专心，像是在问人生的道路。每年夏天，学年结束，道听途说则是："你分在哪里？""你哪天走？"布告牌上出现了转让车票、出让旧物的字条。毕业生要到社会上去了，不知他们四年里对原来糊涂的事明白了多少，也不知今后会有怎样的遭遇。我只觉得这一切和四季一样分明，这是人生的节奏。

有时晚上在外面走——应该说，这种机会越来越少了——看见图书馆灯火通明，像一条夜航的大船，总是很兴奋。那凝聚着教师与学生心血的智慧之光，照亮着黑暗。这时我便知道，糊涂会变成明白。

三角地没有灯，却是小小的信息中心，前两年曾特别热闹，几乎天天有学术报告，各种讲座，各种意见，显示出每个人都用自己的头脑在思索，一片绚烂胜过自然间的万紫千红。这才是燕园本色！去年上半年骤然冷落，只剩些舞会通知、电影广告和遗失启事，虽然有些遗失启事很幽默，却总感到茫然凄然。近来又恢复些生气。我很少参加活动，看看布告，也是好的。

我爱燕园中属于我自己的记忆。我扫过自家门前雪，和满地扔瓜子壳儿的男士女士们争吵过。我为奉老抚幼，在衰草凄迷的园中奔走过。我记得室内冷如冰窖的寒冬，也记得新一代水暖工送来温暖的微笑。我那操劳一生的母亲怀着无限不安和惦念在校医院病逝，没有足够的人抬她下楼。当天，她所钟爱的狮子猫被人用鸟枪打死，留下一只尚未满月的小猫。这小猫如今已是十一岁，步入老年行列了。这些记忆，无论是美好的还是痛苦的，都同样珍贵。因为那属于我自己。

我爱燕园。

一九八八年一月十八日

原载《精神的魅力》，北京大学出版社，一九九八年

燕园石寻

从燕园离去的人，可记得那些石头？

初看燕园景色，只见湖光塔影，秀树繁花，不会注意到石头。回想燕园风光，就会发现，无论水面山基，或是桥边草中，到处离不开石头。

燕园多水，堤岸都用大块石头依其自然形态堆砌而成。走进有点古迹意味的西校门，往右一转，可见一片荷田，夏日花大如巨碗。荷田周围，都是石头。有的横躺，有的斜倚，有的竖立如小山峰，有的平坦可以休憩。岸边垂柳，水面风荷，连成层叠的绿，涂抹在石的堤岸上。

最大的水面是未名湖，也用石做堤岸。比起原来杂草丛生的土岸，初觉太人工化。但仔细看，便可把石的姿态融进水的边缘，水也增加了意味。西端湖水中有一小块不足以成为岛的土地，用大石与岸相连，连续的石块，像是逗号下的小尾巴。"岛"靠湖面一侧，有一条石雕的鱼，曾见它无数次沉浮。它半张着嘴，有时似在依着水面吐泡儿，有时则高高地昂着头。不知从何时起，它的头不见了，只有向上翘着的尾巴，在测量湖面高低。每一个燕园长大的孩子，都在那石鱼背上坐过，把脚伸在水里，自由自在地幻想未来。等他们长大离开，这小小的鱼岛便成为他们生命中的一个逗号。

不只水边有石，山下也是石。从鱼岛往西，在绿荫中可见隆起的小山，上下都是大石。十几株大树的底座，也用大石围起。路边随时可见气象不一、成为景致的石头，几块石矗立桥边，便成了具有天然意趣的短栏。杂缀着野花的披拂的草中，随意躺卧着大石，那惬意样儿，似乎"嵇康晏眠"也不及它。

这些石块数以千计，它们和山、水、路、桥一起，组成整体的美。燕园中还有些自成一家的石头可以一提。现在要选的七八块都是太湖石，不知入不入得石谱。

办公楼南两条路会合处有一角草地，中间摆着一尊太湖石，不及一人高，宽宽的，是个矮胖子。石上许多纹路孔窍，让人联想到老人多皱纹和黑斑的脸，这似乎很丑。但也奇怪，看着看着，竟在丑中看出美来，那皱纹和黑斑都有一种自然的韵致，可以细细观玩。

北面有小路，达镜春园。两边树木郁郁葱葱，绕过楼房，随着曲径，寻石的人会忽然停住脚步。因为浓绿中站着两块大石，都带着湖水激荡的痕迹。两石相挨，似乎你望着我，我望着你。路的另一边草丛中站着一块稍矮的石，斜身侧望，似在看着那两个伴侣。

再往里走，荷池在望。隔着卷舒开合任天真的碧叶红菡萏，赫然有一尊巨石，顶端有洞。转过池西道路，便见大石全貌。石下连着各种形状的较小的石块，显得格外高大。线条挺秀，洞孔诡秘，层峦叠嶂，都聚石上。还有爬上来的藤蔓，爬上来又静静地垂下，那鲜嫩的绿便滴在池水里、荷叶上。这是诸石中最辉煌的一尊。

不知不觉出镜春园，到了朗润园。说实话，我从来没有弄清两园交界究竟在何处。经过一条小村镇般的街道，到得一座桥边，正对桥身立着一尊石。这石不似一般太湖石玲珑多孔，却是大起大落，上下凸出，中间凹进，可容童子蹲卧，如同虎口大张，在等待什么。放在桥头，似有守卫之意。

再往北走，便是燕园北墙了。又是一块草地上，有假山和太湖石。这尊石有一人多高，从北面看，宛如一只狼犬举着前腿站立，仰首向天，在大声吼叫。若要牵强附会说它是二郎神的哮天犬，未尝不可。

原以为燕园太湖石尽于此了，晨间散步，又发现两块。一块在数学系办公室外草坪上。这是常看见的，却几乎忽略了。它中等个儿，下面似有底座，仔细看，才知还是它自己。石旁一株棣棠，多年与石为伴，以前依偎着石，现在已遮蔽着石了。还有一块在体育馆西，几条道路交叉处的绿地上，三面有较小的石烘托。回想起来，这石似少特色。但既是太湖石，便有太湖石的品质。孔窍中似乎随时会有云雾涌出，给这错综复杂的世界更添几分迷幻。

燕园若是没有这些石头，很难想象会是什么模样。石头在中国艺术中，占有极重要的地位，无论园林、绘画还是文学。有人画石入迷，有人爱石成癖，而《红楼梦》中那位至情公子，原也不过是一块石头。

很想在我的"风庐"庭院中，摆一尊出色的石头。可能因为我写过《三生石》这小说，来访的友人也总在寻找那块石头。还有人说确实见到了。其实有的只是野草丛中的石块。这庭院屡遭破坏，又屡屡经营，现在多的是野草。野草丛中散有石块，是院墙拆了又修，修了又拆，然后又修时剩下的，在绿草中显出石的纹路，看着也很可爱。

一九八八年七月七日雨中

原载《人民文学》一九八九年第五期

燕园碑寻

　　燕园西门，古色古香，挂着宫灯的那一座，原是燕京大学的正门。当时车辆进出都走这个门，往燕南园住宅区的大路也是从西边来。上一个斜坡，往右一转，可见两个大龟各驮着一块石碑，分伏左右。这似乎是燕南园的入口了，但是许多年来，并没有设一个路牌指出这一点，实在令人奇怪。房屋上倒是有号码，却也难寻找。那些牌子的挂处特别，有的颇为浪漫地钉在树上，有的妄想高攀，快上了房顶。循规蹈矩呆在门口的，也大多字迹模糊，很不醒目。

　　不过总算有这两座碑为记，其出处据说是圆明园。燕园里很多古物，像华表、石狮子、一块半块云阶什么的，都来自圆明园。驮碑的龟首向南，上得坡来先看到的是碑的背面，上面刻有许多名字。我一直以为是捐款赞助人，最近才看清上面写着"圆明园花儿匠"几个大字，下面是名单。看来皇帝游园之余，也还承认花儿匠的劳动。这样，我们寻碑的小小旅行便从对劳动者的纪念开始了。

　　两个大龟的脖颈很长，未曾想到缩头。严格说来这不是龟，而是龙生九子的一种，那名字很难记。东边的一个不知被谁涂红了大嘴和双眼，倒是没有人怀疑会发大水。一代一代的孩子骑在它们的脖颈上，留下些值得回忆的照片。碑的正面刻有文字，东边这块尚可辨认：

> ……于内苑拓地数百弓，结篱为圃，奇葩异卉杂莳其间，每当露蕊晨开，香苞午绽，嫣红姹紫，如锦如霞。虽洛下之名园、河阳之花县不足过也。伏念天地间，一草一木皆出神功……以祀花神，从此寒暑益适其宜，阴阳各遵其性。不必催花之鼓，护花之铃，而吐蕊扬花四时不绝……

倒是说出一点百花齐放的道理。立碑人名字不同，都是圆明园总管。一立于乾隆十年，花朝后二日；一立于十二年，中秋后三日。已是两百多年前的事了。

从燕南园往北，有六座中西合璧的小院，以数目名。多为各系的办公室。在一、二、三院和四、五、六院之间，原是大片草地，上有颇具规模的假山，还有一大架藤萝，后因这些景致有"不生产"的罪名，统统被废。这块地变成苹果园，周围圈以密不通风的松墙，保护果实。北头松墙的东西两端，各有大碑，比松墙高些，露出碑顶。过往的人，稍留心的怕也以为是什么柱子之类，不会想到是怕人忘却的碑。

从果树下钻过去，挤在碑前，可见上有满汉两种文字。碑身很高，又不能爬到大龟身上，只能观察大概。两碑都是康熙二十四年为四川巡抚杭爱立的。东边是康熙亲撰碑文，写明"四川巡抚都察院右副御史加五级谥勤襄杭爱碑文"，文中有"总藩晋地，著声绩于当年；拥节关中，弘抚绥于此境"的句子。据《清史稿》载，杭爱先任山西布政使，擢陕西巡抚，又调四川镇压叛乱，大大有功。西边碑上是康熙特命礼部侍郎作的祭文，这两碑应该立在杭爱坟墓之前，可是坟墓也不知哪里去了。

北阁以北的小山顶上，荒草丛中，有一座不大像碑的碑。乍一看，似是一块断石；仔细看，原来大有名堂。碑身上刻有明末清初画家蓝瑛的梅花，碑额上有乾隆题字。梅花本来给人孤高之感，刻在石上，更觉清冷。有几枝花朵还很清晰，蕊心历历可见。若不是明写着蓝瑛梅花石碑，这碑也许早带着几枝梅花去垫墙基屋角了，本来这种糊涂事是很多的。现在它守着半山迎春开了又谢，几树黄栌绿了又红，不知还要过多少春秋。燕园年年成千上万的人来去，看到这碑的人可能不多。不过，不看到也没有什么可遗憾。

再往北到钟亭下面，有一个小小的十字路口。我在这里走了千万遍。有时会想起培尔·金特在十字路口的遭遇，那铸纽扣的人拿着勺，要把他铸成一粒纽扣，还没有窟窿眼儿。十字路口的西北面有近几年立的蔡子民先生像，西南面有一块正式的乾隆御碑，底座和碑边都雕满飞龙，以保护御笔。碑身是横放的长方形，两面有诗，写明种松戏题，丁未仲春中游御笔，并有天子之宝的御印。乾隆的字很熟练，但毫无秀气，比宋徽宗的瘦金体差远了。义山诗云："古来才命两相妨"，像赵佶李煜这样的人，只能是误为人主吧。

从小山间下坡，眼前突然开阔。柳枝拂动，把淡淡的水光牵了上来，这就是未名湖了。过小桥，可见德才兼备体健全七座建筑。

"文革"中改名曰红几楼红几楼，不知现在是否又改了回来。其中健斋是座方形小楼，靠近湖边。住在楼中，可细览湖上寒暑晨昏各种景色。健斋旁有四扇石碑，一排站着，上刻两副对联："画舫平临苹岸润，飞楼俯映柳荫多"、"夹镜光澄风四面，垂虹影界水中央"。据说是和珅所刻，原立在湖心岛旁石舫上的小楼前，小楼毁后移至此。严格说来并不是碑。它写景很实，画舫指的是石舫，飞楼当指那已不复存在的舱楼。夹镜指湖，垂虹指桥，全都包括在内了。"平临苹岸"一句，平苹同音，不好。其实苹字可以改作另一个带草头的字，可用的字不少。

从未名湖北向西，到西门内稍南的荷池，荷池不大，但夏来清香四溢，那沁人肺腑的气息，到冬天似乎还可感觉。一九八九年五月四日，荷池旁草地上，新立起一座极有意义的碑，它不评风花雪月，不记君恩臣功，而是概括了一段历史，这就是国立西南联合大学纪念碑。这碑原在昆明现云南师大校园中的一个角落里，除非特意寻找，很难看见。为了纪念那一段不平凡的日子，为了让更多的人知道历史，作为组成西南联大的三校之一的北京大学和西南联大校友会做了一件大好事，照原碑复制一碑立在此处。

碑的正面是碑文，背面刻有全体为抵抗日本侵略，为保卫祖国而从军的学生名字。碑文系冯友兰先生撰写，闻一多先生篆额，罗庸先生书丹，真乃兼数家之美。文章记述了西南联大始末，并提出可纪念者四。首庆中华古国有不竭的生命力："盖并世列强，虽新而不古，希腊、罗马，有古而无今。唯我国家，亘古亘今，亦新亦旧，斯所谓'周虽旧邦，其命维新'者也。"次论三校合作无间："同无妨异，异不害同，五色交辉，相得益彰，八音合奏，终和且平。"第三说明："万物并育而不相害，道并行而不相悖，小德川流，大德敦化，此天地之所以为大。斯虽先民之恒言，实为民主之真谛。"第四指出古人三次南渡未能北返："风景不殊，晋人之深悲；还我河山，宋人之虚愿。吾人为第四次之南渡，乃能于不十年间，收恢复之全功，庾信不哀江南，杜甫喜收蓟北。"实可纪念。文章洋溢着一种爱国家、爱民族、爱理想的深情，看上去，真不觉得那是刻在一块冰冷的石头上。

几十年来，碑文作者遭遇了各种批判、攻击乃至诋毁、诬蔑，在世界学者中实属罕见。一九八〇年我到昆明，瞻仰此碑，曾信手写下一首小诗："阳光下极清晰的文字／留住提炼了的过去／虽然你能证明历史／谁又来证明你自己。"也许待那"自己"变为历史以后，才会有别的证明。证明什么呢？证明一个人在人生最后的铸勺里，化为一枚有窟窿眼儿的纽扣？

每于夕阳西下，来这一带散步，有时荷风轻拂，有时雪色侵衣。常见有人在认真地读那碑文，心中不免觉得安慰。于安慰中，又觉得自己很傻，别人也很傻，所有做碑的人都很傻。碑的作者和读者终将逝去，而"断碣残碑，都付与苍烟落照"。不过，就凭这点傻劲儿，人才能一代一代传下去。还会有新的纪念碑，竖立在苍烟落照里。

一九九〇年二月二日

原载《文汇报》一九九〇年三月八日

燕园树寻

　　燕园的树何必寻？无论园中哪个角落，都是满眼装不下的绿。这当然是春夏的时候。到得冬天，松柏之属，仍然绿着，虽不鲜亮，却很沉着。落叶树木剩了权桠枝条，各种姿态，也是看不尽的。

　　先从自家院里说起。院中的三棵古松，是"三松堂"命名的由来，也因"三松堂"而为人所知了。世界各地来的学者常爱观赏一番，然后在树下留影。三松中的两株十分高大，超过屋顶，一株是挺直的；一株在高处折弯，作九十度角，像个很大的伞柄。撒开来的松枝如同两把别致的大伞，遮住了四分之一的院子。第三株大概种类不同，长不高，在花墙边斜斜地伸出枝干，很像黄山的迎客松。地锦的条蔓从花墙上爬过来，挂在它身上，秋来时，好像挂着几条红缎带。两只白猫喜欢抓弄摇曳的叶子，在松树周围跑来跑去，有时一下子蹿上树顶，坐定了，低头认真地观察世界。

　　若从下面抬头看，天空是一块图案，被松枝划分为小块的美丽的图案，由于松的接引，好像离地近多了。常有人说，在这里做气功最好了，可以和松树换气，益寿延年。我相信这话，可总未开始。后园有一株老槐树，比松树还要高大，"文革"中成为尺蠖寄居之所。它们结成很大的网，拦住人们去路，勉强走过，便赢得十几条绿莹莹的小生物在鬓发间、衣领里。最可恶的是它们侵略成性，从窗隙爬进屋里，不时吓人一跳。我们求药无门，乃从根本着手，多次申请除去这树，未获批准。后来忍无可忍。密谋要向它下毒手了，幸亏人们忽然从"阶级斗争"的噩梦中醒来，开始注意一点改善自身的生活环境，才使密谋不必付诸实现。打过几次药后，那绿虫便绝迹。我们真有点"解放"的感觉。

老槐树下，如今是一畦月季，还有一圆形木架，爬满了金银花。老槐树让阳光从枝叶间漏下，形成"花荫凉"，保护它的小邻居。因为尺蠖的关系，我对"窝主"心怀不满，不大想它的功绩。甚至不大想它其实也是被侵略和被损害的。不过不管我怎样想，现在一块写明"古树"的小牌钉在树身，更是动它不得了。

院中还有一棵大栾树，枝繁叶茂，恰在我窗前。从窗中望不到树顶。每有大风，树枝晃动起来，真觉天昏地暗，地动山摇，有点像坐在船上。这树开小黄花，春夏之交，有一个大大的黄色的头顶，吸引了不少野蜂。以前还有不少野蜂在树旁筑窝，后来都知趣地避开了。夏天的树，挂满浅绿色的小灯笼，是花变的。以后就变黄了，坠落了。满院子除了落叶还有小灯笼，扫不胜扫。专司打扫院子的老头曾形容说，这树真霸道。后来他下世了，几个接班人也跟着去了，后继无人，只好由它霸道去。看来人是熬不过树的。

出得自家院门，树木不可胜数，可说的也很多，只能略拣几棵了。临湖轩前面的两株白皮松，是很壮观的。它们有石砌的底座，显得格外尊贵。树身挺直，树皮呈灰白色。北边的一株在根处便分杈，两条树干相并相依，似可谓之连理。南边的一株树身粗壮，在高处分杈。两树的枝叶都比较收拢，树顶不太大，好像三位高大而瘦削的老人，因为饱经沧桑，只有沉默。

俄文楼前有一株元宝枫，北面小山下有几树黄栌，是涂抹秋色的能手。燕园中枫树很多，数这一株最大，两人才可以合抱。它和黄栌一年一度焕彩蒸霞，使这一带的秋意如醇酒，如一曲辉煌的钢琴协奏曲。

若讲到一个种类的树，不是一株树，杨柳值得一提。杨柳极为普通，因为太普通了，人们反而忽略了它的特色。未名湖畔和几个荷塘边遍植杨柳，我乃朝夕得见。见它们在春寒料峭时发出嫩黄的枝条，直到立冬以后还拂动着；见它们伴着娇黄的迎春、火红的榆叶梅度过春天的热烈，由着夏日的知了在枝头喧闹。然后又陪衬着秋天的绚丽，直到一切扮演完毕。不管湖水是丰满还是低落，是清明还是糊涂，柳枝总在水面低回宛转，依依不舍。"杨柳岸，晓风残月"，岸上有柳，才显出风和月，若是光光的土地，成何光景？它们常集体作为陪衬，实在是忠于职守，不想出风头的好树。

银杏不是这样易活多见的树，燕园中却不少，真可成为一景。若仿什么十景八景的编排，可称为"银杏流光"。西门内一株最大，总有百年以上的寿数，有木栏围护。一年中它最得意时，那满树略带银光的黄，成为夺目的景象。我有时会想起霍桑小说中那棵光华灿烂的毒树，也许因为它们都是那样独特。其实银杏树是满身的正气，果实有微毒，可以食用。常见一些不很老的老太太，提着小筐去"捡白果"。

银杏树分雌雄。草地上对称处原有另一株，大概是它的配偶。这配偶命不好，几次被移走，有心人又几次补种。到现在还是垂髫少女，大概是看不上那老树的。一院院中，有两大株，分列甬道两旁，倒是原配。它们比二层楼还高，枝叶罩满小院。若在楼上，金叶银枝，伸手可取。我常想摸一摸那枝叶，但我从未上过这院中的楼，想来这辈子也不会上去了。

它们的集体更是大观了。临湖轩下小湖旁，七棵巨人似的大树站成一排，挡住了一面山。我曾不止一次写过那金黄的大屏风。这两年，它们的叶子不够繁茂，已经不像从前那样有气势了。树下原有许多不知名的小红树，和大片的黄连在一起，真是如火如荼，现在莫名其妙地消失了，大概给砍掉了。这一排银杏树，一定为失去了朋友而伤心罢。

砍去的树很多，最让人舍不得的是办公楼前的两大棵西府海棠，比颐和园乐寿堂前的还大，盛开时简直能把一园的春色都集中在这里。"文革"中不知它触犯了哪一位，顿遭斧钺之灾。至今有的老先生说起时，仍带着眼泪。可作为"老年花似雾中看"的新解罢。

还有些树被移走了，去点缀新盖的楼堂馆所。砍去的和移走的是寻不到了，但总有新的在生在长，谁也挡不住。

新的银杏便有许多。一出我家后角门，可见南边通往学生区的路。路很直，两边年轻的银杏树也很直，年复一年地由绿而黄。

不知有多少年轻人走过这路，迎着新芽，踩着落叶，来了又走了，走远了——

　　而树还在这里生长。

一九九〇年二月十五日至四月十五日

原载《文汇月刊》一九九〇年第六期

燕园墓寻

　　提起燕园的墓，最先就会想到埃德加·斯诺安眠的所在。那里原是花神庙的旧址，前临未名湖，后倚一小山，风水绝佳。岸边山下，还有花神庙旧山门。在燕园居住近四十年，见这山门的颜色从未变过，也不见哪一天刷新，也不见哪一天剥落，总是一种很旧的淡红色，映着清波，映着绿柳。

　　下葬在一九七二年。那天来了许多要人，是一大盛事。据说斯诺遗嘱葬他一部分骨灰在此，另一部分撒进了纽约附近的赫德孙河，以示他一半属于美国，一半属于中国。分得这样遥远，我总觉得不大舒服，当然这是多虑。一块天然的大石头盖住了墓穴，矮长的墓碑上简单地刻着名字和生卒年月，金色的字，不久便有几处剥落了。周围的冬青，十几年也不见长高，真是奇怪。

　　斯诺的名著《西行漫记》曾风行全世界。三四十年代沦陷区的青年因看这书被捕入狱，大后方的青年读这书而更坚定追求的信心。他们追求理想社会，没有人剥削人，没有人压迫人，献身的热情十分可贵，只是太简单了。斯诺后来有一部著作《大河那边》

163

我未得见。如果他活到现在，不知会不会再写一部比较曲折复杂的书。

另一位美国人葛利普（1870—1946），一九二〇年应聘担任北京大学地质系教授和农商部地质调查所古生物部主任，为中国地质学会创立者之一。他去世后先葬在沙滩北大地质馆内，一九八二年迁至燕园西门内。这里南临荷池，北望石桥，东面是重楼飞檐的建筑，西面是一条小路。来往的人很容易看见他的名字，知道有这样一位朋友。这大概是墓的作用。

还有一位英国朋友的墓可真得寻一寻了，不仔细寻找是看不见的。前两年，经一位燕京校友指点，我们在临湖轩下靠湖的小山边走来走去许多遍，终于在长草披拂中找到一块石头，和其他石头毫无区别，只上面写着"Lapwood"几个英文字和"1909—1984"几个数字。只此而已，没有别的记载。

赖朴吾曾是燕京大学数学系教授，北平沦陷时曾越过封锁线到过平西游击区，和抗日游击队有联系。解放后他回英国任剑桥大学数学系主任。一九八四年来华讲学，在北京病逝，遗愿"把骨灰撒在未名湖边的一个小小的花坛里"。大概原是不打算留下名字的，所以葬在草丛中大石下，让人寻找。

这几天在未名湖边散步，忽然发现临湖轩下小山脚的草少了许多。赖朴吾的名字赫然分明，再没有草丛遮掩。旁边一块较小的石上，又添了一个外国名字和数字"1898—1981"。因照签名镌刻，认辨不出是哪一位。经过多方打听，才知道这不是墓，而是纪念碑。那名字是Sailor，即故燕京大学心理系教授夏仁德，美国人。

据说夏仁德是虔诚的基督徒，但二十世纪三十年代的青年学生，在他指定的参考书中第一次接触了《共产党宣言》。北平沦陷时，进步学生常在他家中集会。他曾通过各种关系，将许多医药器材送进解放区。解放后返回美国，后来人们渐渐不知道他了。现在燕京校友将他的名字刻在石上，以示不忘。

这几个朋友的墓使我感到一种志在四方的胸怀。我们总希望叶落归根，异域孤魂是非常凄惨的联想。而他们愿意永远留在这未名湖边，傍着旧石，望着荷田，依着花神庙。也许他们的家乡观念淡泊些？也许他们认为，自己所爱的，便是超乎一切的选择？

离葛利普不远，在原燕京图书馆南面小坡旁，有两座碑，纪念四位青年学子。我一直以为那是墓，所以列入"墓寻"篇，这次仔细观察，始知是纪念碑。两座碑都是方形柱，高约两米，顶端是尖的，使人想起"刺破青天锷未残"的诗句。

四位同学都是一九二六年"三一八"事件中的遇难者。北面的一座纪念三位北京大学学生。四方柱上三面刻"三一八"遇难烈士名字。他们是：张仲超，陕西三原人氏，二十三岁；黄克仁，湖南长沙人氏，十九岁；李家珍，湖南醴陵人氏，二十一岁。背面刻"中华民国十有八年五月卅日立石"，下有铭文，曰："死者烈士之身，不死者烈士之神。愤八国之通牒兮，竟杀身以成仁。唯烈士之碧血兮，共北大而长新。踏着三一八血迹兮，雪国耻以敌强邻。繄后死之责任兮，誓尝胆以卧薪。北大教授黄右昌撰。"黄右昌不知何许人。立碑时这里还是燕京大学。倒是巧得很，以后北大迁来了。

南面一座纪念燕京大学二年级女学生魏士毅。有说明本来同学们打算把她葬在这里，因家属不同意，乃立碑"用申景慕"。碑文和铭文都简练而有感染力。碑文如下："劬学励志，性不容恶，尝慨然以改革习俗为己任。民国十五年三月十八日北京各学校学生为八国通牒事参加国民大会至国务院请愿，女士与焉，遂罹于难。年二十有三岁。"铭曰："国有巨蠹政不纲，城狐社鼠争跳梁，公门喋血歼我良，牺牲小己终取偿。北斗无酒南箕扬，民心向背关兴亡。愿后死者勿相忘。"碑最下方书："燕大男女两校及女附中学生会全体会员立。"

这一带环境变迁很大，实际上人的忘性也很大。有多少人记得这里原来的那一片树林，那一片稻田？记得那林中的幽僻和那田间的舒展？我曾在震耳的蛙声中，在林间小路上险些踩上一条赤链蛇。现在树林稻田都已消失，代之而起的是留学生楼——勺园，蛙声则理所当然地为出租车声代替了。

幸好这两座烈士纪念碑依旧。碑座上还不时会出现一两束新摘的野花，在绿荫中让人眼前一亮。

长勿相忘。

燕园居民中传着一种说法，说是园中还有许多无形的、根本寻不出的墓。那是未经任何手续，悄悄埋在这风景佳胜处的。对于外人来说，就无可寻考了。只有亡人的亲人，会在只有自己知道的角落，在心里说些悄悄话。也许在风前月下，在杳无人迹的清晨与黄昏，还会有小小的祭奠。

祭奠与否亡灵并不知道，实在是生者安慰自己的心罢了。墓其实也是为活人设的。在燕园寻墓迹的同时，也在为已去世十三年的母亲在燕园外安排一个永栖之所，要它像个样儿，不过是活人看着像样而已，也许潜意识里更为的是让以后有这等雅兴的人寻上一寻。

一九九〇年四月十五日

原载《随笔》一九九〇年第六期

燕园桥寻

燕园西墙边这条路走过不止千万遍，从不觉得有什么特别。这次本想从路的一端出新校门去的，有人站在那儿说，此门只准走车，不能走人。便只好转过身来，循墙向旧西门走去。

忽然看见了那桥，那白色的桥。桥不很大，却也不是小桥，大概类似中篇小说吧。栏杆像许许多多中国桥一样，随着桥身慢慢升起，若把个个柱顶连接起来，就成为好看的弧线。那天水面格外清澈，桥下三个半圆的洞，和水中倒影合成了三轮满月。我的眼睛再装不下别的景致了。

"燕园桥寻"，这题目蓦地来到了心头。我在燕园寻石寻碑寻树寻墓，怎么忘记了桥呢！而我素来是喜欢桥的。

再向前走，两株大松树移进了画面，一株头尖，一株头圆，桥身显在两松之间，绿树和流水连成一片。随着脚步移动，尖的一株退出了，圆的一株斜斜地掩着桥身，像在问答什么。走到桥头时，便见这桥直对旧西门。原来的设计是进门过桥，经过一大片草地，便到办公楼。现在听说为了保护文物，许久不准走机动车了，上下班时间过桥的行人与自行车还是很多。

燕园桥寻

　　冬天从荷塘边西南联大纪念碑处望这桥，雪拥冰封，没有了桥下的满月。几株枯树相伴，桥身分明，线条很美。上桥去看，可见柱头雕着云朵，扶手下横板上雕出悬着的流云，数一数，栏杆十二。这是燕园第一桥。

　　燕园的第二座桥，应是体育馆北侧的罗锅桥。这种桥颐和园里有。罗锅者，驼背之意也。桥面中间隆起，两面的坡都很陡，汽车是无法经过的，所以在桥旁修了柏油路。桥下没有流水，好在未名湖就在旁边，岸边垂柳，伸手可及，凭栏而立，水波轻，柳枝长。湖心岛边石舫泊在对面，可以望住那永远开不动的船。

　　不知中国园林中为什么设计这样难走的桥。圆明园唯一存下的"真迹"桥，也是一个驼背。现在因为残缺了，更是无法过去。再一想，大概园林中的桥不只是为了行走，而且是为了观赏。"二十四桥明月夜"，桥，使人想起多少景致。我未到过扬州。想来二十四桥一定各有别出心裁的设计，有的要高，有的要弯，有的要平，所以有的桥平坦如路，有的就高出驼背来了。

　　第三座桥是临湖轩下的小桥，桥身是平的，配有栏杆。栏杆在"文革"中打坏了半边，很长一段时间，我在心里称它为"断桥"，现在已修好了。桥的一边是未名湖，一边是一个小湖，真正的没有名字，总觉得它像是未名湖的女儿，就称它为女儿湖吧。夏初，桥边一株大树上垂下一串串紫藤萝，遗憾的是，没有小仙子从藤萝花中探出头来。秋初，女儿湖上有许多浮萍，开极鲜艳的黄花，映着碧沉沉的水，真如一幅油画。

169

未名湖还有两座简朴的桥。一座通湖心岛，是平而宽的石板桥，没有栏杆。这样湖面便显得开阔，不给人隔开的感觉。有时想，如果这里造的也是那种典型的桥，大概在感觉中湖面会小许多，可惜无法试验这想法是否正确。另一座从钟亭下通往沿湖各楼的小桥，不过几块青石堆成。桥下小溪一道，与未名湖相通，桥边绿树成荫，幽径蜿蜒，可以权且想象这路不知通往何方。其实，走过几步便是学校的行政中心办公楼了。

想着燕园的桥，免不了想到燕园的水。燕园中有大小湖泊，长短沟溪，正流着的水会忽然消失，隐入地下，过一段路又显现出来。从未名湖过去，以为没有水了，却又见西门内的水活泼泼地，向南形成一片荷塘。从旧西门进来，经过荷塘，以为没有水了，东行却又见未名湖。勺园留学生楼北侧，立有塞万提斯像，在这位古装外籍人士的背后，横着一条深溪，两座小桥分架其上，一座四栏杆桥在荷塘边，一座六栏杆桥通往树丛之中。若不注意，只管走下去，顺脚得很，因为有桥连着呢。

俄罗斯盲诗人爱罗先珂的诗剧《桃色的云》中有这样几行反复出现的句子："虹的桥是美丽的，虹的桥是相思的。虹的桥是想要上去的，虹的桥是想要过去的。"我很喜欢《桃色的云》，曾多次撺掇剧院演出，总未果。桥本身就是美的，充满希望的；虹的桥更是美丽的，相思的，而且是属于春天的。

燕园北部镜春、朗润两园水面多，也有几个石板桥，印象中似乎特色不显著。这一带较有野趣，用石板平桥正可取。记得一年夏间，随意散步过来，过几处石桥，见两园交界处，数家民房，绿荫掩映，真有点江南小镇的风光。

　　曾见一个陌生人在曲折的水湾旁问路，人们指点说，前面有桥，有桥连着呢。

一九九一年一月二十三日

原载台湾《联合报》一九九二年四月十日

霞落燕园

北京大学各住宅区，都有个好听的名字。朗润、蔚秀、镜春、畅春，无不引起满眼芳菲和意致疏远的联想。而燕南园只是个地理方位，说明在燕园南端而已。这个住宅区很小，共有十六栋房屋，约一半在五十年代初已分隔供两家居住，"文革"前这里住户约二十家。六十三号校长住宅自马寅初先生因过早提出人口问题而迁走后，很长时间都空着。西北角的小楼则是校党委统战部办公室，据说还是冰心前辈举行"第一次宴会"的地方。有一个游戏场，设秋千、跷板、沙坑等物。不过那时这里的子女辈多已是青年，忙着工作和改造，很少有闲情逸致来游戏。

每栋房屋照原来设计各有特点，如五十六号遍植樱花，春来如雪。周培源先生在此居住多年，我曾戏称之为周家花园，以与樱桃沟争胜。五十四号有大树桃花，从楼上倚窗而望，几乎可以伸手攀折，不过桃花映照的不是红颜，而是白发。六十一号的藤萝架依房屋形势搭成斜坡，紫色的花朵逐渐高起，直上楼台。随着时光流逝，各种花木减了许多。藤萝架已毁，桃树已斫，樱花也稀落多了。这几年万物复苏，有余力的人家都注意绿化，种些植物，却总是不时被修理下水道、铺设暖气管等工程毁去。施工的沟成年累月不填，各种器械也成年累月堆放，高高低低，颇有些惊险意味。

这只不过是最表面的变化。迁来这里已是第三十四个春天了。三十四年，可以是一个人的一辈子，做出辉煌事业的一辈子。三十四年，婴儿已过而立，中年重逢花甲，老人则不得不撒手另换世界了。燕南园里，几乎每一栋房屋都经历了丧事。

最先离去的是汤用彤先生。我们是紧邻。一九六四年的一天，他和我的父亲同往《人民日报》开会批判胡适先生，回来车到家门，他忽然说这是到了哪里，找不到自己的家。那便是中风先兆了，不久逝世。记得曾见一介兄从后角门进来，臂上挂着一根手杖。我当时想，汤先生再也用不着它了。以后在院中散步，眼前常浮现老人矮胖的身材，团团的笑脸。那时觉得死亡是真不可思议的事。

"文化大革命"初始，一张大字报杀害了物理系饶毓泰先生，他在五十一号住处投缳身亡。数年后翦伯赞先生夫妇同时自尽，在六十四号。他们是"文革"中奉命搬进燕南园的。那时自杀的事时有所闻，记得还看过一个消息，题目是《刹住自杀风》，心里着实觉得惨。不过夫妇能同心走此绝路，一生到最后还有一个同赴死的知己，人世间仿佛还有一点温馨。

一九七七年我自己的母亲去世后，死亡不再是遥远的了，而重重地压在心上，却又让人觉得空落落，难于填补。虽然对死亡已渐熟悉，后来得知魏建功先生在一次手术中意外地去世时，还是很惊诧。魏家迁进那座曾空了许久的六十三号院，是在七十年代初，但那时它已是个大杂院了。魏太太王碧书曾和我的母亲说

173

起，魏先生对她说过，解放以来经过多少次运动，想着这回可能不会有什么大错了，不想更错！当时两位老太太不胜慨叹的情景，宛在目前。

六十五号哲学系郑昕先生、后迁来的东语系马坚先生和抱病多年的老住户历史系齐思和先生俱以疾终。一九八二年父亲和我从美国回来不久，我的弟弟去世，在悲苦忙乱之余忽然得知五十二号黄子卿先生也去世了。黄先生除是化学家外，擅长旧体诗，有唐人韵味。老一代专家的修养，实非后辈所能企及。

女植物学家吴素萱先生原在北大，后调科学院植物所工作，一直没有搬家。七十年代末期，我进城开会，常与她同路。她每天六点半到公共汽车站，非常准时。我常把校园里的植物向她请教，她都认真回答，一点也不以门外汉的愚蠢为可笑。她病逝后约半年，《人民日报》刊登了一张她在看显微镜的照片，当时传为奇谈。不过我想，这倒是这些先生们总的写照。九泉之下，所想的也是那点学问。

冯定同志是老干部，和先生们不同。在五十五号住了几十年，受批判也有几十年了。他有名句言："无错不当检讨的英雄。"不管这是针对谁的，我认为这是一句好话，一句有骨气的话。如果我们党内能有坚持原则不随声附和的空气，党风民风何至于此！听说一个小偷到他家行窃，破窗而入，翻了半天才发现有人坐在屋中，连忙仓皇逃走。冯定对他说："下回请你从门里进来。"这位老同志在久病备受折磨之后去世了。到他为止，燕南园向人世告别的"户主"已有十人。

但上天还需要学者。一九八六年三月六日，朱光潜先生与世长辞。

朱家在"文革"后期从燕东园迁来，与人合住原统战部小楼。那时燕南园已约有八十余户人家，兴建了一座公厕，可谓"文革"中的新生事物。现在又经翻修，成为园中最显眼的建筑。朱家也曾一度享用它。据朱太太奚今吾说，雨雪时先由家人扫出小路，老人再打着伞出来。令人庆幸的是北京晴天多。以后大家生活渐趋安定，便常见一位瘦小老人在校园中活动，早上举着手杖小跑，下午在体育馆前后慢走。我以为老先生大都像我父亲一样，耳目失其聪明，未必认得我。不料他还记得，还知道我的近况，不免暗自惭愧。

我没上过朱先生的课，来往也不多。一九六〇年十月我调往《世界文学》编辑部，评论方面任务之一是发表古典文艺理论。我们组到的第一篇稿子是朱先生摘译的莱辛名著《拉奥孔：论画和诗的界限》，原书十六万字，朱先生摘译了两万多字，发表在一九六〇年十二月《世界文学》上。记得朱先生在译后记中论及莱辛提出的为什么拉奥孔在雕刻里不哀号在诗里却哀号的问题。他用了化美为媚的说法，并曾对我说用"媚"字译 charming 最合适。媚是流动的，不是静止的；不只是外貌的形状，还有内心的精神。"回头一笑百媚生"，那"生"字多么好！我一直记得这话。一九六一年下半年他又为我们选择了一组文艺复兴时代意大利文艺理论，都极精彩。两次译文的译后记都不长，可是都不只有材料上的帮助，且有见地。朱先生曾把文学批评分为四类，以导师自居、以法官自命、重考据和重在自己感受的印象派批评。他主张第四类，这种批评不掉书袋，却需要极高的欣赏水平，需要洞见。我看现在《读书》杂志上有些文章颇有此意。

也不记得为什么，有一次追随许多老先生到香山，一个办事人自言自语："这么多文曲星！"我便接着想，用"满天云锦"形容是否合适，满天云锦是由一片片霞彩组成的。不过那时只顾欣赏山的颜色，没有多注意人的活动。在玉华山庄一带观赏之余，我说我从未上过"鬼见愁"呢，很想爬一爬。朱先生正坐在路边石头上，忽然说，他也想爬上"鬼见愁"。那年他该是近七十了，步履仍很矫健。当时因时间关系，不能走开，便说以后再来。香山红叶的霞彩变换了二十多回，我始终没有一偿登"鬼见愁"的夙愿，也许以后真会去一次，只是永不能陪同朱先生一起登临了。

"文革"后期政协有时放电影，大家同车前往。记得一次演了一部大概名为《万紫千红》的纪录片，有些民间歌舞。回来时朱先生很高兴，说："这是中国的艺术，很美！"他说话的神气那样天真。他对生活充满了浓厚的感情和活泼泼的兴趣，也只有如此情浓的人，才能在生活里发现美，才有资格谈论美。正如他早年一篇讲人生艺术化的文章所说，文章忌俗滥，生活也忌俗滥。如季札挂剑夷齐采薇这种严肃的态度，是道德的也是艺术的。艺术的生活又是情趣丰富的生活。要在生活中寻求趣味，不能只与蝇蛆争温饱。记得他曾与他的学生澳籍学者陈兆华去看莎士比亚的一个剧，回来要不到出租车。陈兆华为此不平，曾投书《人民日报》。老先生潇洒地认为，看到了莎剧怎样辛苦也值得。

朱先生从《给青年的十二封信》开始，便和青年人保持着联系。我们这一批青年人已变为中年而接近老年了，我想他还有真正的青年朋友，这是毕生从事教育的老先生之福。就朱先生来说，其中必有奚先生内助之功，因为这需要精力、时间。他曾要我把新出的书带到澳洲给陈兆华，带到社科院外文所给他的得意门生朱虹。他的学生们也都对他怀着深厚的感情。朱虹现在还怪我得知朱先生病危竟不给她打电话。

　　然而生活的重心、兴趣的焦点都集中在工作，时刻想着的都是各自的那点学问，这似乎是老先生们的共性。他们紧紧抓住不多了的时间，拼命吐出自己的丝，而且不断要使这丝更亮更美。有人送来一本澳大利亚人写的美学书，找我请朱先生看看值得译否。我知道老先生们的时间何等宝贵，实不忍打扰，又不好从我这儿驳回，便拿书去试一试。不料他很感兴趣，连声让放下，他愿意看，看看人家有怎样的说法，看看是否对我国美学界有益。据说康有为曾有议论，他的学问在二十九岁时已臻成熟，以后不再求改。有的老先生寿开九秩，学问仍和六十年前一样，不趋时尚固然难得，然而六十年不再吸收新东西，这六十年又有何用？朱先生不是这样。他总在寻求，总在吸收，有执着也有变化。而在执着与变化之间，自有分寸。

　　老先生们常住医院，我在省视老父时如有哪位在，便去看望。一次朱先生恰住隔壁，推门进去时，见他正拿着稿子卧读。我说："不准看了。拿着也累，看也累！"便取过稿子放在桌上。他笑着接受了管制。若是自己家人，他大概要发脾气的，这是他生命中最重要的事啊。他要用力吐他的丝，用力把他那片霞彩照亮些。

　　奚先生说，朱先生一年前患脑血栓后脾气很不好。他常以为房间中哪一处放着他的稿子，但实际上没有，便烦恼得不得了。在香港大学授予他荣誉学位那天，他忽然不肯出席，要一个人呆着，好容易才劝得去了。一位一生寻求美、研究美、以美为生的学者在老和病的障碍中的痛苦是别人难以想象的。他现在再没有寻求的不安和遗失的烦恼了。

文成待发，又传来王力先生仙逝的消息。我家与王家在昆明龙头村便是邻居，燕南园中对门而居也已三十年了。三十年风风雨雨，也不过一眨眼的工夫。父亲九十大寿时，王先生和王太太夏蔚霞曾来祝贺；朱光潜先生去世时，他们还去向朱先生告别，怎么就忽然一病不起！王先生一生无党无派，遗命夫妇合葬，墓碑上要刻他一九八〇年写的赠内诗。诗中有句云："七省奔波逃獯狁，一灯如豆伴凄凉。""今日桑榆晚景好，共祈百岁老鸳鸯。"可见其固守纯真之情，不与纷扰。各家老人转往万安公墓相候的渐多，我简直不敢往下想了，只有祷念龙虫并雕斋主人安息。

十六栋房屋已有十二户主人离开了。这条路上的行人是不会断的。他们都是一缕光辉的霞彩，又组成了绚烂的大片云锦，照耀过又消失，像万物消长一样。霞彩天天消去，但是次日还会生出。在东方，也在西方，还在青年学子的双颊上。

一九八六年五月

原载《中国作家》一九八六年第四期

人老燕园

　　"人老燕园"这个题目，在心中已存放许久了。当时想的是父辈的老去。他们先是行动不便，然后坐在轮椅上，然后索性不能移动了。近年来，燕南园中年轻人愈来愈少。邻居中原来健步如飞的已用上助步器，原来拙于行的已要人搀扶了。我们的紧邻磁学专家褚圣麟教授年过九十，前几天在燕南园边上找不着回家的路。当时细雨迷蒙，夜色已降，一盏昏黄的路灯照着跌跌撞撞的老人。幸有学生往褚宅报信。老先生又不认得来接的人，问："你是谁？这是上哪儿去？"

　　"是谁？""上哪儿去？"这是永恒的问题。我听到描述时，心中充满凄凉。人们的道路不同，这就是"是谁"；路的尽头则一定是那长满野百合花的地方，人们从生下来便向那里走，这就是"上哪儿去"。

　　老父去世以后，燕南园中平稳了两年，接下来的是江泽涵先生和夫人蒋守方。

　　江先生是拓扑学引进者，几何学权威。在昆明西仓坡，我们便是对门而居，到燕南园后又是几十年的邻居，江老先生总是随

179

着三个男孩称我为冯姐姐。他老来听力极差，又患喉癌，说话困难，常常十分烦躁，江家诸弟便开导他："看看人家冯先生，从来都是那么心平气和。"江、蒋二先生先后去世，相差不过十天。江先生去世时，并不知蒋先生已先他而去，两人最后的时光都拘禁在病室中，只凭儿孙传递消息。记得有一次我去他家探望，正值修理房子，屋里很乱，江先生用点表示家具什物，用线表示距离，做了一个图论的图，以求搬动的最佳方案。他向我讲解，可惜如对牛弹琴。江家老二说江先生的墓碑上要刻一拓扑图形。想到这拓扑图形将也掺杂在拥挤的墓碑群中，很是黯然。

十月间我有香港之行，不过十天。回来得知张龙翔先生去世，十分惊讶。张先生是生物化学家，八十年代曾任北大校长。九月间诸位老太太在张家小聚，我也忝列，还见他走来走去。张先生多年前曾患癌症，近年转到颈椎，不能起床，十分险恶。但经医疗和家人的用心调护，他竟能站立，能行走，而且出去开会。我总说张先生是真正的抗癌明星，怎么一下就去世了呢？

五十六号房屋继失去周培源先生之后，又一次失去了主人，唯有庭前树林依旧。

而我真正想到用"人老燕园"这个题目来作文，是因为自己渐增老态。多少年来我一直和疾病做斗争，总认为病是可以战胜的。我有信心：人能战胜疾病，人比疾病强大，也常以此鼓励病友。小时候读老舍的小说，记得里面有个人物老是抱怨说："从脑袋瓜子到脚步鸭子都是痛的。"我倒没有这样全方位发作，但却从头到脚轮流突出，不是这儿不舒服，就是那儿不舒服。近年忽然发现这麻烦不只是因病且因为老，而老是不可逆转、不可战胜的。

　　五月间我下台阶到院中收衣服，当时因自觉能干颇为得意，不料从台阶上摔下，崴了脚，造成跖骨骨折。全家为此折腾了三个月，先是去校医院拍片子、上石膏，直到最后煎中药洗脚。坐着轮椅参加了两次集会。七月六日华艺出版社向希望工程赠书，其中包括新出版的《宗璞文集》。我坐轮椅前往参加，人家看我坐轮椅而来，不知我是何许人，想想实在滑稽。又一次北大纪念闻一多先生，我又坐轮椅前往，会议厅在二楼，却无电梯。北大副校长郝斌同志看见我，说："怎么搞的！你等等，别动。"忽拉一下来了好几个年轻人，将我抬上二楼，会议结束后，又将我抬下来。我看不清眼前的人，只知道他们都年轻，是青春的力量抬动我，要上便上，要下便下。我无法一一致谢，只好念念有词"多谢，多谢"。朋友们得知我摔伤，都说这是警告，往后一切要小心，因为人已经老了。

　　可不是吗，人已经老了。

　　儿时的友伴徐恒（縻岐），原是物理系学生，后来是我国第一代播音员。她常打电话来问痊愈到什么程度，知道我已除去石膏，正洗中药，便说要来看看。她来了，坐定后见我走路东歪西倒的样子，便要我好好走路，走时不怕慢，但不能跛，并对仲说"不能让她这样走路"。我一想起縻岐的话，便很感动，还有几个人这样操心管着我呢！在准兄弟姐妹中，縻岐是大姐，她是徐炳昶先生的长女，大姐做惯了。说起徐炳昶先生，也是河南唐河人，三十年代曾任北平研究院历史所所长。唐河有个传说，不知在哪个朝代，根据风水先生的意见，计划在唐河县城的四角建造四座塔，说是可以出人才。但只造好了两个塔，就停了工，可能是没有经费。

于是只出了两个名人（其实唐河县人才济济），一个是冯友兰，一个是徐炳昶。我们和徐家有点拐弯亲戚关系，算起来縻岐还要高我一辈呢。近日，友人从美国寄来一份剪报，不知是哪家报纸刊登的一篇短文，题为"冯友兰二三事"，其中所言多系想象。文中说冯友兰和徐炳昶曾经为入河南省志问题而动手相打，我在电话上念给縻岐听，两人都大笑，互问你的牙掉了没有！这些胡说作为花絮还只是令人笑，可有些研究文章一本正经地把瞎话说得那么流畅，完全置事实于不顾，且为违背事实编造出理论，南辕北辙，愈走愈远，真令人悲哀。

话说远了。以前作文似乎比较严谨，现在这样也是老态吧。另一不妙的事是自进入九十年代，我每年十月间好发气管炎，咳嗽剧烈，不能安枕。年年南逃也很麻烦，在仲的坚持下安置了土暖气，于学校供暖之前，自己先行供暖。那火头军是心甘情愿的。见他头戴浴帽，下到地窖子去对付火炉，总担心他会摔倒，只赢得嘲笑说太爱瞎想。一天，他忽然说："再过几年，我做不动了，怎么办？"

怎么办呢？其实用不着想。再过几年，我是否还需要温暖的房间？

自南方回来已十多天了。一夜的雨，天阴沉沉，地面到处湿漉漉，本来还是绿着的玉簪花，一夜之间枯黄了。读《静安文集》，有句云"天色凄凉似病夫"，不觉悚然而惊。又想起几句《人间词》，"最是人间留不住，朱颜辞镜花辞树"，"君看今日树头花，不是去年枝上朵"。乃又联想到法国诗人维龙的名句："去年的雪今何在？"去年的花和雪永不能再，今年是今年的花和雪了。从王国维想到叔本华,年轻时很喜欢叔本华的哲学,现在连为什么喜欢也说不清,只模糊记得那"永久的公道"。叔本华说,世界之自身,即是世界之判词。他以为:意志肯定自己,乃有苦痛;则应负其责任,受其苦痛,这就是"永久的公道"。人类简直没有逃出苦痛的希望。又记得这位老先生论艺术,说美是最高的善。想查书弄明白些,连书也找不到了。

雨停了,扶杖到角门外,见地下一片黄灿灿,铺成圆形,宛如一张华丽的地毯。原来是角门边大银杏树的落叶。仰望大树,光秃秃的枝干在天空刻上窄窄的线条。树不会跌倒,无须扶杖,但是它也会老,只是比人老得慢一些。

门外向南的一条直路,两边都是年轻的银杏树,叶子也已落尽,扫掉了。这条路通向学生宿舍,年轻的人在年轻的树下来来去去。转过身来,猛然间看见墙边凋残的月季枝头,居然有两朵红花,仰着头,开得鲜艳。

一九九六年十一月中旬
原载《文汇报》一九九六年十二月十日

废墟的召唤

冬日的斜阳无力地照在这一片田野上，刚是下午，清华气象台上边的天空，已显出月牙儿的轮廓。顺着近年修的柏油路，左侧是干皱的田地，看上去十分坚硬，这里那里，点缀着断石残碑。右侧在夏天是一带荷塘，现在也只剩下冬日的凄冷。转过布满枯树的小山，那一大片废墟呈现在眼底时，我总有一种奇怪的感觉，好像历史忽然倒退到了古希腊罗马时代。而在乱石衰草中间，仿佛该有着妲己、褒姒的窈窕身影，若隐若现，迷离扑朔。因为中国社会出奇的"稳定性"，几千年来的传统一直到那拉氏，还不中止。

这一带废墟是圆明园中长春园的一部分，从东到西，有圆形的台，长方形的观，已看不出形状的堂和小巧的方形的亭基。原来都是西式建筑，故俗称西洋楼。在莽苍苍的原野上，这一组建筑遗迹宛如一列正在覆没的船只，而那丛生的荒草，便是海藻，杂陈的乱石，便是这荒野的海洋中的一簇簇泡沫了。三十多年前，初来这里，曾想，下次来时，它该下沉了罢？它该让出地方，好建设新的一切。但是每次再来，它还是停泊在原野上，远瀛观的断石柱，在灰蓝色的天空下，依然寂寞地站着，显得四周那样空荡荡，那样无依无靠。大水法的拱形石门，依然卷着波涛。观水法的石屏上依然陈列着兵器甲胄，那雕镂还是那样清晰，那样有力。但石波不兴，雕兵永驻，这蒙受了奇耻大辱的废墟，只管悠闲地、若无其事地停泊着。

时间在这里，如石刻一般，停滞了，凝固了。建筑家说，建筑是凝固的音乐。建筑的遗迹，又是什么呢？凝固了的历史么？看那海晏堂前（也许是堂侧）的石饰，像一个近似半圆形的容器，年轻时，曾和几个朋友坐在里面照相。现在石"碗"依旧，我当然懒得爬上去了，但是我却欣然。因为我的变化，无非是自然规律之功罢了，我毕竟没有凝固。

对着这一段凝固的历史，我只有怅然凝望。大水法与观水法之间的大片空地，原来是两座大喷泉，想那水姿之美，已到了标准境界，所以以"法"为名。西行可见一座高大的废墟，上大下小，像是只剩了一截的、倒置的金字塔。悄立"塔"下，觉得人是这样渺小，天地是这样广阔，历史是这样悠久。

路旁的大石龟仍然无表情地蹲伏着，本该竖立在它背上的石碑躺倒在土坡旁。它也许很想驮着这碑，尽自己的责任吧？风在路另侧的小树林中呼啸，忽高忽低，如泣如诉，仿佛从废墟上飘来了"留——留——"的声音。

我诧异地回转身去看了。暮色四合，方外观的石块白得分明，几座大石叠在一起，露出一个空隙，像要对我开口讲话。告诉我这里经历的烛天的巨火么？告诉我时间在这里该怎样衡量么？还是告诉我你的向往，你的期待？

风又从废墟上吹过，依然发出"留——留——"的声音。我忽然醒悟了。它是在召唤！召唤人们留下来，改造这凝固的历史。废墟，不愿永久停泊。

然而我没有为这努力过么？便在这大龟旁，我们几个人曾怎样热烈地争辩啊。那时的我们，是何等慷慨激昂，是何等满怀热忱！和人类比较起来，个人的一生是小得多的概念了，每个人自有理由做出不同的解释。我只想，楚国早已是湖北省，但楚辞的光辉，不是永远充塞于天地之间么？

空中一阵鸦噪，抬头只见寒鸦万点，驮着夕阳，掠过枯树林，转眼便消失在已呈粉红色的西天。在它们的翅膀底下，晚霞已到最艳丽的时刻，西山在朦胧中涂抹了一层娇红，轮廓渐渐清楚起来。那娇红中又透出一点蓝，显得十分凝重，正配得上空气中摸得着的寒意。

这景象也是我熟悉的，我不由得闭上眼睛。

"断碣残碑，都付与苍烟落照。"身旁的年轻人在自言自语。事隔三十余年，我又在和年轻人辩论了。我不怪他们，怎能怪他们呢！我嗫嚅着，很不理直气壮。"留下来吧！就因为是废墟，需要每一个你啊。"

"匹夫有责。"年轻人是敏锐的，他清楚地说出我嗫嚅着的话。"但是怎样尽每一个我的责任？怎样使环境允许每一个我尽责任？"他微笑，笑容介于冷和苦之间。

我忽然理直气壮起来："那怎样，不就是内容么？"

他不答，他也停了说话，且看那瞬息万变的落照。迤逦行来，已到水边。水已成冰，冰中透出枝枝荷梗，枯梗上漾着绮辉。远山凹处，红日正沉，只照得天边山顶一片通红。岸边几株枯树，恰为夕阳做了画框。框外娇红的西山，这时却全是黛青色，鲜嫩润泽，一派雨后初晴的模样，似与这黄昏全不相干。但也有浅淡的光，照在框外的冰上，使人想起月色的清冷。

树旁乱草中窸窣有声，原来有人作画。他正在画板上涂着颜色，涂了又擦，擦了又涂，好像不知怎样才能把那奇异的色彩捕捉在纸上。

"他不是画家。"年轻人评论道，"他只是爱这景色——"

前面高耸的断桥便是整个圆明园唯一的遗桥了。远望如一个乱石堆，近看则桥的格局宛在。桥背很高，桥面只剩了一小半，不过桥下水流如线，过水早不必登桥了。

"我也许可以想一想，想一想这废墟的召唤。"年轻人忽然微笑说，那笑容仍然介于冷和苦之间。

我们仍望着落照。通红的火球消失了，剩下的远山显出一层层深浅不同的紫色。浓处如酒，淡处如梦。那不浓不淡处使我想起春日的紫藤萝，这铺天的霞锦，需要多少个藤萝花瓣啊。

仿佛听说要修复圆明园了。我想，能不能留下一部分废墟呢？最好是远瀛观一带，或只是这座断桥，也可以的。

为了什么呢？为了凭吊这一段凝固的历史，为了记住废墟的召唤。

一九七九年十二月

原载《人民文学》一九八〇年第一期

萤 火

点点银白的、灵动的光，在草丛中飘浮。草丛中有各色的野花：黄的野菊、浅紫的二月兰、淡蓝的"毋忘我"。还有一种高茎的白花，每一朵都由许多极小的花朵组成，简直看不清花瓣。它的名字恰和"毋忘我"相反，据说是叫作"不要记得我"，或可译作"毋念我"罢。在迷茫的夜中，一切彩色都失去了，有的只是黑黝黝一片。亮光飘忽地穿来穿去，一个亮点儿熄灭了，又有一个飞了过去。

若在淡淡的月光下，草丛中就会闪出一道明净的溪水，潺潺地、不慌不忙地流着。溪上有两块石板搭成的极古拙的小桥，小桥流水不远处的人家，便是我儿时的居处了。记得萤火虫很少飞近我们的家，只在溪上草间，把亮点儿投向反射着微光的水，水中便也闪动着小小的亮点，牵动着两岸草莽的倒影。现在看到动画片中要开始幻景时闪动的光芒，总会想起那条溪水，那片草丛，那散发着夏夜的芳香，飞翔着萤火虫的一小块地方。

幼小的我，经常在那一带玩耍。小桥那边，有一个土坡，也算是山罢。小路上了山，不见了。晚间站在溪畔，总觉得山那边

萤　火

是极遥远的地方，隐约在树丛中的女生宿舍楼，也是虚无缥缈的。那时白天常和游伴跑过去玩，大学生们有时拉住我的手，说："你这黑眼睛的女孩子！你的眼睛好黑啊！"

大概是两三岁时，一天母亲进城去了，天黑了许久，还不回来。我不耐烦，哭个不停。老嬷嬷抱我在桥头站着，指给我看桥那边的小道。"回来啦，回来啦——"她唱着。其实这完全不是母亲回来的路。夜未深，天色却黑得浓重，好像蒙着布，让人透不过气。小桥下忽然飞出一盏小灯，把黑夜挑开一道缝。接着又飞出一盏。花草亮了，溪水闪了。黑夜活跃起来，多好玩啊！我大声叫了："灯！飞的灯！"回头看家里，已经到处亮着灯了，而且一片声在叫我。我挣下地来，向灯火通明的家跑去，却又屡次回头，看那使黑夜发光的飞灯。

照说幼儿时期的事，我不该记得。也许我记得的，其实是后来母亲的叙述，或自己更人事后的心境罢。但那一晚我在桥头的景象，总是反复地、清晰地出现在我眼前，那黑夜，那划破了黑夜的萤火，以及后来的灯光。

长大了，又回到这所房屋时，我在自己的房间里便可以看到起伏明灭的萤火了。我的窗正对着那小溪，溪水比以前窄了，草丛比以前矮了，只有萤火，那银白的，有时是浅绿色的光，还是依旧。有时抛书独坐，在黑暗中看着那些飞舞的亮点，那么活泼，那么充满了灵气，不禁想到《仲夏夜之梦》里那些会吵闹的小仙子；又不禁奇怪这发光的虫怎么未能在《聊斋志异》里占一席重要的地位。它们引起多么远、多么奇的想象。那一片萤光后面的小山那边，像是有什么仙境在等待着我。但是我最多只是走出房来，在溪边徘徊片刻，看看墨色涂染的天、树，看看闪烁的溪水和萤火。仙境么，最好是留在想象和期待中的。

日子一天天热闹起来。解放、毕业，几乎每个人都觉得自己在发光。我们是解放后第三届大学生。毕业前夕，一个星光灿烂的夜晚，和几个好友，久久地坐在这溪边山坡上，望着星光和萤光。我们看准一棵树，又看准一个萤，看它是否能飞到那棵树，来卜自己的未来。几乎每一个萤火虫都能飞到目的地，因为没有飞到的就不算数。那时，我们的表格里无一不填着："坚决服从分配，到祖国最需要的地方去！"无论分到哪里，我们都会怀着对美好未来的向往扑过去的。星空中忽然闪了一下，是一颗流星划过了天空。据说流星闪亮时，心中闪过的希望是会如愿的，但我们谁也没有再想要什么。有了祖国，有了党，不就有了一切么？我觉得重任在肩，而且相信任何重任我都担得起。难道还有比这种信心更使人兴奋、欢喜，使人感到无可比拟的幸福么？虽然我知道自己很小，小得像萤火虫那样。萤火虫却是会发光的，使得黑夜也璀璨美丽，使得黑夜也充满了幻想。

奇怪的是，自从离开清华园，再也不曾见到萤火虫。可能因为再也没有住在水边了。后来从书上知道，隋炀帝在江都一带经营过"萤苑"，征集"萤火数斛"，为夜晚游山之用。这皇帝连萤火虫都不放过，都要征来服役，人民的苦难，更可想见了。但那"萤苑"风光，一定是好看的。因为那种活泼的光，每一点都呈现着生命的力量。以后无意中又得知萤火虫能捕食害虫，于农作物有益，不觉十分高兴。便想，何不在公园中布置个"萤苑"，为夏夜增光，让曾被皇帝拘来当劳工的萤火虫，有机会为人民服务呢。

但在那"十年浩劫"中，连公园都几乎查封，那"萤苑"的构思，早就逃之夭夭了。

前几天，偶得机缘，和弟弟这个从小的同学往清华走了一遭。图书馆看去一次比一次小，早不是小时心目中的巍峨了。那肃穆的、勤奋的读书气氛依然，书库中的玻璃地板也还在，底层的报刊阅览室也还是许多人站着看报。弟弟说他常做一个同样的梦——到这里来借报纸。底层增了检索图书用的计算机，弟弟兴致勃勃地和机上人员攀谈，也许他以后的梦，要改变途径了。我的萤火虫却从未在梦中出现。行向小河那边时，因为在白天，本不指望看见萤火，但以为草坡上的"毋忘我"和"毋念我"总会显出颜色。不料看见的，是一条干涸的沟，两岸干黄的土坡，春雨轻轻地飘洒，还没有一点绿意。那明净的、潺潺的、不慌不忙流着的溪水，已不知何时流往何处了。我们旧日的家添盖了房屋，现在是幼儿园了。虽是假日，还有不少孩子，一个个转动着点漆般的眼睛看着我们。"你们这些黑眼睛的孩子！好黑的眼睛啊！"我不由得想。

事物总是在变迁，中心总要转移的。现在清华主楼的堂皇远非工字厅可比了。而那近代物理实验室中的元素光谱，使人感到科学的光辉，也是萤火虫们望尘莫及的。我们骑着车，淋着雨，高兴地到处留下校友的签名。从一十年代到七十年代排过来的长桌前，那如同戴着雪帽般的白头发，那敦实可靠的中年的肩膀，那发亮的、润泽的皮肤和眼睛，俨然画出了人生的旅程。我认为，在这条漫长而又短促的道路上，那淡蓝和纯白的花朵，"毋忘我"和"毋念我"，是必不可少的。因为人世间，有许多事应该永远记得，又有许多事是早该忘却了。

　　但总要尽力地发光，尤其是在困境中。草丛中飘浮的、灵动的、活泼的萤火，常在我心头闪亮。

一九八〇年六月

原载《散文》一九八〇年六月号

紫藤萝瀑布

我不由得停住了脚步。

从未见过开得这样盛的藤萝，只见一片辉煌的淡紫色，像一条瀑布，从空中垂下，不见其发端，也不见其终极，只是深深浅浅的紫，仿佛在流动，在欢笑，在不停地生长。紫色的大条幅上，泛着点点银光，就像迸溅的水花。仔细看时，才知那是每一朵紫花中的最浅淡的部分，在和阳光互相挑逗。

这里春红已谢，没有赏花的人群，也没有蜂围蝶阵。有的就是这一树闪光的、盛开的藤萝。花朵儿一串挨着一串，一朵接着一朵，彼此推着挤着，好不活泼热闹！

"我在开花！"它们在笑。

"我在开花！"它们嚷嚷。

每一穗花都是上面的盛开、下面的待放。颜色便上浅下深，好像那紫色沉淀下来了，沉淀在最嫩最小的花苞里。每一朵盛开的花像是一个张满了的小小的帆，帆下带着尖底的船，船舱鼓鼓的；又像一个忍俊不禁的笑容，就要绽开似的。那里装的是什么仙露琼浆？我凑上去，想摘一朵。

但是我没有摘。我没有摘花的习惯。我只是伫立凝望，觉得这一条紫藤萝瀑布不只在我眼前，也在我心上缓缓流过。流着流着，它带走了这些时一直压在我心上的焦虑和悲痛，那是关于生死谜、手足情的。我浸在这繁密的花朵的光辉中，别的一切暂时都不存在，有的只是精神的宁静和生的喜悦。

这里除了光彩，还有淡淡的芳香，香气似乎也是浅紫色的，梦幻一般轻轻地笼罩着我。忽然记起十多年前家门外也曾有过一大株紫藤萝，它依傍着一株枯槐，爬得很高，但花朵从来都稀落，东一穗西一串伶仃地挂在树梢，好像在察言观色，试探什么，后来索性连那稀零的花串也没有了。园中别的紫藤花架也都拆掉，改种了果树。那时的说法是，花和生活腐化有什么必然关系。我曾遗憾地想：这里再看不见藤萝花了。

过了这么多年，藤萝又开花了，而且开得这样盛，这样密，紫色的瀑布遮住了粗壮的盘虬卧龙般的枝干，不断地流着，流着，流向人的心底。

花和人都会遇到各种各样的不幸，但是生命的长河是无止境的。我抚摸了一下那小小的紫色的花舱，那里满装生命的酒酿，它张满了帆，在这闪光的花的河流上航行。它是万花中的一朵，也正是由每一个一朵，组成了万花灿烂的流动的瀑布。

在这浅紫色的光辉和浅紫色的芳香中，我不觉加快了脚步。

一九八二年五月六日

原载《福建文学》一九八二年第七期

秋　韵

京华秋色，最先想到的总是香山红叶。曾记得满山如火如荼的壮观，在太阳下，那红色似乎在跳动，像火焰一样。二三友人，骑着小驴，笑语与嘚嘚蹄声相和，循着弯曲小道，在山里穿行。秋的丰富和幽静调和得匀匀的，向每个毛孔渗进来。后来驴没有了，路平坦得多了，可以痛快地一直走到半山。如果走的是双清这一边，一段山路后，上几个陡台阶，眼前会出现大片金黄，那是几棵大树，现在想来，也许是银杏罢。满树茂密的叶子都黄透了，从树梢披散到地，黄得那样滋润，好像把秋天的丰收集聚在那里了，让人觉得，这才是秋天的基调。

今年秋到香山，人也到香山。满路车辆与行人，如同电影散场，或要举行大规模代表会。只好改道万安山，去寻秋意。山麓有一片黄栌，不甚茂密。法海寺废墟前石阶两旁，有两片暗红，也很寥落。废墟上有顺治年间的残碑，镌有"不得砍伐，不得放牧"的字样。乱草丛中，断石横卧，枯树枝头，露出灰蓝的天和不甚明亮的太阳。这似乎很有秋天的萧索气象了，然而，这不是我要寻找的秋的韵致。

有人说，该到圆明园去，西洋楼西北的一片树林，这时大概正染着红黄两种富丽的颜色。可对我来说，不断地寻秋是太奢侈了，不能支出这时间，且待来年罢。家人说：来年人更多，你骑车的本领更差，也还是无由寻到的。那就待来生罢，我说。大家一笑。

其实，我是注意今世的。清晨照例的散步，便是为了寻健康，没有什么浪漫色彩。这一天，秋已深了，披着斜风细雨，照例走到临湖轩下小湖旁，忽然觉得景色这般奇妙，似乎我从未来到过这里。

小湖南面有一座小山，山与湖之间是一排高大的银杏树。几天不见，竟变成一座金黄屏障，遮住了山，映进了水。扇形叶子落了一地，铺满了绕湖的小径，似乎这金黄屏障向四周渗透，无限地扩大了。循路走去，湖东侧一片鲜红跳进眼帘：这样耀眼的红叶！不是黄栌，黄栌的红较暗；不是枫叶，枫叶的红较深。这红叶着了雨，远看鲜亮极了，近看时，是对称的长形叶子，地下也有不少，成了薄薄一层红毡。在小片鲜红和高大的金屏障之间，还有深浅不同的绿，深浅不同的褐、棕等丰富的颜色，环抱着澄明的秋水。冷冷的几滴秋雨，更给整个景色添了几分朦胧，似乎除了眼前的一切，还有别的蕴藏。

这是我要寻的秋的韵致了么？秋天是有成绩的人生，绚烂多彩而肃穆庄严，似朦胧而实清明，充满了大彻大悟的味道。

秋去冬来之时，意外地收到一份讣告，是父亲的一位哲学友人故去了。讣告上除生卒年月外，只有一首遗诗。译出来是这等模样：

秋　韵

不要推却友爱
不要延迟欢乐
现在不悟
便永迷惑
在这里
一切都有了着落

我要寻找的秋韵，原来便在现在，在这里，在心头。

一九八五年十一月十九日

原载《北京文学》一九八六年第三期

丁香结

　　今年的丁香花似乎开得格外茂盛，城里城外，都是一样。城里街旁，尘土纷嚣之间，忽然呈出两片雪白，顿使人眼前一亮，再仔细看，才知是两行丁香花。有的宅院里探出半树银装，星星般的小花缀满枝头，从墙上窥着行人，惹得人走过了，还要回头望。

　　城外校园里丁香更多。最好的是图书馆北面的丁香三角地，种有十数棵白丁香和紫丁香。月光下，白的潇洒，紫的朦胧，还有淡淡的幽雅的甜香，非桂非兰，在夜色中也能让人分辨出，这是丁香。

　　在我断续住了近三十年的斗室外，有三棵白丁香。每到春来，伏案时抬头便看见檐前积雪。雪色映进窗来，香气直透毫端。人也似乎轻灵得多，不那么混浊笨拙了。从外面回来时，最先映入眼帘的，也是那一片莹白，白下面透出参差的绿，然后才见那两扇红窗。我经历过的春光，几乎都是和这几树丁香联系在一起的。那十字小白花，那样小，却不显得单薄。许多小花形成一簇，许多簇花开满一树，遮掩着我的窗，照耀着我的文思和梦想。

　　古人诗云："芭蕉不展丁香结"、"丁香空结雨中愁"。在细雨迷蒙中，着了水滴的丁香格外妩媚。花墙边两株紫色的，如同印象派的画，线条模糊了，直向窗前的莹白渗过来。让人觉得，丁香确实该和微雨连在一起。

只是赏过这么多年的丁香，却一直不解，何以古人发明了丁香结的说法。今年一次春雨，久立窗前，望着斜伸过来的丁香枝条上一柄花蕾。小小的花苞圆圆的，鼓鼓的，恰如衣襟上的盘花扣。我才恍然，果然是丁香结！

丁香结，这三个字给人许多想象。再联想到那些诗句，真觉得它们负担着解不开的愁怨了。每个人一辈子都有许多不顺心的事，一件完了一件又来。所以丁香结年年都有。结，是解不完的，人生中的问题也是解不完的，不然，岂不是太平淡无味了么？

小文成后一直搁置，转眼春光已逝。要看满城丁香，须待来年了。来年又有新的结待人去解——谁知道是否解得开呢？

一九八五年清明—冬至

原载《散文》一九八六年三月号

冬　至

这次手术之后，已经年余，却还是这里那里不舒服，连晨起的散步也久废不去了。今天拉开窗帘，见满地白亮亮，还以为是下了雪。再看时，原是一片月光，从松树的枝条间筛下。大半个月亮，挂在中天偏西。天空宽阔而洁净，和月亮一起，罩着静悄悄的大地。

以为表出了问题，看钟，同样是六时一刻。又看日历，原来今天是冬至，从入秋起盼着的冬至。

近年有个奇怪心理：一见落叶悄悄飘离了树木，就盼冬至。随着落叶飘零，白昼一天天短，黑夜愈来愈长。清晨散步，几同夜行，无甚意趣。只要到了冬至，经过这一年中最短的白天，便昼渐长，夜渐短，渐渐地，春天就来了。好像人在生活的道路上落到了谷底，无可再落，就有了上升的希望。可以期待花开草长，可以期待那拖着蓝灰色长尾巴的喜鹊的喳喳叫声，并且在粉红色的晨光中吸进清新的空气。

很想看一看月光怎样淡去，晨光怎样浓来，却无这点闲逸的福分。在开始忙碌的一天时，心中充满了喜悦，因为冬至毕竟来了。

因为天时有四季变化，时代有巨大变革；因为生活的丰富是尝不尽的。

　　冬到是一年的转机，我喜欢转机。

一九八五年岁末记冬至之晨

原载《光明日报》一九八六年二月九日

好一朵木槿花

又是一年秋来，洁白的玉簪花挟着凉意，先透出冰雪的消息。美人蕉也在这时开放了，红的黄的花，耸立在阔大的绿叶上，一点不在乎秋的肃杀。以前我有"美人蕉不美"的说法，现在很想收回。接下来该是紫薇和木槿。在我家这以草为主的小园中，它们是外来户。偶然得来的枝条，偶然插入土中，它们就偶然地生长起来。紫薇似娇气些，始终未见花。木槿则已两度花发了。

木槿以前给我的印象是平庸。"文革"中许多花木惨遭摧残，它却得全性命，陪伴着显赫一时的文冠果，免得那钦定植物太孤单。据说原因是它的花可食用，大概总比草根树皮好些吧。学生浴室边的路上，两行树挺立着，花开有紫、红、白等色，我从未仔细看过。

近两年木槿在这小园中两度花发，不同凡响。

前年秋至，我家刚从死别的悲痛中缓过气来不久，又面临了少年人的生之困惑。我们不知道下一分钟会发生什么事，陷入极端惶恐中。我在坐立不安时，只好到草园踱步。那时园中荒草没膝，除了我们的基本队伍亲爱的玉簪花外，只有两树忍冬，结了小红果子，玛瑙扣子似的，一簇簇挂着。我没有指望还能看见别的什么颜色。

忽然在绿草间，闪出一点紫色，亮亮的，轻轻的，在眼前转了几转。我忙拨开草丛走过去，见一朵紫色的花缀在不高的绿枝上。

这是木槿。木槿开花了，而且是紫色的。

木槿花的三种颜色，以紫色最好。那红色极不正，好像颜料没有调好；白色的花，有老伙伴玉簪已经够了。最愿见到的是紫色的，好和早春的二月兰、初夏的藤萝相呼应，让紫色的幻想充满在小园中，让风吹走悲伤，让梦留着。

惊喜之余，我小心地除去它周围的杂草，做出一个浅坑，浇上水。水很快渗下去了。一阵风过，草面漾出绿色的波浪，薄如蝉翼的娇嫩的紫花在一片绿波中歪着头，带点调皮，却丝毫不知道自己显得很奇特。

去年，月圆过四五次后，几经洗劫的小园又一次遭受磨难。园旁小兴土木，盖一座大有用途的小楼。泥土、砖块、钢筋、木条全堆在园里，像是凌乱地长出一座座小山，把植物全压在底下。我已习惯了这类景象，知道毁去了以后，总会有新的开始，尽管等的时间会很长。

没想到秋来时，一次走在这崎岖山路上，忽见土山一侧，透过砖块钢筋伸出几条绿枝，绿枝上，一朵紫色的花正在颤颤地开放！

我的心也震颤起来，一种悲壮的感觉攫住了我。土埋大半截了，还开花！

土埋大半截了，还开花！

203

我跨过障碍，走近去看这朵从重压下挣扎出来的花。仍是娇嫩的薄如蝉翼的花瓣，略有皱褶，似乎在花蒂处有一根带子束住，却又舒展自得，它不觉环境的艰难，更不觉自己的奇特。

忽然觉得这是一朵童话中的花，拿着它，任何愿望都会实现，因为持有的是面对一切苦难的勇气。

紫色的流光抛撒开来，笼罩了凌乱的工地。那朵花冉冉升起，倚着明亮的紫霞，微笑地俯看着我。

今年果然又有一个开始。小园经过整治，不再以草为主，所以有了对美人蕉的新认识。那株木槿高了许多，枝繁叶茂，但是重阳已届，仍不见花。

我常在它身旁徘徊，期待着震撼了我的那朵花。

它不再来。

即使再有花开，也不是去年的那一朵了。也许需要纪念碑，纪念那逝去了的，昔日的悲壮？

一九八八年重阳

原载《东方纪事》一九八九年第二期

报　秋

　　似乎刚过完了春节，什么都还来不及干呢，已是长夏天气，让人懒洋洋的像只猫。一家人夏衣尚未打点好，猛然却见玉簪花那雪白的圆鼓鼓的棒槌，从拥挤着的宽大的绿叶中探出头来。我先是一惊，随即怅然。这花一开，没几天便是立秋。以后便是处暑便是白露便是秋分便是寒露，过了霜降，便立冬了。真真的怎么得了！

　　一朵花苞钻出来，一个柄上的好几朵都跟上。花苞很有精神，越长越长，成为玉簪花模样。开放都在晚间，一朵持续一昼夜。六片清雅修长的花瓣围着花蕊，当中的一株顶着一点嫩黄，颤颤地望着自己雪白的小窝。

　　这花的生命力极强，随便种种，总会活的。不挑地方，不拣土壤，而且特别喜欢背阴处，把阳光让给别人，很是谦让。据说花瓣可以入药。还有人来讨那叶子，要捣烂了治脚气。我说它是生活上向下比，工作上向上比，算是一种玉簪花精神罢。

　　我喜欢花，却没有侍弄花的闲情。因有自知之明，不敢邀名花居留，只有时要点草花种种。有一种太阳花，又名"死不了"，开时五色缤纷，杂在草间很好看。种了几次，都不成功。"连'死不了'都种死了"，我们常这样自嘲。

玉簪花却不同，从不要人照料，只管自己蓬勃生长。往后院月洞门小径的两旁，随便移栽了几个嫩芽，次年便有绿叶白花，点缀着夏末秋初的景致。我的房门外有一小块地，原有两行花，现已形成一片，绿油油的，完全遮住了地面。在晨光熹微或暮色朦胧中，一柄柄白花擎起，隐约如绿波上的白帆，不知驶向何方。有些植物的繁茂枝叶中，会藏着一些小活物，吓人一跳。玉簪花下却总是干净的，可能因气味的缘故，不容虫豸近身。

花开到十几朵，满院便飘着芳香。不是丁香的幽香，不是桂花的甜香，也不是荷花的那种清香。它的香比较强，似乎有点醒脑的作用。采几朵放在养石子的水盆中，房间里便也飘散着香气，让人减少几分懒洋洋，让人心里警惕着：秋来了。

秋是收获的季节，我却两手空空。一年两年过去了，总是在不安和焦虑中。怪谁呢，很难回答。

久居异乡的兄长，业余喜好诗词。前天寄来南宋词人朱敦儒的那首《西江月》。原文是：

> 日日深杯酒满，朝朝小圃花开。自歌自舞自开怀，且喜无拘无碍。
>
> 青史几番春梦，黄泉多少奇才。不须计较与安排，领取而今现在。

若照他译的英文再译回来，最后一句是认命的意思。这意思有，但似不够完全，我把"领取而今现在"一句反复吟哦，觉得这是一种悠然自得的境界。其实不必深杯酒满，不必小圃花开，只在心中领取，便得逍遥。

领取自己那一份，也有品味、把玩、获得的意思。那么，领取秋，领取冬，领取四季，领取生活罢。

那第一朵花出现已一周，凋谢了，可是别的一朵一朵在接上来。圆鼓鼓的花苞，盛开了的花朵，由一个个柄擎着，在绿波上漂浮。

一九九〇年八月十日

原载《散文》一九九〇年第十期

送　春

　　说起燕园的野花，声势最为浩大的，要属二月兰了。它们本是很单薄的，脆弱的茎，几片叶子，顶上开着小朵小朵简单的花，可是开成一大片，就形成春光中重要的色调。阴历二月，它们已探头探脑地出现在地上，然后忽然一下子就成了一大片。一大片深紫浅紫的颜色，不知为什么总有点朦胧。房前屋后，路边沟沿，都让它们占据了，熏染了。看起来，好像比它们实际占的地盘还要大。微风过处，花面起伏，丰富的各种层次的紫色一闪一闪地滚动着，仿佛还要到别处去涂抹。

　　没有人种过这花，但它每年都大开而特开。童年在清华，屋旁小溪边便是它们的世界。人们不在意有这些花，它们也不在意人们是否在意，只管尽情地开放。那多变化的紫色，贯穿了我所经历的几十个春天，只在昆明那几年让白色的木香花代替了。木香花以后的岁月，便定格在燕园，而燕园的明媚春光，是少不了二月兰的。

　　斯诺墓所在的小山后面，人迹罕到，便成了二月兰的天下。从路边到山坡，在树与树之间，挤满花朵。有一小块颜色很深，

208

像需要些水化一化；有一小块颜色很浅，近乎白色。在深色中有浅色的花朵，形成一些小亮点儿；在浅色中又有深色的笔触，免得它太轻灵。深深浅浅连成一片。这条路我也是不常走的，但每到春天，总要多来几回，看看这些小友。

其实我家近处，便有大片二月兰。各芳邻门前都有特色，有人从荷兰带回郁金香，有人从近处花圃移来各色花草。这家因主人年老，儿孙远居海外，没有人侍弄园子，倒给了二月兰充分发展的机会。春来开得满园，像一大块花毡，衬着边上的绿松墙。花朵们往松墙的缝隙间直挤过去，稳重的松树也似在含笑望着它们。

这花开得好放肆！我心里说。我家屋后，一条弯弯的石径两侧，直到后窗下，每到春来，都是二月兰的领地。面积虽小，也在尽情抛洒春光。不想一次有人来收拾院子，给枯草烧了一把火，说也要给野花立规矩。次年春天便不见了二月兰，它受不了规矩，野草却依旧猛长。我简直想给二月兰写信，邀请它们重返家园。信是无处投递，乃特地从附近移了几棵，尚未见功效。

许多人不知道二月兰为何许花，甚至语文教科书的插图也把它画成兰花模样。兰花素有花中君子之称，品高香幽。二月兰虽也有个兰字，可完全与兰花没有关系，也不想攀高枝，只悄悄从泥土中钻出来，如火如荼点缀了春光，又悄悄落尽。我曾建议一年轻画徒，画一画这野花，最好用水彩，用印象派手法。年轻人交来一幅画稿，在灰暗的背景中只有一枝伶仃的花，又依照"现代"眼光，在花旁画了一个破竹篮。

"这不是二月兰的典型姿态。"我心里评判着。二月兰是一大片一大片的，千军万马。身躯瘦弱地位卑下，却高扬着活力，看了让人透不过气来。而且它们不只开得隆重茂盛，尽情尽性，还有持久的精神，这是今春才悟到的。

因为病，因为懒，常几日不出房门。整个春天各种花开花谢，来去匆匆，有的便不得见。却总见二月兰不动声色地开在那里，似乎随时在等候，问一句："你好些吗？"

又是一次小病后，在园中行走。忽觉绿色满眼，已为遮蔽炎热做准备。走到二月兰的领地时，不见花朵，只剩下绿色直连到松墙。好像原有一大张绚烂的彩画，现在掀过去了，卷起来了，放在什么地方，以待来年。

我知道，春归去了。

在领地边徘徊了一会儿，忽然意识到二月兰的忠心和执着。从春如十三女儿学绣时，它便开花，直到雨僝风僽，春深春老。它迎春来，伴春在，送春去。古诗云"开到荼蘼花事了"，我始终不知荼蘼是个什么样儿，却亲见二月兰蓦然消失，是春归的一个指征。

迎春人人欢喜，有谁喜欢送春？忠心的、执着的二月兰没有推托这个任务。

一九九二年九月下旬
原载《散文天地》一九九三年第一期

松　侣

一位朋友曾说她从未注意过木槿花是什么样儿，我答应院中木槿花开时，邀她来看。

这株木槿原在窗前，为了争得光线，春末夏初时我把它移到篱边。它很挣扎了一阵，活下来了，可是秋初着花时节，一朵未见。偶见大图书馆前两排木槿，开着紫、白、红各色的花朵，便想通知朋友，到那里观看。不知有什么事，一天天因循，未打电话。过了些时，偶然走过图书馆，却见两排绿树，花朵已全落尽了。一路很是怅然，似乎不只失信于朋友，也失信于木槿花。又因木槿花每一朵本是朝开夕谢的，不免伤时光之不再，联想到自己的疾病，不知还有几多日子。

回到家里，站在院中三棵松树之间，那点脆弱的感怀忽然消失了，我感到镇定平静。三松中的两棵高大稳重，一株直指天空，另一株过房顶后作九十度折角，形貌别致，都似很有魅力，可以倚靠。第三棵不高，枝条平伸作伞状，使人感到亲切。它们似乎说，好了，不要小资情调了，有我们呢。

它们当然是不同的。它们不落叶，无论冬夏，常给人绿色的遮蔽。那绿色十分古拙，不像有些绿色的鲜亮活跳。它们也是有花的，但不显著，最后结成松塔掉下来，带给人的是成熟的喜悦，而不是凋谢的惆怅。它们永远散发着清净的气息，使得人也清爽，据说像负离子发生器一样，有着实实在在的医疗作用。

更何况三松和我的父亲是永远分不开的。我的父亲晚年将这住宅命名为"三松堂"。"庭中有三松，抚而盘桓，较渊明犹多其二焉。"（《三松堂自序》之自序）寄意深远，可以揣摩。我站在三松之下感到安心，大概因为同时也感到父亲的思想、父亲的影响和那三松的华盖一样，仍在荫蔽着我。

父母在堂时，每逢节日，家里总是很热闹。七十年代末，放鞭炮之风还未盛，我家得风气之先，不只放鞭炮，还要放花，一道道彩光腾空而起，煞是好看。这时大家又笑又叫，少年人持着竹竿，孩子们躲在大人身后探出个小脑袋，放花放炮的乐趣就在此了。放了几年，家里人愈来愈少了，剩下的人还坚持这一节目，有一次一个闪光雷放上去，其中一些纸燃烧着落在松树顶上，一枝松针马上烧起来，幸亏比较靠边，往上泼水还能泼到，及时扑灭了。浇水的人和树一样，也成了落汤鸡。以后因子侄辈纠缠，也还放了两年。再以后，没有高堂可娱，青年人又都各奔前程，几乎走光，三松堂前便再没有节日的喧闹。

这一切变迁，三松和院子中的竹子、丁香、藤萝、月季和玉簪都曾亲见。其中松树无疑是祖字辈的，阅历最多，感怀最深，却似乎最无话说。只是常绿常香，默默地立在那里，让人觉得，累了时它总是可以靠一靠的。

这三棵松树似是家中的一员，是亲人，是长辈。燕园中还有许许多多松柏枞桧这类的树，便是我的好友了。

在第二体育馆之北，六座中西合璧的庭院之间，有一片用松墙围起来的园子，名为静园。这里原来是没有墙的，有的是草地、假山，又宽又长的藤萝架。"文革"中，这些花草因有不事生产的罪名，全被铲除，换上了有出息的果树，又怕人偷果子，乃围以松墙。我对这一措施素不以为然，静园也很少去。

这两年，每天清晨坚持散步，据说这是我性命攸关的大事，未敢少懈。散步的路径，总寻找松柏之处，静园外超过千步的松墙边便成为好地方。一到墙边，先觉清气扑人，一路走下去，觉得全身的血液都换过了。

临湖轩前有一处三角地，也围着松墙。其中一段路两边皆松，成为夹道。那松的气息，更是向每个毛孔渗来。一次雨后走过夹道，见树顶上一片云气蒸腾，树枝上挂满亮晶晶的水珠，蜘蛛网也成了彩色的缨络，最主要的是那气息，清到浓重的地步，劈头盖脸将人包裹住了。这时便想，若不能健康地活下去，实在愧对造化的安排。

走出夹道不远，有一处小松林，有白皮松、油松等，空气自然是好的。我走过时，总见六七位老太太在一起做操，一面拍拍打打，一面大声谈家常。譬如昨天谁的媳妇做的饭，谁的孙子念的什么书。松树也不嫌聒噪，只管静静地施行负离子疗法。

中国文学中一直推崇松的品格，关于松的吟咏很多。松树的不畏岁寒，正可视为不阿时不媚俗的一种节气。这是"士"应有的精神境界，所以都愿意以松为友。白居易《庭松》诗云："疏韵秋瑟瑟，凉荫夏萋萋。春深微雨夕，满叶珠蓑蓑。岁暮大雪天，压枝玉皑皑。四时各有趣，万木非其侪。……即此是益友，岂必须贤才。顾我犹俗士，冠带走尘埃。未称为松主，时时一愧怀。"最后两句用松之德要求自己，勉励自己，要够格做松的主人。松不只给人安慰，给人健康，还在道德上引人向上。世之益友，又有几人能做到呢？

自然界中，能为友侣的当然不只松柏一类。虽木槿之短暂，也有它的作用与位置。人若能时时亲近大自然，会较容易记住自己的本色。嵇康有诗云："目送归鸿，手挥五弦。俯仰自得，游心太玄。"纵然手不能举足不能抬，纵然头上悬着疾病的利剑，我们也能在自己的位置上俯仰自得，不是吗？

一九九三年九月下旬

原载《中国残疾人》一九九三年十二月号

214

促织，促织！

秋来了。

不知不觉间，秋天全面地到来了。

最初的信息还在玉簪花。那一点洁白的颜色仿佛把厚重的暑热戳了一个洞，凉意透了过来。渐渐地，鼓鼓的小棒槌花苞绽开了，愈开愈多，满院中弥漫着淡淡的香气。人走进屋内有时会问一句，怎么会这样香，是熏香还是什么？我们也答说，熏香哪有这样气味，只是花香侵了进来罢了。花香晚间更觉分明，带着凉意。

一个夏天由着知了聒噪，吵得人恨不得大喝一声"别吵了"，也只能想想而已，谁和知了一般见识？随着玉簪的色与香，夜间忽然有了清亮无比的鸣声，那是蟋蟀。叫叫停停，显得夜越发的静，又是一年一度虫鸣音乐换演员的时候了。知了的呐喊渐渐衰微，终于沉默。蟋蟀叫声愈来愈多，愈来愈亮。清晨在松下小立，竹丛里，地锦间，都有不止一支小乐队，后来中午也能听到了。最传神，最有秋之意韵的鸣声是在晚间，似比白天的鸣声高了八度，很是饱满。狄更斯在《炉边蟋蟀》这篇小说里形容蟋蟀的叫声"像一颗星星在屋外的黑暗中闪烁，歌声到最高昂时，音调里便会出现微弱的，难以描述的震颤"。小说中的男女主人公都喜欢这小东西，说炉边能有一只蟋蟀，是世界上最幸运的事。

我们的小歌者中最优秀的一位也是在厨房里。它在门边，炉边，碗柜边，水池边转着圈鸣叫，像要叫醒黑沉沉的夜，叫得真欢。叫到最高昂处似乎星光也要颤一颤。我们怕它饿了，撕几片白菜叶子扔在当地，它总是不屑一顾。

养蟋蟀有许多讲究，可以写几本书。我可无意此道，几十年前亲戚送的古雅的蛐蛐罐，早不知到哪里去了。我喜欢自然环境中蟋蟀的歌声，那是一种天籁，是秋的号角，充满了秋天收获的喜悦。

家人闲话时，常常说到家中的两个淘气包——两只猫；说到一只小壁虎，它每天黄昏爬上纱窗捉蚊子，恪尽职守；说到在杂物棚里呼呼大睡的小刺猬，肚皮有节奏地一凸一凹，煞是好看。也说到蟋蟀，这小家伙，为整个秋天振翅长鸣，不惜用尽丹田之气。它的歌声使人燥热的梦凉爽了，使人凄清的梦温暖了。我们还讨论了它的各种名字：蟋蟀，俗名蛐蛐，一名蛩，一名促织。

促织这两个字很美，据说是模仿虫鸣声，声音似并不大像，却给人许多联想。促织，可以想到催促纺织，催促劳动，提醒人一年过去了大半，劳动成果已在手边，还得再接再厉。

《聊斋志异》中有《促织》一篇，写官府逼人上交蟋蟀，九岁孩童为了父母身家性命，魂投蟋蟀之身。以人的智慧对付虫，当然所向披靡。这篇故事不只写出以皇帝为首的统治者的暴虐荒唐，更写出了人的精神力量。生不可为之事，死以魂魄为之！这是一种执着，奋斗，无畏无惧，山河为动，金石为开的力量。

近来，我非常不合潮流地厌恶"潇洒"这两个字。这两个字已被用得极不潇洒了，几乎成了不负责任的代名词。潇洒，得有坚实的根底，是有源有本，是自然而然的一种人格体现，不是凭空追求能得到的。晋人风流的底是真情，晚明小品空灵闲适的底是妙赏。没有底，只是哼哼唧唧自哀自怜，或刻意作潇洒状，徒然令人生厌。

听得一位教师说，她班上有一个学生既聪明，又勤奋，决不浪费时间。她向别的同学推广，有些人竟嗤之以鼻，说："太牲了！"经过解释，才知道牲者畜牲也，意思是太不像人了。

究竟怎样才像人？才是人？才能做与"天地参"的人？只是潇洒么？只是好玩么？

听听那小蟋蟀！它还在奋力认真地唱出自己的歌！

促织，促——织——

一九九四年八月

原载《散文》（海外版）一九九五年一月号

比尔建亚

我家有一盆花，已经有三十多年了。一丛草花，活了三十多岁，也算高寿。更何况我很少管它，几乎连水也不浇，只在深秋时把它移进室内，春暖时搬出去，这是最多的照顾了。它却活得很起劲，不知什么时候，就会在绿叶中透出一枝枝嫩红的笔杆状的花苞，然后开出一串串吊钟样的花朵。有时在冬天，有时在春天，谁也记不准它开花的节令。

这花名唤比尔建亚，还是一九六六年以前，我在遒兹府居住时，在崇文门花店买的。我想不起当初为什么要买这盆花，只记得随口问了花名，答称"比尔建亚"。这名字相当古怪，究竟是哪四个字，不得而知，后来也没有去请教植物学家。一晃三十多年过去了，看过它的人，许多都离开了这个世界，比尔建亚还顽强地活着，没有要离开的意思。

我们很用心地养过一盆蟹爪莲，上上下下几层红花，煞是好看，可是稍一怠慢，就活不成，后来盆也不知哪里去了。我们也养水仙，常常是朋友送的能装点满室清雅，自己养的则总落得一簇青蒜似的叶子。今年，我们的水仙不见花苞，想着只有等桃李争春了。不料在杂物间里过冬的几盆绿色植物中，忽然透出一道道娇红，笔杆样的，十分精神。

这是比尔建亚，那娇红的笔杆状的花苞，有的已经绽开，露出一挂挂的小吊钟，花是黄的，有一道深绿的边，花蕊很长。我望着它，心中充满了诧异和敬意。

过了三十多年才忽然意识到，我从未见过另一盆这样的花，所有见过它的人也都说是第一次见。照说该以奇花异草的规格待它，但是我想不起来，它呢，也不计较。

原载《南方日报》一九九六年四月二十一日

二十四番花信

今年春来早，繁忙的花事也提早开始，较常年约早一个节气。没有乍暖还寒，没有春寒料峭。一天，在钟亭小山下散步，忽见，乾隆御碑旁边那树桃花已经盛开。我常说桃花冒着春寒开放很是勇敢，今年开得轻易不需要很大勇气，只是衬着背后光秃的土山，还可以显出它是报春的先行者。

迎春、连翘争相开花，黄灿灿的一片。我很长时期弄不清这两种植物的区别，常常张冠李戴，未免有些烦恼，也曾在别的文章里写过。最近终于弄清，迎春的枝条呈拱形，有角棱，连翘的枝条中空。原以为我家月洞门的黄花是迎春，其实是连翘，有仲折来的中空的枝条为证。

报春少不了二月兰。今年二月兰又逢大年，各家园子里都是一大片紫色的地毯。它们有一种淡淡的香气，显然是野花的香气。去冬，往病房送过一株风信子，也是这样的气味。

榆叶梅跟着开了，附近的几株都是我们的朋友，哪一株大，哪一株小，哪一株颜色深，哪一株颜色浅，我们都再熟悉不过。园边一排树中，有一株很高大，花的颜色也深，原来不求甚解地以为它是榆叶梅中的一种。今年才知道，这是一棵朱砂碧桃。"天上碧桃和露种"，当然是名贵的，它若知我一直把它看作榆叶梅，可能会大大的不高兴。

紧接着便是那若有若无的幽香提醒着丁香上场了。窗前的一株已伴我四十余年。以前伏案写作时，只觉香气直透毫端，花墙边的一株是我手植，现在已高过花墙许多。几树丁香都不是往年那种微雨中淡淡的情调，而是尽情地开放，满树雪白的花，简直是光华夺目。我已不再持毫，缠绕我的是病痛和焦虑，幸有这光亮和香气，透过黑夜，沁进窗来，稍稍抚慰着我不安的梦。

我为病所拘，只能就近寻春，以为看不到玉兰和海棠了。不想，旧地质楼前忽见一株海棠正在怒放，迎着我们的漫步。燕园本来有好几株大海棠，不知它们犯了何罪，"文革"中统统被砍去，现在这一株大概是后来补种的。海棠的花最当得起"花团锦簇"这几个字。东坡诗句"只恐夜深花睡去，故烧高烛照红妆"，照的就是海棠。海棠虽美，只是无香，古人认为这是一大憾事。若是无香要扣分，花的美貌也可以平均过来了。再想想，世事怎能都那么圆满。

又一天，走到临湖轩，见那高松墙变成了短绿篱，门开着，便走进去，晴空中见一根光亮的蛛丝在袅动，忽然想起《牡丹亭》中那句"袅晴思，吹来闲庭院，摇漾春如线"。这句子可怎么翻译，我多管闲事地发愁。上了台阶，本来是空空的庭院，现在觉得眼睛里很满，原来是两株高大的玉兰，不知何时种的。玉兰正在开花，虽已过了最盛期，仍是满树雪白。那白花和丁香不同，显得凝重得多。地下片片落花也各有姿态，我们看了树上的花，又把脚下的花看了片刻。

蔡元培像旁有一株树，叶子是红的，我们叫它红叶李。从临湖轩出来走到这里，忽见它也是满树的花。又过了两天，再去寻时，已经一朵花也看不见了。真令人诧异不止。

"我一生儿，爱好是天然。"花朵怎能老在枝头呢，万物消长是大自然的规律。

柳絮开始乱扑人面。我和仲走在小路上，踏着春光，小心翼翼地，珍惜地。不知何时，那棵朱砂碧桃的满树繁花也已谢尽，枝条空空的，连地上也不见花瓣。别的花也会跟着退场的。有上场，有退场，人，也是一样。

二〇〇二年春末

原载《书摘》二〇〇三年第二期

山　溪

——小五台林区即景

山溪，喧嚷的山溪，从峻峭的悬崖下流过，从对峙的双峰中流过，从飘着竞赛红旗的小村边流过。不管道路多么崎岖曲折，有多少大大小小的石头阻挡——那些石头啊，有的恰似一只大蚌，有的宛如纵身欲跳的大蛤蟆，有的简直就像一座小楼，在月夜下，是可以排演整整一出童话剧的。山溪并没有注意这些，它一脚高一脚低，一脚深一脚浅，忽然飞流直泻，忽然波平如镜，只管大声叫着，笑着，一路奔腾前进。

我爱这喧哗的声音。这声音包含着多么丰富的旋律。看：那乱石砌成的齐整的园中，长着从山下移植过来的核桃树；那奇峰突起的崖边，开垦了两个方桌那样大的土地，高插的木牌说明这是一块试验田。山溪的最高音是在山更深处，那一带有走不完的原始森林，葱葱郁郁。从远处看，显得那样茂密，树顶简直可以开过十万大军；在林中看，连太阳的足迹也寻找不见，只是绿沉沉的一片。

山溪，喧嚷的山溪。它的声音叫我们不要在这一片深绿中迷失。沿着它，走到了林业工人的宿营地。冬天，白雪一直堆到窗前，

223

工人们围着通红的炉火，讨论采伐计划直到深夜。

山溪的喧闹淹没了虎豹的吼声。春天，溪边开满乳白的铃兰，浅紫的二月兰，还有那不知名的万点繁星似的一片片小黄花。年轻的管林员笑着说："这水流得多热闹！我们就要从这山沟里开出路去，用大石头做路基，把国家这些绿色的金子送到需要它们的地方。"

山溪，喧嚷的山溪。是的，沿着它冲出来的这条沟壑，英挺的云杉，亭亭如华盖的落叶松、山杨、河杨，都将陆续出山，参加伟大祖国的建设。

我爱这喧哗的声音，它诉说着平凡的山溪的决心，这决心，是我们的林业工人赋予的。

一九五九年五月

原载《新观察》一九五九年第十六期

西湖漫笔

　　平生最喜游山玩水。这几年来，很改了不少闲情逸致，只在这山水上头，却还依旧。那五百里滇池粼粼的水波，那兴安岭上起伏不断的绿沉沉的林海，那开满了各色无名的花儿的广阔的呼伦贝尔草原，以及那举手可以接天的险峻的华山……曾给人多少有趣的思想，曾激发起多少变幻的感情。一到这些名山大川异地胜景，总会有一种奇怪的力量震荡着我，几乎忍不住要呼喊起来："这是我的伟大的、亲爱的祖国——"

　　然而在足迹所到的地方，也有经过很长久的时间，我才能理解、欣赏的。正像看达·芬奇的名画《永远的微笑》，我曾看过多少遍，看不出她美在哪里；看过多少遍之后，一次又拿来把玩，忽然发现那温柔的微笑，那嘴角的线条，那手的表情，是这样无以名状的美，只觉得眼泪直涌上来。山水，也是这样的，去上一次两次，可能不会了解它的性情，直到去过三次四次，才恍然有所悟。

　　我要说的地方，是多少人说过写过的杭州。六月间，我第四次去到西子湖畔，距第一次来，已经有九年了。这九年间，我竟没有说过西湖一句好话。发议论说，论秀媚，西湖比不上长湖，天真自然，楚楚有致；论宏伟，比不上太湖，烟霞万顷，气象万千——。好在到过的名湖不多，不然，不知还有多少谬论。

奇怪的很，这次却有着迥乎不同的印象。六月，并不是好时候，没有花，没有雪，没有春光，也没有秋意。那几天，有的是满湖烟雨，山光水色，俱是一片迷蒙。西湖，仿佛在半醒半睡。空气中，弥漫着经了雨的栀子花的甜香。记起东坡诗句："水光潋滟晴方好，山色空蒙雨亦奇。"便想，东坡自是最了解西湖的人，实在应该仔细观赏、领略才是。

正像每次一样，匆匆地来，又匆匆地去。几天中我领略了一个字，那就是"绿"，西湖的绿，只凭这一点，已使我流连忘返。雨中去访灵隐，一下车，只觉得绿意扑眼而来。道旁古木参天，苍翠欲滴，似乎飘着的雨丝儿也都是绿的。飞来峰上层层叠叠的树木，有的绿得发黑，深极了，浓极了；有的绿得发蓝，浅极了，亮极了。峰下蜿蜒的小径，布满青苔，直绿到石头缝里。在冷泉亭上小坐，真觉得遍体生凉，心旷神怡。亭旁溪水琤琮，说是溪水，其实表达不出那奔流的气势，平稳处也是碧澄澄的，流得急了，水花飞溅，如飞珠滚玉一般，在这一片绿色的影中显得分外好看。

西湖胜景很多，各处有不同的好处，即便一个绿色，也各有不同，黄龙洞绿得幽，屏风山绿得野，九曲十八涧绿得闲……不能一一去说。漫步苏堤，两边都是湖水，远水如烟，近水着了微雨，泛起一层银灰的颜色。走着走着，忽见路旁的树十分古怪，一棵棵树身虽然离得较远，却给人一种莽莽苍苍的感觉，似乎是从树梢一直绿到了地下。走近看时，原来是树身上布满了绿茸茸的青苔，那样鲜嫩，那样可爱，使得绿阴阴的苏堤，更加绿了几分。有的青苔，形状也有趣，如耕牛，如牧人，如树木，如云霞；有的整片看来，布局宛然，如同一幅青绿山水。这种绿苔,给我的印象是坚韧不拔，不知当初苏公对它们印象怎样。

在花港观鱼，看到了又一种绿。那是满池的新荷，圆圆的绿叶，或亭亭立于水上，或宛转靠在水面，只觉得一种蓬勃的生机，跳跃满池。绿色，本来是生命的颜色。我最爱看初春的杨柳嫩枝，那样鲜,那样亮,柳枝儿一摆，似乎蹬着脚告诉你，春天来了。荷叶，则要持重一些，初夏，则更成熟一些，但那透过活泼的绿色表现出来的茁壮的生命力，是一样的。再加上叶面上的水珠儿滴溜溜滚，简直好像满池荷叶都要裙袂飞扬，翩然起舞了。

从花港乘船而回，雨已停了，远山青中带紫，如同凝住了一段云霞。波平如镜，船儿在水面上滑行，只有桨声欸乃，愈增加了一湖幽静。一会儿摇船的姑娘歇了桨，喝了杯茶，靠在船舷，只见她向水中一摸，顺手便带上一条欢蹦乱跳的大鲤鱼。她自己只微笑着一声不出，把鱼甩在船板上。同船的朋友看得入迷，连连说，这怎么可能！上岸时，又回头看那在浓重暮色中变得无边无际的白茫茫的湖水，惊叹道："真是个神奇的湖！"

我还领略到西湖生动活泼的一面。星期天，游人泛舟湖上，真是满湖的笑，满湖的歌！西湖的度量，原也是容得了热闹的。两三人寻幽访韵固然好，许多人畅谈畅游也极佳。见公共汽车往来运载游人，忽又想起东坡在密州出猎时写的一首《江城子》："老夫聊发少年狂。左牵黄，右擎苍。锦帽貂裘，千骑卷平冈。"想来他在杭州，当有更盛的情景吧？那时是"倾城随太守"，这时是每个人在公余之暇，来休息身心，享山水之乐。这热闹，不更有意思么？

希腊画家亚伯尔曾把自己的画放在街上，自己躲在画后，听取意见。有一个鞋匠说人物的鞋子画得不对，他马上改了。这鞋匠又批评别的部分，他忍不住从画后跑出来说，你还是只谈鞋子好了。因为对西湖的印象究竟只有浮光掠影，这篇小文，很可能是鞋匠的议论，然后心到神知，想西湖不会怪我唐突罢？

一九六一年七月

原载《光明日报》一九六一年八月二日

墨城红月

一过兴安岭，觉得天气猛然一凉。车窗外不再是无边的青纱帐，先是些高高低低的灌木丛，再过去，就是均匀的绿色。这就是呼伦贝尔草原么？直到看见那黑色的，又有些透明的河水，才恍然，确实又来到草原上了。

不知为什么，这里的大大小小的河水都是那样一种黑色，它一点不浑浊，只显得有些冷，有些重。但它自己一点不觉得，只顾流着。草原上的中心城市海拉尔，意思是"墨城"。我第一次来时，觉得很奇怪，这个新兴的城和墨城哪里有什么关系。这一次，我从河水又认识了草原，便猜想，墨城的名字，可能是从河水而来吧。

墨城海拉尔便在这样一条河旁，河上有大桥把新旧市区连接起来。这次旅行，喜欢活动的我，为病所拘，不曾出去活动，只管坐着看天。有时在桥上闲步，水么，只是流，已经知道它的特点了，便也还是看天。不料从天上，竟也看出一些名目。

这天是草原上的天，草原毫无遮拦，这样开阔，这样坦率，只是一个劲儿的绿。天呢，却是变化多端。它常常显得离地很近，

229

有时站在四不靠的草原上，总觉得天还是可以用手摸得到的，在大桥上看日落，真是"远在天边，近在眼前"了。太阳如同从炉中锻出的炽热的铁，红得发白。沉下去以后，天边还久久地染着余光。我便想，那一块天，一定很烫很烫。

那云也奇怪。它仿佛不在天上，而在地上，应该说，就是在那天和地的交界上。像要往上飘，又像要往下落，让人摸不着头脑。有时乌云密布，天阴沉沉的，滴得下水来。忽然间云在空中活动起来，大块大块地往天边滑去，太阳马上就光灿灿的，照得人睁不开眼。天也骤然升高了，就是飞，也难得上去了。那些云，都集中到一堆，落到天地的边缘上，好像是谁在那刷了一笔浓墨。想来那里一定会下大雨，让丰盛的草原畅饮一番。再等一会儿，这一"笔"勾销了，却又在天的另一边，添上了一笔。这看不见的笔挥来挥去，云层就汹涌而来，呼啸而去，忙个不停。那施云童子、布雾郎君，以及四海的龙王爷，在这一带的任务似乎特别繁忙，我真替他们累得慌呢。

一个傍晚，千变万化的落照已经过去了。只在天地间有一道明亮的红云，直从暮色中透过来。我站在桥上望着它，等它隐去，然而它竟不，只执拗地横在那里。等着等着，云层中忽然起了一团红光，像是个正燃烧的火球，滚了一阵，又倏地消失了。紧接着一个火球又是一个火球，都是那样闪着红光，滚滚而逝。正在看得有趣，听见有人说："打雷啦，闪电啦，可该回家啦。"回头一看，见是个年老的牧民，牵着一匹肥壮的马，准也是要回家，望着我亲切地笑着。我便也向他笑笑，往住处走去，一路还回头去看那云后的闪电。

过了几天，便是中元节。我的看天的兴趣也达到了顶峰，因为那月亮更是奇怪，它从草原的尽头升起时，简直大得吓人，足像个汽车轮子——当然比汽车轮子好看。它照着刚被黑夜笼罩的绿色草原，现出一种淡黄的颜色，周围有轻云缠绕，引人深思。行到中天，便全没了那种朦胧的气氛，十分明亮，十分光洁。照得上下左右，成了一片通明的世界，让人看了，胸中再存不住半点杂念。等到将落未落时，却又变成朱红的颜色，在碧沉沉的天空里，红色那样含蓄，那样润泽。记得听人唱过一个民歌，其中有"天上的红月亮"的句子，觉得奇怪，月亮哪有红的呢，最多是黄的。在这里，知道了月亮真有红的，而且是这样的红，那红色是活泼的，流动的，仿佛它正在红着……

曾和几位考古专家一同步月，他们用洞察过去的眼光看出这月光下的旷野应该是古战场。这一带民族复杂，地居险要，一向是争战的场所，然而那确都已成了过去。草原，在民族大家庭里劳动着，成长着。在桥头，又看见那老牧民，还是牵着那肥壮的马，大步走着。我们像老相识似的攀谈了很久。他小声告诉我："咱盟里今年的牲畜，比去年增加了几十万头。"我看着他，高兴而又惊异。他，这个满面风霜的老人，关心的是整个草原的兴旺。扭转乾坤的不就是他，许许多多的他吗？

月光照着他骑马向草原上驰去，我也没问他家住在哪儿。月亮会知道的吧？它默默地照了几千年几万年了。它知道今天的考古专家们将来也会被别人考古，而它也知道这个时代的人怎样在有限的生命里热情地、努力地创造着无限的历史。

　　我久久不能入睡。推开窗户，等着看那碧天红月的奇景。草原是多么辽阔，天空是多么明净，我们的祖国是多么美，多么好，便连月亮，也是红的啊！

一九六二年九月

原载《光明日报》一九六二年九月二十日

爬　山

我喜欢爬山。

山，可不是容易亲近的，得有多少机缘凑合，才能来到山的脚下。谁也不能把山移到家门前。它不像书，无论内容多么丰富高深，都可以带来带去，枕边案上，随时可取。置身于山脚，才是看到书的封面，或瑰丽，或淡雅，或雄伟，或玲珑，在这后面蕴藏着不知；若要见到每一页的景象，唯一的办法，是一步步走。

山是老实的。山也喜欢老实的、一步一步走着的人。

我们开始爬山。路起始处有几户人家，几棵大树，一点花草，点缀着这座光秃秃的山。向上伸展着的路，黄土白石，很是分明。到了一定的高度，便成为连续不断的之字形，从这面山坡转过去，不知通向哪里。

"云水洞在那儿？"侄辈问村舍边的老汉。

"在那后面。"老汉仰首指着邻近山峰上的三根电线杆，"还在那杆后面。"他看看我们，笑道："上吧！"

山路不算险，但因没有修整，路面崎岖，很难行走。我爬到半山腰，已觉气喘吁吁。转身不需要仰首，便见对面山上云雾缭绕，山脚的几户人家，也消失在那一点绿荫中了。

"能上去么？"家人问。

当然能的。我们略事休息，继续攀登。又走了一段，我心跳，头也发涨，连忙摸摸衣袋中的硝酸甘油，坐了下来。"不去了，好么？"家人又问。

当然要去的！只要多休息，从容些就行。我们逐渐升高，山顶越来越近了。

已经有下山的人，他们是从另一侧上去的。"还有多远？"上山的人总爱问。"不远了，快一半了。""值得看，那洞像天文馆一样。"下山的人说。在同一条山路处，互不相识的人总是互相关心，互相鼓励的。虽然在人生的道路上，并不尽然。

转过了山头，便是下坡路了。可以看见对面山头上的三根电线杆，而无须仰首了。这山头后面的山腰中有两间小屋，一前一后。"那里就是了！"有人叫起来。大家为之精神一振，人们加快了脚步。我还是一步步有节奏地走着。山坳里不再光秃秃，森然的树木送来清凉的空气。走着走着，深深的山谷中忽然出现一堵高大的断墙，巨石一块块撺着，好像随时会倒下来。不知经过了多少年月，多少水流风力和地壳变化，叠成了这堵墙，这倒有点像黄山的景色。我忽然想起，去年今日，我正在黄山的云海中行走。

对云水洞的向往阻止了关于黄山的回忆，我们终于到了。一路风景平淡，洞外更像个集市，乱哄哄都是人。洞里会怎样？因为谁也不曾到过这类的洞，大家都很兴奋。进洞了，甬道不宽，地上湿漉漉的，洞顶也在滴水。灯光很弱，显得有些神秘。

前面的人忽然发出一阵惊叹之声，我们进入了一个大厅堂。

爬　山

头上是一个大圆顶，这样的高大！似乎山也没有这样高。"那么山是空的了。"谁说了一句。我们还没有来得及惊叹，灯光灭了，眼前漆黑一片，惊叹声变作惋惜的叹声。如果罩住我们的穹隆能像天文馆的圆顶，发出光来就好了。没有光，什么也看不见。我觉得头上便是黑夜的天空本身，亿万年前便笼罩着大地的天空本身，而我们是在山的内部！人流向前进了，我们模糊地觉得有几块大石，矗立在路边。卧虎？翔龙？还是别的什么？只好想象。有的时候，身在现场也需要想象的。

我们看到石的帐幔，又是这样高大！像是它撑住了黑色的天空。看到洞顶垂下的石钟乳，如同小小的瀑布；听讲解员敲了几下石鼓、石钟，鼓声浑厚，钟声清亮，却不知它们的形状。看得最清楚的，是路边的一只骆驼。它站在那里，不知有几千万年了。第五厅较小，身旁石壁上缀满了闪亮的雪花，头顶垂着一穗穗玉米，不知出自哪一位能工巧匠之手。等我们赶到第六厅——最后一厅时，看到了一座座玲珑剔透的山峰，在明亮的灯光下，宛如仙境，据说这里有十八罗汉像。又是正要惊叹时，灯倏地灭了，只好慨叹缘悭，不得识罗汉面。但是得睹仙山，也算是到了西天吧。

限于时间，不能等下一次开灯。虽然只匆匆一瞥，那宏伟、那奇特、那黑暗都留在了我的眼前。回来的路上，大家仍兴奋地谈说，只因没有看全，稍有些遗憾。我却满意，因为这番见识，是靠一步步走，才得到的。

我们又一步步下了山。山脚的老汉在路边摆出许多块上水石。他问："上去了？"我对他笑。要知道，比这高得多的山我也上去了呢，无非一步步走而已。

车上人都睡了。我不由得又想起黄山上的那几天。那一次医生原不批准我上山，见我心诚，才勉强同意。我也准备半途而废的。到慈光阁的路上，只是一般山景，已经累了。上了庙后的从容亭，忽觉豁然开朗，远处的大谷，露出宽阔的石壁，如同敞开胸怀，欢迎每一个来客。小路便沿着这雄伟的山谷，向上，向上，消失在云雾中。谁能在这里止步呢？而且那"从容"两字用得多好！我常觉黄山的文化修养较差，是件憾事。这两个字，却是我一直不忘的。

到半山寺，我已抬不起脚。猛抬头，看见天都峰顶的金鸡，是那样惟妙惟肖，顿时又有了力气。"上来吧！上来吧！"它在叫天门，也在召唤远方的陌生人。走吧，走吧，一步步从容地走，终究会到的。

上得蟠龙坡，才真算到了黄山。从这里开始，上下完全是两个世界。从坡顶远望，每一座山，都好像各自从地下拔起，不慌不忙地高耸入云。我恍然大悟，黄山，原是个大石林。站在没有遮拦的坡顶，罡风吹走了下界的一切烦恼，奇丽的景色涤荡着心胸，只觉得眼前这般开阔，心上了无牵挂，毫无纤尘，真如明镜台了。怪不得庙宇、庵、观都选在奇峰异壑，才能修身养性呢。

记得在玉屏楼那晚，本想出来看月的。前两天汤溪的夜，真是月明如洗。只是房中人太多，我在最里面，走不出来。只好从一个狭窄的窗中，对着黑黝黝的大石壁，想象着月下的群山怎样模糊了轮廓，而群山上的月，又是怎样格外明亮，格外皎洁。

半途而废的计划取消了。我继续一步一步向上爬。忽见远处一片明亮的水，中间隐现城池，我以为那是"人寰处"了。被问的人大笑，说那便是著名的云海，只可惜浅了些，所以露出些峰峦。我坐定了观赏，见它波涛起伏，真像大海一般，但它究竟是云，看上去虚无缥缈，飘飘荡荡，与大海的丰富沉着，是两般风味。黄山是山，山中划分区域，以海为名，最初想到这样命名的，也算是聪明人了。

我一步步走着。看那大鳌鱼，那样大，那样高，那样远。我终于钻进了它的腹中，又从嘴里出来了。我在平天矼上漫步，在东海门流连。我走的是现成的路，是别人一步步走出来的现成的路。徐霞客初到黄山时，是用锄凿冰，凿出一个坑，放上一只脚。如果在现成的路上还不能走，未免惭愧。当然，若是无心山水，当作别论。

我登上了始信峰，那是我登山的最终级处。这峰较小，却极秀丽，只容一人行走的窄石桥下，深渊无底。远看石笋矼，真如春笋出土，在悄悄地生长。峰顶是一块大石，石上又有石，我没有想到，上面又写着"从容"二字。

我从容地下了山。因为未上天都，有人为我遗憾。想来我虽不肯半途而废，却肯适可而止，才得以从容始，又以从容终。

后来一直想写一段关于黄山的文字，又怕过于肤浅，得罪山灵。不料从小小上方山的浮光掠影中联想到去年今日。无论怎样的高山，只要一步步走，终究可以达到山顶的。到达山顶的乐趣自不必说，那一步步走的乐趣，也不是乘坐直升飞机能够体会到的。

于是又想到把写文章比作爬格子的譬喻。林黛玉有话：还得一笔笔地画。薛宝钗评论说：这话妙极了，不一笔一笔地画，可怎么画出来了呢。文章也是一个字一个字写的，不在格子上爬，可怎么写出来了呢?

不一步步爬,可怎么上山呢。

我喜欢爬山。

一九八〇年八月

原载《光明日报》一九八〇年九月七日

鸣沙山记

　　西行归来很久了，有些印象已经淡漠；也有些印象经过时间的酿造，轮廓反更分明，意思也更浓郁。这从记忆里时常浮现的画面之一，是鸣沙山。

　　鸣沙山在敦煌市城南，我们下榻在城东。城东果木成荫，绿色满眼，和华北的夏日无异。可是驱车不到半小时，下得车来，我忽然发现自己落入了沙的世界。眼前是一座沙山，脚下是厚厚的积沙，沙粒很细，踩上去如同在海滩行走。也许亿万年前，这里曾是海底罢。

　　眼前的沙山就是鸣沙山了。当时是晚上八时许，正值黄昏，那天天色似不很晴朗，在灰暗的天空下，巨大的沙山默默地站着，显得孤寂而遥远。山光光的，除了数不尽的细沙，什么也没有。因为有山，甚至也没有沙漠的瀚海无垠的气魄。但是好像有一种什么力量，使我们都肃然。那感觉不是空间上的，而是时间上的。时间退回到遥远的遥远的过去，那时生命还没有发生。没有动物的踪迹，也没有植物的覆被，有的只是永恒的静谧，和对未来的期待。

　　我们在沙漠上走，把鞋子拿在手中。风从耳边吹过。我看见

239

风也向沙山上吹着，在半山腰把沙粒向上扬起，似乎是帮助沙山长得更高。我恍然，风若总是从这个方向这样吹，自不会湮没山脚下的泉水。

鸣沙山脚下有一个月牙泉，是与山齐名的。我们走了一段路再向右转，便看见四面黄沙之中那一弯明亮的水。水面据说较前小多了，也浅多了，但还清澈。水边有几株芦苇，大有江南水乡的意味。对岸有几处断墙残壁。那是以前庙宇的遗迹；还有一株枯树，巍然处于瓦砾之中。这一切，很像一幅纸色已经发黄，笔墨也已模糊的古画。这时有一个并没有骑驴的壮年人，安详地走进这幅画面，一点不理会这边的笑嚷，只顾穿过废墟，一直向远处走去。

"他一个人，往哪儿去？"我不禁问，望着远处的山，山那边当然还有山。

没有人能回答，我也不能去问个究竟。于是这孤寂的投向洪荒的身影，便和碧水黄沙一起，在记忆中留了下来。

这时天色更暗，鸣沙山显得更高了，仿佛离天空很近。风扬起细沙，在山腰形成一团团烟雾，又飘飘扬扬地散了。我转身向山脚走去，把伙伴们留在泉边。我真想爬上沙山，再从山上滑下来，据说就可以听到沙粒相撞的声音，但我还是适可而止了。我孤零零地站在山脚下，举目尽是灰色的沙，心中充满莫名其妙的喜悦。那感觉好像是在白茫茫的雪原上，正想扑进雪里抚摸雪的清凉；又如同在浩漫漫的大海边，正想站在起伏的海浪上随着波涛远去。我几乎跪下来拥抱大地！拥抱这孕育着生命，哺育着人类的整个的大地！大地的景色多么丰富，多么幻妙，多么奇，又多么美！

这里有塞北的荒凉和江南的妩媚，有山的静止和水的流动，两种情调极不相同的美互相对照，相互辉映，互相联结，成为一体。我想长啸，听一听沙山和清泉的回响，我想大喊，呼叫那投向洪荒的寂寞的人。

"我们在这里！"我喊着。当然，连在月牙泉边的伙伴也听不见，更何况那远去的人。

我们确实在这里。我们在这里生活、战斗、成长。戈壁滩上有一座锁阳城遗址，据说现在夜晚仍有厮杀呐喊之声。记录着人类文明发展的敦煌文化，现在仍在呼吸，仍在散发着光辉。我看见那妙相庄严的菩萨，才忽然懂得"容光照人"这四个字。我看着著名的三兔藻井，真觉得画中的云在旋转、流动，就像眼前灰暗的天空上，大片的，缓缓流动着的，活着的云一样。

我们在这里，我们还要在这里长久地、更好地生活下去。

归途上大家踩着坎坷不平的阡陌，不觉议论道，千万不该在这样的山川中开这几亩不打粮食的田地，还抽用月牙泉水来浇田！做了多年的不肖子孙，现在总该明白一点了罢。

我不时回头，看那孤身远去的人是否赶了上来。沙山在渐浓的夜色中更显得巨大、沉重，沙粒仍然在山腰飘扬旋转，落到沙山上去。

"我们在这里。"我默默地说。

恐再无来鸣沙山的机缘了。我愿听到它的消息，使这一片景色在我的记忆中，苍茫的更苍茫，妩媚的更妩媚。

一九八一年十二月三十一日

原载《丹》（万叶散文丛书）一九八四年二月

三峡散记

我所见的三峡，从中峡巫峡始。

船从汉口开。那一天天色灰蒙蒙的，水色也灰蒙蒙的。在一片灰蒙蒙之间，长江大桥平静稳重地跨在龟蛇二山上，古色古香的黄鹤楼和现代化的二十层的晴川饭店遥相对峙。水面上忽然闪出一道亮光，摇着、跳着，往船头方向漾开去，一直到大桥那一边。原来云层里透出小半个灰白的太阳来。

船开了，追着水面跳荡的远去的阳光开行了。

大桥看不见了。两岸房屋越来越少，江面越来越宽，有一道绿边围着。极目前方，出口很窄，水天相接，长江从窄窄的天上流过来。等船驶近，原来也是十分宽阔。窄窄的水天相接的出口又移到远处了，于是又向前去穿过那窄的出口。

船行的次日中午过沙市，约停四五小时又起锚。直到黄昏，还是原野平阔，江流浩荡，暮色中更显得浑重。我想不出三峡是怎样开始的，便去问来人。据说山势逐渐高起，过了宜昌才见分晓。日程表上写明第三日七时左右到下峡西陵峡，尽可放心休息。

半夜两点多钟，一阵喧闹的人声、哨声和拖铁链的声音把我惊醒。从窗中看出去，只见一堵铁壁挡在眼前，几乎伸手便可摸到。"到葛洲坝了！"我猛省，连忙起身出房。只见甲板上灯火辉煌，我们的船在船闸里。上下四层的船不及闸墙三分之一高，抬头觉得闸顶很远，那一块黑漆漆的天空更远。人们从船头走到船尾，又从船尾走到船头，互相招呼："要放水了！""要开闸了！"据说闸门每扇有两个篮球场大。等到船闸停满了船只，便开始放水。眼看着我们的船向上浮升，一会儿工夫，已不用仰望闸顶，只消平视了。紧接着闸门缓缓打开，"扬子江"号破浪前行，黑夜间，觉得风声水声灌满两耳。站在船尾看时，璀璨的葛洲坝灯火渐渐远去，终于消失在黑暗里。我心中充满了对人——我的同类的无限敬仰之情。只因有了人，万物之灵长的人，万物本身，包括这日夜奔腾不息的长江，才有各自的意义。

我自己却是愚蠢之物，过分相信日程表，以为离七点钟尚早，便又回房。等我再出来时，两岸有丘陵起伏，满心以为要到三峡了，不想伙伴们说："西陵峡已经过了！屈原和昭君故里都过了！"

我好懊恼。"百里西陵一梦中。"我说。

可是没有时间懊恼或推敲诗句。船左舷很快出现一座山城，古旧的房屋依山势而建，层层叠叠，背倚高山，下临江水，颇觉神秘。这是寇莱公初登仕途，做县令的地方。大江东流，沿岸哺育了多少俊杰人物，有名的和无名的，使人在山水草木城郭之间总有许多联想。不只是地理的，而且是历史的，这是中国风景的特色。

天还是灰蒙蒙的，雨点儿在空中乱飞，据说这是标准的巫峡天气。我们在云雾弥漫中向前行驶，忽然面前出现两座奇峰，布满树木，呈墨绿色。江水从两山间流来，两山后还有山，颜色淡得多，披云着雾。江水在这山前弯过去了，真不知里面有多深多远！这就是巫峡东口了，只觉得一派仙气笼罩着山和水。人们都很兴奋，山水却显得无比的沉静，像一幅无言的画，等待人走进去。

　　船进入巫峡，江流顿时窄了许多。两岸峭壁如同刀削，插在水里。浑浊泥黄的江水形成了一个个小旋涡，从船两边退去，分不清究竟向哪个方向流。面前秀丽的山峰截断了江流，到山前才知道可以绕过去。绕过去又是劈开的两座结构奇特的山峰，峰后云遮雾掩，一座座峰颜色越来越淡，像是墨在纸上渗了开来。大家惊异慨叹，不顾风雨，倚在栏边，眼睛都不敢眨一眨。我望着从船旁退去的葱葱郁郁的高山，真想伸手摸一摸。这山似乎并不比船闸远多少。

　　据说神女峰常为云雾遮蔽，轻易不肯露面，人们从上船起便关心是否有缘得见。抬头仰望，只觉得巉岩绝壁压顶而来，令人赞叹之间不免惶悚。一个个各种名目的峡过去了，奇极了，也美极了。冷风挟着雨滴和山水一起迎接我们的船。"快看，快看！"大家互相指着叫着。"看到了！看到了！"看到的舒一口气，没看到的懊丧地继续抻长脖子。

　　我看到了。我早就知道神女会见我的。那山峰本来就峻峭秀奇，在云雾中似乎有飞腾之势。就在峰顶侧，站着一个窈窕女子，衣袂飘飘，凝视远望。怎能相信她是块石头！再一想，她本是块石头，多亏了人，才化为仙女，得万人瞻仰；才有她的事迹，得千古流传。薄薄的淡灰色的云纱缠绕着仙女和峰顶，云和山一起移动，人们回头看，再回头看，看不见了。

快到巫山时，一只货船自上游疾驶而下，船上人大声喊着，听起来像歌一样萦绕在峡谷中。临近时才听清他喊的是"道谢了！道谢了！"原来是大船为免小船颠簸，放慢了速度。

"道谢了！道谢了！"喊声随着船远去了。忽然想起《水经注》上对巫峡的总结："巴东三峡巫峡长，猿鸣三声泪沾裳。"现在没有猿啼了，却有人的喊声在峡谷中撞击，充满了和自然搏斗的欢乐。

过了巫山县，驶过黛溪宽谷，便是上峡瞿塘峡。上峡只有八公里，仍是高山重嶂断岸千尺，很是雄浑壮伟，只不如中峡灵秀。出夔门时，据说滟滪堆就在脚下，还有传说为八阵图的礁石也炸掉了。人，当然是要胜过石头的。

五月四日上午到重庆。距一九四六年过此地，已是三十九年了。当时全家六人，如今只余其半。得诗一首志此："四十年前忆旧游，曾怀凤约在渝州。雾浓山转疑无路，月冷波回知有秋。似纸人情薄不卷，如云往事散难收。恸哭几度服缟素，销尽心香看白头。"

这里不仅是物是人非，物也大大变迁了。夜晚在码头候船，江中也有万家灯火，大小船只密密麻麻，好一派热闹气象。这晚皓月当空，距上次见此山城月，已近五百回圆了。

五日从重庆返回，顺江而下。次日上午到奉节停泊，由一小汽船带一条座船，载我们到上峡中风箱峡看纤道。小船行驶在长江里，两岸的山显得格外高，直插入云，水中旋涡急转，深不可测。船行近一座峭壁，只见山侧有一道凹进去的沟，那就是从前的纤道了。《水经注》载，过三峡下水五日，上水百日，可见其难。五十年代初上水还需半个月，也是人力为主。登石阶数百，我们站在纤道上，头顶山崖几乎不能直立。想当初拉纤人便是这样弯着身子逆水拖船的。此时我们没有了船的支撑，山势更显雄伟，脚下急流滚滚，真觉得个人不过渺沧海一粟。从峡口望进去，可以看到六层山色，最近的是黄，然后是深绿、绿、蓝灰、灰和在江尽处天下边的灰白，灰白后似乎还有什么，每个人可以自己在想象里补充。

我忽然想跳进江去，当然没有实行。其实真有机会一亲长江流水时，是绝不肯的。

回去时，小船正驶在江心，上游飞快地下来了一只货船。船上人高声喊着，还是唱歌一样。忽然一声巨响，小船猛地歪了一下，许多人跌倒了，有的人头上碰出血来。两边船上都惊呼，又有人喊话，寂静的江心一时好不热闹。原来那货船把小汽船和我们的座船之间的缆绳撞断了。那货船仍在喊话，顺着急流转眼就不见了，下水船是停不住的。我们的座船在江心滴溜溜乱转，我正奇怪它到底要往哪边行驶，忽然发现它不能开，只能随旋转的水而旋转，不免心向下一沉。幸亏小汽船及时抛过缆绳，很快调整好了，平安驶回"扬子江"号。回船后大家都有些后怕，座船上没有任何工具，若冲下去，只有撞在礁石上粉身碎骨了。想来江流吞没的英雄好汉，不在少数。

而吞没的尽管吞没了，几千万年如水流去。人渐渐了解了江河，然而究竟又了解多少呢？

船在奉节停泊了一夜，七日晨又进了三峡。水急船速，中午时分已到了下峡。我因上水时错过了，便一直守在船栏边。一般的说法是上峡雄，中峡秀，下峡险。近年来下峡的巨石险滩多已除去，并无特别险阻之处了。眼前是叠峦秀峰，可以引出各种想象。不可仰视的断岸绝壁上有着斑斓的花纹，有的如波浪，有的如山峦，有的如大幅抽象派的画。繁复的线条和颜色，气势逼人，不可名状。这可以说是西陵峡的特色吧，但是我想不出一个准确的字来概括。大幅绝壁上面是葱葱郁郁的山巅，据说山巅上平野肥沃，别有天地。山水奇妙，真不可思议。

船过秭归、香溪，是屈原、昭君故里。滚滚长江，每一段都有中华民族可歌可泣的历史遗迹，以"扬子江"号的速度，怀古都来不及。而我们的绝才绝色都出于此，也是天地灵秀之所钟了。香溪水斜插入江，颜色与江水截然不同。一青一黄，分明得很。世事滔滔，总有人是在"独醒"的。其实，对于"世事洞明皆学问，人情练达即文章"这两句话，我倒是很佩服。

船驶出西陵峡口，顿觉天地一宽。见峡口两峰并不很高大，这是因葛洲坝使水位提高了。峡口山上有亭台，众人如蚁行其上，显然是一公园。远见大堤拦截，各种横杆竖线，我们又回到了红尘。

峡口两山老实地站在江中，船仍随水东流。我和我的记忆，也随船漂远了。

一九八五年五月下旬

原载《光明日报》一九八五年六月三十日

三访鳌滩

这一段上坡路，似乎是伸向天边。四周荒无人迹，低矮的野生植物覆盖着地面，绿色中点缀着简单的黄与红的花。一到坡顶，天蓦地升高了，推远了。眼前就是大海，灰蒙蒙一片，无际无涯。整个海，像是凝聚着昨天的雨和云，海连着天，天连着海，看不清海天界限。略带腥味的海风挟着涛声阵阵扑面而来，大家兴奋地加快了脚步。

我们站在伸入海中的石头上，左右看去，净是些巨大的礁石。海水漫漫，看不出石头形状。早听说金石滩的礁石不凡，可以想象为古堡龙宫，神怪猛兽——那弯进海中的大石形成一个穹门，被称为通往龙宫的路；又一块大石则是后羿的臂肘，羿射九日后力尽而死，那弯着的臂肘还作拉弓状。

像么？互相问，又迟疑着，不愿回答。

再到这里时是黄昏。我们从两座石山间下到海滩。两座山般的大石，黄绿色的名黄帝石，红褐色的名炎帝石，我们走在中间，便是炎黄子孙了。夕阳从背面反照过来，海上云霭中透出层次不

248

同的红。海滩上静极了，只有我们在走动。我们举目四望，忽然感觉这里似非人境！巨大的、颜色鲜艳的石山默默地压在头顶，面前是大海，左右是奇形怪状、令人生畏的礁石，脚下是晶莹如玉的石子，形成一个奇特的世界。我们在浩漫的大海与压顶的巨石之间，像是一幅雄伟画卷上的几个墨点儿。

"看那大龟！"有人叫。果见海滩另一端有一个硕大无朋的龟，与海中的一个小龟，头对着头，像在互相审视，互相辨认。是小龟在劝说母亲回到大海，还是大龟在召唤独生子上岸休息？鳌滩想因这一石塑而得名了。

海浪仍在一道道向岸边涌来。大海，是不休息的。

"涨潮了。"有人提醒。

海在汹涌，一浪接一浪。每一次海面都升高一些，那些小礁石都已消灭了。我们赶紧向上走，海水在身后赶来，那小龟向下沉了。走到坡顶，我才忽然想到，刚才是站在海里！

又一次去到鳌滩，天还不大亮。远远便见海滩上灯火明灭，是有人用手电筒，在觅取海的赐予。到滩上看时，赶海人深入海中，离岸相当远，灯光一闪一闪，像是大萤火虫。

他们当然都是精通水性的。我却担心：海水仍在声势浩大地向岸上涌来，他们来得及上岸么？水边许多小礁石，如同黑色的小兽蹲伏着。渐渐地，它们的身体露出得越来越多，是向岸上爬过来了？我们惊异地看着。

远处一道白绿，在黑暗中很分明。它滚得很急，奔过来撞到岸上，便消失了。每奔来一次，水面便下落，落得真快！眼见那些小兽爬出水面，眼见那望着母亲的小龟的头离水面越来越高。我们简直可以追赶海水，和赶海人一起，追进海里去，看看浩瀚的海水落到了哪里，哪里又盛得下这无边的大海。

等潮落尽，又要涨了。涨满了，再落。

我还从未见过这样呼吸着的、活得如此健旺的大海。人说不只因正值望日，且因有礁石的标志，才能清楚地感觉潮的涨落、海的起伏。不管这些礁石是否激发起各种的想象，它已使我更认识了大海，使我在短暂的停留中，经历了沧海桑田的变迁。

大海都有升落，有变迁，人生又怎能常处于一个水平面上呢！

一九八七年七月下旬

原载《人民日报》(海外版) 一九八七年八月三十一日

"热海"游记

    自腾冲西南行十余公里，山势渐险，巉岩峭壁，几接青天。盘行在山上的公路，呈接连不断的 S 形。眼看到了尽头，前面空荡荡的，只垂挂着大幅蓝得无比的天，蓝得无比深透，无比高远，这是无处去找的只有云南才有的蓝天。车子冲上去，似乎要奔那幅天幕去了，可是一回过头，又是坡路，又是一重天，蓝得无比的天。

    我们是往那罕有的热泉地带去。热泉中最著名的一处名叫滚锅，可见有多热！越过山梁，车下行了。下行时的天也一样蓝，好像是一个蓝色的大湖，在远处等着我们掉进去。幸好我们没有坠入，总是有山托着，路引着，到了谷底，又往上行。如此下而上，上又下，忽然一股硫磺气味袭来。主人说，快到了。果然这座山谷与众不同，谷中云雾缭绕，烟气氤氲。车子转了几个弯，路旁立一界石，大书"硫磺塘"三字。

    硫磺塘村，见《徐霞客游记》。霞客到这里时，适值狂风暴雨，于风雨泥泞中蹒跚于山间小路。其精神是我们今日的游兴无法比拟的。

    在谷中下行颇深，以为到底了，转弯还是向下，直到一条河旁。

河水很少，过桥上行，山坳间雾气弥漫，硫磺味愈重了。在一座据说是疗养院的房屋前，我们下车循石阶登山。走不多远，便觉得挟有硫磺味的热气，把我们重重包裹住了。

再往上走，赫然有一台在，台上有石栏遮护。"这就是大滚锅。"主人指点说。走上去，脚底都是热的。台上水汽蒸腾，迷茫间见一大池，池面约有十余平方米，池水翻滚，真如坐在旺火上滚开的大锅。站定了细看，见水色清白，一股股水流从池底翻上来，涌起数尺高，发出噗噗的声音，热风扑面，令人竦然。自然神力，真不可测。

这样的水波翻滚不知几千万年了，这池用石砌成八角形则是近几年的事。水与石齐。霞客记载的大池"中洼如釜，水贮于中，止及其半"，看来釜边已削去许多，涌起的水势可能也不如三百年前那样猛烈，然而足可称为壮观了。石沿上刻有八卦，不知为何。台上石缝中不断咕嘟嘟冒出水泡儿，又有小水道通往浴室。同伴把鸡蛋用手帕包住浸在水中，几分钟后便熟了，大家剥来吃。据说有牛掉入池中，很快化为一锅肉汤！只不知有人喝过没有。

台后有数碑，刻有徐霞客对大滚锅的描写。台一侧一碑，有滇人李根源书写的"一泓热海"四字。因为太热，且硫磺气味太浓，无法久立读碑，只好在来回走动间，看上几眼。

从大滚锅往下的山涧中，到处有热水渗出，有的冒泡儿，有的汪着一摊水，有的则成为泉眼模样。一处小泉，从石上流下，两旁岩石呈黄绿色，好像是不规则的琉璃瓦，那是硫磺侵蚀的结果。再往下走，到一河旁，河岸陡峭，幸有栏杆可扶行。沿河道转弯，先闻水声轰隆，忽见一瀑布泻入一池。瀑布不高，但水势很猛，在溅起的水花中，可见水潭一侧有大块颜色鲜明的岩石，好像一张古怪的脸谱，涂有黄、褐、黑、白、绿各种颜色，在这儿看着水的起伏、山的变迁。

"这是蛤蟆嘴。"主人介绍。细看时，巨石颜色果然像癞蛤蟆，尤其是那黄黑色的条纹，似乎涂抹着蛤蟆的黏液。大概曾有什么山精河怪在这里居住过，有一天，它忽然定住了，化作这大石。

可是它还在呼吸。

譬喻作巨大的癞蛤蟆罢了，何以称作蛤蟆嘴呢？便是因它在呼吸。大石下有洞，像是蛤蟆的阔嘴，隔几分钟，嘴中便喷出一股水花。吸——静止，呼——喷水；吸——静止，呼——喷水。这一个间歇泉，使得幽僻的、脚下热乎乎的山谷，更增加了神秘色彩。

这一带山，名为半个山，"皆进削之余骨，崩坠之剥肤也"。不知地形怎么样变化，整个山落得了半个，热泉才能涌出。有人曾把照相机掉到池里又捞起来，可见池不很深，水也不过热，但那斑驳浓重的色彩，神秘奇特的气氛，使人疑惑山随时会活动变幻，而不敢久留。

还有十数处泉景，我不能一一走到。据霞客记载，除上述二泉最著名外，还有一处"平沙一围，中有孔数百，沸水丛跃，亦如数十人鼓煽于下者"，值得一观。我没看到，但可借风雨作书中游，足以安慰。

一九八九年二月二十日

原载《散文月刊》一九八九年十二月号

253

养马岛日出

到海边了，便总惦记着看日出。

最初几日阴雨，天空为云霾锁住，只见海天茫茫，是深深浅浅的灰色。不见太阳，也不辨东西南北。

一天清晨到得阳台上，忽见一侧天边和海面间闪着红光，空中云层后面，有个大红球，那是一轮红日，已经升得很高了。没有多久，便不能逼视。

阳台上看日出，毕竟局促。在告别养马岛的这天，特意到海边去等候。

微弱的晨曦中，树木似醒非醒，海是凝重的灰蓝。昨天还是海面的地方，现在露出高高低低的礁石，线条还不十分清晰。一个小小的人影正在那块伸入海中的大礁石上移动着，他是想上得高些，看得远些。那是我们力所不及的。我们只能循着岸边小路选择了一处开阔的地方，等候那伟大的时刻。

天边有云层围护着。渐渐地，东天红了，由浅到深，红得很朴素。似乎云层后面正在燃烧，却看不出那中心在哪里。我们凝望天边，不敢眨一眨眼睛。忽然有一条鱼从水上跳出，接着又是一条，似

254

乎也在盼着太阳。

"快看！快看！"我们彼此叫着，只见云层后面陡然出现一个小红球。那是太阳！那是燃烧的中心。太阳在云霞围绕中跳出了海面！云霞红得耀眼，一条光闪闪的红柱从水面拖过来，每一道水波都发着红光。

这一带几个海岛上都有三官庙，渔民们奉祀天、地和水。我和他们一样，觉得一切是这样神圣。我心中充满感激，感激天有日月、地有泥土，感激太阳辛勤地出没、大海不息地涨落。希腊神话中的日神阿波罗每天驱赶着金色的马车向天上驶去时，是否想到地上水中的生灵在顶礼膜拜？

太阳不停地上升，愈来愈大，水面红柱愈来愈宽而长。终于成为一片落进海水的灿烂的彩色。太阳的红反而淡下来，变成白亮的强光，使我们转过头去。

太阳出来了，新的一天开始了。

太阳是我们的。

一九九四年七月二十一日

原载《胶东文学》一九九四年九月号

三千里地九霄云

我在记忆之井里挖掘着，想找出半个多世纪以前昆明的图像。在那里，我从小女孩长成大姑娘，经历了我们民族在二十世纪中的头一场灾难，在亡国的边缘上挣扎，奋起。原以为一切都不可磨灭，可是竟有些情景想不起来，提笔要写下昆明的重要景色——白云时，心中只有一个抽象的概念：昆明的云很美。

只有概念，没有形象，这让我觉得可怕，仿佛眼前是个无底的黑洞，把所有的图像都吸进去了。

我记得蓝天，蓝得透明，蓝得无比。我在《东藏记》开头写着："昆明的天，非常非常的蓝。只要有一小块这样的颜色，就会令人惊叹不已了。而天空是无边际的，好像九天之外，也是这样的蓝着。蓝得丰富，蓝得慷慨，蓝得澄澈而光亮，蓝得让人每抬头看一眼，都要惊一下，'哦！有这样蓝的天！'"

蓝天上有白云，我记得的。可是云在哪里？我必须回昆明去，去寻找那离奇变幻的白云，免得我心中的蓝天空着，免得我整个的记忆留下缺陷。

于是我去了，乘汽车，乘飞机，倒也简单。一路上想，古人

256

为鲈鱼辞官不做，若是现在，可以回乡享受了鱼宴再出来宦游，岂不两全？然而也就没有那弃官爵如敝屣的佳话了。

飞机沿西线飞，经太原、西安、重庆，到昆明坝。它穿过云层，沿着山盘旋，停在四周青山之间。

飞过了两千多里。若是走路，岂止三千里。为了那虚幻的云。

我站在昆明街角上了。头上蓝天似不如记忆中那样澄澈，似调了一点银灰和乳白，这是工业发展的效果。

天公为迎接我，在这一片不算宽阔的蓝天上缀满了白云。

昆明的云，我久违的朋友！我毫不费力地发现我的朋友们的与众不同处，他们也发现了我，立刻邀我进入云的世界。这一朵如山峰，层峦叠嶂，厚薄相接处似有溪流落下。那一朵如树丛，老干傍着新枝。这一朵如花苞，花瓣似张未张。那一朵如小船，正待扬帆起航。只一会儿工夫，这些图景穿插变幻，汇成一片，近处如积雪，远处如轻纱，伸展着，为远天拦上一层围幔。

忽然落下雨点儿，紧接着就是一阵急雨。人们站在街旁店铺的廊檐下。一个水果担子在我身旁。

"你家可买梨？宝珠梨。尝尝看。"挑担人标准的昆明话使我有余音绕梁之感。那是乡音！宝珠梨在记忆中甜而多汁，是名产。据说现在已经退化了，人们在培养新品种。我摇摇手，用乡音对答："梨么不要。你家说的话好听呢好听。"挑担人不解地望着我。那是典型的云南人的脸，这张脸在我的记忆之井中激起了许多玲珑的水泡，闪着虹的光亮。

雨停了，挑担人拢好箩筐上的绳索，对我笑笑："要赶二十里路回家嘛。"他向街的一头，十字路口走去，那里从前是城门。

257

雨后的天空，又是云的世界。我走几步便抬头，不免东歪西倒，受到"不好好走路"的责备。于是便专心走路，回想着白云下的宝珠梨担子，那陌生又熟悉的脸庞和天上的白云。

几天后，朋友们安排我去石林附近的长湖。五十年前，我曾到过那里。当时的长湖藏匿在茂密树木中，踏过曲折的石径，站到湖边时，会觉得如同打了一针镇静剂，一切烦恼不安都骤然离去，只有眼前的绿和绿意中水波的明亮，把人浸透了。我曾把这小小的湖列于西湖、太湖之上，因为它不是一般的风景，而是一种心灵的映照。

不料这一次我们驱车往路南尾泽乡，所遇震撼全在长湖之外。再没有坎坷不平的泥路，再没有背上放着木架的小马，有的是上上下下都十分平坦的公路，车子驶过，没有一点颠簸。行到高处，忽见前面豁然开朗，大片蓝天之上，有白云的图案，如一幅抽象派的画，不写真，不状物，只是一团团，一块块，一层层，卷着滚着，又在邀人进入云的世界。"昆明的云！"我叫起来，真想跳离了车子，扑到天边去！车行急速，转眼掠过了这一幅图画，眼前是无比真实的土地，鲜红色的土地，红土地！

红土地连着绿林，红土地连着蓝天，红土地连着白云！我亲爱的云南的土地！多少年来，我怎么忽略了这神秘的鲜艳的红色呢！在这红土上生长着宝珠梨，滋养着本地和外来的人，回荡着好听的昆明话；在这红土上伸展着蓝天，变幻着白云。

我们走过一个小村庄。村中房舍想必是用红土烧坯建成，屋顶墙壁一派暗红。村前池水也是红的，两三个系蓝布围腰的妇女在池边洗衣服，洗出来的衣服想必也是红的了。

颜色很绚丽，心里却酸苦。红土是酸性土壤，它的孕育是艰难的。

可是我相信，人人都会有一池清水，这是迟早的事。

尾泽小学已是正式的楼房了。院中植着花木，我住过的土坯房不见了，只是那片操场还在。五十年，该有多少农家孩子从这里得到启蒙的知识，打开了灵魂的窗户。而在操场和我一起学过阿细跳月的人们，还有几个能再来？

车直开到长湖边上，我还一再地问："是这里么？这是长湖么？"可见长湖大变样了。似是从一个纯真少女变成了人情练达的成年人。湖水不再掩藏在树木间，而是坦然地抚摸着开朗的湖岸。岸上有草地，有野炊用的泥灶，俨然一个公园。

我们坐在一个小冈上，良久不语。作为公园，这里还是不同一般的。水面澄清，天空开阔，而且是这样的蓝！

记得《西游记》中有堆云童子、布雾郎君这样的角色，常被孙大圣传唤。布雾郎君且不说，这堆云童子无疑是个艺术家。蓝天上的云朵洒得疏密有致。渐渐地，小朵汇成大朵，如堆绵，如积雪。一会儿，绵和雪变化成一群白羊，一只大狗——狗是在牧羊吗？远山上出现了一个大玩偶，一只大袖子，有很长很弯的鼻子，似要到湖里吸水，那狗蹄子正踩在玩偶头上。玩偶不必发愁，狗蹄子很快移开了，愈来愈淡，狗消失了，只剩下群羊。想不到在无意间，得观白衣苍狗，更领悟子美"天上浮云如白衣，斯须改变成苍狗"之叹。

云还在变幻。一座七宝楼台搭起来了，又坍塌了。围湖的山和天相接处，一朵朵云如同很大的氢气球，正在欲升未升。不久

259

化作大片纱幔，似是从山顶生出来的，把天和地连接在一起。而天是蓝的，地是红的，白云前还点缀着绿树。

归途中，一轮丽日当空。快到昆明了，忽然，年轻的朋友叫道："快看！彩云！"

哦！彩云！就在太阳的右下方，一朵椭圆形的彩云！刚看见时是玫瑰红，一会儿变作金色，一会儿又变作很浅的藕荷色。太亮了，我们不得不闭上眼睛。再看时，可能我的不正常的视力做了加工，只见彩云后面透出彩色的光，许多亮点儿成串地从云朵上流下，更让人不能逼视。

"不能看得太久，"我们说，"会折损了福气。"

太阳随着车子向前而后退，那彩云却面对面地向我们头顶飘来，随即消失。

云南这个名称，据说始于汉代，因彩云出现而得此名。有谁真正看到过彩云？如今有我。

昆明的云！美丽的云！在我的记忆之井中注满了活水。

"三千里地九霄云"。我拟下了一个作文题目。

一九九四年十月二十六日距目击彩云已两月矣
原载《中国作家》一九九五年第一期

澳大利亚的红心

瑙玛有个小小的习惯，怕下楼，因此当然也不能上楼。我们在阿丽思泉古斯艺术馆的圆厅里走着，见厅中心有一个螺旋形的小楼梯，梯侧有小喷泉，暗红色的灯光照着喷洒的水珠。我请她到厅边小坐，不要陪我上去。她说到上面就可以看见这个艺术馆的主要内容，她用了一个字，我一时想不起那英文的意思。"上去便知。"我想。

跨过暗红的喷泉，缓缓上到梯顶，我不觉吃了一惊。我怎么忽然来到了澳洲中部的荒原上、旷野间？苍凉而豪迈的中澳大利亚景色，扑向我眼前，这样辽阔，这样一望无际；又这样寂静，这样无动于衷，只有远处小小风车给人一点动的感觉。似乎时间也被这豪迈苍凉羁留住了。那一直伸展开去的原野，直到天边，看不见了，却又明知它还在继续伸延，简直使人想赶过去看个究竟。在棕褐色、有的地方是暗红色的原野上，铺缀着一丛丛灰白的草，一丛丛暗绿的榛莽。再高一些是那一对称为孪生兄弟的橡树，它们真像彼此的影子。最高的植物是一株尤加利树，它那灰白的树皮下，显示着充满了生命力的筋骨。天地交界处有一段远山，又

261

有一座淡蓝色的平顶山，像一个倒扣的长盒，后来知道它的名字是考诺山。又有一座稍长的，一端扁平的浅棕色的山，后来我知道那便是世界最大的独石，艾耳石。

我循着楼栏走了一圈，才悟出那英文字义是全景画。这画面形成一个圆圈，观画人站在中央。近处二十英尺的泥土植物全是实物，连接着二十英尺高的画面。画面不但集中了澳大利亚的有特点的景物,还画出了那原野的苍郁混沌的神情,使人不觉大有"天地悠悠"之感。

次日我们乘车行驶在真正的澳洲内陆原野上，离艾耳石越来越近，这种"天地悠悠"之感也越来越强烈。车行几个小时，眼前总是莽苍苍一片。忽然远处出现了那淡蓝色的考诺山。以后我发现无论从哪个方向看，它总是保持着那淡淡的蓝，虽然远，却很分明。走着走着，考诺山不见了。太阳没遮拦地照着，蓝天亮得耀眼。地下的草格外灰白，榛莽的绿显得格外干涩。而路呢，不知何时起，变成了鲜艳的红色。如果不是亲眼得见，实在难以想象土地能红到那样地步。这红色在那全景画中并不突出，大概是要留给人自己琢磨吧。于是天是蓝的，树是绿的，草是白的，路是一味的红。风吹草低，便是原野的活动，便是原野的声音。

我拿出"罗吉的地图"，想看看行程远近。罗吉是气象学家，是瑙玛的儿子。在悉尼那几天，都是他开车。离开悉尼时，他送了我这份地图,还有一个复活节巧克力兔。他对瑙玛极为体贴关心，总是在她需要时及时出现。"这样孝顺的儿子不多了。"瑙玛常说。我也为她高兴。

罗吉的地图告诉我们，艾耳石有三点二公里长，二点四公里宽，三百三十五米高。艾耳是一个人的名字。一八七二年最初来到这石山的欧洲人取此名，艾耳本人与这石山并无关系。这里原有土著，现在都迁往别处了。他们有蛇人的传说，山的阴阳两面有两种蛇，后来成为两个部落。我不禁联想到我们中华民族的龙，其实也是由蛇图腾演变来的。看来在远古时代，蛇的势力不小。

我们到了。艾耳石从近处看如同一匹趴卧的大兽，棕色的纹理好像大象粗糙的皮肤。石山上有好几处洞穴，有的洞中有简单的原始的画，都保存得很好。头一天在阿丽思泉，瑙玛曾请一位研究土著生活的英国朋友来见，他对他们的画很了解，圈圈点点，曲线直线，都有意义，都在诉说一个故事或一种感情。只是有些内容他们不愿人知，他也就闭口不言。在他那里见到一些画，圈、点和线的形状、颜色都很和谐，倒有点像当前抽象派的画。

节目中有一项是欣赏艾耳石变幻颜色。我们清早出发，登上一个沙丘，东张西望。向东看日出，向西看石山的颜色。石山在黑暗里黑黝黝的，黑夜渐渐淡去，石山逐渐显出棕色的皮肤；朝阳在天边涂抹着彩霞，石山在不知不觉间也涂了一层橘红色。在太阳跃出地平线的一刹那，据说石山会像着火一样通红，但那天不知为什么，没有见到这奇观。又因为东张西望不能兼顾，对两边似乎都无多少心得。从沙丘上下来，瑙玛笑道："走了几万里路，临了石山不变颜色。""总得把最奇特的留给想象。"我笑答。其实眼前的景色已经够奇了。在灰白和暗绿相间的原野上，破开一条鲜红的大路，向石山缠绕过去。远处虽有总是那样蓝的考诺山和另一座奥尔加山，近处的艾耳石却显得这样大、这样孤单，不知从什么时候被抛掷在这里，遗忘在这里。它像澳洲一样，终于被发现了，而且成为胜景。我记起 T·哈代所著《还乡》的第一章，"一片苍茫，万古如斯"，那描写伊登荒原的文字是多么美；还有那红土贩子——现在科学发达，当然不用红土染色了。

"这路，这土，多么红……"我喃喃道。

"这是澳大利亚的红心，"瑙玛说，"澳大利亚的红心欢迎你。"

"红心"两字并非瑙玛发明，在导游画册里便是这样说的。在辽阔无垠的原野上袒露的红路，真像敞开了赤诚的胸怀，那是人民友好的心愿。我向她感谢地微笑，默默地俯身抓起一把红土。原来在土著的许多美好的传说中，确有红土染身的故事。说是在世界尽头住着一个女人，她的职责是早晨点火照亮世界，晚上熄火让万物安息。在点火与熄火时，她都要用红土装饰自己，红色反照在天上，便成了朝霞和落日的绮辉。

我们沿着红色的路，下午便返回阿丽思泉。在渐渐合拢来的暮色中，西天却逐渐明亮，越来越红，很快就成了一片通红。红云上压着一层层灰黑的云。这里没有别处落照的千百种颜色的变幻，整个天空，只有红与黑两种颜色。红云真像在天上烧着大火，因为天地是这样无边无际，火也烧得透旺，烧得恣意，从天的一端直烧到另一端。偏又有层层黑云，有时在红云上压着，有时在红云下托着，更显出那壮丽的通红来。通红的天连着通红的地面，仿佛从地面上也在升起红云，真使人感到一种浩大、神秘的力量。这大概是那世界尽头的女子在撒扬红土所致吧。

车上几个小孩在说儿歌："彼吉博吉胖墩墩，拉着女孩们不住地亲；一伙男孩来游戏，彼吉博吉跑开去。"在清脆的童音中忽然发出一声赞叹，瑙玛说："看那边！"和通红的西天遥遥相对，在草莽中升起一轮明月，月轮很大，染着淡淡的金黄，默然俯视着这原野。我忽然想起，内蒙古草原上大而圆的月亮，不也就是这一个么？它冷眼观看了亿万年来地球各处人类的发展，不知地球上何人初见月，也不知月亮何时初照人。人的智慧发展到今天，月亮本身的奥秘也已让人探得去了。

日落的壮观持续约一小时，夜幕终于遮盖了一切。路边的地灯告诉我们已走上柏油路，红土的原野越来越远……

"告别了，澳大利亚的红心。"我在心中说。我已从自然景色中苏醒过来，和车上的旅客攀谈着。旅客来自澳大利亚各阶层，也来自世界各地，谈笑间，我也学会了瑙玛小时候就在说着的儿歌："彼吉博吉胖墩墩……"

其实，我虽然离开了那红色的原野，却并未离开澳大利亚的红心。牧场上，大学里，繁华的大城和清幽的小镇中，到处都遇到热心朋友。南澳大利亚的库诺本小学特地赠我一把银色的小勺，柄上有校徽，盒底写着："请冯女士用它的时候记住我们，并请转达对中国小朋友的友谊。"

访问小学校时，我被安置在大沙发上，孩子们围坐在地，瞪大了眼睛瞧着我。校长科博狄克先生多才多艺，他手弹吉他，领着孩子们唱欢迎歌。我讲我自己的古老伟大正在建设的国家，讲了我们小学生的一天的生活。应校长之请，我也讲了《露珠儿和蔷薇花》这篇童话。我很怀疑我的自译能否达意，孩子们却专心地听。讲完了，一个孩子举手问："那朵蔷薇死了？""骄傲的蔷薇死了。"我不无伤心地答。

校长让孩子们自由发问，空气很是活泼。问题一个接一个："中国最高的山？""中国最长的河？""中国的牙膏是什么颜色？""你有多少岁？"我也问他们，问他们的志愿。几乎人人都举起小手。有的要做农民，有的要做理发师；有的女孩愿意做护士，愿做家庭妇女；有的男孩要做警察，要开飞机。只有一个孩子要做科学家，没有人愿当教师。

"如果你几年前来，会有许多孩子要做教师。"校长说，"近来教师失业的很多。"原来澳洲人口增长率趋于零，孩子少，需要的教师也少了。

"不管做什么，"校长又说，"我们要培养的是有用的、快活的人。"

临别时，校长从墙上取下两张图画送我。一张是个黄色的小人，那是海盗；一张是用拇指按出来一个个指印，组成一棵树。我想起澳大利亚名作家帕特里克·怀特的一本书《人类之树》。在人类之树上，每个民族、每个国家尽管有种种不同，都该在自己可爱美丽的国土上辛勤劳作，发展兴旺，并且互相友好往来，使这棵大树根深叶茂，绵延久远。

面对着这张天真的画，不禁又想起罗吉的地图，想起养猪人餐桌上丰盛的糕点，想起明史教授雨中送别，想起每天看着表为我煮鸡蛋的退休老船长……当然，还有代表澳中理事会接待我的瑶玛那充满了关怀、做出细致安排的亲切的声音。虽然我免不了常请她重复一次，奇怪的是，我总不觉得她说的是外国话。还有那奇特的剖露着红土的原野——澳大利亚的红心。

一九八一年六月初
原载《人民文学》一九八一年八月八日

羊齿洞记

记得二十二年前写《西湖漫笔》时，第一句便是"平生最喜欢游山逛水"。岁月流逝，直到现在，还是改不了山水旧癖、烟霞痼疾。

一九八二年美国的三个月之行，原拟偷暇去寻访几处自然景色；行到第一站檀香山，便知很难做到了——八十七岁的老父兴致虽好，究竟行动不便。七月十二日，国际朱熹会议组织花园岛之游，本应陪侍老父，不能前往。幸有历史研究所的冒怀辛先生，情愿代我一日之劳，我才得以一览幽胜。

到花园岛之前，并不知岛上有个羊齿洞，只听说在夏威夷群岛中，花园岛是最美的一个。从檀香山乘飞机，掠过大海，二十分钟即可到达。岛上满眼绿色。车行在蜿蜒的公路上，随时可以看见大海：有时灰，有时蓝，有时茫茫一片，有时闪亮得刺眼。路旁除树木外，最多的是甘蔗田，随着山势起伏，偶有较平坦处。颇有些"青纱帐"的意思。

到了外米亚山谷，红黄色的泥土和岩石裸露在外，没有绿色覆盖，给人一种原始的赤膊的感觉。因为峡谷太深、太宽而不陡，初看时不知其深到何等地步；仔细看谷底，却又看不见。不一会儿，一架直升飞机从谷中飞过，飞机在我们下面，也不显得很大，才知道这峡谷之大了。然而这只是一个准大峡谷，比起美国大陆著名的大峡谷，还差得远呢！

望台上风很大，吹得人几乎站不住。那赤裸的原始的峡谷，却似乎什么也不觉得，只是默默地任风吹，凭雨淋，没有遮拦，没有雕饰，把人吸引了来，又把人的想象牵引到不知何处。

中午在椰林饭店午餐。饭后与澳洲学者柳存仁先生和任继愈兄、邱汉生先生、李泽厚学长一起在椰林中散步。椰林一端望不到边，林中遍生青草，隔不远便有一个小炉子，当为晚会时烤肉用。林的另一端与餐室之间，有一条莹洁的小河，水上有独木舟，岸上有奇花异树，无人叫得出名字。又有几位日本学者和我们一起谈笑，在树下水旁，兴致勃勃，都早把朱熹老人抛在了脑后。

然后乘船。船很大，游人凭栏而坐，中间有夏威夷姑娘跳舞。前几天，在夏威夷商店里看见过草裙，裙已非草制，但式样还是仿草裙的。船上的舞者穿长裙，跳的当然仍是民间舞。舞者身材、面目都很秀美，肤色很黑，睫毛很长，舞姿曼妙，她们自己似乎也很快活。但是想想她们靠这个吃饭，背后的辛酸，还不知有多少呢！

水平如镜，两岸树木郁郁葱葱，绿得很浓。映在水中，连水也是浓绿色。夏日的阳光也很浓，一切都是浓酽的，浓酽得有些慵懒。据美国朋友说，这是夏威夷的一个特点。

船到转弯处停泊了，大家弃舟登岸。一上岸不觉诧异，原来已置身热带树林中。树身高大茁壮，藤蔓纠结，把骄阳隔在远处。

循小路上行，两边全是植物的世界，很少空隙。走着走着，忽然豁然开朗！我真不知世间还有这样奇异的景色。

这是一个很大的洞，大到不觉得它是洞。大束大束的羊齿植物从洞顶悬挂下来，一片叶子连着一片叶子，突出到洞顶外。仿佛这洞翻了个个儿，这些植物本该朝上长的，却朝下长了。大滴的水珠，不断从洞顶落下来，滴到羊齿草上。每片叶子都那么绿，那么亮，绿得透明，绿得鲜嫩。不是盆景中的绿，也不是"绿满阶前"的绿，而是悬在头顶上，很大很大的任意生长的一片绿。它像瀑布一样垂下来，好像就要流到我们身上，浸湿衣服，浸湿每一个人……

我一直抬头望着，望得脖子发酸，才想起来问："这是什么地方？"奇怪的是，无论北京来的，台湾来的，还是美国大陆来的各方学者，都不知道。

大家一面赞叹，一面循着靠侧面洞壁的窄坡向上，走到一个平台。平台边，洞壁有一处凹进去的地方，就像一个供奉佛像的坛座。我忽然想，应该有一个精灵住在这儿，绿色的、头上长着角一样的两棵羊齿草的小精灵。若是他问我有什么愿望，我会告诉他：我愿用一切代价换得弟弟的健康！我那身染沉疴的弟弟啊，你现在感觉怎样？我真想把这洞天一下子移到你的前面……

从高坡下望，地上全覆盖着矮矮的植物，也是千姿百态。绿丛中有一泓水，浅浅的，很清澈。这是洞顶的水，流过羊齿草滴下来积成的，也不知有多少年了。

归途中，我满眼仍是洞中景色。车又停过几次，可我都没有注意观赏。一处似睡巨人山（不是"睡美人"，而是"睡巨人"）；

一处据说是看瀑布，可谁也没有看见瀑布在哪里。几位英、美女学者和我，在路边攀谈、照相，哈佛杜维明教授走过来，对我说："我打听到那洞的名字了。"他随即说了那英文名字，意思是"羊齿植物洞"。哦，羊齿洞！

会议结束后，我们在檀香山又逗留了几天，才有暇找地图、导游书等来看看。这才发现，羊齿洞不仅风景特殊，还有一个大用场——结婚圣地。

花园岛的结婚办法很富有浪漫色彩，结婚证是到游船部、照相馆领的，手续简便。然后到椰林中的教堂或羊齿洞举行仪式即可。原来那小小的"坛座"，还真有"圣坛"的作用呢！

那"坛座"上的绿色精灵，是不是该改为手持红线的月下老人呢？我不知道。不过我知道，那绿色的小仙早飞进许多各种肤色的人的心中，并永远留驻在那里了。

一九八三年四月二十一日

原载《十月》一九八三年第四期

奔落的雪原

——北美观瀑记

对北美洲五大湖区的尼亚加拉大瀑布真是向往已久了。听说有人前往观赏，看着看着，忍不住跳了进去。也有人专门到那里自杀，大概以为那咆哮的急流能洗净世间的污秽罢。便想我若结识了大瀑布，当写一篇小说，写本是前往结束自己生命的人终于获得了生的力量，懂得了怎样赞美人生、谱写人生。那是一切名山大川应该给予人的，我相信尼亚加拉也是如此。

一路上我总想不通，这样大的瀑布怎能不在崇山峻岭之中，而是在平原上。经过五大湖之一的伊利湖时，只见水天一色，无边无际。公路上有不少疾驶的车，顶上倒扣一条船，便是去湖里游荡的。据说这湖连同另外三湖的水都是经大瀑布落到尼亚加拉河中，再经安大略湖、圣劳伦斯河流入大西洋的。这么多的水，想来那瀑布一定够壮观了。

车过靠近加拿大的巴法罗城时，已是下午。"不远了。"来过的人说。"怎么没有声音呢？"我想，因为目的地近了，大家都有些兴奋。我却忽然害怕起来，这平淡的湖水，连同周围平淡的景色，能汇集出怎样的雄伟呢？

下车后，我以为还要走一段路，却忽然发现已经到瀑布旁了。最先看到的是美国瀑布，立足处比河流的水面约高两三层楼。河水平静地、放心地流过来，似乎万万没有料到会猛然跌落。水色碧绿，到悬崖边时，忽然变作了大块的雪，轰然落下，溅起无数水花，使得瀑布下部宛如在云雾中。大雪块不断崩落下来，云雾不断升起。它这样宽，悬崖岸长一千一百英尺，又这样高，落差一百八十英尺。奔腾咆哮，好像要在顷刻间使出全身解数，而这顷刻一直延长了不知多少万年，永没有疲惫的时刻。

瀑布下是深谷，若凭走路，恐怕要走好一阵。我们乘电梯下到谷底去乘船，一会儿便到。电梯中可见美国瀑布旁边的小瀑布，名唤新娘的面纱。小瀑布再往北是三个瀑布中最大的、属于加拿大的马掌瀑布，悬崖岸边呈巨大的马蹄形，宽两千五百英尺，落差一百七十英尺。上船时发雨衣，船走时轰鸣的水声越来越大，船也越来越颠簸。真高啊，那急遽奔流的水壁！好像是天门大开，尽情地把水倾泻下来。到马掌瀑布下面了，浪花飞腾着，人们如立雨中。船还向前行，眼前什么也看不见，只是迷雾一片，不少人叫着笑着，连船下的水也在跳动，翻起无数水花。我望着四周迷蒙的水汽，就像在黄山上想跳入云海，在太平洋岸边想踏上海波一样，我真想跳下去！

当然只是想想而已。船慢慢地转身，回头看那宛如在天际的翻腾跃落如雪块般的水，因为太宽太高太大，一眼难以尽收。一条巨大的虹出现在迷茫的水汽中，弯弯的弧只划过瀑布的一角。在这里，瀑布一词似乎已不适用。布是窄条，而这里是这样雄伟，这样宽阔，这样急速地流动着，简直叫人喘不过气来。整个的雪原从天上崩落了！

啊，奔跑而崩落了，崩落了还继续奔跑着的雪原！

据说曾有不少人把自己装在桶里，随着瀑布落入深渊。不少人中只有一个少年生还，人们惊喜之余，给他将息调养，然后罚款。我在瀑布下走一遭，对这些冒险家增加了几分理解。可能谁都想随着瀑布跃下悬崖，尝一尝那飞在半空中、震撼灵魂的喜悦。不过真的伸出双手去拥抱能毁灭自己的巨大的力量，固然需要勇气，也未免任性。

这里人们的勇气和智慧是用在正当途径上的。原来流量每秒二十万零两千立方英尺的水，一半用来发电了。它给了人们多少光明，多少力量！到晚上，瀑布也不寂寞，强烈的灯光照着它，反正它不在乎，也不能抗议。古人叹昼短夜长，有人秉烛夜游，有人"只恐夜深花睡去，故烧高烛照红妆"。现代人的气魄大多了，夜游改用探照灯，白色灯光可以帮助人在黑夜中看到瀑布汹涌崩落的气势。凭栏倚望，有灯光处的水是一片闪烁的白，不像白天，在雪般的水花下泛出碧绿来。只是瀑布太宽，峡谷太深，无论多么强的光，落到那崩落的雪原般的千万年不曾停息的层层水花上，那巨大的无底深谷中，全显得黯淡微弱，使得整个峡谷更添了些神秘莫测、捉摸不定的色彩，一切都显得更遥远了。忽然间灯光颜色变了，暗红的颜色罩住了深谷。一会儿又变作绿的、蓝的、紫的，据说这是尼亚加拉大瀑布重要的一景。我却宁愿只要素朴的白，能帮助人们夜游便足够了。绮丽的颜色和伟大磅礴不大相称，何况还使人想起霓虹灯来。莫非这气势庄严的大瀑布也在做着一场繁华梦么？

夜深了。我们要睡了。大瀑布不管灯光怎样变幻，只顾奔跑着，跌落着，跳跃着，日以继夜地给人忘却一切的喜悦。它是勤劳的，清醒的。

次日清晨，我们又跨过美国瀑布上游，从山羊岛上步行向下，来到瀑布半中腰流连。这里上看飞流，下临云雾。瀑布似乎是悬空的，不知来龙去脉，只是向平面延伸，一直转了半圈，成为马蹄形。有这么大的马么？是霍桑在《奇异的书》里描写的，载了英雄人物去砍下妖魔的三个头的那匹飞马罢？可惜我没有听到这里的传说，不过我自己可以编出一个来。

这时，在美国瀑布下面和对岸加拿大一侧的山谷中，都有三三两两的黄衣人在行走。什么虾兵蟹将？我们问。原来可以通过隧道下去，到瀑布近身处观看。在美国这一边的叫"风洞"，我们兴致勃勃地去了。穿上雨衣雨靴，也都成了虾兵蟹将。乘电梯从岩石中下去，走过隧道，到得洞口，洞外有栈桥，位置在美国瀑布和"新娘面纱"之间。水声轰鸣，比在船上时更强十倍！我们不管浪花飞舞，循栈桥向大瀑布走去，真走到它身旁了！离水流只有二十五英尺！这时仰面上看，急流自天而降，仿佛就浇在自己头上！厚重的水在脸面前奔腾着，厚重得像浮雕，却是奔跑着的活的浮雕。风挟着水蒙头盖脸而来，风和水都是硬的。这里不是水花水汽，简直是置身波涛中了。这奇异的站立着的波涛啊！"我们算是到过瀑布里面了。"一个西班牙人说。

啊！崩落了还在奔跑的雪原！要把我们带到哪里去呢？我伸出手，想和瀑布巨人握一握，他却置之不理。又是一阵水浪浇来。"快走，请快走。"管理栈桥的人说，他的声音在雷鸣般的轰响中消失了。

　　我又伸出手来，抓住一捧水。水从指缝间漏出了，尼亚加拉大瀑布的雄姿却永不会从我的记忆里筛去。我会永远记住你的伟大精神，你的磅礴气势，你的力量，你的速度！我会永远记住你那如同崩落的雪原般的流水。

　　下午到山羊岛和附近的三姐妹小岛。在山羊岛北端，可见烟波浩渺的湖面，水鸥点点。岸边树木还绿着，已带些初秋的萧瑟了。它们静静地站着观看水波流去。辉煌的激昂慷慨的乐章结束了，这里是一段慢板，徐缓悠扬。湖水从山羊岛分开，流过各种形状的石头，水清见底，从容不迫。到三姐妹岛时水面很宽，却越流越急。下面便是马掌瀑布了。绿浪时起，汹涌的水波似乎比我们站的地方还高，它们准备着，准备加入到奔落的雪原中去。

　　据说从加拿大一侧看尼亚加拉大瀑布更为壮观，我想不去也好。生活中美好的事物是没有穷尽的，叹为观止的景色还没有止。留着，让人向往，让人期待，让人悬念。

一九八四年

原载《散文》一九八四年第四期

在黄水仙的故乡

近年从外面旅行回来，常有一句问话在等着：你印象最深的是什么？这次归自伦敦，不必等问，我逢人便说，印象最深的是黄水仙，那在绿草地上轻轻摇摆着的、明亮的黄水仙。

最初见到这花是在英国朋友家里，是栽在盆中的。"这就是华兹华斯所写的黄水仙。"她指给我们看。只见一丛黄色的花，花瓣形状有些像养在水中的中国单瓣水仙，然而大得多，整个花朵犹如饮黄酒用的大酒杯，在窗台上安静地垂着头，似乎并没有什么特别出色之处。

根据记忆中的诗句，这花应该是"一眼望去千万朵，摇着头儿舞婆娑"的。花盆里、窗台上，显然不是它应该居住的地方。

伦敦已经没有人为的雾。但因天气阴晴不定，时常飞雨飘忽，景色远望总有些朦胧，好像一幅幅水墨濡染的画，颇有我国江南韵味。市内有几处公园，在淡淡的朦胧中，那大片草地总像刚经过细雨浇洗，绿色中常有一小块鲜亮的黄，驱车来去经常看见。"那是黄水仙了。"大家指点说。只是没有停下来看过。

和北京的春天特别短相反，英格兰的春天特别长。晴晴雨雨，迟迟疑疑，乍暖还寒。一天到白金汉郡的一所大宅去参观，这座宅子名为沃德逊府，原属私人，现已交国家。看完外面巍峨的众多尖顶，里面豪华的复杂陈设，便往它所属的园地走去。经过鸟厅、玫瑰亭，又经过一种软皮的大树，我们来到一个长满绿草的山坡。满眼的绿十分滋润丰满、又像是刚下过雨。走着走着，我忽然觉得眼前一亮。

草地上好大一片黄水仙！它们随着微风轻快地摇摆。简直分不清一朵朵花，只觉一片跳动着的嫩黄，让人眼亮心明。它们好像冷不防把景物中那点朦胧揭去了，告诉人们，不管怎样乍暖还寒，看，明媚的春天在这里呢！

> 我看着，看着，竟没有想到
> 这景象带给我怎样的珍宝。

又是华兹华斯的诗句。对每一个作者来说，他的所见所闻不知什么时候会给作品添上胜过珍宝的光辉。对于每一个看花人来说，自然的生命的欢乐又是艺术的力量比不上的。这后一点也许需要存疑，或者说对作者是一种鞭策。

以后在格林威治公园、克有皇家公园都看到大片黄水仙翩跹起舞，每次都使我惊喜。这大片的花总少不了更大片的绿草地做背景，使人于惊喜中又感到开阔而踏实。同伴们回国后，我独自留在伦敦。每天走约二十分钟的路去乘地铁，到大英图书馆看书。二十分钟的路，一路都是住宅。每座房屋前空地不大，但都整治得很好，种着各种花草，其中当然少不了黄水仙。它们一丛丛站在绿草间，调皮地把头歪来歪去。

英国人喜欢黄水仙是无疑了，有华兹华斯的诗为证。它一定也是容易种的，才这样随处可见。它很普通，绝不孤芳自赏。每一棵每一朵都很平淡，但是成为一大片时却那样活泼，那样欢乐，那样夺目，又那样朴素。它们形成群体时才充分显示出自己这一种花的美。它们每一朵每一棵都互相依靠，而且紧挨着绿草地的胸怀。

一眼望去千万朵
摇着头儿舞婆娑

美丽的黄水仙，这时想已谢了。

一九八四年五月初
原载《上海文学》一九八四年第十期

钢琴诗人

——肖邦

　　肖邦的名字，代表着玎琮琴音所披露的人的内心，代表着钢琴艺术的最完美的境界。如果没有肖邦，我们对钢琴的概念，甚至对音乐的概念，可能会不同于现在。

　　常听得人说，某作家写作多年，还没有找到自己，甚至流传了几世纪的名家也不免遭此非议。不知音乐家是否有这种情况。肖邦却是很早便找到自己了。他在七岁时写的第一篇作品《G小调波罗乃兹》的起首两小节，便开始了他在钢琴上特有的、震撼人类精神的轰鸣。如果说这说法太过分，至少他从十二岁至十四岁期间写作的《降G小调波罗乃兹》始，已摆脱模仿，出现了只是属于肖邦的个人风格的因素。他的音乐语言是这样独特，个人风格是这样鲜明，使他比任何一个大师更易于辨认，至少对外行来说是如此。

　　肖邦的音乐丰富多彩，有时有着迥乎不同的情调、意境，却又每一个音符都显示它是属于肖邦。譬如他的前奏曲中的两段，OP.28之七、之二十，在乐谱上都只有四行，演奏起来不过一分钟，前者明婉清丽，如一支抒情歌曲，后者悲壮沉郁，富于戏剧性。它们在不同中有着共同之处。这共同处不只使它们处于前奏曲的整体中，也使它们处于肖邦全集的整体中。肖邦一生创作二十首波罗乃兹舞曲、五十八首玛祖卡舞曲，两种舞曲情调不同，但它们也是这样明显地属于肖邦，属于波兰。

肖邦和他的祖国波兰是分不开的，虽然他在二十岁时远离故土，永远未能再回来。李斯特在他的肖邦传记中详细描述了波兰的波罗乃兹舞和玛祖卡舞。知道跳波罗乃兹舞时那庄严进行的队列、人们昂然的姿态，知道这一舞蹈有时是战争前的宣誓，人们跳着这样的舞蹈走向死亡，就会更理解肖邦乐曲中凝聚着的古代波兰固有的、最崇高的感情：一种尚武精神。在他那强有力的节奏中表现出来的如此严峻的英雄气概，如此悲壮雄伟的爱国主义，能使最冷淡的人激动奋发，痛哭流涕后奔向人生的战场。玛祖卡舞曲则全是另一种境界，有时活泼轻盈，有时温柔朦胧。一个旋律带着颤抖的节奏，"听来像一对怀着爱情的男女，凝视着一颗孤独地升上苍穹的星"。在这样两类作品中，我们还是可以听得出每一声琴键的击响都属于肖邦，属于波兰。

那是什么呢？那使得他能够如此鲜明独特的，是什么呢？那是一种诗意。那是一切艺术品不可缺少的，任何艺术家不能互相代替的，只属于个人气质的特有的诗意。

李斯特记述了肖邦自己的一段话，说明他的音乐特色的"苦根"。肖邦说，他虽然也有短暂的快乐，但是从未离开过一个构成他的心的基础的感情。只有他祖国的语言 Zal 这个字，能说出这种感情。别的语言中再找不到同义的字了。李斯特解释说，这个字在关系到事物时，可认为"对不可挽回的损失的无法慰藉的悲哀"。这个字关系到人时，包括了一系列的感情，从淡淡的愁怨一直到激烈的仇恨。"Zal 这个字赋予肖邦的一切作品时而以银色的色调，时而以热烈燃烧的火一般的色调。"

赋予他音乐银白或火红色调的是诗的激情。诗的激情使得他的音乐永远有肖邦的灵魂在歌唱，在呼喊。无论那音乐是哀而不伤，怨而不怒；或是山崩海啸，动地撼天。

诗的激情来自祖国民间音乐的熏陶，来自远离祖国、深深压在心头的对祖国、人民的热爱。一八三〇年十一月二日，波兰十一月起义前夕，肖邦离开了华沙。登程前几天他为一首题为《战士》的歌词谱曲，那歌词是："我的战马在嘶叫，大地在震荡。时刻已经来到——让我向父亲、母亲、姐妹们告别。""前进，前进，消灭敌人！我们要打一场剧烈的好仗！"肖邦离开祖国流血的战场，在异国不流血的战斗中，他确实打了一场好仗。

离别前，人们在为他送行的晚会上唱着："你的心将留在我们中间。"他走了，捧着一银杯波兰的泥土，留下了他的心。从此，他那空虚的腔子里，永远怀着"对不可挽回的损失的无法慰藉的悲哀"。

在维也纳生活的八个月中，肖邦第一次体会到做一个波兰人的意义。多少年来，深重的灾难打在这民族头上，而且还会继续打下来。甚至有人在他耳边说："上帝创造了波兰人，实在是个错误。"他越是愤怒，越是憎恨，也就越依恋热爱自己的家园，恨不得投身在祖国的大地上，拥抱那芳香的泥土！他在信中写道："我不能随我的心愿做什么，在沙龙里我装出平静的样子，回到寓所，我便在钢琴上做雷鸣。"传记家们分析，肖邦的革命精神，是在维也纳沮丧的日子里获得的。

肖邦在往巴黎途中，在斯图加特逆旅中得到沙皇军队占领华沙的消息。这噩耗引起他胸中万丈波涛，他惦记亲人，更为民族的命运焦灼不安。极度的沉痛、悲愤浸透了他，深刻的感情化作了《C 小调练习曲》（即《革命练习曲》）和《D 小调前奏曲》。后者的创作日期虽有争论，它确是肖邦最为奔放悲愤的作品中的一首，提示了作曲家这时在情感上经受的巨大的波动。华沙陷落不久写的《A 小调前奏曲》表现了奇特的惨淡和灰暗，好像有一支愤懑的歌压在胸中唱不出来，使得听众都想抠出这支歌来。

波兰的民族诗人密茨凯维支在《葬礼》剧中写道：

> 回答！——否则你将引起雷鸣般的愤怒！
>
> 即使我不能将你的邦国粉碎，
>
> 我也将震撼你所有的领土，
>
> 我能向一切生物发出高呼，
>
> 传遍海角，传遍天涯，
>
> 传到千秋，传到万代，
>
> 我们的呼声会始终洪亮，
>
> 你，不是人类之父，
>
> 原来是，
>
> 魔鬼的声音：
>
> 沙皇。

肖邦的全部感情几乎都是在钢琴上表达的。但有这样唯一一次，他在白纸上做雷鸣，写了和密茨凯维支一样强大有力的语言。

他写道："啊，上帝，你还在吗？你活着却不去报仇雪恨！俄国人的罪行，你认为还不够吗？或者你自己也是一个俄国人？！"

肖邦于一八三一年定居巴黎。他的出色的才华、文雅的仪表使他在巴黎上层社会中站住了脚。他在信中说："我已进入了上层社会，坐在大使、侯爵、部长之间，此事对我非常重要，因为据说高尚的趣味是从这里出发的。如果有人在英国或奥地利使馆听到过你，你马上就有更大的才能，如果沃蒙侯爵夫人夸奖了你，你马上就奏得更好。我在'夸奖'两字后加上一个'了'字，是因为那位夫人已在一个星期前去世……"肖邦说"此事对我非常重要"，是因为他需要教学生，每小时二十个金法郎，来维持他不得不如此讲究的生活。"从表面看，我是愉快的。尤其是在我们的交际场中（我称波兰人是我们的）。可是内心却有什么东西在折磨我——清楚的回忆使我苦恼，紧跟着的是死的要求。""我心中载着炸药，可是谁也不觉察这个负担。"可以想象，向往、若有所失的情绪，自肖邦远离祖国后，一直盘踞他的心，也可以想象，那谁也察觉不到的负担，便是孤独。

于是他考虑到结婚。他认为自己只能和波兰女子结婚，因为他很难设想不用祖国的语言和最亲密的人交谈。他爱上了波兰的一位伯爵小姐玛丽亚·沃德津斯基。这是肖邦唯一的怀着结婚愿望的爱情。但是在伯爵的门第观念下，这美好的梦很快幻灭了。玛丽亚给他留下一束信札，肖邦用颤抖的手在上面写着："我的痛苦"；她还画下了肖邦像。虽然那时她很年轻，却画出了他的温文尔雅和内心的沸腾。他那双仿佛在响着音乐的眸子，使得百余年后的读画人忍不住深深地叹息。

肖邦经历了深沉的痛苦，也获得了对世界的新的认识。他只有向艺术中去探求真理。他理解到广泛自由地接受一切优秀音乐文化成就的重要，他越来越喜欢巴黎。巴黎的开阔的视野、活泼的思想滋养了他，他的创作逐渐走向顶峰。

钢琴在他的手指下散发着充满诗情的音响，一首首夜曲、叙事曲、谐谑曲等等飘了出来，飞向世界，流传千古。他的二十四首前奏曲（OP.28）组合的艺术品，按照调性顺序在五度循环中组成。每一个曲子如一粒精美绝伦的珍珠，合在一起镶嵌为无价的钏环。有人用联想到的音响给各首加上名称，如第十五首名为"雨滴"。专家们说这些作品表现出"纯粹音乐构思逻辑的扩展，而不是自觉追求的音响描绘"，想来是有道理的。因为这些乐曲引起人感情的波澜，而不只是自然音响的联想。

《降 B 小调奏鸣曲》（OP.35）是一首震撼到人的灵魂深处的作品。有谁能倾听这一支乐曲而不流下泪来，他就是铁石心肠！它是这样富于悲剧性，这样充满了无比的痛苦和疯狂的愤怒，每一下琴键都敲击在人心上。这首作品包括了葬礼进行曲。在厌世、死亡的沉重敲击后是终曲。波兰的肖邦研究家伊瓦茨凯维支说："不论在音乐上还是哲学上，这都是不可解的谜语。这种低吟、咏唱或辽远的雷鸣，这种音乐性的'终曲'，嘲弄古典派音乐和感伤的浪漫派音乐的一切规矩。它破坏了音乐规矩的比例，并且冲破了音乐的疆界。它就像是戈雅的一幅地狱的镂蚀版画，像是越过善与恶、美与丑的彼岸西班牙大师的一幅'纵笔画'，这段终曲属于浪漫主义的'浮士德式'文化的极端伟大的创造。"在这样激越强烈的感情下，音乐比例算得了什么呢？重要的是，千古之下的人都感受到肖邦所感受到的，得到了肖邦所给予的。

肖邦的练习曲完全超出练习的作用，成为艺术品。除《革命练习曲》外，还有几首最为人称道。《E 大调练习曲》（OP.10 之三）缓慢深沉，充满对祖国的爱。《B 小调练习曲》（OP.25 之十）有些部分两手都是八度，速度很快，充分表现了内心的烦闷紧张。《A 小调练习曲》（OP.25 之十一）如排山倒海一般，倾泻了悲愤的心情。他的波罗乃兹舞曲极富于民族色彩和民族感情。《军队波罗乃兹》（OP.40 之一）表现了波兰过去的光荣和骄傲，充满了波兰人的英雄气概，《C 小调波罗乃兹》（OP.40 之二）则充满对沦亡祖国的沉痛哀悼。他的《降 A 大调波罗乃兹》（OP.53）演奏最为广泛。其中豪迈的气氛，刚毅的精神，向前进取的信心，混杂着马蹄声、军号声，使人不觉拍案而起！

至于他的玛祖卡舞曲，与波兰的民族艺术最是血肉相连，有着最浓郁的诗意。在肖邦的讣闻里，有一段关于他的玛祖卡的话：

> 他会十分熟练地解决一切最困难的艺术问题，因为他有一种天分，能把野花摘下来，而不让花儿上一小滴露珠抖落。他善于把它们改造成艺术理想的星星、流星，甚至彗星，把欧洲照亮。

> 他把洒遍波兰田野的泪珠收起来，用这些材料造成了一颗富于和谐美的晶莹宝石，镶在人类的皇冠上。

> 这是一个艺术家能达到的伟大的极峰，而弗列德里克·肖邦做到了这点。

一八四八年二月十六日，肖邦在巴黎举行最后一次音乐会，弹奏的最后一个乐曲是《船歌》。他当时身体已很衰弱。据说，他是让人抬进休息室，然后登台的。演出对于他仍是"非常重要"，他需要钱，治病、养病。诗情消尽了，躯壳也快站不起来了。但他在重病时，还曾坚持到车站上去送一个回波兰起义地区的朋友。相会是短暂的，朋友会带着他依恋的目光回到祖国，会带着他微弱的向往回到祖国。看不到祖国，看一看回祖国去战斗的朋友也是好的啊。而他自己，他自己是永远回不去了。

　　肖邦最后的作品是根据一位无名作者克拉辛斯基的歌词写的曲调。

　　　　从他们拖曳十字架重担的山上
　　　　他们远远望见令人赞美的土地
　　　　山下的同胞正向那边走去
　　　　他们自己却永远不能踏上这片土地
　　　　永远不能参加幸福的集会
　　　　而且甚至就将永远被人忘记……

　　他选的这首歌词提示了煎熬着他的痛苦。祖国啊，在哪里？我消失了，还有谁能记得我呢？孤独，永远的孤独。"被人忘记"的乐声在重复地颤抖……

　　然而，你的琴声永远响彻人寰，冲破了国界，越过了时代。全世界人民都会永远记得你：Fryderyk Franciszek Chopin——弗列德里克·弗兰西斯克·肖邦。

原载《文汇增刊》一九八〇年第七期

没有名字的墓碑

——关于济慈

上大学二年级英文课时，教师是英国人。他除文章外还随意讲一些诗。一次曾问我们喜欢哪一家。我立即回答：济慈（1795—1821）。哪几首呢？《夜莺曲》和《希腊古瓮曲》。当时读书不多，感受却强烈，所以回答爽快。以后见识虽稍广，感觉却似乎麻木多了。常常迟疑，弄不清自己究竟怎么想，更不要说别人了。也许因为诗句本身的力量，也许因为读时年轻，后来的麻木并未侵吞以前的记忆，在杂乱的积累中，济慈的诗句有时会蓦地跳出，直愣愣地望着我。

一九八四年三月中旬，我们从英格兰西南部都彻斯特返回伦敦。进市区后，车子经过一些僻静的街道，停在一座房屋的小绿门前。英国朋友说，济慈在这里住过，《夜莺曲》就是在这里写的。我们没有提过要参观济慈故居，大概是贤主人知道我的故居癖罢，顺路便到这里——恰巧不是别人，而是济慈住过的地方。

这是一座小巧舒适的房屋。原属于济慈的好友，退休商人查理斯·布朗和布朗的朋友狄尔克。济慈六岁失怙，十一岁失恃。一八一八年他的二弟病逝后，他应邀在这里居住，前后约两年，

287

供济慈使用的是一间卧室、一间起居室。起居室在楼下，有法国式落地窗可以坐看花园。那里现在有绿草地、郁金香和黄水仙。室内书橱中有他同时代人的作品。窗旁有莎士比亚肖像。莎翁是济慈最爱的诗人。无论走到哪里，他都带着莎翁的像和作品。展品中还有他手录的莎翁的诗。卧室的楼上，有带帐幔的床，帐顶弯起如船底，是照那时的样子仿制的。据说济慈病重时，讨厌这帐幔的花样，便总到布朗起居室的长沙发上休息。底层还有一间他自己用的小厨房，石壁石槽，阴冷潮湿，看去一点引不起家庭的温馨感觉。

济慈短促的一生实在没有尝过多少人间的温馨。他孤身一人，无依无靠。虽然有友谊的支持，但总还是寄居。经济拮据，又不断生病。贫病交加，那日子也许非亲自经历不能体会。他为了生计，在一八一九年底曾谋求外科医生职位，他以前学过医。布朗劝他继续写诗，并借钱给他维持生活。

一八一九年四月，布劳恩一家租住了这房子属于狄尔克的一部分。济慈和布劳恩家长女凡妮感情日笃。这一年的春和夏，大概是诗人最幸福的日子罢，五月一个清晨，他在这个花园里写出《夜莺曲》。那时这里还是个小村庄，这一带名为汉普斯德荒原，可以想见其自然景色。除夜莺一首外，《致赛琪》《忧愁》和他诗歌的顶峰《希腊古瓮曲》都是这时写出的。

> 飞呵飞呵我要飞向你
>
> 不驾酒神的车
>
> 而是凭借看不见的诗翼

在《夜莺曲》中，济慈凭借诗的翅膀，同夜莺的歌声一起高高飞翔，展开丰富的想象。他要飞离人世的痛苦和煎熬。他在温柔的夜色中感到许多美丽的花朵，在夜莺狂喜的歌声中，死亡也变得丰富甜美。然而歌声远去了，留下的只有孤独。

据记载，一八二〇年春，有人看见济慈坐在小村外，对着眼前的自然景色痛哭。哪一位诗人不爱家乡、祖国，不爱家乡的田野、树木、溪水、花朵，不爱亲人朋友，不用心全力拥抱生活？在自己不得不离开时，哭，恐怕也减轻不了他的痛苦吧。

老实说，去英国时，想到的都是小说家，还有一个莎士比亚。压根儿没有想起济慈。他的故居也不像勃朗特姊妹和哈代故居那样有当时的气氛。但去过后，车子驶过越来越繁华的街道，他的两句诗忽然闪出，直愣愣看着我：

> 美即是真，真即是美——这就是
> 你们在地上所知和须知的一切。

如何解释这两句诗，已经有连篇累牍的文章。我当时联想到他不幸的一生，只有一声叹息。

三月二十三日我们到诗会做客。诗会是诗歌爱好者自己组织的团体。我们的老诗人方敬把另一位老诗人卞之琳翻译的《英国诗选》送给他们一本。他们十分高兴，建议选一首来朗读。这首诗恰又是济慈的《希腊古瓮曲》。诗会的前任会长，一位退休的中学校长朗读英文原诗，由我念卞译中文诗。

> 听见的乐调固然美，无从听见的
> 却更美；——

我听着老人轻微而充满感情的声音，心里知道他是怎样热爱诗，又怎样热爱济慈的诗。

> 呵，幸福的幸福的枝条！永不会
> 掉叶，也永远都不会告别春天
> 幸福的乐师，永远也不会觉得累
> 永远吹着曲调，又永远新鲜

我念中文诗时，觉得卞先生的译文真是第一流的。我的"朗诵"虽未入流，但我相信如果济慈听见，一定高兴。

回想他的故居展品中，有一个石膏面像，说是他死后从他脸上做出来的，看着想着都很不舒服。据说经过解剖，发现他的肺已经一塌糊涂，医生很奇怪他居然用这样的肺活了那么长。他是顽强的人，不顽强是无法作诗的。

一八二〇年秋，济慈的病日益严重。医生说只有到意大利过冬才有救。英国天气阴冷，一百多年前没有很好的取暖设备，的确不利于有病之身。我这次到英国一行，才懂得为什么英国小说里有夏天生火取暖的描写。九月十三日，济慈离开伦敦。船经都赛时，他曾上岸，最后一次站在英国的土地上。回到甲板后，眼看英格兰在眼前慢慢消失，他把自己的一首诗《明亮的星》写在随身携带的莎士比亚诗集里，在《一个情人的抱怨》旁边。这手迹陈列在他故居中，字迹秀丽极了。

意大利的天气没有能救他。一八二一年二月二十三日，他终于告别人世，再也不能回到他爱的土地，想来那美丽的风光一直印刻在他心中罢。再也不能见到他爱的人，她戴着他赠予的石榴石戒指一直到死。

两天后他葬在罗马新教徒墓地。照他自己的安排，墓碑上没有名字，只有他自己选的一句话：

这里长眠的人

他的名字写在水里。

一九八四年四月下旬

原载《北京文学》一九八四年第六期

291

写故事人的故事
——访勃朗特姊妹故居

在英格兰约克郡北部有一个小地方,叫作哈渥斯。一百多年前,谁也没有想到,它会举世闻名。有这么多人不远万里而来,只为了看看坐落在一个小坡顶的那座牧师宅,领略一下这一带旷野的气氛。

从利兹驱车往哈渥斯,沿途起初还是一般英国乡间景色,满眼透着嫩黄的绿。渐渐地,越走越觉得不一般。只见丘陵起伏,绿色渐深,终于变成一种黯淡的陈旧的绿色。那是一种低矮的植物,爬在地上好像难于伸直,几乎覆盖了整个旷野。举目远望,视线常被一座座丘陵隔断。越过丘陵,又是长满绿色榛莽的旷野。天空很低,让灰色的云坠着,似乎很重。早春的冷风不时洒下冻雨。这是典型的英国天气!

车子经过一处废墟,虽是断墙破壁,却还是干干净净,整理得很好。有人说这是《呼啸山庄》中画眉田庄的遗址,有人说是《简·爱》中桑恩费尔德府火灾后的模样,这当然都不必考证。不管它的本来面目究竟如何,这样的废墟,倒是英国的特色之一,走到哪里都能看见,信手拈来便是一个。这一个冷冷地矗立在旷野上，给本来就是去寻访故居的我们，更添了思古之幽情。

到了哈渥斯镇上，在小河边下车，循一条石板路上坡，坡相当陡。路边不时有早春的小花，有一种总是直直地站着，好像插在地上。路旁有古色古香的小店和路灯。快到坡顶时，冷风中的雨忽然地变成雪花，飘飘落下。一两个行人撑着伞穿过小街。从坡顶下望，觉得自己已经回到百年前的历史中去了。

转过坡顶的小店，很快便到了勃朗特姊妹故居——当时这一教区的牧师宅。

这座房子是石头造的，样子很平板，上下两层，共八间。一进门就看见勃朗特三姊妹的铜像。艾米莉（1818—1848）在中间，右面是显得幼小的安（1820—1849），左面是仰面侧身的夏洛蒂（1816—1855）。她们的兄弟布兰威尔有绘画才能，曾画过三姊妹像。据一位传记作者说，像中三人，神情各异。夏洛蒂孤独，艾米莉坚强，安温柔。这画现存国家肖像馆，我没有看到过。铜像三人是一样沉静——大概在思索自己要写的故事，眼睛不看来访者。其实她们该看一看的，在她们与世隔绝的一生里，一辈子见的人怕还没有现在一个月多。

三姊妹的父亲帕特里克·勃朗特年轻时全靠自学，进入剑桥大学圣约翰学院，毕业后曾任副牧师、牧师，后到哈渥斯任教区长。他在这里住到他的亲人全都辞世，自己在八十四岁时离开人间。他结婚九年，妻子去世，留下六个孩子，四个长大成人。他们是夏洛蒂、布兰威尔、艾米莉和安。会画画的布兰威尔是唯一的儿子，善于言辞，镇上有人请客，常请他陪着说话。只是经常酗酒，后来还抽上鸦片，三十一岁时去世。

在原来孩子们的房间里，陈列着他们小时的"创作"。连火柴盒大小的本子上也密密麻麻写满了字,墙上也留有"手迹"——据说那时纸很贵。他们从小就在编故事,两个大的编一个安格利亚人的故事,两个小的编一个冈达尔人的故事。艾米莉在《呼啸山庄》之前写的东西几乎都与冈达尔这想象中的国家有关。可惜"手迹"字太小,简直认不出来写的什么。

帕特里克曾对当时的英国女作家、第一部《夏洛蒂·勃朗特传》的作者盖茨凯尔夫人说:孩子们能读和写时,就显示出创造的才能。她们常自编自演一些小戏。戏中常是夏洛蒂心目中的英雄威灵顿公爵最后征服一切。有时为了这位公爵和波拿巴、汉尼拔、恺撒究竟谁的功绩大,也会争论得不可开交,他就得出来仲裁。帕特里克曾问过孩子们几个问题,她们的回答给他印象很深。他问最小的安,她最想要什么。答:"年龄和经验。"问艾米莉该怎样对待她的哥哥布兰威尔。答:"和他讲道理,要是不听,就用鞭子抽。"又问夏洛蒂最喜欢什么书。答:"《圣经》。"其次呢?"大自然的书。"

我想大自然的书也是艾米莉喜爱的,也许是最爱的,位于《圣经》之前。几十年来,我一直不喜欢《呼啸山庄》这本书,以为它感情太强烈,结构较松散。经过几十年人事沧桑,又亲眼见到哈渥斯的自然景色后,回来又读一遍,似乎看出一点它的深厚的悲剧力量。那灰色的云,那暗绿色的田野,她们从小到大就在其间漫游。作者把从周围环境中得到的色彩和故事巧妙地调在一起,极浓重又极匀净,很有些哈代的威塞克斯故事的味道。这也许是英国小说的一个特色。这种特色在《简·爱》中也有,不过稍淡些。现在看来,《呼啸山庄》的结构在当时也不同一般。它不是从头到尾叙述,而是从叙述人看到各个人物的动态,逐渐交代出他们之间的关系。过去和现在穿插着，成为分开的一段段，又合成一个整体。

一八三五年，夏洛蒂在伍列女士办的女子学校任教员，艾米莉随去学习。但艾因为想家，不久便离开，由安来接替。艾二十岁时到哈利费克斯任家庭教师，半年后又回家。艾离家最长的时间是和夏一起到布鲁塞尔学习的九个月。她习惯家里隐居式的无拘束的生活，爱在旷野上徘徊，让想象在脑子里生长成熟。她和旷野是一体的，离开家乡使她受不了，甚至生病。但她不是游手好闲的人，她协助女仆料理一家人的饮食。据说她擅长烤面包，烤得又松又软。她常常一面做饭一面看书，《呼啸山庄》总有一部分是在厨房里写的罢。夏洛蒂说她比男子坚强，比孩子单纯；对别人满怀同情，对自己毫不怜惜。她在肺病晚期时还坚持操作自己担当的一份家务。

夏洛蒂最初发现艾米莉写诗，艾很不高兴。她是内向的，本来就是诗人气质。她一八四六年写成《呼啸山庄》，次年出版，距今已一百多年了，读者还是可以感到这本书中喷射出来的滚沸的热情。她像一座火山，也许不太大。

从她给出版人的信中，我们知道她于一八四八年春在写第二本书，但是没有片纸只字的手稿遗留下来。一位传记作者说，也许她自己毁了，也许夏洛蒂没有保藏好，也许现在还在她们家的哪一个橱柜里。

一八四八年九月布兰威尔去世时，艾米莉已经病了，她拒绝就医服药，于十二月十九日逝世。可是勃朗特家的灾难还没有到头，次年五月，安又去世。安也写过诗，和两个姐姐合出了一本诗集，写过两本小说《艾格尼丝·格雷》和《野岗庄园房客》，俱未流传。她于一八四九年五月二十四日往斯卡勃洛孚疗养，夏洛蒂陪着她。二十八日病逝，就近殡葬。

牧师宅中只有夏洛蒂和老父相依为命了。

陈列展品中有夏洛蒂的衣服和鞋，都很纤小，可以想见她小姑娘般的身材。她们三人写的书，曾被误认为是出于同一个作者，出版人请她们证实自己的身份。夏和安不得已去了伦敦。见到出版人拿出邀请信来时，那位先生问她们从哪儿得来的这信，完全没有想到这两个小女人就是作者。

三人中只有夏洛蒂生前得到作家之名。她活得比弟妹们长，也没有超过四十岁。她在布鲁塞尔黑格学校住过一年多，先学习，后任教。这时她对黑格先生发生了爱情。她爱得深，也爱得苦，这是毫无回报的爱。这也是夏一生中唯一一次的充满激情的爱，结果是四封给黑格的信，在他的家里保存下来。夏于一八五四年六月和尼科尔斯副牧师结婚。她看重尼科尔斯的爱，对他也感情日深。勃朗特牧师宅中有一个房间原是女仆住的，后改为尼科尔斯的房间。

夏洛蒂于一八五五年三月，和她的五个姊妹一样，死于肺病。

楼上较大的一间房原是勃朗特先生用，现在陈列着三姊妹著作的各种文字译本，主要是《简·爱》和《呼啸山庄》。但是没有中文本。这缺陷很容易弥补。要知道我们中国人读这两本书非今日始，上一代已经在读在译了。我们立刻允诺送几部中译本来陈列。

从窗中望去，可见近处教堂尖顶，据说墓地也不远。勃朗特全家除安以外都葬在那里。因为时间关系，我们不能去凭吊了。

离开牧师宅时看见有人在三姊妹像旁拿了一张纸，我也去拿了一张，原来是捐款用的。这里的一切费用都是三姊妹的忠诚读者捐赠的。人生得一知己足矣，有这样多的人爱她们，关心她们的博物馆，真让人高兴——当然不只是为她们。

我们又回到旷野上。风还在吹，雨还在飘。满地深绿色看不出一点摇动，仿佛天在动，而地却停着。车子驶过一座又一座丘陵，路一直伸向天边。这不是简·爱万分痛苦地离开桑恩费尔德的路么？这不是凯瑟琳·恩萧和希斯克利夫生前和死后漫游的荒野么？他们的游魂是否还在这里飘荡？勃朗特姊妹在这里永远与她们的人物为伴了。

听说这一带还有勃朗特瀑布、勃朗特桥，一块大石头是勃朗特的座位，连这个县都以勃朗特命名了。人们说夏洛蒂是写云能手，而艾米莉笔下的风雪，也使人不忘。或许还该有勃朗特云和勃朗特风雪罢。

一九八四年五月上旬

原载《文汇月刊》一九八四年七月号

看不见的光

——弥尔顿故居及其他

这座小屋是约翰·弥尔顿一六○八年到一六七四年间住过的，至少有三百余年历史了。据说有一部分重修过，还时常修葺，所以不很破旧。但那砖砌的烟囱和窄窗都表现出它的古老。低矮的门，狭窄的门道，不大的房间，这就是二十年奔走革命以后弥尔顿老人活动的场所。进门左手一间是从前的厨房，壁炉里吊着旧式的锅、壶等，吊杆上有很多锯齿，可以移动容器，掌握离火的远近，还有个像大钟似的烤炉，很有田舍风味。右边一间是从前的起居室，现在陈列着弥尔顿的著作。据说老人每天清晨即起，在室内踱步，一面构思，等女儿起身后，便将腹稿口授给女儿笔录。

他四十四岁双目失明，在黑暗中过了二十年。他的伟大诗篇《失乐园》《复乐园》和《力士参孙》都是在这一时期写成的。它们给人怎样灿烂的光辉！有的评论家说，人们常用崇高这一字眼，但真正当得起的，只有很少数的艺术品，弥尔顿的史诗是其中之一。

作为一个诗人，弥尔顿有两个特点，一是有生活，一是有学问。他用一生三分之一的时间参加政治斗争，为国为民也为他的教会，积极反对君主专制。他主张人人生而平等，最先大声疾呼支持处决查理一世。他担任克伦威尔共和国政府的拉丁文秘书，为共和国政府做了很多宣传方面的工作。他在《为英国人民声辩》里说："基督教徒不应有任何国王，既已有一个，他应是国民的公仆。"他在《失乐园》里歌颂了撒旦反对上帝的斗争，也对后来成为独裁者的克伦威尔有所批评。我想这是他能写出称得上伟大、崇高作品的一个重要原因。

弥尔顿的政治生活使他取得直接的经验，他的博览群书使他取得间接的经验。《失乐园》里有这样三行诗：

> 途中，它（按：指撒旦）降落在塞利卡那，
> 那是一片荒原，那里的中国人
> 推着轻便的竹车，靠帆和风力前进。

杨周翰先生从这三句诗出发，写了一篇文章《弥尔顿〈失乐园〉中的加帆车》，文中论及知识与创作的关系。说弥尔顿的学识使他的作品获得"高致"。"高致"是看不见的，也不是立竿见影能得到的。只能在读万卷书，行万里路中渐渐地"高"起来。"读万卷书，行万里路"这八个字不知出自何典，它形象地说出生活和学识对于创作的必要性。

小屋外是普通小花园，整洁宜人。这一切都由一个"房客"照管。这是英国管理故居的办法之一。由一家居住，也由这一家负责维护、接待参观。楼上原为弥尔顿卧室，现因这家主妇生产，参观者不准上楼。

我在小园中少立，觉得屋内外都给人寥落凄清之感。比较起来，

弥尔顿的知音比勃朗特姐妹少得多了。也许最好的艺术总是曲高和寡？也许他太古老了？也许诗歌本身总是更受语言限制，不易翻译，不易理解？老实说，我就只读过《失乐园》的片段，还不是很认真，更不要说他的其他诗作。但是他的革命精神，他的政治活动，他的学识都融会在他的诗里，发出看不见的光。他在英国文学史上的地位是不朽的。

这次带我出游的主人是三十多年前我在南开大学读书时的老师，刘荣恩贤伉俪。三十多年前他们离开南开后便在英国居住，对英国文化很了解，了解又加上热心，所以弥尔顿故居并非最后一站。再向西行，到一个十六世纪古镇爱默先姆。这是一条很有趣的街，仿佛是故意搭起来拍电影用的，两旁房屋有的不免东倒西歪，但因维修仔细，不显风雨侵蚀的痕迹，好像一张保养得很好的老人的脸。那大车店的窗户依旧古式样，黑框白底涂抹分明。门很宽，敞开着，似乎随时会有驿车进来。它使我想起我们涿鹿县的大车店，那门也是这样的，二十五年前我还坐在马车上出入过。这里房屋不高，小门临街，以前都是黎民百姓的住所，现在据说租金越来越贵。街中有一座两层的石建筑，有柱无墙，是当时的粮食市场。主人引我进了旁边一个黑洞洞的门，里面弯弯曲曲有店铺，我们到一个香草店，店里全是各样加工过的香花香草，幽香沁人。据说现在又时兴用香草了，想是香水不够古雅罢。店主人是胖胖的妇女，知道我从中国来，立刻说她的叔叔到过中国，还上过万里长城呢。这样的寒暄我遇到多次了，很抱歉，我总怀疑他们当时是打仗去的。不过现在的笑容很是诚恳热情，不该勾起往事。最主要的是，我们自己已经不是一盘散沙，不可轻侮了。

我们这东方的巨龙正奋力摆脱贫穷和愚昧的泥潭。因为坐在巨龙背上，世界对于我，才是一个自由的地方。

我们带着满身幽香到一个小饭馆吃饭。店门外有一株杨柳，就凭这一株柳树，店名就叫"杨柳"。店很小，但一进门便看见壁炉里烧得正旺的火，满屋暖洋洋的。那生菜真好。现在回想，店主人该把苔丝德蒙娜的"杨柳歌"贴在墙上作为装饰的。

英国有这个特点，到哪儿总能找出点古迹。他们深以悠久深厚的文化传统自豪，不遗余力地保护称得上是古迹的一切。从前有人说，英国人善于用旧瓶装新酒，中国人善于用新瓶装旧酒。他们的"新"，想是指资产阶级革命而言，现在也不见得新。我们的旧，想是指封建主义而言，也总该换掉。人不能把自己束缚在过去。过去应该像弥尔顿的生活底子和学识一样，要在这上面写出伟大的史诗来，发出看不见的光。

归途中又下雨了，绿色的田野在薄暮的朦胧里，随着山坡起伏。弥尔顿故居的小村在田野间，很快就看不见了。

一九八四年五月
原载《花城》一九八四年第六期

他的心在荒原

——关于托马斯·哈代

在英格兰西南部都彻斯特博物馆中，有一个小房间，参观者只能从窗口往里看。我们因为是中国作家代表团，破例获准入内。

这是托马斯·哈代（1840—1928）的书房，是照他在麦克斯门家中的书房复制的。据说一切摆设都尽量照原样。四壁图书，一张书桌，数张圈椅。圈椅上搭着他的大衣，靠着他的手杖。哈代的像挂在墙上，默默地俯视着自己的书房，和不断的来访者。

他在这样一间房间里，就在这张桌上，写出许多小说、诗和一部诗剧，桌上摆着一些文具还有一个小日历。日历上是三月七日。据说这是哈代第一次见到他夫人的日子，夫人去世以后，哈代把日历又掀到这一天，让这一天永远留着。馆长拿起三支象牙管蘸水笔，说哈代就是用它们写出《林中人》《德伯家的苔丝》和《无名的裘德》。

书架上有他的手稿，有作品，还有很多札记，记下各种材料，厚厚的一册册，装订得很好。据说这一博物馆收藏哈代手稿最为丰富。馆长打开一本，是《卡斯特桥市长》，整齐的小字，涂改不多。我忽然想现在有了打字机，以后的博物馆不必再有收藏原稿的业务，人们也没有看手稿的乐趣了。这手稿中夹有一封信，是哈代写给当时博物馆负责人的。大意说：谢谢你要我的手稿，特送上，只是不一定值得保存。何不收藏威廉·巴恩斯的手稿？那是值得的！这最后的惊叹号给我印象很深。时间过了快一百年，证明了哈代自己的作品是值得的！值得读，值得研究，值得在博物馆特辟一间——也许这还不够，值得我们远涉重洋，来看一看他笔下的威塞克斯、艾登荒原和卡斯特桥。

威廉·巴恩斯是都彻斯特人，是这一带的乡土诗人。街上有他的立像。哈代很看重他，一九〇八年为他编辑出版了一本诗集。哈代自己在某种程度上也可以说是乡土作家。可是他和巴恩斯很不同。巴恩斯"从时代和世界中撤退出来，把自己包裹在不实际的泡沫中"，而哈代的意识"是永远向着时代和世界开放的"。[①]一九一二年哈代自己在"威塞克斯小说"总序中说："虽然小说中大部分人所处的环境限于泰晤士之北，英吉利海峡之南，从黑令岛到温莎森林是东边的极限，西边则是考尼海岸，我却是想把他们写成典型的，并且在本质上属于任何地方，在那里'思想是生活的奴隶，生活是时间的弄人'。这些人物的心智中，明显的地方性应该是真正的世界性。"哈代把他的具有浓厚地方色彩的十四部长篇小说、四部短篇小说集总称为威塞克斯小说，但是这些小说反映的是社会，是人生，远远不只是反映那一地区的生活。小说总有个环境，环境总是局限的，而真正的好作品，总是超出那环境，感动全世界。

———————

① 乔治·伍德科克：企鹅丛书《还乡》序。

哈代的四大悲剧小说,《还乡》《德伯家的苔丝》《卡斯特桥市长》和《无名的裘德》,就是这样的小说。我在四十年代初读《还乡》时,深为艾登荒原所吸引。后来知道,对自然环境的运用是哈代小说的一大特色,《还乡》便是这一特色的代表作。哈代笔下的荒原是有生命的,它有表情,会嚷会叫,还操纵人物的活动。它是背景,也是角色,而且是贯穿在每个角色中的角色。英国文学鸟瞰一类的选本常选《还乡》开篇的一段描写:

> 天上悬的既是这样灰白的帐幕,地上铺的又是那种最苍郁的灌莽,所以天边上天地交接的线道,划分得清清楚楚……荒原的表面,仅仅由于颜色这一端,就给暮夜增加了半点钟。它能在同样的情形下,使曙色迟延,使正午惨淡;狂风暴雨,几乎还没踪影,它就预先现出风暴的阴沉面目了;三更半夜,没有月亮,它更加深那种咫尺难辨的昏暗,到了使人发抖、害怕的程度。

今天看到道塞郡的旷野,已经很少那时一片苍茫、万古如斯的感觉了。英国朋友带我们驱车往荒原上,地下的植物显然不像书中描写的那样郁郁苍苍,和天空也就没有那样触目的对比。想不出哪一个小山头上是游苔莎站过的地方。远望一片绿色,开阔而平淡。哈代在一八九五年写的《还乡》小序中说,他写的是一八四○年到一八五○年间的荒原,他写序时荒原已经或耕种或植林,不大像了。我们在一九八四年去,当然变化更大。印象中的荒原气氛浓烈如酒,这酒是愈来愈多地掺了水了。也许因为原来那描写太成功，便总觉得不像。不过我并不遗憾。我们还获准到一个不向外国人开放的高地，一览荒原景色。天上地下只觉得灰蒙蒙的，像里面衬着黯淡，黯淡中又透着宏伟，还显得出这不是个轻松的地方。我毕竟看到有哈代的心在跳动着的艾登荒原了。

我们还到哈代出生地参观。经过一片高大的树林，到一座茅屋。这种英国茅屋很好看，总让人想起童话来。有一位英国女士的博士论文是北京四合院，也该有人研究这种英国茅屋。里面可是很不舒适，屋顶低矮，相当潮湿。这房屋和弥尔顿故居一样，有房客居住，同时负责管理。从出生地又去小村的教堂和墓地——斯丁斯福墓地。哈代的父母和妻子都葬在这里。

葬在这里的还有哈代自己的心。

墓地很小，不像有些墓地那样拥挤。在一棵大树下，三个石棺一样的坟墓并排，中间一个写着"哈代的心葬此"。这也是他第一个妻子的坟墓。

据说哈代生前曾有遗嘱，死后要葬在家乡，但人们认为他应享有葬在西敏寺的荣耀。于是，经过商议，决定把他的心留在荒原。可是他的心有着很不寻常的可怕的遭遇。如果哈代自己知道，可能要为自己的心写出一篇悲愤的、也许是嘲讽的名作来。

没有人能说这究竟是不是真的，但是英国朋友说这是真的——我倒希望不是真的。哈代的遗体运走后，心脏留下来由一个农夫看守，他把它放在窗台上，准备次日下葬。次日一看，心不见了，旁边坐着一只吃得饱饱的猫。

他们只好连猫葬了。所以在哈代棺中，有他的心，他的夫人，还有一只猫！我本来是喜欢猫的，听了这个故事以后，很久都不愿看见猫。但是哪怕是通过猫的皮囊，哈代的心是留在荒原上了，和荒原的泥土在一起，散发着荒原的芬芳，滋养着荒原的一切。

关于哈代作品的讨论已是汗牛充栋。尤其是其中悲观主义和宿命论的问题。他的人物受命运小儿拨弄，无论怎样挣扎，也逃不出悲剧的结局。好像曼斯菲尔德晚期作品《苍蝇》中那只苍蝇，一两滴墨水浇下来，就无论怎样扑动翅膀再也飞不出墨水的深潭。哈代笔下的命运有偶然性因素，那似乎是无法抗拒、冥冥中注定的，但人物的主要挫折很明显是来自社会。作者在《德伯家的苔丝》中有一段议论，说："将来人类文明进化到至高无上的那一天，那人类的直觉自然要比现在更敏锐了，社会机构自然要比掀腾颠簸我们的这一种更密切地互相关联着的了。"他也希望有一个少些痛苦的社会。苔丝这美丽纯洁的姑娘迫于生活和环境，一步步做着本不愿意做而又不得不做的事，一次次错过自己的爱情，最后被迫杀人。这样的悲剧不只是控诉不合理的社会，在哈代笔下，还表现了复杂的性格，因为你高尚纯真，所以堕入泥潭。哈代把这一类小说名为"性格和环境小说"。在性格与环境冲突中（不只有善与恶的冲突，也包括善与善的冲突），人物一步步走向死亡。这正是黑格尔老人揭示的悲剧内容。

我们经过麦克斯门故居，因为不开放，只在院墙外看见里面一栋不小的房屋，那是哈代从一八八三年起自己照料修建的——他出身于建筑师家庭，自己也学过建筑。他于一八八五年迁入，直到逝世。据说现有人住，真不知何人胆敢占据哈代故居！

这次参观的最后一站是有名的悬日坛，这是一望无际的旷野上的大石群。据说是史前两千八百年左右祭祀太阳的庙。一块块约重五十吨的大石，有的竖立，有的斜放，有的平架在别的大石上，像是这里曾有一个宏伟的巨人，现在只剩了骨架。冷风从没遮拦的旷野上四面刮来，在耳边呼呼响，好像不管历史怎样前进，这骨架还在向过去呼唤。

我站在悬日坛边，许久才悟过来这就是苔丝被捕的地方。她在后门中睡着了，安玑要求来人等一下，他们等了。苔丝自己醒了，安静地说："我停当了，走吧！"这些经历了数千年风雨的大石当然知道，在充满原始粗犷气息的旷野上，像苔丝这样下场的人，不止一个。

我的大学毕业论文是以哈代为题的，那是三十五年前的事了。那时我以为哈代的作品并非完全是悲观的，它有希望。举的例子是《苔丝》这书中最后安玑和苔丝的妹妹结合，这表示苔丝的生命的延续，她自己无法达到、无法获得的，她的妹妹可以达到、获得。最近听说很多本科生研究生都以哈代为题做论文，以至关于哈代的参考书全部借完。其中有我的一位青年朋友。他深爱哈代，论文题目是《苔丝》。他以为安玑和丽沙·露的结合是安玑对苔丝的背叛，表明人性不可靠。有些评论也持此观点。我则还是坚持原来看法。哈代自己在《晚期和早期抒情诗集》序中很明确地说过："我独自怀抱着希望。虽然叔本华、哈特曼及其他哲学家，包括我所尊敬的爱因斯坦在内，都对希望抱着轻蔑态度。"他还在日记中说："让每个人以自己的亲身生活经验为基础创造自己的哲学吧。"哈代自己创造的是有希望的哲学。他在作品中对资本主义社会的批判是无情的，但他给人留下的是生活中的希望。

关于悲观、乐观的问题，哈代还说他所写的是他的印象，没有什么信条和论点。他说：这些印象被指控为悲观的——这似乎是个恶谥——很为荒谬。"很明显，有一个更高级的哲学特点，比悲观主义，比社会向善论甚至比批评家们所持的乐观主义更高，那就是真实。"

能仔细地看清真实需要勇气和本事，看清了还要写出来，需要更大的勇气和本事。哈代因写小说被人攻击得体无完肤，《无名的裘德》还被焚毁示众。有人说他因此晚年改行写诗，也有人说改行是因家庭原因。我以为他一直想写诗，在写小说时，常有诗句在他心中盘旋，想落到他笔下，他便也分给诗一些时间。他也可能以为诗的形式更隐蔽，能说出他要说的话。事实上，他从年轻时就一直断断续续在写诗。

回伦敦后，从访古改为访今了。我却还时常想起都彻斯特小城，星期天商店全关门，非常安静，旅馆外不远处斜坡下的那一幅画面：一座英国茅舍，旁边小桥流水，还有一轮淡黄色的圆月，从树梢照下来。我曾想哈代的铜像应该搬到这里。他在大街上坐着，虽然小城中人不太多，也够吵闹的了。后来得知这茅舍有个名称，是"刽子手宅"。便想幸好哈代生在近代，生前便能知道得葬西敏寺（其实诗人角拥挤不堪，不如斯丁斯福墓地多矣），若在中古，难免会和刽子手打交道。

"如果为了真理而开罪于人，那么宁可开罪于人，也强似埋没真理。"这是哈代在《苔丝》第一版导言中引的圣捷露姆的话。看来即使他有着和刽子手打交道的前途，也还是不会放下他那如椽的大笔的。

哈代出生地展有世界各国译本，但是没有来自中华人民共和国的中文译本,回来后托人带去一本《远离尘嚣》。这篇小文将成时,收到都彻斯特博物馆馆长彼尔斯先生来信,他要我转告我的同行,他们永远盼着有欢迎中国客人的机会。

应该坦白的是,在博物馆中,我把哈代的手杖碰落了两次。也许是不慎,也许是太慎。英国朋友说哈代当然不会在乎。不过我还是要向他和全世界热爱他的读者道歉。

一九八四年五月下旬
原载《人民文学》一九八四年第四期

恨　书

写下这个题目，自己觉得有几分吓人。书之可宝可爱，尽人皆知，何以会惹得我恨？有时甚至是恨恨不已，恨声不绝，恨不得把它们都扔出去，剩下一间空荡荡的屋子。

显而易见，最先的问题是地盘问题。老父今年九十岁了，少说也积了七十年书。虽然屡经各种洗礼，所藏还是可观。原先集中摆放，一排一排，很有个小图书馆的模样。后来人口扩张，下一代不愿住不见阳光的小黑屋，见"图书馆"阳光明媚，便对书有些怀恨。"书都把人挤得没地方了。"这意见母亲在世时便有。听说有位老学者一直让书住正房，我这一代人可没有那修养了，以为人为万物之灵，书也是人写的，人比书更应该得到阳光空气和推窗得见的好景致。

后来便把书化整为零，分在各个房间。于是我的斗室也摊上几架旧书，《列子》《抱朴子》《亢仓子》《淮南子》《燕丹子》……它们遥远又遥远，神秘又无用。还有《皇清经解》，想起来便觉得腐气冲天。而我的文稿札记只好塞在这些书缝中，可怜地露出一点纸边，几乎要遗失在悠久的历史的茫然里。

其次惹得人恨的是书柜。它们的年龄都已有半个世纪，有的古色古香，上面的大篆字至今没有确解。对这我倒并无恶感。糟糕的是许多书柜没有拉手，当初可能没有这种"设备"（照说也不至于），以至很难开关，关时要对准榫头，关上后便再也开不开，每次都得起用改锥（那也得找半天）。可是有的柜门却太松，低头屈身，找下面柜中书时，上面的柜门会忽然掉下，啪的一声砸在头上，直把人打得发昏。这岂非关系人命的大事，怎不令人怀恨！有时晚饭后全家围坐笑语融融之际，或夜深梦酣之时，忽然一声巨响，使人心惊胆战，以为是地震或某种爆炸，惊走或披衣起来查看，原来是柜门掉了下来！

其实这些都不是解决不了的问题，只因我理家包括理书无方，才因循至此。可是因为书，我常觉惶惶然。这种惶惶然的感觉细想时可分为二。一是常感负疚，一是常觉遗憾。这确是无法解决的。

邓拓同志有句云："闭户遍读家藏书。"谓是人生一乐。在家藏旧书中遇见一本想读的书，真令人又惊又喜。但看来我今生是不能有遍读之乐了，不要说读，连理也做不到。一因没有时间，忙里偷闲时也有比书更重要的人和事需要照管料理。二是没有精力，有时需要放下最重要的事坐着喘气儿。三是因有过敏疾病，不能接触久置积尘的书。于是大家推选外子为图书馆馆长。这些年我们在这座房子里搬来搬去，可怜他负书行的路大约也在百里以上了。在每次搬动之余，也处理一些没有保存价值的东西。一次我从外面回来，见我们的图书馆长正在门前处理旧书。我稍一拨弄，竟发现两本丛书集成中的花卉书。要知道丛书集成是四千多本一套的啊！但是我在怒火上升又下降之后，觉得他也太辛苦，哪能一本本都仔细看过？又怀疑是否扔去了珍贵的书，又责怪自己无能，没有担负起应尽的责任。如此怨天尤人，到后来觉得罪魁祸首都是书！

书还使我常觉遗憾。在我们磕头碰脑满眼旧书的居所中，常常发现有想读的或特别珍爱的书不见了。我曾遇一本英文的《杨子》，翻了一两页，竟很有诗意。想看，搁在一边，找不到了。又曾遇一本陆志韦关于唐诗的五篇英文演讲，想看，搁在一边，也找不到了。后来大图书馆中贴出这一书目，当然也不会特意去借。最令人痛惜的是四库全书中萧云从《离骚全图》的影印本，很大的本子，极讲究的锦面，醒目的大字，想细细把玩，可是，又找不到了！也许只在此山中，云深不知处？据图书馆长说已遍寻无着——总以为若是我自己找，可能会出现。但是总未能找，书也并未出现。

好遗憾啊！于是我想，还不如根本没有这些书，也不用负疚，也没有遗憾。

那该多么轻松。对无能如我者来说，这可能是上策。但我毕竟神经正常，不能真把书全请出门，只好仍时时恨恨，凑合着过日子。

是曰恨书。

一九八五年十月十九日

原载《青海湖》一九八六年第三期

卖　书

　　几年前写过一篇短文《恨书》，恨了若干年，结果是卖掉。

　　这话说说容易，真到要做也颇费周折。

　　卖书的主要目的是扩大空间。因为侍奉老父，多年随居燕园，房子总算不小，但大部为书所占。四壁图书固然可爱，到了四壁容不下，横七竖八向房中伸出，书墙层叠，挡住去路时，则不免闷气。而且新书源源不绝，往往信手一塞，混入历史之中，再难寻觅。有一天忽然悟出，要有搁新书的地方，先得处理旧书。

　　其实处理零散的旧书，早在不断进行。现在的目标，是成套的大书。以为若卖了，既可腾出地盘，又可贴补家用，何乐而不为。依外子仲的意见，要请出的首先是丛书集成。而我认为这部书包罗万象，很有用，且因他曾险些错卖了几本，受我责备，不免有衔恨的嫌疑，不能卖。又讨论了百衲本的二十四史，因为放那书柜之处正好放饭桌。但这书恰是父亲心爱之物，虽然他现在视力极弱，不能再读，却愿留着。我们笑说这书有大后台，更不能卖。仲屡次败北后，目光转向《全唐文》。《全唐文》有一千卷，占据了全家最大书柜的最上一层。若要取阅，须得搬椅子，上椅子，

313

开柜门，翻动叠压着的卷册，好不费事。作为唯一读者的仲屡次呼吁卖掉它，说是北大图书馆对许多书实行开架，查阅方便多了。又不知交何运道，经过"文革"洗礼，这书无损污，无缺册，心中暗自盘算一定卖得好价钱，够贴补几个月。经过讨论协商，顺利取得一致意见。书店很快来人估看，出价一千元。

这部书究竟价值几何，实在心中无数，可一千元也太少了！因向北京图书馆馆长请教。过几天馆长先生打电话来说，《全唐文》已有新版，这种线装书查阅不便，经过调查，价钱也就是这样了。

书店来取书的这天，一千卷《全唐文》堆放在客厅地上等待捆扎，这时我才拿起一本翻阅，只见纸色洁白，字大悦目。随手翻到一篇讲音乐的文章："烈与悲者角之声，欢与壮者鼓之声；烈与悲似火，欢与壮似勇。"作者李磎。心想这形容很好，只是久不见悲壮的艺术了。又想知道这书的由来，特地找出第一卷，读到嘉庆皇帝的序文："天地大文日月山川万古昭著者也。人受天地之中以生，经世载道，立言牖民。观乎人文以化成天下。文之时义大矣哉！"又知嘉庆十二年，皇帝得内府旧藏唐文善本一百六十册，认为体例未协，选择不精，命儒臣重加厘定，于十九年编成。古代开国皇帝大都从马上得天下，以后知道不能从马上治之，都要演习斯文，不敢轻渎知识的作用，似比某些现代人还多几分见识。我极厌烦近来流行的宫廷热，这时却对皇帝生出几分敬意，虽然他还说不出科学技术是生产力这样的话。

书店的人见我把玩不舍，安慰道，这价钱也就差不多。以前官宦人家讲究排场，都得有几部老书装门面，价钱自然上去。现在不讲这门面了，过几年说不定只能当废纸卖了。

　　为了避免一部大书变为废纸，遂请他们立刻拿走。还附带消灭了两套最惹人厌的《皇清经解》。《皇清经解》中夹有父亲当年写的纸签，倒是珍贵之物，我小心地把纸签依次序取下，放在一个信封内。可是一转眼，信封又不知放到何处去了。

　　虽然得了一大块地盘，许多旧英文书得以舒展，心中仍觉不安，似乎卖书总不是读书人的本分事。及至读到《书太多了》（《读书》杂志1988年7月号）这篇文章，不觉精神大振。吕叔湘先生在文中介绍一篇英国散文《毁书》，那作者因书太多无法处理，用麻袋装了大批初版诗集，午夜沉之于泰晤士河，书既然可毁，卖又何妨！比起毁书，卖书要强多了。若是得半夜里鬼鬼祟祟跑到昆明湖去摆脱这些书，我们这些庸人怕只能老老实实缩在墙角，永世也不得出来了。

　　最近在一次会上得见吕先生，因说及受到的启发。吕先生笑说："那文章有点讽刺意味，不是说毁去的是初版诗集么！"

　　可不是！初版诗集的意思是说那些是不必再版，经不起时间考验的无病呻吟，也许它们本不应得到出版的机会。对大家无用的书可毁，对一家无用的书可卖，自是天经地义。至于卖不出好价钱，也不是我管得了的。

　　如此想过，心安理得。整理了两天书，自觉辛苦，等疲劳去后，大概又要打新主意。那时可能真是迫于生计，不只为图地盘了。

一九八九年

原载《散文》一九八九年第一期

乐　书

多年以前，读过一首《四时读书乐》，现在只记得四句："读书之乐乐何如？绿满窗前草不除。""读书之乐乐无穷，瑶琴一曲来熏风。"这是春夏的情景，也是读书的乐境。"绿满窗前草不除"一句，是形容生机盎然的自由自在的情趣。"瑶琴一曲来熏风"一句，是形容炎炎夏日中书会给人一个清凉世界。这种乐境只有在读书时才会有。

作者写书总是把他这个人最有价值的一面放进书里，他在写书的时候，对自己已经进行了过滤。经常读书，接触的都是别人的精华。读书本身就是一件聪明的事，也是一件快乐的事。陶渊明说："每有会意，便欣然忘食。"金圣叹读到《西厢记》"不瞅人待怎生"一句，感动得三日卧床不食不语。这都是读书的至高境界。这不只是书本身的力量，也需要读者的会心。

我不是一个做学问的读书人，读书缺少严谨的计划，常是兴之所至。虽然不够正规，也算和书打了几十年交道。我想，读书有一个"分—合—分"的过程。

"分"就是要把各种书区分开来，也就是要有一个选择的过程。

现在书出得极多，有人形容，写书的比读书的还多，简直成了灾。我看见那些装帧精美的书，总想着又有几棵树冤枉地献身了。"开卷有益"可以说是一句完全过时的话，千万不要让那些假冒伪劣的"精神产品"侵蚀。即便是列入必读书目的，也要经过自己慎重选择。有些书评简直就是一种误导，名实不符者极多，名实相悖者也有。当然可读的书更多。总的说来，有的书可精读，有的书可泛读，有的书浏览一下即可。美国教授老温德告诉我，他常用一种"对角线读书法"，即从一页的左上角一眼看到右下角。这种读书法对现在的横排本也很适用。不同的读法可以有不同的收获，最重要的是读好书，读那些经过时间圈点的书。

书经过区分，选好了，读时就要"合"。古人说"读书得间"，就是要在字里行间得到弦外之音，象外之旨，得到言语传达不尽的意思。朱熹说读书要"涵泳玩索，久之当自有见"，涵泳是在水中潜行，也就是说必须入水，与水相合，才能了解水，得到滋养润泽。王国维谈读书三境界，第三种境界是"蓦然回首，那人却在灯火阑珊处"，这种豁然贯通，便是一种会心。在那一刻间，读者必觉作者是他的代言人，想到他所不能想的，说了他所不会说不敢说的，三万六千毛孔都张开来，好不畅快。

古时有人自外面回家，有了很大变化，人们便议论，说他不是遇见了奇人，就是遇见了奇书。书对人的影响是非常大的。不过要使书真的为自己所用，就要从"合"中跳出来，再有一次"分"，把书中的理和自己掌握的理参照而行。虽然自己的理不断受书中的理影响，却总能用自己的理去衡量、判断、实践。用现在的话说就是活学活用，用文一点的话说，就叫做"六经注我"。读书到这般地步，不只有乐，而且有成矣。

其实，这些都是废话，每个人有自己的读书法，平常读书不一定都想得那么多，随意翻阅也是一种快乐。我从小喜欢看书，所以得了一双高度近视眼。小时候家里人形容我一看书就要吃东西，一吃东西就要看书，可见不是个正襟危坐的学者，最多沾染了些书呆气，或美其名曰书卷气。因为从小在书堆中长大，磕头碰脑都是书，有一阵子很为其困扰，曾写了《恨书》《卖书》等文，颇引关注。后来把这些朋友都安排到妥当或不甚妥当的去处，却又觉得很为想念，眼皮子底下少了这一箱那一柜或索性乱堆着的书，确实失去了很多。原来走到房屋的每一个角落，都可以接触到各种宏论，感受到各种情感，这里那里还不时会冒出一个个小故事。虽然足不出户，书把我的生活从时空上都拓展了。因为思念，曾想写一篇《忆书》，也只是想想而已。近几年来眼疾发展，几乎不能视物，和书也久违了。幸好科学发达，经治疗后，忽然又看见了世界，也看见经过整顿后书柜里的书。我拿起几部特别喜爱的线装书抚摸着，一部《东坡乐府》，一部《李义山诗集》，一部《世说新语》。还有一部《温飞卿诗集》，字特别大，我随手翻到"捣麝成尘香不灭，拗莲作寸丝难绝"，不觉一惊——现在哪里还有这样的真诚和执着呢？

寒暑交替，我们的忙总无变化，忙着做各种有意义和无意义的事。我和老伴现在最大的快乐就是每晚在一起读书，其实是他念给我听。朋友们称赞他的声音厚实有力，我通过这声音得到书的内容，更觉得丰富。书房中有一副对联："把酒时看剑，焚香夜读书。"我们也焚香，不过不是龙涎香、鸡舌香，而是最普通的蚊香，以免蚊虫骚扰。古人焚香或也有这个用处？

四时读书乐，另两时记不得了。乃另诌了两句，曰："读书之乐何处寻？秋水文章不染尘。""读书之乐乐融融，冰雪聪明一卷中。"聊充结尾。

一九九九年八月上旬时炎夏已渐去矣

原载《人民日报》（海外版）一九九九年九月十三日

彩虹曲社

"破不刺马嵬驿舍，冷清清佛堂倒斜，一代红颜为君绝，千秋遗恨滴罗巾血。半棵树是薄命碑碣，一抔土是断肠墓穴。再无人过荒凉野，莽天涯谁吊梨花谢！可怜那抱幽怨的孤魂，只伴着呜咽咽的望帝悲声啼夜月。"

这是《长生殿·弹词》一节中的"七转"。我们在夏威夷一所小学校教室里，听几位朋友唱，唱声清越，忽而高遏行云，忽而沉入地下；直起直落，如同铁画银钩，不要圆滑，不要坡度，勾勒得极峭极美。连那心窍不通处，都由这陡笔打通了。

"我只为家亡国破兵戈沸，因此上孤身流落在江南地。"声音悲凉凄楚，从极高处陡然跌落下来，像是负荷不了那悲痛。一时间空荡荡的教室里充满了凄冷。

窗外有四时不谢的奇花异草，远山笼罩在烟霭中，山坡上散落着各种样式的房舍。眼前的景色是美的，我却不觉为这些身处异国的朋友感到浓重的乡愁，我的眼泪涌上来了。可是唱的人并不哽咽，伴着悠扬的笛声唱完了煞尾。"今日个知音喜遇知音在——这一曲霓裳播千载。"

我对昆曲是外行，根本没有听过几次，但是十分喜欢。尤其这一次唱，给我印象极深。

一九八二年夏的一个星期六下午，居住在夏威夷的语言学家李方桂和夫人徐樱，中国戏曲专家罗锦堂夫妇，还有两位女士和一位癌症研究中心的青年医生，在一起唱曲自娱，父亲和我得往聆听。据罗先生说，他们原轮流在各家唱，邻居听得这般怪声，以为出了什么事，找了警察来。后来便选定这小学校，星期六下午学校无课，没人听见。他们自带点心，唱一阵休息一下再唱。有时兴起，连晚饭也免去，直到尽兴方休。

"你道翠生生出落的裙衫儿茜，艳晶晶花簪八宝钿，可知我一生儿爱好是天然？"

《弹词》唱过是《惊梦》，词句随着音乐送入心中，真觉得芳香直浸骨髓。我一面听一面诧异，他们怎么唱得这样好！五十年代曾在北京看过一次著名票友周、袁两女士的《游园惊梦》，载歌载舞，美妙极了。似乎票友总胜过专业演员，因为前者只凭着迷，"一生爱好是天然"，没有任何功利打算；后者则要受到种种客观制约。能"着迷"的人是可爱的，对任何事都不着迷的人，不只乏味，还有些可怕。

这几位朋友都迷着昆曲，迷得很天真。李夫人徐樱女士是家传，唱得好，还管吹笛子。这一场除她自唱的几段外，都是她吹笛子。后来自己笑说："都出汗了。"出了汗，还吹，还唱。罗锦堂夫人身体不好，声音却高而且亮，充满了感情。那位青年医生也唱得抑扬顿挫，字正腔圆，若是他唱一段曲子作辅助治疗，一定有好效果。

　　回国后听过几次昆曲，总觉得不像。各种艺术还是突出自己的特色为好，若互相靠拢，让人总觉差点什么。昆曲若无那点陡峭味儿，便无意趣。几乎以为，要听真正的昆曲，必须前往夏威夷了。当然，其实这方面的艺术家颇不乏人，且有极出色者，只是我无缘得见罢了。

　　前几天，偶然在电视里看到昆剧演员汪世瑜表演《拾画》，十分倾倒。一举手一投足，是那样潇洒，一发声一吐字，是那样润畅，歌和舞浑成一体，把人带到"寒花绕砌，荒草成窠"的废园中。

　　看来只要艺术精湛，业余和专业并不是界限。但是夏威夷那次听曲，余音绕梁，三年不去。可能因为他们的唱只是抒发胸臆，得不到掌声与喝彩，他们是唱给空荡荡的教室听的。

　　他们住处都离夏威夷大学不远。这一带因常有微雨，常有雾色，也常有彩虹，所以有彩虹谷之美名。那天我们出来时，便见半段彩虹，横在远山和云雾之间。他们的曲社，便名为"彩虹曲社"。

　　即以此文寄意所有的久居异乡的朋友，愿彩虹常现，人长健，曲常新。

一九八五年十二月

原载《女作家》一九八六年第三期

酒和方便面

酒，是艺术。酒使人陶陶然，飘飘然，昏昏然，直至醉卧不醒，完全进入另一种境界。在那种境界中，人们可以暂时解脱人间各种束缚，自由自在；可以忘却营碌奔波和做人的各种烦恼。所以善饮者称酒仙，耽溺于饮者称酒鬼，却没有称酒人的。酒能使人换到仙和鬼的境界，其伟大可谓至矣。而酒味又是那样美，那样奇妙！许多年来，常念及酒的发明者，真是聪明。

因为酒的好味道，我喜欢，却不善饮。对酒文化，更无研究，那似乎是一门奢侈的学问。只有人问黄与白孰胜时，能回答喜欢黄的，而不误会谈论的是金银。黄酒需热饮，特具一种东方风格。以前市上有即墨老酒，带点烟尘味儿，很不错。现在的封缸、沉缸，也不错，只是我不能多喝。有人说我可能生来具有那根"别肠"，后因多次手术割断了。

就算存在那"别肠"，饮酒的机会也不多。有几次印象很深，但饮的都不是黄酒。

云南开远杂果酒，色殷红，味香甜。童年在昆明，常在中午大人午睡时，和兄、弟一起偷饮这种酒，蜜水一般，好喝极了。

却不料它有后劲，过一会儿便头痛。宁肯头痛，还是偷喝。头痛时三人都去找母亲。母亲发现头痛原因，便将酒瓶藏过了。那时我和弟弟住一房间，窗与哥哥的窗成直角。哥哥在两窗间挂了两根绳子，可拉动一小篮，装上纸条，便成土电话。消息经过土电话而来，格外有趣。三人有话当面不说，偏忍笑回房写纸条。纸条上有各种议论，还有附庸风雅的饮酒诗。如今兄、弟一生离一死别。哥哥远在异城，倒是不时打越洋电话来，声音比本市还清楚。

海淀莲花白，有粉红淡绿两种颜色，味极醇远。在清华读书时，曾和要好的同学在校园中夜饮。酒从燕京东门外常三小馆买来。两人坐在生物馆高台阶上，望着馆前茂盛的灌木丛，丛中流过一条发亮的小溪。不远处是气象台，那时似乎很高。再往西就是圆明园了。莲花白的味道比杂果酒高明多了。我们细品美酒，作上下古今谈，自觉很是浪漫，对自己的浪漫色彩其实比对酒的兴趣大得多。若无那艳丽的酒，则说不上浪漫了。酒助了谈兴，谈话又成为佐酒的佳品。那时的谈话犀利而充满想象，若有录音，现在来听，必然有许多意外之处。这要好的同学现在是美国问题专家。清华诸友近来大都退化作老妪状，只有她还勇往直前，但也绝不饮酒了。

另一次印象深刻的饮酒经验是在一九五九年，当时我下放农村劳动锻炼。一年期满回京时，公社饯行，喝的是高粱酒，白的，清水一般，度数却高。到农村确实增长了见识，很有益处，但若说长期留下改造，怕是谁也不愿意。那时，"不做一阵子，要做一辈子"农民的壮志尚未时兴。饯行宴肯定我们能回京，使人如释重负；何况还带有公社赠送的大红锦旗，写着"上游干将，为民造福"，证明了我们改造的成绩。在高兴中，每人又有这一年不尽相同的经历和感受，喝起酒来，味道复杂多了。

公社干部豪爽热情，轮番敬酒。一般送行的题目喝过，便搬出至高无上的题目来，"为毛主席干杯！"大家都奋勇喝下。我则从开始就把酒吐在手绢上，已经换过若干条，难乎为继了。到为这题目干过几次杯后，只好逃席。逃到住房，紧跟着追来一批人，举杯高呼："为毛主席健康……"话音未落，我忍不住哇的一声呕吐起来。幸好那时距"文革"尚远，没有人上纲，不然恐怕北京也不得回了。

我们的队伍中醉倒几条好汉，躺在炕上沉沉睡去。公社书记关心地来视察，张罗做醒酒汤。那次饮酒颇有真刀真枪之感，现在想来犹觉豪迈。

酒是有不同喝法的。

据说一位词人有句云："到明朝重携残酒，来寻陌上花钿。"君主见了一笑，说，何必携残酒？提笔改做"到明朝重扶残醉，来寻陌上花钿"，果然清灵多了。这是因为皇帝不在乎残酒，那词人就显出知识分子的寒酸气了。

寒酸的知识分子，免不了操持柴米油盐。先勿论酒，且说吃饭，这真是大题目。有时开不出饭来对付一家老小，便搬出方便面。所以我到处歌颂方便面，认为其发明者的大智慧不下于酒的发明者。后来知道方便面主乃一日籍之华人，已得过日本饮食业的大奖，颇觉安慰。

到我的工作单位去上班时，午餐便是一包方便面。几个人围坐进食，我总要称赞方便面不只方便，而且好吃。"我就爱吃方便面。"我边吃边说。

"那是因为你不常吃。"一位同事笑笑，不客气地说。

我愕然。

此文若在一九八七年底交卷，到这里会得出结论云，人需要方便面，酒则可有可无。再告一番煞风景罪，便可结束了。但拖延至今，便有他望。

一九八八年开始，我们吃了约十天的方便面，才知道无论什锦大虾何等名目的作料，放入面中，其效果都差不多。"因为你不常吃"的话很有道理。常吃的结果是，所需量日渐减少。无怪嫦娥耐不住乌鸦炸酱面，奔往月宫去饮桂花酒了。

人生需要方便面充饥，也需要酒的品赏。

什么时候，我要好好饮一次黄酒。

一九八八年一月

原载《解忧集》，中外文化出版公司，一九八八年

小东城角的井

昆明是我的第二故乡。

抗战八年，居住昆明，十分思念北平，总觉得北平的一草一木都是好的。回到北京后，又十分思念昆明，思念昆明那蓝得无底的天，乡下路旁没有尽头的木香花篱，几百朵红花聚于一树的山茶，搅动着幽香的海一样的腊梅林，还有那萦绕在我少年时代的抑扬顿挫的昆明语调。

人就是这样，那远处的总是好一些。至于那逝去的，不可回复的，更是带有神秘色彩，一辈子都可以反复玩味——如果有时间的话。

一九三八年至一九四六年，我家在昆明市内和近郊迁移过多次。曾有约一年时间，住在小东城角。一个小花园中有两幢小楼，我们和叔父景兰先生一家住在里面一幢，大门边的一幢由房东自己住。园中花木扶疏，颇为清雅，还有一口井。

刚搬过去时，我们几个孩子总爱到井边去，俯在石栏上向下看。那是一面黯淡的镜子，照出我们好奇的高兴的脸儿。那水很满，惹人想去摸一摸。但我们从未去搅动，只是看着。有时大喊一声，井里立刻有微弱的回声，好像井底住着什么精灵。我们便叫："出来出来！"当然什么也没出来。

房东一家和我们不大来往，后来他们家来了一个梳两条细辫子的少女。据说是远房亲戚。她常到井边打水，对我们笑笑，不说话。在大门边遇见几次她问房东太太："咋个整？"不知问的是关于家务还是她自己的事。

"咋个整？"是我们最先学会的几句昆明话之一。我们也常常要问"咋个整"，听人问这话也很觉亲切。

在小东城角住时还有一个重要节目，就是到附近一个图书馆看书，星期日或假日常常去。

似乎是叫作绥靖路图书馆，房间不大，有许多旧小说，读者秩序极好。有一本《兰花梦》给我印象很深。至今能记得其中情节。一户显赫人家有两个女儿，次女出生时家人都盼是个男孩子，不幸是女孩，便假充男儿教养。她冒充男人事事成功，状元得中，高官得做，但不忘自己是个女儿身，不愿在做女人方面有所欠缺，要求丫鬟为自己缠足。后来嫁了一个样样逊她一筹的同僚，被虐至死。书中加了个尾巴，说她返回天上做仙女去了。

一次从图书馆回家，见房东家的那位少女倚在门口，望着路的一端。她对我笑笑，轻轻说了一句："咋个整？"不知是自问还是问我。我仰头看她，她却又转脸望着路的一端。

次日早饭后，母亲对我们说，不要到井边去玩。我说，井边有栏杆。母亲温和地加重语气说："不要去了，听见么？"

然而花园很小，我们站在门前，便见房东太太和几个人站在井边，指指点点说什么。

几天不见那少女，后来才知道，她投井死了。

大家都觉得很恐怖。又过了些日子，恐怖的感觉渐渐淡了。我悄悄地到井边看，只见花木依旧，井栏边布满青苔，一片碧绿。大着胆子俯身看井，水仍是很满。我不敢仔细辨认自己的脸，看了一眼便跑开。心想跳井似乎是很容易的。

有很长时间，我把那少女和《兰花梦》中人连在一起，虽然她们的身份悬殊。

在记忆的深井里，往事已经模糊。小东城角究竟是否真有过这样一位少女，很难说。也许是因为习惯于想象，把幻想添了进去。

然而那一口井，是确实存在过的。

一九八八年七月二日

原载《女声》一九八八年十一月号

风庐茶事

茶在中国文化中占特殊地位，形成茶文化。不仅饮食，且及风俗，可以写出几车书来。但茶在风庐，并不走红，不为所化者大有人在。

老父一生与书为伴，照说书桌上该摆一个茶杯。可能因读书、著书太专心，不及其他，以前常常一天滴水不进，有朋友指出"喝的液体太少"。他对茶始终也没有品出什么味儿来，茶杯里无论是碧螺春还是三级茶叶末，一律说好，使我这照管供应的人颇为扫兴。这几年遵照各方意见，上午工作时喝一点淡茶。一小瓶茶叶，终久不灭，堪称节约模范。有时还要在水中夹带药物，茶也就退避三舍了。

外子仲擅长坐功，若无杂事相扰，一天可坐上十二小时，照说也该以茶为伴。但他对茶不仅漠然，更且敌视，说"一喝茶鼻子就堵住"，天下哪有这样的逻辑！真把我和女儿笑岔了气，险些儿当场送命。

女儿是现代少女，喜欢什么七喜、雪碧之类的汽水，可口又可乐。除在我杯中喝几口茶外，没有认真的体验。或许以后能够欣赏，也未可知，属于"可教育的子女"。近来我有切身体会，正好用作宣传材料。

前两个月在美国大峡谷，有一天游览谷底的科罗拉多河，坐橡皮筏子，穿过大理石谷，那风光就不用说了。天很热，两边高耸入云的峭壁也遮不住太阳。船在谷中转了几个弯，大家都燥渴难当。"谁要喝点什么？"掌舵的人问，随即用绳子从水中拖上一个大兜，满装各种易拉罐，熟练地抛给大家，好不浪漫！于是都一罐又一罐地喝了起来。不料这东西越喝越渴，到中午时，大多数人都不再接受抛掷，而是起身自取纸杯，去饮放在船头的冷水了。

要是有杯茶多好！坐在滚烫的沙岸上时，我忽然想，马上又联想到《孽海花》中的女主角傅彩云做公使夫人时，参加一次游园会，各使节夫人都要布置一个点，让人参观。彩云布置了一个茶摊。游人走累了，玩倦了，可以饮一盏茶，小憩片刻。结果茶摊大受欢迎，得了冠军，摆茶摊的自然也大出风头。想不到我们的茶文化，泽及一位风流女子，由这位女子一搬弄，还可稍稍满足我们民族的自尊心。

但是茶在风庐，还是和者寡，只有我这一个"群众"。虽然孤立，却是忠实，从清晨到晚餐前都离不开茶。以前上班时，经过长途跋涉，好容易到办公室，已经像只打败了的鸡。只要有一盏浓茶，便又抖擞起来。所以我对茶常有从功利出发的感激之情。如今坐在家里，成为名副其实的"两个小人在土上"的"坐"家，早餐后也必须泡一杯茶。有时天不佑我，一上午也喝不上一口，搁在那儿也是精神支援。

至于喝什么茶，我很想讲究，却总做不到。云南有一种雪山茶，白色的，秀长的细叶，透着草香，产自半山白雪半山杜鹃花的玉龙雪山。离开昆明后，再也没有见过，成为梦中一品了。有一阵很喜欢碧螺春，毛茸茸的小叶，看着便特别，茶色碧莹莹的。喝起来有点像《小五义》中那位壮士对茶的形容，香喷喷的，甜丝丝的，苦因因的。这几年不知何故，芳踪隐匿，无处寻觅。别的茶像珠兰茉莉大方六安之类，要记住什么味道归在谁名下也颇费心思。有时想优待自己，特备一小罐，装点龙井什么的。因为瓶瓶罐罐太多，常常弄混，便只好摸着什么是什么。一次为一位素来敬爱的友人特找出东洋学子赠送的"清茶"，以为经过茶道台面的，必为佳品。谁知其味甚淡，很不合我们的口味。生活中各种阴错阳差的事随处可见，茶者细枝末节，实在算不了什么。这样一想，更懒得去讲究了。

妙玉对茶曾有妙论，一杯曰品，二杯曰解渴，三杯就是饮驴了。茶有冠心苏合丸的作用，那时可能尚不明确。饮茶要谛应在那只限一杯的"品"，从咂摸滋味中蔓延出一种气氛。成为"文化"，成为"道"，都少不了气氛，少不了一种捕捉不着的东西，而那捕捉不着，又是从实际中来的。

若要捕捉那捕捉不着的东西，需要富裕的时间和悠闲的心境，这两者我都处于"第三世界"，所以也就无话可说了。

一九九〇年二月

原载《光明日报》一九九〇年二月二十二日

从"粥疗"说起

我从小多病，以这多病之身居然维持过了花甲，而且还在继续维持下去，也算不简单。六十年代后期，随着"文化大革命"这场大灾难，我也得了一场重病。年代久了，记忆便淡漠，似乎已和旁人平等了。可能是为了提醒吧，前年底，经历了父丧之痛之后，又是一次重病，成了遐迩闻名的大病号。

病中得到广泛而深厚的关心，让我有点飘飘然。有时卧床而"飘"，飘着飘着，想起二十多年前，我的夫弟——俗称"小叔子"的，他们只有兄弟二人，不必说明第几位——从上海寄了一本《粥疗法》，是本薄薄的旧书，好像还是古籍出版社一类的地方出版的。书中极称粥食之妙，还介绍了许多食粥之法。有的很普通，如山药粥、百合粥、莲子粥等，不必查书，我也曾奉食老父。有用肉类制作的，就比较复杂。无论繁简，都注明各有所治，"粥效"可谓大焉。不过此书的命运同我家多数小册子一样，在乃兄的管理下，不久就不见踪影，又是"只在此山中，云深不知处"了。

后来又听朋友说，还有一种书，题名为《一百种粥》，所记粥事甚详。可见"粥"在出版界颇不寂寞。

病中不能出门，只在房中行走。体力恢复到能东翻西翻时，偶见陆游有一首食粥诗："世人个个学长年，不悟长年在目前。我得宛丘平易法，只将食粥致神仙。"再一研究，写《宛丘集》的张耒，更有一篇《粥记》，文字不长，兹录如下：

> 张安定每晨起食粥一大碗，空腹胃虚，谷气便作，所补不细，又极柔腻，与肠腑相得，最为饮食之良妙。齐和尚说，山中僧每将旦一粥，甚系利害，如或不食，则终日觉脏腑燥渴，盖能畅胃气，生津液也。今劝人每日食粥以为养生之要，必大笑。大抵养性命求安乐亦无深远难知之事，正在寝食之间耳。

这位张耒是自称"吾苏学士徒也"的，如此再作推理，原来东坡也嗜粥。他说：

> 夜饥甚，吴子野劝食白粥，云能推陈出新，利膈益胃。……粥既快美，粥后一觉，妙不可言。

看来宋代便有不少大名士深知粥理。想想我曾那样不重视粥疗，不觉自叹所知太少。

南方人似乎喜吃泡饭胜于粥。幼时在昆明，一度住在梅家，曾和小弟还有从小到大的友伴和同窗梅祖芬三人一起偷吃剩饭。

那天的饭是用云南特产的一种香稻做的，用开水泡一下，还有什么人送来自制的腐乳，我们每人都吃了两三碗，直吃到再也咽不下，终于胃痛得起不了床。梅伯母不知缘故，见三人一起不适，甚感惊慌。好在服用酵母片后，个个痊愈。梅伯母现已年近百岁，对于一起胃痛的奥妙，还是不甚了然。当时若吃的不是泡饭而是粥，谅不至于胃痛。

一九五九年下放在桑干河畔，那里习惯用玉米碴子煮干饭，称为"格仁粥"，煮成稀饭，则称"格仁稀粥"。我印象中稀粥比名为粥的干饭容易下咽多了。房东大娘把炒过的玉米、小米和豆类碾碎，煮成粥状，也笼统称为粥。下放回来后，大娘还托人带来一小口袋这种粥的原料，试者无不说好。但若吃久了，这些粥都比不上白米粥。只是大米在北方农村不多，米粥也就难得了。

有一阵子以为广东粥很好。记得那年夜游洛杉矶，午夜到一小吃店吃鱼片粥，只那端上来时的热气腾腾便赶走一半夜寒。碗中隐约现出嫩绿的葱花，浅黄的花生碎粒，略一搅动，翻起雪白的鱼片，喝下去不只暖适而且美味。回来每每念及"广东粥"，或外购或内制，总到不了那个水平。这也许和当时的身体情况以及环境有关。

陆游还有一首诗云："粥香可爱贫方觉，睡味无穷老始知。要识放翁真受用，大冠长剑只成痴。"食粥的根本道理在于自甘淡泊。淡泊才能养生，身体上精神上都一样。所以鱼呀肉的花样粥，总不如白米粥为好。白米粥必须用好米，籼米绝熬不出那香味来。而且必须黏润适度，过稠过稀都不行，还要有适当的小菜佐粥。

小菜因人而异，贾母点的是炸野鸡块子，"咸浸浸的好下稀饭"。我则以为用少加香油白糖的桂林腐乳，或以落花生去壳衣，蘸好酱油和粥而食，天下至味。

不知当初东坡食白粥，用的什么小菜。

一九九二年元月初

原载《收获》一九九二年第三期

星期三的晚餐

　　去年春来时，我正在医院里。看见小花园中的泥土变得湿润，小草这里那里忽然绿了起来，真有说不出的安慰和兴奋。"活着真好。"我悄悄对自己说。

　　那时每天想的是怎样配合治疗。为补元气，饮食成为一件大事。平常我因太懒，奉行"宁可不吃也不做"的原则。当然别人做了好吃的，我也有兴趣，但自己是懒得动手的。得了病，别人做来我吃，成为天经地义，还唯恐不合口味，做者除了仲和外甥女冯枚，扩及住得近的表弟表妹和多年老友立雕（韦英）夫妇。

　　立雕是闻一多先生次子，和我同岁。我和他的哥哥立鹤同班，可不知为什么我和闻老二比和闻老大熟得多。立雕知道我的病况后，认下了每星期三的晚餐，把探视的日子留给仲。因为星期三不能探视，就需要花言巧语费尽周折才能进到病房。每次立雕都很有兴致地形容他的胜利。后来我身体渐好，便到楼下去"接饭"。见他提着饭盒沿着通道走来，总要微惊，原来我们都是老人了。

　　好一碗鸡汤面！油已去得干净，几片翠绿的菜叶，让人看了胃口大开。又一次是煮米粉，不知都放了什么作料，我居然把一

337

碗吃完。立雕还征求意见：“下次想吃什么？”“酿皮子。”我脱口而出，因为知道春华弟妹是陕西人。

“你真会挑！”又笑加一句，“你这人天生的要人侍候。”

又是一个星期三，果然送来了酿皮子。那东西做起来很麻烦，要用特制的盘子盛了面糊，在开水里搅来搅去。味道照例是浓重的。饭盒里还有一个小碟，放了几枚红枣。立雕说这是因为作料里有蒜，餐后吃点枣可以化解蒜味儿，是春华预备的。

我当时想，我若不痊愈，是无天理。

立雕不只拿来晚饭，每次还带些书籍来。多是关于抗战时昆明生活的。一次说起一九四五年一月我们随闻一多先生到石林去玩。闻先生那张口衔烟斗的照片就是在石林附近尾泽小学操场照的。

“说起来，我还没有这张照片呢。”我说。

“洗一张就是了。”果然下次便带来了那照片，比一般常见的大些。闻先生浓眉下双目炯炯有神，正看着我们，烟斗中似有轻烟升起。

闻先生身后有个瘦瘦的小人儿，坐在地上，衣着看不清，头发略长，弯弯的。“呀！”我叫了一声，“这是谁呀？”

素来反应迟钝的仲这次居然一眼看清，虽然他从未见过少年时代的我：“这是谁？这不是我们的病号吗！”

立雕原来没有注意，这时鉴定认可。我身旁还有一个年轻人，不是立雕，也不是小弟，总是当时的熟人吧。

素来自命清高，不喜照相，人多时便躲到一边去。这回怎么了！我离闻先生不近，却正好照上了，而且在近五十年后才发现。看见自己陪侍闻先生在照片里，觉得十分快乐。

在昆明有一段时间，我们和闻家住隔壁。家门前都有西餐桌面大的一小块土地，都种了豌豆什么的，好掐那嫩叶尖。母亲和闻伯母常站在各自的菜地里交谈。小弟向立鹤学得站立洗脚法，还向我传授。盆放在凳子上，人站在地下，两脚轮流作金鸡独立状，我们就一面洗一面笑。立鹤很有才华，能绘画、善演戏，英语也不错，若是能够充分发挥，应也像三弟立鹏一样是位艺术家。可叹他在一九四六年的灾难中陪同闻先生在鬼门关走了一遭，一九五七年又被错误地批判，并受了处分，经历甚为坎坷，心情长期抑郁不畅。他一九八一年因病去世，似是同辈人中最早离去的。

那次去石林是西南联大学生组织的，请闻先生参加。当时立鹤、立雕兄弟，小弟和我都是联大附中学生，是跟着闻先生去的。先乘火车到路南，再骑一种矮脚马。我们那时都没有棉衣，记得在旷野中迎风骑马，觉得寒气逼人。骑马到尾泽后，住在尾泽小学。以后无论到哪里都是步行了。先赏石林的千姿百态，为那鬼斧神工惊叹不止。再访瀑布大叠水、小叠水。给我印象最深的是尾泽附近的长湖。湖边的石奇巧秀丽，树木品种很多，一片绿影在水中，反照出来，有一种淡淡的幽光。水面非常安详闲适，妩媚极了，我以后再没有见到这样纯真妩媚的湖。一九八〇年回昆明，再去石林，见处处是人为的痕迹，鬼斧神工的感觉淡得多了。没有人提到长湖，我也并不想再去，怕见到那本是不食人间烟火的天真烂漫，也沾惹上市井之气。

这张照片中没有风景，那时大同学组织活动，目的也不在风景。只是我太懵懂了，只记得在操场围成一个大圈子，学阿细跳月。

闻先生讲话，大同学朗诵诗、唱歌，内容都不记得了。

一九八〇年曾为闻先生衣冠冢写了一首诗，后半段有这样几句："亲眼见那燃着的烟斗／照亮了长湖边的苍茫暮霭／我知道这冢内还有它／除了衣冠外。"原来照片中不只有它，还有我。

闻先生罹难后，清华不再提供住宅。父母亲邀闻伯母带领孩子们到白米斜街家中居住。我们住后院，闻伯母一家住前院。我常和立雕、小弟三人一道骑车。那时街上车辆不像现在这样拥挤，三人并排而行，也无人干涉。现存有几张当时在北海拍摄的相片，一张是立雕和我在白塔下，我的头发还是和在闻先生背后的那张上一模一样。后来我们迁到清华住了，他们一家经组织安排到了解放区。一晃便是几十年过去了。

在昆明时，教授们为生活所迫，不得不做点能贴补家用的营生。闻先生擅长金石，对美学和古文字又有很高的造诣，这时便镌刻图章，石章每字一千二百元，牙章每字三千元。立雕、立鹤兄弟两人有很好的观摩机会，渐得真传，有时也分担一些。立雕参加革命后长期做宣传工作，一九八八年离休，在家除编辑新编《闻一多全集》的《书信卷》之外，还应邀为浠水闻一多纪念馆设计和编写展览脚本。近期又将着手编闻先生的影集《人民英烈闻一多》。看样子他虽离休了，事情还很多，时间仍是不敷分配。

看来子孙还是非常重要，闻先生不只有子，而且有孙。《闻一多年谱长编》是由立雕之子闻黎明编写的。黎明查找资料很仔细，到昆明看旧报，见到冯爷爷的材料也都摘下。曾寄来蒙自"故居"的照片，问"璞姑"是不是这栋房子。房子不是，但在第三代人心中存有关切，怎不让人感动！

父亲前年去世后，立雕写了情意深重的信。信中除要以他们兄妹四人名义敬献花圈外，还说："伯父去世是我们国家和人民的重大损失。我永远忘不了在我们最困难的时候，伯父、伯母给我们的关怀、帮助和安慰。我们两家两代人的友谊，是我脑海中永不会消失的美好记忆与回忆。"

从那桌面大的豌豆地，从那长湖上的暮霭，友谊延续着，通过了星期三的晚餐，还在延续着。我虽伶仃，却仍拥有很多。我有知我、爱我的朋友，有众多的堂兄弟姊妹、表兄弟姊妹，还有因上一代友情延续下来的诸家准兄弟姊妹——

比起"文革"间那一次重病的惨淡凄凉，这次生病倒是蛮风光的，怎舍得离开这个世界呢。

活着真好。

一九九二年三月中写，四月底改
原载香港《大公报》一九九二年七月十五日

猫　家

　　十月份到南方转了一圈，成功地逃避了气管炎和哮喘——那在去年是发作得极剧烈的。月初回到家里，满眼已是初冬的景色。小径上的落叶厚厚一层，树上倒是光秃秃的了。风庐屋舍依旧，房中父母遗像依旧，我觉得一切似乎平安，和我们离开时差不多。见过了家人以后，觉得还少了什么。少的是家中另外两个成员——两只猫。"媚儿和小花呢？"我和仲同时发问。

　　回答说，它们出去玩了，吃饭时会回来。午饭之后是晚饭，猫儿还不露面。晚饭后全家在电视机前小坐，照例是少不了两只猫的。媚儿常坐在沙发扶手上，小花则常蹲在地上，若有所思地望着我。我总是和它说话，问它要什么，一天过得好不好。它以打哈欠来回答。有时就试图坐到膝上来，有时则看看门外，那就得给它开门。

　　可这一天它们不出现。

　　"小花，小花，快回家！"我开了门灯，站在院中大声召唤。因为有个院子，屋里屋外，猫们来去自由，平常晚上我也常常这样叫它，叫过几分钟后，一个白白圆圆的影子便会从黑暗里浮出来，有时快步跳上台阶，有时走两步停一停，似乎是闹着玩。有时我大开着门它却不进来，忽然跳着抓小飞虫去了，那我就不等它，自己关门。一会儿再去看时，它坐在台阶上，一脸期待的表情，等着开门。

小花被家人认为是我的猫。叫它回家是我的差事，别人叫，它是不理的。仲因为给它洗澡，和它隔阂最深。一次仲叫它回家，越叫它越往外走，走到院子的栅栏门了，忽然回头见我出来站在屋门前，它立刻转身飞箭似的跑到我身旁。没有衡量，没有考虑，只有天大的信任。

对这样的信任我有些歉然，因为有时我也不得不哄骗它，骗它在家等着，等到的是洗澡。可它似乎认定了什么，永不变心，总是坐在我的脚边，或睡在我的椅子上。再叫它，还是高兴地回家。

可是现在，无论怎么叫，只有风从树枝间吹过，好不凄冷。

七十年代初，一只雪白的、蓝眼睛的狮子猫来到我家，我们叫它狮子，它活了五岁，在人来讲，约三十多岁，正在壮年。它是被人用鸟枪打死的。当时它刚生过一窝小猫，好的送人了，只剩一只长毛三色猫，我们便留下了它，叫它花花。花花五岁时生了媚儿，因为好看，没有舍得送人。后来又有一只小猫没有送出。花花活了十岁左右，也是深秋时分，它病了，不肯在家，曾回来有气无力地叫了几声，用它那妩媚温顺的眼光看着人，那就是它的告别了。后来它忽然就不见了。猫不肯死在自己家里，怕给人添麻烦。

孤儿小猫就是小花，它是一只非常敏感、有些神经质的猫，非常注意人的脸色，非常怕生人。它基本上是白猫，头顶、脊背各有一块乌亮的黑，还有尾巴是黑的。尾巴常蓬松地竖起，如一面旗帜，招展得很有表情。它的眼睛略呈绿色，目光中常有一种若有所思的神情。我常常抚摸它，对它说话，觉得它不知什么时候就会回答。若是它忽然开口讲话，我一点不会奇怪。

小花有些狡猾，心眼儿多，还会使坏。一次我不在家，它要仲给它开门，仲不理它，只管自己坐着看书。它忽然纵身跳到仲膝上，极为利落地撒了一泡尿，仲连忙站起时，它已方便完毕，躲到一个角落去了。"连猫都斗不过！"成了一个话柄。

小花也是很勇敢的，有时和邻家的猫小白或小胖打架，背上的毛竖起，发出和小身躯全不相称的吼声。"小花又在保家卫国了。"我们说。它不准邻家的猫践踏草地。猫们的界限是很分明的，邻家的猫儿也不欢迎客人。但是小花和媚儿极为友好地相处，从未有过纠纷。

媚儿比小花大四岁，今年已快九岁，有些老态龙钟了，它浑身雪白，毛极细软柔密，两只耳朵和尾巴是一种娇嫩的黄色。小时可爱极了，所以得一媚儿之名。它不像小花那样敏感，看去有点儿傻乎乎。它曾两次重病，都是仲以极大的耐心带它去小动物门诊，给它打针服药，终得痊愈。两只猫洗澡时都要放声怪叫。媚儿叫时，小花东藏西躲，想逃之夭夭。小花叫时，媚儿不但不逃，反而跑过来，想助一臂之力。其憨厚如此。它们从来都用一个盘子吃饭。小花小时，媚儿常让它先吃。小花长大，就常让媚儿先吃。有时一起吃，也都注意谦让。我不免自夸几句："不要说郑康成婢能诵毛诗，看看咱们家的猫！"

可它们不见了！两只漂亮的、各具性格的、懂事的猫，你们怎样了?

据说我们离家后几天中,小花在屋里大声叫,所有的柜子都要打开看过。给它开门,又不出去。以后就常在外面,回来的时间少。以后就不见了,带着爱睡觉的媚儿一起不见了。

"到底是哪天不见的?"我们追问。

都说不清,反正好几天没有回来了。我们心里沉沉的,找回的希望很小了。

"小花,小花,快回家!"我的召唤在冷风中,向四面八方散去。

没有回音。

猫其实不仅是供人玩赏的宠物,它对人是有帮助的。我从来没有住过新造的房子。旧房就总有鼠患。在城内迤兹府居住时,老鼠大如半岁的猫,满屋乱窜,实在令人厌恶。抱回一只小猫,就平静多了。风庐中鼠洞很多,鼠们出没自由。如有几个月无猫,它们就会偷粮食,啃书本,坏事做尽。若有猫在,不用费力去捉老鼠,只要坐着,甚至睡着喵呜几声,鼠们就会望风而逃。一次父亲和我还据此讨论了半天"天敌"两字。猫是鼠的天敌,它就有灭鼠的威风!驱逐了鼠的骚扰,面对猫的温柔娇媚,感到平静安详,赏心悦目,这多么好!猫实在是人的可爱而有利的朋友。

小花和媚儿的毛都很长,很光亮。看惯了,偶然见到紧毛猫,总觉得它没穿衣服。但长毛也有麻烦处,它们好像一年四季都在掉毛,又不肯在指定的地点活动,以致家里到处是猫毛。有朋友来,小坐片刻,走时一身都是猫毛,主人不免尴尬。

一周过去了,没有踪影。也许有人看上了它们那身毛皮——亲爱的小花和媚儿,你们究竟遇到了什么!

345

我们曾将狮子葬在院门内枫树下，它大概早融在春来绿如翠、秋至红如丹的树叶中了。狮子的儿孙们也一代又一代地去了，它们虽没有葬在冢内，也各自到了生命的尽头。"前不见古人，后不见来者"，生命只有这么有限的一段，多么短促。我亲眼看见猫儿三代的逝去，是否在冥冥中，也有什么力量在看着我们一代又一代在消逝呢？

一九九二年十一月上旬

原载《美文》一九九三年第一期

京西小巷槐树街

这是一条长不足百米的胡同，两侧皆植槐树，掩映着一个个小宅院。名为槐树街，可谓名副其实。这一带街道，再没有种槐树的，若寻槐树街，认准槐树便是。

可能因为短小，人们说到它时，加之以"儿"——槐树街儿，似乎很亲热。树荫后面人家，经过许多变迁了，门前高台阶大都破旧不堪，双扇院门上的对联字迹模糊，很难辨认。有些双扇门已改为房门一样单扇门了，开在胡同里，有点不伦不类。但那门前歪斜的台阶，门上剥落的字迹，以及两行槐树，仍然像北京的数千条胡同一样，给人一种遥远的、宁静的气氛。

这个居民点总称成府，位于北大和清华之间。以前的燕京和清华，现在的北大和清华，都有教职工住在这里。

一个黄昏，我站在槐树街口，目的是看一看槐树街十号。

找到十号。门洞窄小，房子没有格局，直觉地感到不对。一个人出来说，原来的十号改为九号了，请到隔壁。

隔壁有几层台阶，门扇依然完好，若油漆一下，还是很像样的。经过仔细辨认，认清了门上的字，"中心育物，和气生春"。

我不记得这副对联。

进门向右，穿过一个小夹道，眼前豁然开朗，这是一个真正的四合院，正门朝北，垂花门开在西侧，正房对面建有南房。四面房屋都很整齐，木格窗，正房还有雕花。

院中几个人在闲坐，拿着蒲扇。旁边一棵石榴，正开着火红的花朵。正房前搭葡萄架，翠绿的叶子垂下来。多少年不见这样的院子了！

"这是我的出生地，就在这北房里。"寒暄后说明来意。

他们大概是东厢房的住户，很殷勤，却没有邀我进房去参观。只问："走了多少年了？出国了吧？"

其实我出生后两个月，随父母迁到清华。转了几十年，并没有转出北大清华这一带，很觉惭愧，只好含糊应了一句。

"我们是北大的职工，这房子属北大，新十号属清华。"他们介绍，"现在这院子住了八家。"

四面房屋前都搭了小棚屋，还停着一辆平板车，上有玻璃罩，写着"米酒"。

"是第二职业了？"我笑问。他们说是邻居的，当然是业余的。

告辞时主人说欢迎常来。我知道我不会常来。

出了门，见斜对过有彩灯一闪一闪，原来是开了一家冷饮小店。记得邻近的蒋家胡同有一间常三酒馆，当年是燕京学生们谈心的好地方，专营海淀莲花白，那酒有的粉红，有的青绿。后来酒馆改为门市部，专营全世界到处买得到的东西。走过时张望了一下，心中诧异，怎么没有听说常三酒馆要重新开张。

走过新建的砖房，简直说不出是什么式样。两墙之间有一条极窄小的胡同，仅容一人行走，通过去不知是哪里。墙上挂着崭新的牌子"新胡同"，也是名副其实。

一阵清脆的笑声，从新胡同跑出几个女孩子。她们是要跳房子还是跳皮筋？我站住等着。她们不跳什么，笑着跑远了，把笑声留在胡同里。

一九九三年六月五日

原载《宗璞文集》，华艺出版社，一九九六年一月

风庐乐忆

　　清华园乙所曾是我的家。它位于园内一片树林之中。小时候觉得林子深远茂密，绿得无边无涯，走在里面，像是穿过一个梦境。抗战时在昆明，对北平的怀念里，总有这片林子。及至胜利后，再住进乙所，却发现这林子不大，几步便到边界，也没有回忆中的丰富色彩。

　　复员后的一年夏天，有人在林中播放音乐，大概是所谓的音乐茶座吧。凭窗而立，音乐像是从绿色中涌出来，把乙所包围了，也把我包围了。常听到的有舒伯特的《未完成交响曲》，这是很少的我记得旋律的乐曲之一。还有贝多芬的《田园》，莫扎特的弦乐四重奏，柴可夫斯基的《悲怆》等。每当音乐响起时，小树林似乎扩大了，绿色显得分外滋润，我又有了儿时往一个梦境深处飘去的感觉。

　　清华音乐室很活跃，学生里音乐爱好者很多。学余乐手颇不乏人，还出了些音乐专业人才。我是不入流的，只是个不大忠实的听众而已。因为自己有的唱片很有限，常和同学一起到美国教授温德先生家听音乐。温德先生教我们英诗和莎士比亚，又深谙古典音乐。他没有家室，以文学和音乐为伴。在他那里听了许多经典名作，用的大都是七十八转唱片。每次换唱片，他都用一个圆形的软刷子把唱片轻刷一遍，同时讲解几句。他不是上课，不想灌输什么。现在大家都不记得他讲什么，却记得他最不喜欢柴可夫斯基，认为柴可夫斯基太感伤。有一次听肖邦，我坐在屋外台阶上，月光透过掩映的花木照下来。我忽然觉得肖邦很有些中国味道。后从《傅雷家书》中得知确实中国人适合弹肖邦。有很长一段时间，我最偏爱肖邦。

以后在风庐里住的约四十年中，听音乐的机会随客观情况的变化而忽少忽多，只是再没有固定的音乐活动了，也没有人义务为大家换唱片了。最后一次见到温德是在北大校医院楼梯口，他当时已一百岁，坐在轮椅上，盖着一条毯子。我忙趋前问候。他用英语说："他们不让我出去！告诉他们，我要出去，到外面去！"我找到护士说情。一位说，下雨呢，他不能出去。又一位说，就是不下雨，也不能去。我只好回来婉转解释，他看住我，眼神十分悲哀。我不忍看，慌忙告别下楼去，一路蒙蒙细雨中，我偏偏仿佛听到柴可夫斯基第六交响曲中那段最哀伤的曲调。温德先生听见了什么，我无法问他。

这几年稳定，便成为愈来愈忠实的听者，海淀这边有音乐会时，常偕外子前往。好几次见满场中只有我两人发染银霜，也不觉得杂在后生群中有什么不妥。有一次中央乐团先演奏一个现代派的名作，休息后演奏贝多芬的第七交响曲，在饱受奇怪音响的磨难之后，觉得第七交响曲真好听！它是这样活泼而和谐，用一句旧话形容，让人全身三万六千个毛孔都通开了。又一次有一位苏联女钢琴家来演奏拉赫玛尼诺夫第二钢琴协奏曲，于是满怀热望到场，谁知她的演奏十分苍白无力。我却也不沮丧，总算当场听过一次了。在海淀听过几次肖斯塔科维奇，发现他是那样深刻，和我们的心灵深处很贴近很贴近。一九九一年严冬，我刚结束差不多一年病榻生活，还曾不顾家人反对，远征到北京音乐厅听莫扎特的安魂曲。记得刚一看见"莫扎特"这几个字，便感到安慰。

严肃音乐不景气，音乐会少多了。要听音乐，当然还是该自己拥有设备。我毫无这方面的志向，只是书已够我对付，够我"恨"了，怎受得了再加上磁带、唱片、CD什么的。我憧憬的是家徒四壁，想看书到图书馆，想听音乐一按收音机。许多国家有专播古典音乐的电台，我希望我们在这一点能赶上，不必二十四小时，八小时也够了，可不能安排在夜里。

现代音乐理论家黎青主曾说音乐是"上界的语言"，并引马丁·路德的诗句："谁从事音乐就是有了一份上界的职业。"他自己解释说，意即音乐是灵魂的语言，是灵界的一种世界语言。音乐在诸门艺术中确是最直接诉诸灵魂的，是没有国界的。对"上界的语言"这话，我还想到两层意思：一是可以用来形容音乐的美，另一层意思我用一句话来表达，那就是，能听一点音乐的人有福了。

一九九三年月十一月

原载《爱乐》一九九四年创刊号

客有可人

　　这天天气很好。我想在客厅摆些花。五月初，花不少，插两枝丁香或几朵月季就可以添许多生气。可是似乎到客人来了，花也没有插上。

　　客人是英国人。一位是多丽斯·莱辛，根据报上的称呼，她是一位文豪。另一位玛格丽特·德拉布尔，则是著名作家。同来的还有德拉布尔的夫婿麦克尔·霍罗尔伊德，是传记文学作家。两位女作家的大名我当然知道，但没有读过她们的书。九年前访英时她们不在伦敦，未曾谋面。这次得知她们要来访我，心下是有几分诧异的。

　　《中国大百科全书·外国文学卷》中有莱辛小传。她一九一九年生于英属伊朗，童年时全家迁到英属罗得西亚。一九四九年才返回伦敦定居。对于祖国来说，她是一个异乡人，一定会有很多不寻常的感受。卷中说，她写作题材广阔，富有社会意义。"西方有的评论家认为，莱辛是当代英国最优秀的女作家，堪与简·奥斯丁和乔治·艾略特媲美。"她的作品有《青草在歌唱》《天狼星的试验》《优秀的恐怖分子》等数十种。在向百科全书讨教之余，

353

我记起有人送过我一本莱辛的短篇小说集《习惯的爱》（抑或《爱的习惯》？），为了领略文风，很想找来翻一翻，但是书籍一入风庐，向来难以寻觅，于是临时的佛脚也没有抱成。

德拉布尔是一位女性文学的现实主义作家，著有《光辉的道路》《自然的好奇》和《象牙之路》三部曲等书。由于文学上的成就，已被封为英国勋爵。她生于一九三九年，一家人都毕业于剑桥大学。我在伦敦时倒是见过她的姐姐安托尼亚·勃雅特，也是一位小说家。她们的妹妹海伦是艺术史家，弟弟理查德是一位法官。关于玛格丽特·德拉布尔的介绍，总是全家出动的。

她们进了院门，从小径上走过来了。莱辛是一位瘦削的小老太太，满头银发。德拉布尔则较高大，看去不像年过半百。英语系教授陶洁陪同前来。她们刚刚在英语系会见学生，讲了英国文学情况。

坐定后献茶。这时莱辛对我说："我不喝印度红茶。"我一愣，顿时想起贾母不喝六安茶的声明，想来这是老年人的情性。当即回答说我这里没有印度红茶，我们喝的是北京花茶。"茶叶用茉莉花熏过的。"陶洁的英语极流利。

茶过三巡，话也说了不少。她们所以来访，原来是因为读了我那篇小说《鲁鲁》（见于《1949—1989 中国最佳短篇小说》）。这书是中国文学出版社编选出版的，前面有李子云序。全书无论从哪方面看都很好，子云的序也很精彩。最令我高兴的是《鲁鲁》的译文，除一些小地方不够准确（谁也难免）外，颇为传神。好几年前，澳大利亚一家出版社出版了一本中国女作家三人集《吹过草原的风》，内有《鲁鲁》，译文较为生硬。有的翻译更看不出原作面貌了。《最佳短篇小说》中《鲁鲁》的译者是克利斯朵夫·司密斯。

她们说她们喜欢动物，也喜欢写动物的作品。奇怪的是她们没有读过屠格涅夫的《木木》。话题转到英国文学，说起哈代。莱辛说她喜欢哈代，最喜欢《无名的裘德》。我想我最喜欢的是《还乡》，其中游苔莎一心向往大城市的心态，现在若重读，定会有新的感受。

她们去过了八达岭。莱辛说那一条路很像意大利（希望我没有记错）。她问我写不写长篇小说，我说写的。她说希望早读到，可得找个好翻译。她的小说《金色笔记》已译成中文，我没有勇气替她看看文笔如何，以前读书读稿一目数十行，随意间就完成，现在数行之后眼睛就发花，想看也看不见了。

话题转向了德拉布尔。我说你们家很像勃朗特姊妹一家，三姊妹都写作，有一个兄弟。她笑起来，说："大家都这么说。可是我们的弟弟比她们的强多了。"勃朗特家的男孩游手好闲，有人请客，常找他陪着说话，类似清客一流人物。说话间，德拉布尔送我一本图文并茂的书《作家的不列颠》，其中有许多作家故居和他们吟咏描写过的景物。莱辛也拿出书来，但并不送我，而是交给陶洁，赠英语系。当然这样读这书的人会多得多，是好办法。两个多月后，莱辛从伦敦寄了书来赠我，书名《伦敦观察》，是一本短篇小说集，内容多为自己成为祖国的异乡人这类感受，正是我关心的。

霍罗尔伊德不只写传记，还做了许多组织工作，曾任英国作家协会主席、英国笔会中心主席。他话不多，显得很谦逊。在座的还有英语系教授陈瑞兰，她翻译了多篇安格斯·威尔逊的小说。

客人们希望见她，可能也希望她多译些英国作品吧。

过了几天，数理逻辑专家兼哲学家王浩教授偕夫人哈娜来访。王浩兄留了胡子，须发灰白，若在路上相遇，一定认不得了。他的成就是大家熟悉的，于此不多赘。他们从美国来参加北大校庆，特别是数学系系庆，后在勺园小住。哈娜是捷克人，思路活泼敏捷，说的英语很悦耳。我觉得她很可爱。她说她到北大来，只想见一个人，可惜见不到了，那就是我的父亲——冯友兰先生。人见不到，还可以看看三松，看看遗著，看看我，于是来到三松堂。哈娜说她最喜欢《中国哲学简史》这本书，我们马上互引为同调。我素以为《简史》是一本出神入化的书。写这书时，父亲已有哲学史方面的研究成绩，又创造了自己的哲学体系，两卷本《中国哲学史》和"贞元六书"俱已流传。《简史》将两方面成就融会贯通，深入浅出，内行不觉无味，外行不觉难懂。还有经过卜德教授润饰的英文，可谓清丽流畅。哈娜还喜爱文学，对莱辛、德拉布尔的作品都很熟悉。也说起勃朗特姊妹。人处五洲，肤色各异，可是谈起来都很了解。世界真像个大家庭。

座间还有清华学长唐稚松。他一九四八年到香港，我父亲写信叫他回来，他就回来了。唐兄现任中科院学部委员，一项研究成果获国家自然科学一等奖，为国家人民做出了贡献。除是科学家外，他还是诗人，旧诗格调极高，有"志汇中西归大海，学兼文理求天籁"之句。一九五一年陈寅恪先生曾专函召他赴穗任唐诗助教，可见其造诣。他因另有专长，未能前往。

和王、唐两位谈话，每觉有新趣。他们都是"志汇中西""学兼文理"的人物，聚在一起，真是难得。遗憾的是，说的话我渐渐不懂了，虽用心听着，还如在五里雾中坐地。

　　八月下旬，美国女学者欧迪安来访。她是冯学研究专家，最近将几篇研究冯学的论文译成英文，自己写了一篇洋洋洒洒的序，将在美国出版。她极赞赏父亲对郭象的见解，屡次提到。我乃赠以一本冯氏英译《庄子》，其中有一篇专论郭象的文章。她真是大喜过望，如获至宝。她这次要查清冯著每一本书的出版年月，十分认真仔细。有一本书一时找不到，她辗转问过许多人，那晚深夜又问到我这里，经过补充的线索，终于查清。

　　我还想起另一位女学者，日本的后藤延子。《三松堂全集》中有的文章是她在日本找到的。她也是不肯有一点马虎的，对我们有些学者大而化之的作风频频摇手兼摇头。《三松堂全集》总编纂涂又光曾慨叹道："若不认真努力，愧对延子。"

　　坚忍执着，知其不可而为之，本是我民族精神的重要组成部分，现在似乎是要渐渐融化在滔滔商海中了。不要说皓首穷经，就是肯安下心来坐一坐冷板凳的人也愈来愈少了。

　　然而总有希望。我想起另一位来访者。

　　七十年代末，大家刚刚可以随意走动，三松堂来了个李姓青年人，年纪不过十八九岁，家在河南某县农村。他来的目的，是谈谈读书。他非常喜欢读书，村里无书，便每天步行数十里路，到地区（似是洛阳）图书馆去读书，回家往往在深夜。我后来根据他的谈话写了童话《星之泪》，写星星为一位好学的年轻人照亮路程。他的读书范围很广，除中国经典书籍外，那时正在读西方启蒙运动时的著作。他很想读狄德罗的《拉摩的侄儿》，却找不到。我发愿若买到一定寄去。我把写了他的地址姓名的纸条放在砚台里，过了好几年，纸条终于不见了。

那年轻人后来不知读了多少书，又不知走上了哪一条生活之路。我想，在读书做学问的道路上，总会有更年轻的人跟上来的。

一九九三年十二月

原载《光明日报》一九九三年十二月四日

药杯里的莫扎特

　　一间斗室，长不过五步，宽不过三步，这是一个病人的天地。这天地够宽了，若死了，只需要一个盒子。我住在这里，每天第一要事是"烤电"，在一间黑屋子里，听凭医生和技师用铅块摆出阵势，引导放射线通行。是曰"摆位"。听医生们议论着铅块该往上一点或往下一点，便总觉得自己不大像个人，而像是什么物件。

　　精神渐好一些时，安排了第二要事：听音乐。我素好音乐，喜欢听，也喜欢唱，但总未能登堂入室。唱起来以跑调为能事，常被家人讥笑。好在这些年唱不动了，大家落得耳根清净。听起来耳朵又不高明，一支曲子，听好几遍也不一定记住，和我早年读书时的过目不忘差得远了。但我却是忠实，若哪天不听一点音乐，就似乎少了些什么。在病室里，两盘莫扎特音乐的磁带是我亲密的朋友，使我忘记种种不适，忘记孤独，甚至觉得斗室中天地很宽，生活很美好。

　　三小时的音乐包括三个最后的交响乐《第三十九交响曲》《第四十交响曲》《第四十一交响曲》，还有钢琴协奏曲、提琴协奏曲、单簧管协奏曲等的片段。《第四十交响曲》的开始，像一双灵巧的手，轻拭着听者心上的尘垢，然后给你和着淡淡哀愁的温柔。《第四十一交响曲》素以宏伟著称，我却在乐曲中听出一些洒脱来。他所有的音乐都在说，你会好的。

会吗？将来的事谁也难说。不过除了这疗那疗以外，我还有音乐。它给我安慰，给我支持。

终于出院了，回到离开了几个月的家中，坐下来，便要求听一听音响，那声音到底和用耳机是不同的。莫扎特《第二十一钢琴协奏曲》的第二乐章，提琴组齐奏的那一段悠长美妙的旋律简直像从天外飘落。我觉得自己似乎已溶化在乐曲间，不知身在何处。第二乐章快结尾时，一段简单的下行的乐音，似乎有些不得已，却又是十分明亮，带着春水春山的妩媚，把整个世界都浸透了。没有人真的听见过仙乐，我想莫扎特的音乐胜过仙乐。

别的乐圣们的音乐也很了不起，但都是人间的音乐。贝多芬当然伟大，他把人间的情与理都占尽了，于感动震撼之余，有时会觉得太沉重。好几个朋友都说，在遭遇到不幸时，柴可夫斯基是不能听的，本来就难过，再多些伤心又何必呢。莫扎特可以说是超越了人间的痛苦和烦恼，给人的是几乎透明的纯净，充满了灵气和仙气，用欢乐、快乐的字眼不足以表达。他的音乐是诉诸心灵的，有着无比的真挚和天真烂漫，是蕴藏着信心和希望的对生命的讴歌。

在死亡的门槛边打过来回的人会格外欣赏莫扎特，膜拜莫扎特。他自己受了那么多苦，但他的精神一点没有委顿。他贫病交加，以致穷死，饿死，而他的音乐始终这样丰满辉煌，他把人间的苦难踏在脚下，用音乐的甘霖润泽着所有病痛的身躯和病痛的心灵。他的音乐是真正的"上界的语言"。

虽然时代不同，文化背景不同，专业不同，莫扎特在音乐领域中全能冠军的地位有些像我国文坛上的苏东坡。莫扎特在短促的人生旅程中写出了交响乐、协奏曲、独奏曲、歌剧等许多伟大作品。音乐创作中几乎什么都和他有关，近来还考证出他是摇滚乐的祖师爷。苏东坡在宦游之余写出了诗词文赋等各种体裁的作品，始终是未经册封的文坛盟主。他们都带有仙气，所以后人称东坡为坡仙，传说中八仙过海时来了九朵莲花，第九朵是接东坡的，但他没有去。莫扎特生活在十八世纪，世界已经脱离了传说，也少有想象的光彩了，我却愿意称他为"莫仙"。就个人生活来说，东坡晚年屡遭贬谪直到蛮荒之地。但在他流放的过程中，始终有家人陪伴，侍妾王朝云为侍奉他而埋骨惠州。莫扎特不同，重病时也没有家人的关心，但是他不孤独，他有音乐。（比较起来，中国女子多么伟大！）

回家以后的日子里，主要内容仍是服药。最兴师动众且大张旗鼓的是服中药。我手捧药杯喝那苦汁时，下药（不是下酒）的是音乐。似乎边听音乐边服药，药的苦味也轻多了。听的曲目较广，贝多芬、柴可夫斯基、肖邦、拉赫玛尼诺夫等，还有各种歌剧，都曾助我一口（不是一臂）之力。便是服药中听勃拉姆斯，发现他的《第一交响曲》很好听。但听得最多的，还是莫扎特。

热气从药杯里冉冉升起，音乐在房间里回绕。面对伟大的艺术创造者们，我心中充满了感激。我觉得自己真是幸运而有福气，生在这样美好的艺术已经完成之后——而且，在我对时间有了一点自主权时，还没有完全变成聋子。

一九九四年一月

原载《音乐爱好者》一九九四年一月号

下 放 追 记

　　那是冬天，我们坐着大车慢慢地走近村庄，但路旁的果树还很茂密。不远处的桑干河水结了冰，如一条发亮的银带，蜿蜒远去。我们进了这个村子，住下来，开始下放锻炼。

　　村名温泉屯，属河北省涿鹿县。涿鹿县后来和怀来县合并，后来听说又分开，不知现在到底是什么地名。不过温泉屯始终在桑干河畔，没有移动。我在那里的一段生活，和我一生中的其他岁月大不相同。

　　记得下放回来以后，我曾想写一点文字。当时写了一篇短文，题目是《第七瓶开水》，写我的房东老大娘，在我到别的村子去的日子里，每天为我换新的开水，换到第七瓶，我才回来。原稿的第一句话是"天下的母亲都是慈爱的"，写下来一看，不对，这不是人性论的说法吗？赶快删去！那时处在一个随时随地要进行思想改造的地位，而且认为这是自己的责任，自己随时把头上的紧箍再按按紧，这样也就把想说的话按了回去。写出的文章不可读，所以也就不写。现在看来，往事如同发黄了的旧照片，只有一片模糊。不过有些画面反而分明，因为看到了它的来龙去脉，把它烘托得明朗了。

我们下去的时候，还在"大跃进"运动中，家家户户吃食堂。报上不停地宣传食堂的优越性，而我们在村庄里看到的是男女老少捧着碗、排着队等那一口吃食。尤其是老人和小孩，站不动了也要排着，看了让人心酸。问食堂好不好，他们不敢说，只是苦笑。我曾想给中央写信，但是我没有足够的勇气。赵树理同志是写了信的，后来受到批判。那次批判我也参加了，赵树理检查说："是我自己没有学习好理论，没有听党的话。"我听了十分难过，但是我还是没有勇气站出来说：他是对的。

我们跟着村民一起夜战，挖大渠、修水库。我们和村干部一起做报表，报告一个麦穗上有几粒麦子。无论怎么样日以继夜地拼命，达到谎话连篇的报表数字是不可能的。村民很朴实，村干部中也没有什么品质特别恶劣的人，但是假话成了一种正常现象，假话成了真的，真话倒被认为是假的。如果没有亲到农村，我可能也要积极参加反"右倾"运动，用假话批判真话。幸而我有这个机会看到书斋以外的世界。

下放生活中充满了政治。我们经常开小组会，谈心得体会，进行批评和自我批评。一位同志新婚不久难免想家，因私自回京受到批判，现在想来真是不近人情。然而在以阶级斗争为生活主线的年代，"人情"是划给了资产阶级、小资产阶级的。每期下放中间要整风，必须找出批判对象，人人都可能摊上这一身份，生性谨慎些的人索性事事汇报，自己不负任何责任。后来我想，这也是由于社会原因产生的一种生活方式，完全丧失了自我，甚至是自觉自愿的。

除下放干部内部经常斗争外，农村的各种运动没有消停。要走社会主义道路，要巩固公社，就得斗争。这时候被整的多是社员。到我们回京后，在全国的大饥馑中，便是查抄村干部的家了，翻箱倒柜，看他们有没有私藏粮食，哪里有一点对人的起码尊重！我没有赶上参加这种查抄，暗地有些庆幸。

在下放中，我体会到生活比较原始的面貌。我们周围再没有墙壁，我们和天空、田野，和收获的喜悦、灾难的伤痛都离得很近。那一年夏天，桑干河泛滥，平时安静徐缓的河水，忽然变得面目狰狞，从远处咆哮而来。我们和村民一起运沙袋、搬石头，后来大家把所有的棉被都拿到堤上去了。河水里不断漂下来破门破窗和破烂的家什，还有大牲口的尸体。我们在堤上守望，随时有灭顶之灾，没有谁想到走开，也不觉得怕。村里似乎也没有组织疏散，就这样和洪水对峙，总有两三天光景。最后是人定胜天，战胜了洪水。有一次，在从当时公社所在地五堡到温泉屯的路上遇见大雷雨，土路很快成了泥潭，拔不出脚来，到后来只好手足并用。大野茫茫，每一个闪电都像劈在自己头上，我和两个村干部就这样一路跌跋，到村后都成了泥人儿。远远望见自己的村庄时，真觉得房屋是太可爱了。进了家门，我没有忘记说一句，这真是经风雨，见世面了。

我们参加劳动，冬末春初，为准备春耕平整土地。人们用锄或锹把土块打碎，是为"打土坷垃"。这是力气活，很累人。我喜欢绑葡萄这活计。用马莲叶子把碧绿细嫩的葡萄须绑在架子上，看它们经过人们调理服服帖帖有规有矩，一架架葡萄排下去，像趴伏在地上的一队队小兽，觉得自己帮助了它们，感到劳动的意义。

温泉村果树多，尤其多的是杏和香果，北京人称香果为"虎拉车",不知是否这几个字。春来花如海,一片粉白,香气飘得很远。我们在果园的活儿是打药。没有任何防护,杀虫药的气味很难闻。我总是告诫自己不可畏缩,这就是改造。

公社希望我们写一本公社史,我曾和好几位参加过各种工作的人谈话,给我印象最深的是他们总是记得哪年哪月吃过什么样的饭。一位当时跑交通的农民说,他曾翻越几重山送一件急信。他说,头一天在一个村里吃的格仁粥,即玉米磨碎煮成干饭,第二天在一个村里吃的是绿豆小米干饭,那对他是盛宴,说起来似仍在咂摸那饭的滋味。温泉屯的支书不合原则地怀念解放前的日子,说那时村里小铺卖的油饼真好吃,现在没有了。在六十年代的饥饿中,我对他们记忆的重点稍有体会。千千万万的农民种出粮食养活大家,可是对他们来说,饥饿的威胁并没有远离。

下放一年,我是有收获的,曾想,学生如能在假期到农村去几个月,亲近农民——那毕竟是中国人的大多数,会更好地了解自己的国家,也更懂得我们的历史,只是,那些政治斗争可以免去。

一九九六年五月

原载《宗璞影记》,河北教育出版社,一九九八年九月

一九六六年夏秋之交的某一天

　　本来以为有些事是永不会忘记的。许多年过去了，回想起来，竟然不只少了当时那种泉喷潮涌的感情，事情也渐渐模糊了。写这文章，原拟以六六年某月某日为题的，自己记不得，便去问人。有人说，往事不堪回首，不愿再触动心灵的创伤；有人说，当时连一个字也不敢写，如何记得。于是只好用这样冗长的一个题目。

　　不是为了忘却，却渐渐要忘却了，不免惊恐。

　　文字，能捕捉多少当时的情景？

　　一九六六年夏秋之交，"文化大革命"已开始约三个月了。当时的人，分为革命群众和"牛鬼蛇神"两大阵营，革命群众斗人，"牛鬼蛇神"被斗。斗人的人为了提高斗争技术，各单位间互相串连观摩，钻研怎样把"牛鬼蛇神"斗倒斗臭斗垮，就像钻研某种技术，要有发明创造一样。这年春天，我曾在卞之琳先生指导下读一些卡夫卡的作品，被斗时便常想卡君的小说《在流放地》，那杀人机器也是经过精心钻研制成的。

　　当时的哲学社会科学部大概是仅次于北大清华的"文革"先

进单位，每天来看大字报的人如赶集一般。院中一个大席棚，是练兵习武之所，常常有斗争会。各研究所的"牛鬼蛇神"，除在本所被斗外，还常被揪到席棚中，接受批判和喷气式等简易刑法。

那时两派已兴，两派都去找中央领导同志做靠山。一次在一张小字报上看见一派访某领导同志的记录。那位领导说，你们是学部的？你们都是研究什么的？我为这句话暗自笑了半天。"你们都是研究什么的？"我在心中回答："杀人！都是研究杀人的！"这样想，是因我是斗争对象；若属于相反的那一类，大概我也会"研究"，因为那是任务。

斗争形式不断发展，这也是研究的结果罢。一九六六年夏秋之交的某一天，文学研究所主办了一次批判何其芳的大会，学部大部分"牛鬼蛇神"出席陪斗。

大会在吉祥剧院举行。头一天发票，票不敷发，有的难友没有得到。会后才知，不让参加，实在是很大的"照顾"和"保护"。

那天很热。记得我穿着短袖衬衫，坐在剧场的左后方。场中人很快坐满，除了学部的群众，还有北大、作协的人来取经助阵。

不记得哪位主持会。不记得也好。

何其芳在几位革命者的押解下，走出台来，垂头站在台上。他身穿七零八落的纸衣，手持一面木牌，牌上大书三个黑字：何其臭！

"打倒何其芳！""把无产阶级革命进行到底！"声势吓人。

何其芳开始检讨。没有说几句，便有人按头。总嫌他弯腰不够深，直把他按得跪在地下。他努力挣扎，都起不来。

"我有错，我有错——"他的四川话在剧场（应该说是刑场）

中颤抖。

"何其臭"的牌子掉了，他爬着捡起来，仍跪在地下。

直到现在，我认为，还是没有一篇研究《红楼梦》的文章超过其芳同志的那一篇。直到现在，中、外两个文学研究所的工作人员仍在怀念他的领导与教诲。而那美丽的《画梦录》，又是怎样地感染着我啊！

这样的人，跪在地下！把学术研究、文学创作和组织工作才能集于一身的人跪在地下！

他不停地在说，我有错，我有错！

"文革"开始时，便在批判何其芳了。开过好几次所谓的党员大会，吸收群众参加。他似乎不了解自己的处境（当时谁又了解自己的处境！），仍在据理力争，滔滔而辩。有一个系背带的瘦高个儿，把他推搡了几次。我当时坐在门边，和一位以温良恭俭让著称的同事小声议论："为什么推人？太不尊重人了！我们站起来说！"但我们没有站起来说。我们腼腆，不习惯当众讲话，我们太怯懦！那位同事还说，得学着说话辩论，不然被坏人掌了权怎么办！其实真理不是愈辩愈明，理早铸好了，铸成一个个通红的罪名，不断地烫在人脸上！

两位陪斗者被推了上来，俞平伯和余冠英。他们也穿着纸做的戏衣，头上还戴着有翅的纸纱帽，脚步踉跄，站立不稳，立刻成为声震屋瓦的口号打倒的对象。

剧场左门出现骚动。"打倒邵荃麟！"几个人高喊。他们押着瘦骨嶙峋的荃麟走上台去。荃麟因"中间人物论"获罪后，不再任作协领导，调到外文所任研究员，但仍在作协接受批判。学部开大会，捉他来斗，自是应该。

好像有几个批判发言，我相信绝大多数出于革命热情。发言者声嘶力竭地叫喊一番，喊过了，仍让何其芳检讨。

其芳同志仍跪着，声音断断续续，提到对《红楼梦》的看法，也算一大罪行。"站起来说！"有人喝叫。待他勉强站起来，又扑上去几个汉子，按头折臂，直按到他又跪下。

让他站起，是为了按他跪下！

这样几次。又把另外几位折腾一阵，似乎不新鲜了，便呼叫大批陪斗的人。

"冯至！"冯先生上了台。外文所一次批斗会后，曾让"对象"们鸣锣绕圈，冯至打头，我在最后。看来愈绕处境愈惨，是永远绕不出去了。

"贾芝！"一人一手按头，一手扭住手臂。他坐着"喷气式"上了台。

剧场中杀气腾腾，口号声此起彼落。在这一片喧闹下面，我感到极深的沉默，血淋淋的沉默。

很快满台黑压压一片，他们都戴上纸糊高帽，写着是哪一种罪人。比起戴痰盂尿罐的，毕竟文明多了。

学术权威大都叫过后，叫到一些科室负责人和被认为是铁杆老保的人。"牟怀真！"这是外文所图书室主任，一位胖胖的大姐。

忽然一个造反派看见了我。

"冯锺璞！"他大叫。

我不等第二声，起身跑上前去。我怕人碰我，尽量弯着身子，像一条虫。上了台，发现天幕后摆着剩下的几顶高帽子，没有我的。

事先没想到叫我。

"快糊!"有人低声说。

有人把我们挨个儿认真按了一遍。我只有一个念头，尽量弯得合格，尽量把自己缩小。

过了些时，眼前的许多脚慢慢移动起来。"牛鬼蛇神"们排着队到麦克风前自报家门，便可下台了。

我听见许多熟悉的声音，声音都很平静。

轮到我了。我不知道自己的罪名到底是什么。那时把学不够深、位不够高而又欲加之罪的人，称作三反分子。三反者，反党、反社会主义、反毛泽东思想是也。我走到麦克风前如此报了名。台下好几个人叫："看看你的帽子!"我取下帽子，见白纸黑字，写着"冯友兰的女儿"。

冯友兰的女儿又说明什么呢?

我积极地自加形容词："反动学术权威冯友兰的女儿。"台下不再嚷叫。这女儿的身份原来比三反分子更重要。

下台时没有折磨。台上剩的人不多了，仍吸引着人们注意。我从太平门出来，发现世界很亮。

我居然有了思想，庆幸自己不是生在明朝。若在明朝，岂不要经官发卖! 这样想着，眼前的东华门大街在熙熙攘攘下面透出血淋淋的沉默。

"冯锺璞!"怯怯的声音，原来是荃麟在叫我。他在北河沿口上转。"顶银胡同在哪里? 我找不到。"顶银胡同某号是作协的监房，他要回监去。

"荃麟同志!"我低声说，"你身体好吗? "他脸上有一个笑容，看去很平静，望着我似乎想说什么，说出来的仍是"顶银胡同在哪里"。

我引他走了十几步，指给他方向，看着他那好像随时要摔倒的身影，混进人群中去了。

我不只继承了"反动"的血液，也和众多"反动"人物有着各种各样的联系。他们看着我长大。荃麟卸职前，总是鼓励我写作，并为我向《世界文学》请过创作假。

而这些敬爱的师长，连同我的父亲和我自己，一个个都成了十恶不赦的罪人！

我慢慢走回当时的住所，迺兹府二十七号。那里不成为"家"，因为只有我一个人。小院里有两间北房，两间东房，院中长满莫名其妙的植物，森森然伴着我。

坐下休息了一阵，思想渐渐集中，想着一个问题，那便是：要不要自杀？

这么多学术精英站在一个台上，被人肆意凌辱！而这一切，是在革命的口号下进行的。这世界，以后还不知怎样荒谬，怎样灭绝人性！我不愿看见明天，也不忍看见明天。就我自己来说，为了不受人格侮辱，不让人推来搡去，自杀也是唯一的路。

如果当时手边有安眠药，大概我早已静静地睡去了。但我没有。操刀动剪上吊投河太可怕。我愿意平平静静，不动声色。忽然那"冯友兰的女儿"的纸帽在眼前晃了一下，我悚然而惊。年迈的父母已处在死亡的边缘，难道我再来推上一把，使亲者痛，仇者快？我不知道仇者是谁，却似乎面对了他：偏活着！绝不死！

过了明天，还有后天呢。

整个小院塞满了寂静。黑夜逼近来了。我没有开灯便睡了。先睡再说。我太累了。

睡了不知多少时候，忽然惊醒。房间里所有的灯都亮了。三盏灯，大灯、台灯、床头灯。我坐起来，本能地下床，一一关了。隔窗忽见东房的灯也亮着。

我毫不迟疑，开门走过黑黝黝的小院，进到东房。这里也是三个灯，大放光明。我也一一关了，回到北房。开灯看钟，两点二十五分，正是夜深时候。

关灯坐了一会儿，看它是否再亮。它们本分地黑着，我便睡了。奇怪的是，我一点也不害怕，睡眠来得很容易。

我活着，随即得了一场重病。偏偏没有死。

许多许多人去世了。我还活着，记下了一九六六年夏秋之交的这一天。

一九八九年四月

原载《宗璞散文选集》，百花文艺出版社，一九九三年十二月

那青草覆盖的地方

那青草覆盖的地方，藏着一段历史和一段我一生中最美好的记忆。

清华园内工字厅西南，有一片小树林。幼时觉得树高草密，一条小径弯曲通过，很是深幽，是捉迷藏的好地方。树林的西南有三座房屋，当时称为甲、乙、丙三所。甲所是校长住宅。最靠近树林的是乙所。乙所东、北两面都是树林，南面与甲所相邻，西边有一条小溪，溪水潺潺，流往工字厅后荷花池。我们曾把折好的纸船涂上蜡，放进小溪，再跑到荷花池等候，但从没有一只船到达。

先父冯友兰先生作为哲学家、哲学史家已经载入史册。他自撰的茔联"三史释今古，六书纪贞元"，概括了自己的学术成就。他一生都在学校工作，从未离开教师的岗位，他对中国教育事业的贡献是和清华分不开的，是和清华的成长分不开的。这是历史。

一九二八年十月，他到清华工作，找到"安身立命之地"。先在南院十七号居住，一九三〇年四月迁到乙所。从此，我便在树林与溪水之间成长。抗战时，全家随学校去南方，复员后回来仍

374

住在这里。我从成志小学、西南联大附中到清华大学，已不觉得树林有多么高大，溪水也逐渐干涸，这里已不再是儿时的快乐天地，而有了更丰富的内容。一九五二年院系调整，父亲离开了清华，以后不知什么时候，乙所被拆掉了，只剩下这一片青草覆盖的地方。

清华取消了文科，这不只是清华，也是整个教育界、学术界的重大损失。同学们现在谈起还是非常痛心。那时清华的人文学科，精英荟萃。也许不必提出什么学派之说，也许每一位先生都可以自成一家，但长期在一起难免互有熏陶，就会有一些共同的特色。不要说一个学科，就是文、理、法、工各个方面也是互相滋养的。单一的训练只能培养匠气，这一点越来越得到共识。

父亲初到清华就参与了一件大事，那就是清华的归属问题，从隶属外交部改为隶属教育部。他曾作为教授会代表到南京，参加当时清华的董事会，进行力争，经过当时的校长罗家伦和大家的努力，最后清华隶属教育部。我记得以前悬挂在西校门的牌子上就赫然写着"国立清华大学"。了解历史的人走过门前都会有一种自豪感，因为清华大学的成立，是中国近代学术独立自主的发展过程的标志。

在乙所的日子是父亲最有创造性的日子。除教书、著书以外，他一直参与学校的领导工作。一九二九年任哲学系主任，从一九三一年起任文学院院长。当时各院院长由教授会选举产生，每两年改选一次。父亲任文学院院长长达十八年，直到解放才卸去一切职务。十八年的日子里，父亲为清华文科的建设和发展做出了哪些贡献，现在还少研究。我只是相信，学富五车的清华教授们是有眼光的，不会一次又一次地选出一个无作为、不称职的人。

在清华校史中有两次危难时刻。一次是一九三〇年，罗家伦校长离校，校务会议公推冯先生主持校务，直至一九三一年四月吴南轩奉派到校。又一次是一九四八年底，临近解放，梅贻琦校长南去，校务会议又公推冯先生为校务会议代理主席，主持校务，直到一九四九年五月。世界很大，人们可以以不同的政治眼光看待事物。冯先生后来的日子是无比艰难的，但他在清华所做的一切无愧于历史的发展。

作为一个教育工作者，他爱学生。他认为清华学生是最可宝贵的，应该不受任何政治势力的伤害。他居住的乙所曾使进步学生免遭逮捕。一九三六年，国民党大肆搜捕进步学生，当时的学生领袖黄诚和姚依林躲在冯友兰家，平安度过了搜捕之夜，最近出版的《姚依林传》也记载了此事。据说当时黄诚还作了一首诗，可惜没有流传。临解放时，又一次逮捕学生，女学生裴毓荪躲在我家天花板上。记得那一次军警深入内室，还盘问我是什么人。后来为安全计，裴毓荪转移到别处。七十年代中，毓荪学长还写过热情的来信。这样念旧的人，现在不多了。

学者们年事日高，总希望传授所学，父亲也不例外。解放后他的定位是批判对象，怎敢扩大影响。但在内心深处，他有一个感叹，一种悲哀，那就是他说过的八个字："家藏万贯，膝下无儿。"形象地表现了在一个时期内，我们文化的断裂。可以庆幸的是这些年来，"三史""六书"俱在出版。一位读者来信，说他明知冯先生已去世，但他读了"贞元六书"，认为作者是不死的，所以信上的上款要写作者的名字。

父亲对我们很少训诲，而多在潜移默化。他虽然担负着许多工作，和孩子们的接触不很多，但我们却感到他总在看着我们，关心着我们。记得一次和弟弟，还有小朋友们一起玩。那时我们常把各种杂志放在地板上铺成一条路，在上面走来走去，不知为什么他们都不理我了。我们可能发出了什么响声，父亲忽然叫我到他的书房去，拿出一本唐诗命我背，那就是我背诵的第一首诗，白居易的《百炼镜》。这些年我一直想写一个故事，题目是《铸镜人之死》。我想，铸镜人也会像铸剑人投身入火一样，为了镜的至臻完美，纵身跳入江中（"江心波上舟中制，五月五日日午时"），化为镜的精魂。不过又有多少人了解这铸镜人的精神呢？但这故事大概也会像我的很多想法一样，埋没在脑海中了。

此后，背诗就成了一个习惯。父母分工，父亲管选诗，母亲管背诵。短诗一天一首，《长恨歌》《琵琶行》则分为几段，每天背一段。母亲那时的住房，三面皆窗，称为玻璃房。记得早上上学前，常背着书包，到玻璃房中，站在母亲的镜台前，背过了诗才去上学。

乙所中的父亲工作顺利，著述有成。母亲持家有方，孩子们的读书声笑语声常在房中飘荡。这是一个温暖幸福的家。这个家还和社会联系着，和时代联系着。不只父亲在复杂动乱的局面前不退避，母亲也不只关心自己的小家。一九三三年，日军侵犯古北口，教授夫人们赶制寒衣，送给抗日将士。一九四八年冬，清华师生员工组织了护校团，日夜巡逻，母亲用大锅熬粥，给护校的人预备夜餐。一位从联大到清华的学生，许多年后见到我时还说："我喝过你们家的粥，很暖和。"煮粥是小事，不过确实很暖和。

那青草覆盖的地方，虽然现在草还不很绿，我还是感觉到暖意。

这暖意是从逝去了而深印在这片土地上的岁月来的，是从父母的根上来的，是从弥漫在水木清华间的一种文化精神的滋养和庇荫来的。我倚杖站在小溪边，惊异于自己的老而且病。以后连记忆也不会有了，这一片青草覆盖的地方，又会变成什么模样？

一九九九年四月中旬写，六月初改定

原载《永远的清华园》，北京出版社，二〇〇〇年四月

那祥云缭绕的地方
——记清华大学图书馆

　　图书馆，在一座大学里，永远是很重要的，教师在这里钻研学问，学子在这里发奋学习，任何的学术成就都是和图书馆分不开的。

　　我结识清华图书馆是从襁褓中开始的。我出生两个月，父亲执教清华，全家移居清华园。母亲在园中来去，少不得抱着我，或用婴儿车推着我。从那时，我便看见了清华图书馆。我想，最初我还不会知道那是什么。渐渐地，能认识那是一座大建筑。在上幼稚园时就知道那是图书馆了。

　　图书馆外面的石阶很高，里面的屋顶也很高，一进门便有一种肃穆的气氛。说来惭愧，对于孩子们，它竟是一个好玩的地方。不记得什么时候了，我第一次走进图书馆，父亲当时在楼下，向南的甬道里有一间朝东的房间，我和弟弟大概是跟着父亲走进来的。那房间很乱，堆满书籍文件，我不清楚那是办公室还是个人研究室，也许是兼而用之。每次去不能多停，我们本应立即出馆，但常做非法逗留，在房间外面玩。给我们的告诫是不准大声说话，于是我们的舌头不活动，腿却自由地活动。我们把朝南和朝西的甬道都走到头，甬道很黑，有些神秘，走在里面像是探险，有时我们去爬楼梯，跑到楼上再跑下来。我们还从楼下的饮水管中，吸满一口水，飞快地跑到楼梯顶往下吐，就听见水落地"啪"的一声，觉得真有趣。我们想笑却不敢笑，这样的活动从来没有被人发现。

上小学时学会骑车，有时由哥哥带着坐大梁，有时自己骑。当时校中人不多，路上清静，慢慢地骑着车左顾右盼很是惬意。我们从大礼堂东边绕过去，到图书馆前下车，走上台阶，再跑下来，再继续骑，算是过了一座桥。我们仰头再仰头，看这座"桥"和上面的楼顶。楼顶似乎紧接着天上的云彩。云彩大都简单，一两笔白色而已，但却使整个建筑显得丰富。多么高大，多么好看。这印象还留在我心底。

从外面看图书馆有东西两翼，东面的爬墙虎爬得很高，西面的窗外有一排紫荆树，那紫色很好看，可是我不喜欢紫荆，对于看不出花瓣的花朵我们很不以为然。有人说紫荆是清华的校花，如果真是这样，当然要刮目相看。

抗战开始，我们离开清华园，一去八年，对北平的思念其实是对清华园的思念。在清华园中长大的孩子对北平的印象不够丰富，而梦里塞满了树林、小路、荷塘和那一片包括大礼堂、工字厅等处的祥云缭绕的地方。胜利以后，我进入清华外文系学习，在家中虽然有一个小天地，图书馆是少不得要去的。我喜欢那大阅览室，这里是那样安静，每个人都在专心地读书。只有轻微的翻书页的声音。几个大字典架靠墙站着，字典永远是打开的，不时有人翻阅。我总是坐在最里面的一张桌上，因为出入都要走一段路，就可以让自己多坐一会儿。在那里看一些参考书，做各种作业。在家里写不出的作文，在图书馆里似乎是被那种气氛感染，很快便写出来。当然也有时在图书馆做功课不顺利，在家中自己的小天地里做得很快。

在这一段日子里，我惊异地发现图书馆变得越来越小，不像儿时印象中那样高大，但它仍是壮丽的，也常有一两笔白色的云依在楼顶。

四年级时，便要做毕业论文，可以进入书库。置身于书库中，真像是置身于一个智慧的海洋，还有那清华图书馆著名的玻璃地板，半透明的。让人觉得像是走在湖水上，也像是走在云彩上，真是祥云缭绕了。我的论文题目是托马斯·哈代的诗，本来我喜欢哈代的小说，后来发现他的诗也是大家，深刻而有感染力，便选了他的诗做论文题目。导师是美国教授温德。在书库里流连徜徉真是乐事，只是在当时火热的革命形势中，不很心安理得，觉得喜欢书库是一种落后的表现。直到以后很多年，经过时间的洗磨，又经过不断改造，我只记得曾以哈代为题做毕业论文，内容却记不起了。有一次，偶然读到卞之琳翻译的哈代的诗，竟惊奇哈代的诗原来这样好。

那时，图书馆里有教室。我选了邓以蛰的美学，便是在图书馆里授课，在哪间房间记不起了。这门课除我之外还有一个男生，邓先生却像有一百个听众似的，每次都做了充分准备，带了许多图片，为我们放幻灯。幻灯片里有许多名画和建筑，我在这里第一次看见蒙娜丽莎，可惜不记得邓先生的讲解了。这门课告诉我们，科学的顶尖是数学，艺术的顶尖是音乐。只是当时没有音响设备，课上没有听音乐。

父亲在图书馆楼下仍有一个房间，我有时去看看。常见隔壁的房门敞开着，哲学系学长唐稚松在里面读书，唐兄先学哲学又学数学，现在在"计算机科学与软件工程"方面有重大成就，享有国际声誉。我们在电话中谈起图书馆，谈起清华，都认为清华教我们自强、严谨，要有创造性，终身不能忘。

从清华图书馆里走出来的还有少年闻一多和青年曹禺。闻一多一九一二年入清华学堂，在清华学习九年，少不了要在图书馆读书。九年中他在课余写的旧体诗文自编为《古瓦集》，去年经整理后出版。可惜我目力太弱，已不能阅读，只能抚摸那典雅的蓝缎面，让想象飞翔在那一片彩云之上。

曹禺的第一部剧作《雷雨》是在清华图书馆里写成的。我想那文科的教育，外国文学的熏陶，那祥云缭绕的书库，无疑会影响着曹禺的成熟和发展。我们不能说清华给了我们一个曹禺，但我们可以说清华有助于万家宝成为曹禺。我想，演员若能扮演曹禺剧中人物，是一种幸运。他的台词几乎不用背，自然就会记得。"太阳出来了，黑暗留在后头，但是太阳不是我们的，我们要睡了。"上中学时，如果有人说一句"太阳出来了"，立刻会有人接上"黑暗留在后头"。"我的中国名字叫张乔治，外国名字叫乔治张"，短短两句话给了多么宽广的表演天地。也许这是外行话，但这是我的感受。

从图书馆走出的还有许多在各方面有成就的人，无论成就大小，贡献大小，都是促使社会进步的力量，想来在清华献出了毕生精力的教职员工都会感到安慰。

我已经把哈代忘了许多年。忽然有一天，清华图书馆韦老师告知我，清华图书馆中保存了我的毕业论文，这真是意外之喜。后知馆中还存有一九五〇、五一级的部分论文。我即分告同班诸友，大家都很高兴。韦老师寄来了我的论文复印件，可翻译为《哈代诗歌中的必然观念》，厚厚的有二十七页。我拿到这一册东西，仿佛看见了五十年前的自己，全部文章是我自己打出来的，记得为打这篇论文，我特地学了英文打字。原来我是想写一本研究哈代的书，这论文不过是第一章。生活里是要不断地忘记许多事，不然会太沉重，忘得太多却也可惜。我在论文的序言中说，希望以后有时间真写出一本研究哈代的专著以完夙愿。这夙愿看来是完不成了。我已告别阅读，无法再读哈代，也无法读自己五十年前写的文字。我想，若是能读，也读不懂了。

今年夏天，目疾稍稳定，去清华参观新安排的"冯友兰文库"，顺便也到图书馆看看。大阅览室依旧，许多同学在埋头读书，安静极了。若是五年换一届学生，这里已换过十届了。岁月流逝，一届届学生的黑发变成银丝，但那自强不息的精神永在。

原载《不尽书缘》，清华大学出版社，二〇〇一年

从近视眼到远视眼

经过不到半小时的手术，我从近视眼一变而为远视眼。这是今年六月间的事。

我的眼睛近视由来已久。八九岁时看林译《块肉余生述》，暮色渐浓，还不肯放，现在还记得"大野沉沉如墨"的句子。抗战期间的菜油灯更是培养近视眼的好工具。五十几年，脸上从未脱离眼镜，老来患白内障，眼前更是一片迷茫，戴不戴眼镜也没有什么区别了。"老年花似雾中看"，我以为这也是人必然要经过的"老"的滋味。

可是人太可尊敬了，太伟大了，能够修理自己，让自己重又处在明亮绚丽的世界中。手术后我透过眼罩的缝隙看到地上有许多花纹，还以为眼睛出了毛病，一问才知道病房里的地板本来就有花纹，只是我原来看不见。因为感到明亮，以为房间里换了电灯泡，其实也是自己的眼睛在作怪。取下眼罩时，我先看见横过窗前的树枝，每片叶子是那样清楚，医院门前的一树马缨花，原来由家人介绍过，现在也看到了颜色。近年来我看人都只见一个轮廓，这时眼前的医生有了眉眼，我不由得欢喜地对大夫说："我看见你了。"

本是最亲近的家人，这些年也是模糊的。现在看到老伴的头顶只剩下不多的头发，女儿的脸上已添了几道皱纹。我猛然觉得生活是这样实在，这样暖热，因为我看到了。

病房走廊外面，是那座尼泊尔式的白塔。以前我知道那里有这座塔，家人指着说："看呀，看呀，就在眼前。"我看不见。因为习惯了由别人代看，也不觉得懊恼。这时我特地到窗前去看，原来那塔很近，很大，很白，由蓝天衬着，看上去有几分俏皮，不是中国塔的风格。我在这塔的旁边从近视眼变成远视眼，它应该是我的朋友。

因为高度近视，将白内障取出后，不放人工晶体。结果是两眼各有几百度的远视，成了远视眼。我看不清东西时，习惯地把它拿近，反而更看不清，倒是远处的东西较清楚。虽不能像正常人，我已经很满足了。我们回家，进了西门，经过大片荷塘时，见朵朵红荷正在盛开，花瓣的线条都显得那样精神。露珠在荷叶上滚动，我几乎想走下车去摸一摸。燕南园好几栋房屋换过房顶，我第一次看清一层层的瓦。走进家门，院中的荒草好像在打招呼，说："看看我们，早该收拾了。"我本以为我的住处很整洁，却原来只是一种幻象。现在看到的是有裂纹和水迹的房顶，白粉剥落的墙壁，还有油漆差不多褪尽的地板。而且这里那里的角落，都积有灰尘。

我看着窗外一只灰尾巴喜鹊坐在丁香的一段枯枝上，它飞走了，又一只黑尾巴喜鹊飞来。这两种喜鹊是两个家庭，"文化大革命"前就居住在这里，"文革"时鸟儿也逃难，后来迁回。这几年，鸟丁兴旺，我只听见闹喳喳，这时看得清楚，恍如旧友重逢。它们似乎也在问我："嘿，你怎样了？"

我们素来阴暗的房间增加了亮度，我在镜中看到了自己，我有很长时间没有"自知之明"了。我相信通过爱心而做出的描述，总之是不显老。现在我看清了自己的额前沟壑，眼下丘陵。忽然想到了"不许人间见白头"这句话。看来，近视眼也有好处，让人不知道老态的存在。

我去医院复查，沿路大声念着街旁店铺的招牌，"看，这个馆子叫湘菩提。""哦！这儿还有鱼翅宴。"司机很觉莫名其妙。他哪里知道看得见的快乐。

七月六日我们去游览白塔寺，也拜访我的朋友——那座白塔。这天下着小雨，家人说，他们来来去去看见正门是不开的。我们打着伞走过去，却见正门洞开，门不高大，有七七四十九颗门钉在微雨中闪闪发亮。我们走进去，见院中有一个新铸的鼎，为西城区金融界所献，鼎上有一条彩色的龙。这鼎似乎与佛法较远。前面的殿正举行万佛艺术展，因为离得近，我反而看不清每个塑像的姿态面目。正殿供奉据说是三世佛，居中是释迦牟尼不成问题，两旁是阿弥陀佛和药师佛。我有些疑惑，觉得在别处看到的未来佛和过去佛好像不是这两位。我们走到白塔下面，塔身高五十一丈，只能看见底座，又据说转塔一周可以祈福消灾。这时一位游人——我们之外唯一的游客，她对我们说："白塔寺正门从今天起正式开放，今天是阴历五月二十三日，好像和观音菩萨有什么关系。我们是第一批走进第一次开的正门，真是有福气。"我们绕塔一周，在塔后看到四株古老的楸树，不知有多少年了。我想如果世上真有福气，它应该属于驱逐病魔的医生们。他们使人的生命延长，他们使人离开黑暗，其实是他们给了病人福气。作为医学界代表的药师佛怎么能是过去佛呢，他应该属于未来。

医学是科学的一部分。我默默念诵，科学真是了不起！人类真是了不起！有了科学才有各种治疗，有了人的智慧才有科学。人类智慧的一大特点是有想象力，这样才能创造。千万不要扼杀想象力！人类另一个特点是能积累经验，在积累的经验上才能求得进步。不知多少治疗的经验，才捧出一双双明亮的眼睛。经验是最可宝贵的，怎能忘记！

最初的喜悦过去了。因两眼视力不平衡，我看到的世界不很端正，楼房、车辆都有些像卡通。想想也很有趣，是近视眼时，常常要犯错误。作为眼疾患者的日子，更是过得糊里糊涂。成为远视眼，又看不清近处的事。希望能逐渐得到调整，若是能够，也许日子会过得清醒些。

牛顿在他七十岁的时候，人问他得到了什么，他答道："不过在人生的海滩上拾到了一些蚌与螺。"我总觉得这句话很美，美得让我感动。

我已迈过了七十岁。回头一看，我拾到的不过是极小的石粒。如果我有一双较正常的眼睛，又不是那么糊涂，我还会多拾几颗小石粒，虽然它们很平凡，虽然它们终究都是要漏去的。

一九九九年七月下旬

原载《人民文学》一九九九年第十期

告别阅读

二〇〇〇年，正逢阴历龙年。春节前，看到各种颜色鲜艳、印刷精美的贺卡，写着千禧龙年，街上挂着红灯，摆着花篮，真觉得辉煌无比。

龙年是我的本命年，还未进入龙年，便有人说，你要准备一条红腰带。我笑笑说，才不信那些呢。临近兔年除夕，我站在窗前，突然眼前一黑，左眼中仿佛遮上了一层黑纱帘，它是我依靠的那只眼睛，右眼早已不大能用。现在一切都变得朦胧，这是怎么了？我很奇怪。自从去年夏天，做过白内障手术后，我已经习惯了过明白日子，而且以为再不会糊涂，现在的情况显然是眼睛又出了问题。因为就要过节，只好等到春节后再去就医。

龙年的第一件大事便是去医院。诊断是我没有想到的：视网膜脱落。医生说只要做一个小手术，打气泡到眼睛里，即可复位。我便听医生的话住院，做手术。手术后真有两周令人兴奋的时光，眼前的纱帘没有了，一切和以前差不多，头脑似乎还更清楚些。

不料十几天后，气泡消尽，再加上我患喘息性支气管炎，咳嗽得山摇地动。二月二十七日，视网膜再次脱落。

我只有再次求医，医生还是说要打气泡。我想这次脱落的范围大了，气泡是否顶得住。经过劝说，还是做了打气泡的决定。

当时我认为咳嗽是大敌，特住进医院求保护，果然咳嗽是躲过了，但仍然没有躲过网脱。

三月二十日，气泡快消尽时，视网膜第三次脱落。气泡果然不能完成任务。我清楚地看见，视网膜挂在眼前，不再是黑纱，而像是布片。夜晚，我久不能寐，依稀看见窗下的月光。月光淡淡的，我很想去抚摸它，我怕自己再也不能感受光亮。查夜的护士问，为什么不睡？有什么不舒服？我只能说，我很不幸。

第三次手术，是把硅油打在眼睛里，是眼科的大手术。手术确定了，可是没有床位。一天天过去了，可以清楚地感觉到网脱的范围越来越大，后来，无论怎样睁大眼睛，眼前还是一片黑暗，无边无涯，没有人能帮助我解脱。忽然，我仿佛看见了我的父亲，他也睁大了他那视而不见的眼睛，手拈银须，面带微笑，安详地口授巨著。晚年的父亲是准盲人，可是他从未停止工作。以后父亲多次出现在黑暗中，像是在指点我，应该怎样面对灾祸。

终于熬到了住进医院，熬到了做手术的这天。上手术台前的诊断是，视网膜全脱。

在手术室里还和麻醉师有一番争论。麻醉师很年轻，很认真负责。她见我头晕，十分艰难地躺上手术台，便不肯用原定的麻醉计划，说："你这是要眼睛不要命。要我麻醉最好再签一回字。"经主刀医生解释，已经过各科会诊，麻醉师最后同意用局麻进行手术。她怕我出问题，给麻药很吝啬。于是我向关云长学习，进行了一次刮骨疗毒。麻醉师也是有道理的，疼是小事，命是大事。

手术安排得不恰当，时间的延误，我都没有什么好抱怨的，我只怪一个人，那就是上帝。他老人家造人造得太不完美了，好好的器官，怎么要擅离职守掉下来，而且还顽固地不肯复位。头在颈上，手在臂上，脚在腿上，谁曾见它们掉下来过？怎么视网膜这样特别？

其实，我自己也知道这不过是几句气话。网脱是一种病，高度近视是起因。我再一次被病魔擒获。

手术顺利，离战胜病魔还很远。接下来的是长期俯卧位——趴着。人是站立的动物，怎么能趴着呢？为了眼睛也渐习惯了。据说手术成功与否和是否认真趴着很有关系。硅油的作用是帮着视网膜重新长好。三个月到半年后，再做一次手术将油取出。油取出后常有视网膜重新脱落的病例。我真奇怪科学发展这样迅速，怎么对网脱的治疗没有完善的办法。用油或气顶住，气消失油取出后，重脱的可能性极大，也只能到时候再说了。希望我这是杞人忧天。

手术后，重又感觉到光亮。视力已经很可怜，但是能感觉光亮。光亮和黑暗是两个世界，就像阳间和阴间一样。我又回到了阳间，摆脱了黑暗，我很满足。回到家中，我在房间里走来走去，还可以指出窗帘该换，猫该洗了。丁香早已开过，草玉兰还剩几朵，我赶上了蔷薇花，有人家的蔷薇一直爬到楼上，几百朵同时开放，我看不清楚花朵，但能感受到那是一大幅鲜艳的画图。

但是我不再能阅读。

对于从小躲在被子里看小说的我来说，不能阅读真是残酷的事。文字给了我多么丰富，多么美妙的世界，小小的方块字，把社会和历史都摆在了面前。我曾长时期因患白内障不能阅读，但那时总怀有希望，总以为将来还是能看书的。午夜梦回，开出一长串书单，我要读丘吉尔的文章，感受他的文采，《维摩诘所说经》、苏曼殊文都想再读。白内障手术后，这些都未做到，但是希望并未灭绝。视网膜的叛变，扑灭了读书的希望，我不再能享受文字的世界，也不再能从随时随地磕头碰脑的书中汲取营养。我觉得自己好像孤零零地悬在空中，少了许多联系，变得迟钝了，干瘪了，奇怪的是我没有一点烦躁。既然我在健康上是这样贫穷，就只能安心地过一种清贫的生活。我的箪食瓢饮就是报刊上的大字标题，或书籍封面上的名字，我只有谨慎地保护维持目前的视力，不要变成盲人。

我的父亲晚年成为准盲人，但思想仍是那样丰富，因为他有储存，可以"反刍"。这一点我是做不到的。听人读书也是一乐，但和阅读毕竟是不一样的。幸好我还有一位真正可听的朋友，那就是音乐。

文学和音乐，伴随着我的一生。可以说，文学是已完嫁娶的终身伴侣，音乐是永不变心的情人（如果世界上有这种东西的话）。文学是土地，是粮食；音乐是泉水，是盐。文学的土地是我耕耘的，它是这样无比宽广，容纳万物。音乐的泉水流动着，洗涤着听者的灵魂，帮助我耕耘。

我又站在窗前，想起父亲在不能读写时，写出的那部大书，模糊中似乎看见老人坐在轮椅上，指一指院中的几朵蔷薇，粉红色的花瓣有些透亮。忽然间，"桃色的云"出现在花架边，他是盲诗人爱罗先珂笔下的精灵——春的侍者。我揉揉眼睛，"桃色的云"

那翩翩美少年，手持蔷薇花，正含笑站在那里。

我不能读书，可是我可以写书。也许，我不读别人的书，更能写好自己的书。

我用大话安慰自己，平心静气地告别阅读。

原载《中华散文》二〇〇〇年九月号（第九期）

扔掉名字

　　宗璞，原名冯锺璞，这是我简历的开场白。原名冯锺璞，就应该行不更名，坐不改姓，怎么又编出一个宗璞来？原因只有一条：我不喜欢"锺"的简体字，它和鐘表的"鐘"（这个字总让我想起双铃马蹄表）的简体字变成了一个字。"锺天地之灵秀"和"做一天和尚撞一天鐘"成了一回事，令人不悦。我曾很反对简体字，比如"潇湘"这两个字，看上去，听起来和引起的联想，都很美。一度曾把它们简化为"肖相"，一切意境都没有了。想想看"潇湘馆"成了"肖相馆"，岂不大煞风景！好在后来那一批简化字没有通行。当然有些过于繁杂的字，简化了确实方便，不过一切都需要规范。

　　再说"锺"字。"锺"字是我们家族的排行，到我这一辈人的名字都有个"锺"，锺字辈的堂兄弟姊妹共有三十六人。既然它已变成和尚撞的钟，我无论如何也要换一换。那时写文章要个名字，就想了一个和"锺"字读音相近的"宗"作笔名。稀里糊涂地写在笔下，戴在头上几十年。但是我有职业，有单位，有身份证，那上面的本名是生长在那里的。若真是文名大到如雷贯耳，妇孺皆知，原名或可留待专家考证，考证出几个名字来也是不足奇的，一个字多种多样也可以奉为经典。幸而我这辈子也到不了那步田地。在正式场合，笔名是无效的，需要用本名。我则总写繁体字的"鍾"，以示郑重。后来又因常有人误认为我姓宗，便又在宗璞前加了我的本姓。不料名字问题给我带来很多麻烦。首先是"鍾"和"宗"——冯鍾璞和宗璞、冯宗璞，是不是一个人，常常受到质疑，于是设法在户口本上写上曾用名等等。"鍾""宗"的麻烦，可谓自找，谁叫你编造新名字！以后的事儿，就属于简化字的规范问题了。

"鍾"字和"宗"字的纠缠，差不多平息了，可是"鍾"字本身麻烦更大。面对事实，我只好承认自己的弱小，渐渐承认简化，使用"钟"字，但是问题仍不能解决。我们只承认"钟"，不承认"鍾"；海外只有"鍾"，没有这个简化了的"钟"。有一位名字中也有"鍾"字的难友诉苦说，在往邮局、银行办事时，常遇到各种关卡，无非是绕许多圈子，来证明这两个字是一个字。我们谈起来大有同病相怜之感。一次台湾某书局编书时收了我的文章，寄来三十元稿费，可是因为这个"鍾"字缠夹不清，只好弃而不顾。好在只有三十元，再多一点时，就不能那么慷慨了。

名字出了问题，就要弄清。派出所说，这两个字不是一个字，不能证明你是同一个人；好容易弄清这两个字是同一个字后，又因是同一个字，不能同时写在户口本上，也就不能证明冯"鍾"璞和冯"钟"璞是一个人。因为在一个地方住得久了，大家采取以人为本的态度，一般都可通融。形势刚刚好转，偏偏又出现一个偏旁简化的"锺"。字典上没有这个字，只统一说明，这个偏旁就是金字旁的简化，那么"锺"就应该等于"鍾"。这看起来很清楚，但办事人员以高度认真负责的精神，不肯承认这是一个字。若是电脑中也没有这个字也就罢了，可电脑中又偏偏打出了这个字，要和"鍾""钟"分庭抗礼，真是教人怎能不头晕！

几经周折，几个字仍未得到统一，我这个人也好像分成好几个了。哭笑不得之余，我想给自己改一个名字，叫作冯一一（挺可爱的，不是么？），这好像没有什么出错的机会了。可是不行，有人一见便说：这不是破折号吗？建议干脆叫作冯一好了。又马上得知，改名字的手续极为烦琐，要两个邻居证明、单位证明、街道证明、派出所证明等等。这信息可能是胡诌，很不可靠。但不管怎样，名字肯定是改不了的。

我想最好的办法就是把名字里那无理取闹的"钟"，连同它的上家和下家，远远地扔进那春秋不变、水旱不知的大海，作一个"无名"之辈。我自己则御风而行，飘然会同了北海若，转往藐姑射之山，大谈一通相对主义。

二〇〇四年十二月三十一日

原载《文汇报》二〇〇五年一月三十一日

编者改题为《作家宗璞：汉字简化让我不得不扔掉了本名》

散失的墨迹

最近收到老友资中筠、陈乐民来信，告诉我，在沈建中著《施蛰存游踪》中有一段关于我父亲的材料。上世纪四十年代在昆明，施先生常和父亲在翠湖边散步。父亲赠他两幅字，一幅写的是："断送一生唯有酒，寻思百计不如闲；莫忧世事兼身事，须著人间比梦间。"另一幅是："鸭绿桑乾尽汉天，传烽自合过祁连，功名在子何殊我，唯恨无人着先鞭。"两幅字都有上款，有印章。

施蛰存是一位中西融会、古今贯通的学者，创作学问都达高致，只是命运不济，一直被视为文坛另类。有时和中筠、乐民谈起，都为世事诡诚而慨叹。

来信是乐民执笔，他患病已十余年，在学术道路上始终没有停步，对冯学很关心，著有论文，为哲学界人士所称道。他们每发现有关材料，必告诉我。这次的信仍用毛笔书写，蝇头小楷，大有卫夫人簪花品格。我早已老眼昏花，偶然写字都是盲书，手持信纸只有佩服。

"断送一生唯有酒"，这首诗我估计不是父亲自作。后来我的"老战友"杨柳借助百度，立刻弄清这是韩愈的《游城南十六首·遣兴》。（顺便说一句，我父亲的祭母文中"维人杰之挺生，皆造化之钟灵"，我一直怀疑"挺生"应为"诞生",是排印错误,经杨柳查辨,证明排印无误。)"鸭绿桑乾尽汉天"一首,我原以为是父亲自作,后来读到刘宜庆先生的文章,知道这是陆游的诗。乐民信中说这是一幅立轴,且有影印。前几年,从立雕得知,嘉德公司要举行一次字画拍卖专场,并寄来一本材料,上面印有要拍卖的字画,其中有父亲的一副对联,写的是"功名在子何殊我,唯恨无人着先鞭"这两句,笔迹饱蕴秀气。这是父亲书法的特点。拍卖品中也有闻一多先生的一幅字。立雕乃到现场观察,冯字经几次较量,以两万元被一个中年人买去。此对联无上款,可能是故意去掉了。

又有一天,时间较嘉德拍卖还要早,北大程道德先生送来一本自编的《二十世纪中国文化名人墨迹》。程君是书法爱好者,收集了许多书法,影印成册,其中有父亲的一幅,写的是"灵龟飞蛇感逝川,豪雄犹自意惘然,但能一滴归沧海,烈士不知有暮年。读曹操《灵龟寿》"。这是父亲在一九七四年写的一首诗,有小序云:"曹操《灵龟寿》辞意慷慨,然犹有凄凉之感。今反其意而用之。""龟虽寿"书法写为"灵龟寿",显系误记。此幅字上款是"紫光同志属书"。父亲与金紫光并不相识,经人代求而写此字。现在这幅字流落市间,程先生以三千元的价格购得,编入此册。据说还有一位书法爱好者,到各市场去"捡漏",以九百元买得冯先生一幅字,雀跃不已。

我自己曾做一件傻事。有人从上海写信给我,说一书画店有冯先生一个中堂,是二十年代写给孔德成的。我托人去看,说写得不错;店中人并说,此件从海外传进来,得到很不容易。乃以七千元买回。亲眼见时,觉得不像,尤其是神气不像,家人也都认为是伪造。弄虚作假真是无孔不入。

父亲曾为王伯祥先生写了一个条幅，写的是李翱诗"练得身形似鹤形，千株松下两函经。我来问道无余说，云在青天水在瓶"。四十年代父亲常写李翱的两首诗，这是其中之一。王伯祥之子王湜华曾将此字拿到我家，让我欣赏。我非常喜欢这幅字，那诗的空灵和字的隽秀浑然一体，沁人心脾。我将此字送到荣宝斋复制，悬于壁间，每日相对。侄儿冯岱自美归来，见到此字也非常喜欢，便让他带走了。想再复制一幅，找王湜华找了好几年，好容易托人找到了，可是他却不知道字在哪里。可能家里字画太多，又不知要找多久，真是添麻烦了。

最近又有人告诉我，在河南电视台"鉴宝"节目中，有父亲的一幅字，估价三十万元，不知道是什么字，也不知道后来流落何方。我并不打听。该知道的事要全知道是不可能的，先就得累死。

父亲曾说有一位先生评一个人的书法，说其俗在骨，不可救药。我觉得父亲的字是其秀在骨，是天生的，练不出来的。他从来也没有练过字，都是随意写来。其俗在骨不能医，其秀在骨不可学。

我们从小的生活有一个内容：为父亲研墨、拉纸。研墨常是我和弟弟的事，两人轮换着磨，眼看砚池里的清水变成墨汁，总觉得成绩很大。拉纸则大多是我的事。父亲写字时，要有人站在桌对面，慢慢把纸拉过去，他好往下写。纸有时要熨，那是母亲的事。家里始终没有预备毛毡一类的铺垫，可见不是书法家。最初我拉纸时，父亲是站着写字，写得很直，间隔匀称，自己看看，说行气很好。老来写字，一行字总要向右歪。我提醒说歪了，歪了。他答应着，却总是正不过来。给我写的一副对联"高山流水诗千首，明月清风酒一船”，下联便是斜的，我称之为斜联。约在八十五岁后，他改为坐着写，手抖，字的笔画有时不准确，但仍写了不少幅。这几天在书橱中翻出父亲的一幅旧作，写的是“一别贞江六十春，问江可认后来人。智山慧海传真火，愿随前薪做后薪”。最后写着“时年八十有九”。一九八二年我陪侍父亲到他的母校哥伦比亚大学接受名誉博士学位，他写了这首诗，并将此诗写了一个条幅，赠给美国汉学家狄百瑞教授。当时西南联大校友毛春帆也想要字，父亲说回去再写。两年后他践约，写了这幅字，可是不知往哪里送了。这幅字一点没有歪，笔锋虽有不匀，整体看来仍觉遒劲有力。这是精神的力量。

人民出版社哲学编辑李之美在网上看到父亲的字，说真好看，建议将所有的字搜集在一起影印成册，出一本冯友兰书法。我一直无暇顾及此事。这当然是应该做的，应该做的事真多，怎么办呢。

二〇〇七年十月二十二日

原载《人民日报》二〇〇七年十一月六日

考试失利以后

近年来，多有知根底的老同学谈到我当年考大学的事。没想到，我和另外几位清华子弟的失败成为教育史上的一次见证，也成为教育界前辈们不谋私利的见证。就我自己来说，我的失败自然是有所失，但也有所得。

一九四六年，我从西南联大附中毕业，随父母复员回到北平。这一年，清华、北大、南开三校联合招考，录取分数不等。我报了清华，但分数不够，被南开录取了；还有几位清华子弟也没有考上清华。那时的清华各方面都很严格，无论是谁，都走不成后门，也没有谁会想到走后门。长辈们决不会以走后门的方式来"帮助"子女。

记得那年我们自昆明回北平，先从昆明走公路到重庆。我在路上大病一场，在贵阳停留时，父亲找了一位医生来诊治，次日即见好。但那天大家去游花溪，我还只能卧床梦游。我们在重庆候机一个多月，重庆天气酷热，每餐都要站起来去洗三四次脸，不然汗就滴到碗里。我们久居昆明，对这样的天气很不习惯，我和小弟都得了疟疾，那时称为打摆子，烧一阵冷一阵。治疗虽有特效药金鸡纳霜，但对人的损伤也很大。回到北平，参加了考试，自觉很不理想。当时南开可能考虑到生源不够，又举行了一次单独招考。我们几位考生讨论一番，觉得应该再考一次，如三校联合招考落第，还有一次上南开的机会。可见我们还是很喜欢南开的。于是又去应试，我已不记得同去的有谁。

南开是一所有特色专长的大学。据说，抗战前全国物价指数就是由南开大学经济研究所发布的。到天津应试回来，联合招考发榜，我考清华不中，被南开录取。我早有心理准备，父母也并不以我没有达到他们的要求而责备我。不久就得到南开单独招考的结果，我又被录取一次。自幼的友伴、一同报考清华的徐糜岐也被南开录取，开学时我们便同去天津上学。

南开校舍在抗战初起时被日军炸毁，我们去时校园还很荒凉，建筑不多。只有思源堂（教室楼）、芝琴楼（女生宿舍），还有胜利楼（办公楼），大概是抗战胜利后新造的。大片毁于战火的废墟依旧在目，断瓦颓垣、夕阳残照，我们称它为"南开荒原"。外面的景色是"荒原"，学子们求知求真的精神，却如新生的禾苗一般茁壮成长。

因为我两次被录取，便有两个学号，我选择了一个，只记得最后两个数字是9和5。我在南开外文系读了两年。那时好几位先生都在南开，卞之琳教大一英文，李广田教大一国文，罗大纲教法文。后来他们都到了北平，分别任教于北大、清华。上世纪七八十年代，卞先生和我都在社科院外文所工作，还谈起南开往事。我一直想请卞先生用硬笔把他的《风景》一诗，"你站在桥上看风景，看风景的人在楼上看你。明月装饰了你的窗子，你装饰了别人的梦"，写成一帧书法，却总是拖下来，直到他老去，也没有提出。二年级的英诗教授是杨善荃，他对诗歌很有研究，因头发少，学生们称他"杨秃"。教逻辑的是年轻一辈的王逊，他好像没有迈过"文革"这道艰难的门槛，在那个年代自杀了。还记得当时南开一年级文科生要学一门理科课程，我选了普通生物学，曾在实验室解剖青蛙。我一直对生物很有兴趣，特别是生命的起源和发展。

我很喜欢芝琴楼后面那一大片稻田和野地，在那里可以看见夕阳西下。我有一篇作文《荒原梦》，写这一带景色，得了 A+ 的分数，此文现存中国现代文学馆。那时我们每天都去看夕阳西下，如果哪一天没有去，便好像少了什么。一九四七年一月，天津《大公报》星期副刊刊载了我的小说《A.K.C.》。这是我第一篇发表的小说（后又于本世纪初刊载于《文艺报》某期），以后又发表过几首短诗。我发表文学作品是从做南开大学学生时开始的。

在南开的两年，民主运动正如火如荼，我参加过进步同学组织的读书会，却不很积极。虽对各门课程有兴趣，也只是浮光掠影。一九四八年，我参加了清华的转学考试，因为不急于工作，身体也不好，不能苦读，所以仍然报考二年级，这样录取的几率也大些。这次我考上了，父母很感安慰，最主要的是不必往来于平津途上了。父亲在一九四八年秋给远在美国的长子钟辽写信，第一句便说：妹考上了清华。我离开了"南开荒原"，但那一段生活已成为我的记忆，我的历史。

西南联大结束五十多年了，现在和三校都有联系的人已经不多。我肄业于南开，毕业于清华，又是清华子弟；我也是北大子弟，是燕园长期居民。最近，我又给自己找了一个头衔——北大旁听生。六十年代初，我小病大养住在家中，曾去旁听过宗白华先生的中国美学史，可惜只听了一课，他讲的是中国美学的特点：虚和实的关系。又去听了冯至先生讲歌德，可惜也只听了一课，那次还有组稿任务。没有好好听过冯至论歌德，始终是我的一个遗憾。我冒昧忝列北大旁听生，想来不会有人反对。三所大学都是我的母校，南开去年校庆有专函邀请，可惜我正在住院未能前往；清华图书馆保存着我的毕业论文《论哈代的诗》，也常有联系；北大对我更是多有照顾。一个人有三个母校，可算得是极富有了。也可以说，这是失败成全了我。

我考大学的经历，除了为教育史做了一次证明，还可以反映那时的教育环境是宽松的，考不上清华可以考南开，考上南开也可以转清华，当然都要通过严格的考试。在本校也可以自由转系，因为初入学时也许并不清楚自己的兴趣所在。好几位西南联大哲学系学长都是理科转来的。只有在自由的天地里，鸟儿才能飞翔，才能感受蓝天、展望碧野，才能嘹亮地歌唱。

忽然想起一位小辈的亲戚说，一九五几年她上幼儿园时，常被安排坐在痰盂上，一坐好几个小时，边坐边唱："我们都是木头人，不许说话不许动，看谁立场最坚定。"后来知道，这首儿歌是一项游戏的内容，却被拿来当作管理孩子们的规矩。从这样的幼儿园开始（现在应该有所改变了吧），以后再接受格式化的教育，鸟儿的翅膀早退化了，遑论飞翔。

二〇一〇年三月五日

原载《中华读书报》二〇一〇年四月二十三日

李姐趣事

    李姐原是响当当长春第一汽车制造厂的正式会计。退休后闲居在家，每日里和丈夫大眼瞪小眼，不仅无聊，还要吵架，便出来找个事做。也是机缘凑巧，今夏来到我家，接替了伴我多年的小高，照顾我的生活。在我这个小小天地里，除我外，她的年纪最长，乃被尊称为李姐。

    李姐办事认真，为人随和。因我怕忘事，要求做备忘录，她不怕麻烦，事无巨细都记下来，倒叫我惶惶然，有被做起居注之感。又要求不必记，她立刻照办，也不嫌我主意多变。她做起事来有些特点，一曰半，一曰慢。何谓半？可以举例说明：我因左臂臂丛神经受到损害，失去活动能力，许多事要人帮助，李姐会在袖子穿到一半的时候，突然跑去找月历，要看看最近的哪一个节气。正在摆药时，忽然起身去关窗。正准备念文章，又起身去穿衣服。这种情形，莫名其妙地使我想到中学时看到的一次演出，在西南联大附中时，常有文艺表演活动，我不记得看的是什么剧，几十年来却一直记得一个场景：两个笨仆人在扫地，你往我脚上扫，我往你脚上扫，把好容易扫到一起的垃圾又扫开来。饰演这两个仆人的是张奚若先生的女儿张文英和袁复礼先生的女儿袁疆。她们是最要好的朋友，比我高两班。当时有一位赵老师，说话有一口头语，什么话都要加两个无意义的音"le shi"，可用汉字"勒是"表示。比如说，八点钟上课，她就要说："八点钟上课勒是。"后天交作业，她就要说："后天交作业勒是。"一时间，许多同学都学着说这两个音，在说话间加上这两个音，"勒是，勒是"不绝于耳。张、袁二位最热心模仿赵老师，使用"勒是"很顺溜。我和她们不同班，但见了总要说说话。一次，和张文英随便说着什么，她几乎每句话都加上"勒是"，我说："你们使用'勒是'的水平很高啊。"她说："你说对了勒是，我比袁疆用得好勒是。"她还说，她们最大的兴趣是睡觉，袁疆这一点比她突出。那时的中学生如今都已白发苍苍，再也"勒是"不起来了。我们那一段颇具憨态的少年生活只能向梦里寻找。

话说远了，再说李姐。李姐的另一特点是慢，别人两分钟做的事她至少要四分钟，好在我这里没有什么大事。她到后面房间取东西，去了回来，我说："我还当你去了长春呢。"

她说："没有，只上了趟天津。"

这样几个月过去了，她的"半"已经改进。我帮她小结工作，指出她慢的特点。不料，她自有妙论，说："你知道刘易斯吗？"

我说："当然知道。"

她说："刘易斯虽然跑得快，但平时做任何事情都比别人慢，连训练时都慢，只在比赛时快。"

我说："原来你是小刘易斯啊。"

她说："怎么是小刘易斯，我的年纪比他大。"

我说："那么你是大刘易斯。"

于是，我们大笑起来。笑得前仰后合，几乎岔了气。

李姐与人讨论蒸馒头，各自讲述了若干蒸馒头法则之后，李姐说："不过，我蒸的馒头都是趴着的，站不起来。"

我说："站不起来没关系，只要跑得快。"

"馒头咋跑哩！"李姐说，"馒头咋跑哩？"

于是我们又大笑，笑得个不亦乐乎。笑够了各归各位安静干活。

二〇一一年十二月

原载《新民晚报》二〇一一年十二月二十六日

铁箫声幽

常觉得我们这一代人很幸运。旧书虽念得不多，还知道些；西书了解不深，总也接触过。没有赶上裹小脚、穿耳朵，长达半尺的高跷似的高跟鞋也还未兴起。精神尚不贫乏，肉体不受虐待，经历更是非凡。抗战那一段体会了人的最高贵的精神、信念与坚忍；"文革"那一段阅尽了人的狠毒与可悲。我们的生活很丰富，其中有一项看来普通、现在却让人羡慕、值得大书特书的，那就是，我们有兄弟姊妹。

传统文化讲五伦，其中之一是兄弟。常听见现在的中年人说：他们最羡慕的就是别人有兄弟姊妹。想想我的童年，如果没有我的哥哥和弟弟，我将不会长成现在的我。

我们兄弟姊妹四人，大姐钟琏长我九岁，所以接触较少，哥哥钟辽长我四岁，弟弟钟越小我三岁。整个的童年是和哥哥、弟弟一起度过的。抗战胜利，我们回到北平，回到白米斜街旧宅中，这座房屋是父母的唯一房产。有一间屋子堆满了东西，和走的时候完全一样。那时冬日取暖用很高的铁炉，称为洋炉子。烧硬煤，热力很大，便有炉挡，是洋铁皮做成的，从前常在上面烤衣服。

我们看到那铁炉依旧，炉挡依旧。最有趣的是炉挡上面写了两行字，也赫然依旧。这两行字是："立约人：冯钟辽、冯钟璞。只许她打他，不许他打她。"当时在场的人无不失笑。父亲说："这是什么不平等条约！"那时哥哥已经去美国留学，那条约也因炉挡的启用擦去了，他没有再见到我们的不平等条约。

我已不大记得怎么会立下那不平等条约，却有些小事历历如在目前。清华园乙所的住宅中有一间储藏室，靠东墙冬天常摆着几盆米酒，夏天常摆着两排西瓜。中间有一个小桌，孩子们有时在那里做些父母不鼓励的事。记得一天中午，趁父母午睡，哥哥在那里做"实验"，我在旁边看。他的实验是点一支蜡烛烧什么东西，实验目的我不明白。不久听见母亲说话，他急忙吹灭了蜡烛，烛泪溅在我身上。我还没有叫出来，他就捂住我的嘴，小声说："带你去骑车。"于是我们从后门溜出。哥哥的自行车很小，前后轮都光秃秃的没有挡泥板，但却是一辆正式的车，我总是坐在大梁上左顾右盼游览校园。哥哥知道我喜欢坐大梁，便用这"游览"换得我不揭发。那天的"实验"也就混过去了。

后来我要自己骑车了。我想那时的年纪不会超过九岁，大概是八岁。因为九岁那年夏天开始抗战，我们离开了清华园。我学会骑自行车完全是哥哥的力量。那时在清华园内甲乙丙三所之间有一个网球场，我们好像从来没有打过网球，只在地上弹玻璃球。我在这场地上学骑自行车，用的是哥哥的那辆小车，我骑车，他在后面扶着座位跟着跑。头一天跑了几圈，第二天又跑了几圈。我忽然看见他不跟着车了，而是站在场地旁边笑。我本来骑得很平稳了，一见他没有扶，立刻觉得要摔倒，便大叫起来。哥哥跑过来扶住，我跳下了车，捏紧拳头照他身上乱捶。他只是笑，说："你不是会骑了吗？"我想想也是。可是，下一次还是要他扶，他也就虚应故事地跟着跑。就这样我学会了骑自行车，我可以骑姐姐的成人的女车，在清华园里转悠。常从工字厅东边沿着小河过小桥，绕过大礼堂，经过图书馆前面，再经过当时的校医院——这座建筑还在吗——最后从工字厅西面回家。有时一直骑到西院，去看看那一片荒野。当时清华园内人很少，骑车很自由。后来，上个世纪六十年代，我常骑车从灯市口到建国门去上班。我从学车起到停止骑车从未摔过跤。

到昆明以后，哥哥上中学，我和小弟上小学。我们所上的南菁学校因为躲避日本飞机的空袭，迁到昆明郊外岗头村，我们都住校，家还在城里。后来家迁到东郊龙泉镇，我们又在城里住校。不记得是怎么回事了，总之有很长一段时间我们常在周末从乡下走进城，或从城里走到乡下，一次的距离大约是二十里左右。我们三个人一路走一路说话，讲故事，猜谜语，对小说的回目，对的主要是《红楼梦》和《水浒》的回目，《三国演义》我不熟。还有一项重要内容是讲自己编的故事，轮流主讲。大概也是编故事的需要，三个人每人有一个国家，哥哥的国家叫"晨光国"，在北极；弟弟的国家叫"英武国"，在海底；我的国家叫"逸坚国"，在火星上。不知为什么，我从小便对火星有兴趣，到现在也觉得火星很亲切。我的兄、弟后来都是工程师，但他们在文艺方面的天赋绝不逊于我，故事编得很热闹，可惜我都不记得了。

家里孩子多，吃饭就成为一个有趣的局面。我小时有一个习惯，就是喜欢脱鞋。尤其是在吃饭的时候，觉得脱了鞋最舒服。这时，哥哥就会把鞋拿走藏起来，我便闹着要鞋，弟弟便会找鞋，常常是笑作一团。到后来还是哥哥把鞋拿出来，我又赖着不肯穿。直到母亲发话："不要闹了。"才算安静下来。

后来我上了联大附中，一度在城里住校。那时联大附中没有宿舍，甚至没有校舍，不知是借的哪里的一个大房间，大家打地铺。一次我生病了，别人都去上课，我昏昏沉沉地躺在空荡荡的大房间里。"妹"，是哥哥的声音，睁眼只见他蹲在我的"床"边。他送来一碗米线，碗里有一个鸡蛋。

哥哥于一九四二年考入西南联大机械系，他不用功，却热心演话剧。参加演出过曹禺的《家》，饰演觉新。我和小弟随父母去看演出那一晚，在高老太爷去世那一场，哥哥把觉新头上的孝布去掉了，为的是怕母亲看了不高兴。他还写小说，我还记得他有一篇小说的第一句是"不疾不徐的雨"。他的文字是很好的，字也写得好，还会刻图章。那时的男孩似乎都会刻图章。他大学二年级时志愿参加远征军，直接在反法西斯战争中做出贡献。有一次他从滇西回昆明度假，看见我的头发长了，要给我剪一剪。他说："头发为什么要剪成那样齐？剪成波浪式的不好吗？"当时大家都认为他很荒谬，没想到几十年后头发真的不以"齐"为美了。抗战胜利后，哥哥获得美国总统自由勋章，获得此项勋章的翻译官共二十二人。我曾想就此写一篇文章，介绍这些好男儿，因为要用一些英文材料，我的眼睛已坏，不能阅读，便放弃了。文章虽然没有写，对那些投笔从戎的大哥哥们，无论得没得勋章，我都永远怀有敬意。

以后，哥哥到美国就读于宾夕法尼亚大学，继续读机械系，也继续开展他多方面的兴趣。他喜欢击剑,入选了校队,代表学校出去比赛;还学过几个月芭蕾舞。工作以后学会开飞机,曾开着飞机从所住城市到另一城市去看望朋友,乘客只有一人,就是我后来的嫂嫂李文沛。上世纪七十年代哥哥一家回来探亲,说到此事,父亲说:"敢开飞机倒不稀奇,难得的是有人敢坐。"大学毕业以后,他根据兴趣又读了数学、物理两个专业。至今他还在研究有关电的问题,前两年曾回国参加静电学会的活动,但是他的理论很少人支持。前些时,哥哥来电话,告诉我一个不幸的事件,他的钱包丢了。别的都没有关系,只是其中的飞机驾驶执照也丢了,他觉得是一大损失。我安慰道:"你反正也不开飞机了。"他沉默了片刻,说:"用不着了——也不可能再补发了。"

九十年代初,我出版了一本散文集,书名为《铁箫人语》。取这个名字是因为家里有一只铁箫。书出版后不久,南京的"洞箫博物馆"——也许是"乐器博物馆"——来人要求看一看铁箫。他们说他们藏有铜箫,还没有见过铁箫。我把箫拿给他们看,他们观看良久,又试吹过,承认它是一只箫。但我想大概不是很合格。然而它究竟是一只箫,而且是铁箫。我还为这只铁箫写了一小段题记:

我家有一只铁箫。

那是真正的铁箫。一段顽铁,凿有七孔,拿着十分沉重,吹着却易发声。声音较竹箫厚实,悠远,如同哀怨的呜咽,又如同低沉的歌唱。听的人大概很难想象这声音发自一段顽铁。

铁质硬于石,箫声柔如水;铁不能弯,箫声曲折。顽铁自有了比干七窍之心,便将美好的声音送往晴空和月下,在松阴与竹影中飘荡，透入人的躯壳，然后把躯壳抛开了。

　　哦，还有个吹箫人呢，那吹箫人，在哪里？

　　吹箫人可以吹出不同的曲调，而铁箫只有一个。

　　是谁制作了这只铁箫？制作了这只可以从箫声和箫的本身引出许多联想的铁箫？是我的哥哥——冯钟辽。

　　箫属于中国文化，可以引起许多中国式的联想，都是陈货，也就不必说了。依我的极为有限的见闻，在冯钟辽做这只箫以前，从没听说过铁箫。它既是乐器，又可以做武器。我常想，最好能有一位女侠，用的兵器是铁箫；抡圆了可以自卫救人，扫尽人间不平事；吹响了可以自娱娱人，此曲只应天上来。也许，我哪天真会写出一篇武侠小说来。

　　在昆明时生活很艰苦，最常用的乐器只是口琴。母亲吹箫，当时家中有两只玉屏箫，母亲时常吹奏的乐曲是《苏武牧羊》。哥哥制作铁箫便是受竹箫的启发，用一根现成的废铁管，根据一点点中学物理知识，钻几个洞，居然可以吹出曲调，大家都很高兴。我们就是这样因陋就简，使得生活充实而丰富。

　　哥哥制作铁箫，只不过是他众多兴趣中的一项。他现在最主要的兴趣还是在电学。八十八岁了，仍不断做实验。我说："可别像苏东坡一样，为制墨，把房子烧了。"哥哥的科学知识当然比东坡强多了，房子是不会烧的。但是实验做起来也颇麻烦，哥哥却乐此不疲。在他自己的实验的过程中，就有了辉煌。

二〇一二年二月三日

原载《随笔》二〇一二年第三期

云在青天

　　二○一二年九月九日，我离开了北京大学燕南园，迁往北京郊区。我在燕南园居住了六十年。六十年真的很长，我从满头黑发的青年人变成发苍苍而视茫茫的老妪。可是回想起来也只是一转眼的工夫。六十年中的三十八年，我有父母可依。还有二十二年，是我自己的日子。在这里，在燕南园，我送走了母亲（一九七七年）和父亲（一九九○年），也送走了夫君蔡仲德（二○○四年）。最后八年，陪伴着我的是花草树木。

　　九月间玉簪花正在怒放，小院里两行晶莹的白。满院里都飘浮着香气。我们把玉簪花称为五十七号的院花，花开时我总要摘几朵养在瓶里，便是满屋的香气。我还想挖几棵带到新居，但又想，今年天气已渐冷，不是移植的时候了。它们在甬路边静静地看着我离开，那香气随着我走了很远。

　　院里的三棵松树现在只剩两棵，其中一棵还是后来补种的。原有的一棵总是那么的枝繁叶茂，一层层枝干遮住屋檐的一角，我常觉得它保护着我们。这几年，只要我能走动，便在它周围走几步，抱一抱它。现在，我在它身边的时间越来越短，因为已不

413

能久站。我离开的时候，特意走到它身旁拥抱它，向它告别。如果它开口讲话，我也不会奇怪。

北京大学哲学系主任王博和几位朋友来送我，我把房屋的钥匙交给王博。是他最早提出建立故居的想法。我再来时将是一个参观者。我看了一眼门前的竹子，摸了一下院门两旁小石狮子的头，上了车，向车窗外无目标地招手。

车开了，我没有回头。

决定搬家以后，我尽量找机会再去亲近一下燕园，最主要的当然是未名湖。湖北端的那条石鱼还在，在它的鳍背上缠绕着我儿时的梦。九岁那年，抗日战争爆发，我曾在燕园暂住，常来湖边玩耍，看望这条石鱼。七十多年过去了，我长大了，它还依旧。

现在湖北侧的四扇屏一带有几株腊梅，不过我很少看见它的花，以后也不会看见了。从这里向湖上望去，湖光塔影尽收眼底，对岸的花神庙和石桥也是绝妙的点缀。从几座红楼前向湖边走去时，先看见的是湖边低垂的杨柳和它后面明亮的水光。不由得想到"杨柳依依"这四个字。它柔软的枝条是这样婉转妩媚，真好像缠绕着无限的惜别之情。那"依依"两个字，真亏古人怎么想得出来！每次到这里，我总要让车子停住，看一会儿。

在燕园流连的时候，我总在想一件事，在我离开家的时候，正确地说是离开那座庭院的时候，我会不会哭。

车子驶出了燕南园，我没有回头，也没有哭。

有人奇怪，我怎么还会有搬家的兴致。也有朋友关心地一再劝说老年人不适合搬家。但这不是我能够考虑的问题。因为"三松堂"有它自己的道路。一九五二年院系调整，冯友兰先生从清华园乙所迁到北大燕南园五十四号。一九五七年开始住在五十七号。他在这里写出了他最后一部巨著《中国哲学史新编》。他在《自传》的《序言》中有几句话："三松堂者，北京大学燕南园之一眷属宿舍也，余家寓此凡三十年矣。十年动乱殆将逐出，幸而得免。庭中有三松，抚而盘桓，较渊明犹多其二焉。"这是"三松堂"的得名由来。北京大学已经决定将"三松堂"建成冯友兰故居，以纪念这一段历史，并留下一个完整的古迹。这是十分恰当的，也是我求之不得的。我必须搬家，离开我住了六十年的地方。

搬家就需要整理东西，我眼看着凌乱的弃物，忽然觉得我很幸运，我在生前看到了死后的情景。"三松堂"内的书籍我已先后做了多次捐赠。父亲在世时，便将一套《百衲本二十四史》赠给家乡唐河县图书馆。父亲去世后，两三年间，我将藏书的大部分，包括《丛书集成》和《四部丛刊》等分批赠给清华大学思想文化研究所，他们设立了冯友兰文库，后转归历史系，两个大房间装满了一排排的书，能在里面徜徉必是一件乐事。现在做最后的清理，将父亲著作的各种版本和其他的书一千余册赠清华大学图书馆。我曾勉力翻检这批书，有些是我从未见过的，书名也没听说过。如有一本《佛国碧缘击节》，很大的一本书，装帧极好。我很想看一看内容，可是只能用手摸摸。清华大学图书馆很快建立了一间冯友兰纪念室，陈设这些书籍。河南南阳卧龙区档案馆行动较早，几年前便要去了书房、卧室的主要家具。唐河县冯友兰纪念馆建成后，我也赠予了少量家具和衣物等。还有父亲在世时为唐河县美学学会写的一幅字，可能这个组织后来没有成立，这幅字就留在家里。现在正好作为唐河县纪念馆的镇馆之宝。韩国檀国大学有教师在北大学习，知道要建冯友兰故居，便来联系，便也赠给他们几件什物和书籍。他们要在学校中辟出房间，专门摆放，以纪念冯友兰先生。

最主要的东西仍留在"三松堂"，包括照片、各种文稿（含少量手稿）、信件、字画、生活用品、摆件及书籍和家具，还有父亲写的几帧条幅。这里的东西有的并不止限于六十年，几个书柜是从上世纪三十年代便在清华园乙所摆放过的。多年不曾开过的抽屉里，有一叠信封，上印"昆明国立西南联合大学冯笺"，是父亲没有用完的信封。一个旧式的极朴素的座钟，每半小时敲打一次，夜里也负责任地报时。父亲不以为扰，如果哪天不响，反而会觉得少了什么。院中的石磨是母亲用来磨豆浆的，三年困难时期母亲想改善我们的生活，不知从哪里得来这个石磨，但实际没有磨出多少豆浆。这些东西，般般件件都有一个小故事。将来建成后的冯友兰故居，有他的内容在，有他的灵魂在。

我们还发现了一份完整的手稿《新理学答问》。纸已经变黄变脆，字迹却还可以看清。我决定将它送给国家图书馆。在那里已经有了《新世训》《新原人》的手稿，让它们一起迎接未来。

东西是一件一件陆续积累的，散去也不容易，我一批一批安排它们的去处。到现在已近一年，可以说才进入尾声。在这段时间里，一切都进行得很自然，我没有一点感伤。一切事物聚到头，终究要散去的，散往各方，犹如天上的白云。

最有影响的是冯友兰的著作。近来，许多报刊都刊载了韩国总统朴槿惠的话，她说，在她处于生命的最低谷时，是中国哲学家冯友兰的《中国哲学史》像灯塔一样照亮了她的生活。西南联大校友吴大昌写信来，说他看到了二〇一二年出版的一本书《冯友兰论人生》，其中一篇文章《论悲观》是为他写的。一九三九年在昆明，他向冯先生请教人生问题，冯先生为回答他的问题写了这篇文章，他得到了帮助。他说："我是一个受益的学生。我钦佩他的博学深思，也感谢他热心助人。"这都是中国哲学的力量。学中国哲学是一种受用。近年来，有一百多家出版社出版了冯友兰的著作。海外关于冯著的出版也从未断绝。《中国哲学简史》一九四八年问世以来，一直行销不衰。"贞元六书"中的《新原道》于一九四六年经英国人 Hughs 译成英文，名为《中国哲学之精神》在伦敦出版。我一直以为这本书没有能够再版。最近得到消息，这本书在这几十年间，一直有英、美数家出版社出版，隔几年便出一次，最近的一次在二〇〇五年。我非常惊异这本书的生命力，和冯著其他书一样，"文章自有命，不仗史笔垂"，它们勇敢地活着，把力量传播到四方，如同云在青天。

在这个世界上有很多不公道，但还是善良的人居多。对那些关心我、帮助我的人，我永远怀着感激之情。有些帮助是需要勇气的。从这里我看到人的高贵，一些小事也是历历在目。就燕园而言，北大校方对我时有照顾。还有那些不知名的人。地震期间，来帮助搭地震棚的学生和教师，他们走过这里便来帮忙。一次修房，需要把东西搬开，有一个班的学生来义务劳动，很是辛苦。就在我离开燕园的前几天，有人在信箱里放了一张复印件，那是一篇关于父亲的文章（《1948—1949 冯友兰再长清华》）。放的人大概怕我没有看到。一切的好意我都知晓、领受，不能忘记。

一次从外面回来，下车时，一位中年人过来搀扶，原来是一位参观者。还有一位参观者从四川来，很想向冯先生的照片礼拜一番。当时我的原则是，室内不开放，只能在园内参观。不料，这位先生在甬路上下跪，恭敬地三叩首，然后离去。一位北大校友来信说，他在学校五年，没有到过燕南园。现在要回学校来，目的之一是看看"三松堂"。隔些时就有人来看望"三松堂"，多年来一直是这样。这里仿佛有一个气场，在屋内的房间里，也在屋外的松竹间，充满着"蜡炬成灰泪始干"的执着和对文化的敬重，还有对生活的宽容和谅解。现在，这里将建为冯友兰故居，可以得到大家的亲近。希望这里能继续为来者提供少许的明白和润泽。

我离开了。我没有回头，也没有哭。

二〇一三年二月

原载《文汇报》二〇一三年六月十日

有感于鲜花重放

《重放的鲜花》这书名，使人百感交集。

鲜花，本应盛开，开到如云似锦，喷火蒸霞，然后按照自然规律落入大地，化作春泥，更育来者。鲜花，而需要重放，这是多么沉痛的悲剧！为什么当时不能开个畅快呢？为什么被当作毒草刈去，还要备受折磨呢？为什么这种施之于鲜花的虐行能够通行无阻呢？无阻到后来，不要说鲜花，连一瓣小叶芽儿也要放在显微镜下检验毒性，只有落得个白茫茫大地真干净了。

每个花朵本身，完全可以宽宏地忘记一切不愉快，只记得重放的幸运。而从历史的角度看，难道不该把悲剧的原因仔细探讨，总结清楚，铭记心头，引为教训，以避免历史重演么？

因为有了重放的鲜花，不由人联想到是否还有应放未放的奇蕊，或还有应重放未重放的异葩。过去的总是过去了，总要攀住过去的不通达的人毕竟不多。最让人关心而且担心的是，将来还会不会有鲜花需要重放？若要让花朵盛开，必须有真正的创作自由，若要有创作自由，我想可能需要一种政治上的大度。这里且不说高度的民主，只说大度。要容忍那望之不似鲜花之物，还要

419

容忍那望之竟似毒草之物。因为只有时间和人民，能够评定究竟何者为鲜花，何者为毒草，何者为渣滓——或什么也不是。这是老生常谈了。当然，我这里说的是艺术。一些海盗海淫根本算不得艺术的东西，不在此列。而在需要大度时，这种精神还是太少了。

政治上的大度来自以平等态度待人，来自从内心里承认人人平等，在真理面前人人平等，在艺术、学术面前人人平等，在国法党纪面前人人平等。可怜这一简单真理，我们讨论了几十年！我想，现在完全有理由希望把它付诸实现，不再需要几十年了。

我希望以后的鲜花都能及时盛开，不需重放。希望重放的鲜花永远成为中国当代文学史上稀有的奇迹。奇迹是不需要重复的，鲜花重放，一次足矣。

一九八五年九月十二日于风庐

原载《丁香结》，百花文艺出版社，一九八七年四月

痛读《思痛录》

在读《思痛录》的过程中，不时悲从中来。这是痛读的一层意思；另一层意思是，书中说了许多别人未必敢说的话，读了使人痛快。那十八层地狱里的日子谁也不能忘怀，可是勇敢地回忆它、正视它、思索它的人并不多。而眼前的这本书是这样做的。

新时期以前，除五十年代前期外，几十年的生活总结起来，就是批判和被批判，斗争和被斗争，阶级斗争年年讲、月月讲、天天讲。人们如同站在滚油锅边上，一句真话就可以掉进去。我在小说里发明了"心硬化"这个词。"心硬化"其实就是硬起心来说假话。"心硬化"未必是改造的目标，却是一部分结果。书中说："参加革命之后，竟使我时时面临是否还要做一个正直的人的选择。这使我对于'革命'的伤心远过于为个人命运的伤心。"这段文字最使我震撼和痛心，人本来应该学"好"，要正直，要真诚，可是在"革命"的名义下，这些都莫名其妙地划给了资产阶级。只要提到立场，话就可以有完全不同的说法。

五十年代末，我下放回来后，写了一篇小文章《第七瓶开水》，第一句话写道："天下的母亲都是爱自己的儿子的。"自己再一看，暗叫不好，这分明是人性论，于是改掉了。改成什么样记不得了，但那一句"天下的母亲都是爱自己的儿子的"却还牢记不忘。可见无论怎样改，真事是改不掉的。"心硬化"已成为一种沉疴，不过，既然知道它是病，就会治愈。

君宜同志在"心硬化"的过程中经历较久，但她始终是一个正直的人，真诚的人。她说过假话，但她愧悔，她挣扎着要说真话。现在有些人并没有经过多少精神的折磨、心灵的摧残，为了自己的小小名利，挖空心思编造假话，我看这样的日子也不好过。《思痛录》不只记叙了过去的种种坏事，也像照妖镜一般，照出现在的一些丑恶面目。作为一个病人，写出这样勇敢、健康的文字，令人起敬。当然书里也有不够准确的地方。一个个人来看整个历史，必然或有所缺，但如果大家都能真诚地说出自己所能看到的，那就是一部真实的历史。

巴金老人在人们庆祝他九五华诞时，写下了三个字"讲真话"。这是老人始终关心的最大的事。能不能说真话，关系着我们的民族精神，或沉沦堕落，或健康发展。每念及此，心中像坠着一个大秤砣。唯愿有更多的人记住巴金老人的这三个字：讲真话。

挣扎着说真话，《思痛录》的可贵处就在这里。

一九九八年十二月

原载《文汇读书周报》一九九九年一月十六日

行走的人

——关于《关于罗丹——日记择抄》

曾对朋友说，若到巴黎去，一定得带上熊秉明著《关于罗丹——日记择抄》这本书（台湾雄狮图书公司出版），它能帮助理解罗丹，欣赏罗丹。

难道只是去巴黎时，看罗丹雕塑时，才需要这本书吗？其实不是的。在人生的行程中，若想活得明白，活得美些，都应读一读这本书。

许多书的归宿是废纸堆，略一浏览，便可弃去。部分书的归宿是书柜，其中知识，可以取用。有些书的归宿则在读者的灵魂中。这书便是那样，印在那里，化在那里，亮在那里。

书的封面上印着罗丹创作的铜像"行走的人"，没有头，也没有双臂，却迈开大步，在行走。书中说，这是任何自然的阻力都抵挡不住的主体精神力量的显现。

那一个奋然迈步的豪壮的姿态，好像给"走路"一个定义，把"走路"提升到象征人生的层次去，提升到"天行健"的哲学层次去。

> 人果真有一个目标吗？怕并没有。不息地前去即是目的。
> 全人类有一个目的吗？也许并没有。但全人类都亟亟地向前
> 去，就是人类存在的意义。

这是作者一九四七年的日记。我没有见过那塑像，但已被这文字感染了，启发了。

书中有许多精辟的充满哲理的艺术见解，也讲到哲学和艺术的关系。"画一个苹果，若不能画出苹果以上的意义，那大可不必画。哲学不包含丰富的现实，也一样没有价值。"我注意到这一段话是在读小说后写的。那小说是德国黑塞的《纳齐思和戈德蒙》。

忽然记起有一位旅居海外的哲学家曾对我说，很羡慕你们写小说的人。何以呢？不明白。

一个有哲学头脑而又有艺术实践的人是有福的；一个沐浴在西方艺术之中而又曾为中国文化所"化"过的人更是有福的。书中谈到东西方艺术鉴赏的差别，谈到"人体的诗篇"、浪漫主义的主要观念等。深刻的睿智的见解仿佛很不经意地从笔端流出，让读者也觉得自己聪明了许多。

一九四九年和一九五〇年，作者两次记述了和朋友讨论回国问题。回不回去？他们处在人生的十字路口，各自做出抉择。一九五〇年初，他们曾有一次彻夜谈话，朋友们回国，作者因要继续学习，留在巴黎。在这一天日记后有一个"今注"，是一九八二年的注：

> 三十年来的生活就仿佛是这一夜谈话的延续——当时不

可知的，预感着的，期冀着的，都或已实现，或已幻灭，或者已成定局，有了揭晓。醒来了，此刻。抚今追昔，感到悚然与肃然。

曾有人把回来的和不回来的，不出去和出去的同一代人比作申生与重耳。果然那回来的艺术家经过不断沉痛忏悔，竟以为自己的绘画是浪费了纸张，自觉地满街捡马粪纸，以赎前愆。作者对朋友的同情是深厚的，他知道生活的分量，不像有些人只知一味责备别人的检讨。不过在揭晓之后，还有揭晓，又会有新的不可知，新的预感和期冀。

若无隽永的文字传达这些妙赏和深情，就不成为现在的"日记择抄"了。那文字是绝妙的，咀嚼三日而有余味。不知道作者怎样获得这样的文字功夫，毫不着力的功夫。照说他该有数学的天赋。

熊秉明，现任巴黎第三大学教授，是数学家熊庆来先生之子，也曾是清华子弟。少年时在清华西院，那荷塘的一侧居住过，云南是他的家乡。《择抄》中记了他对中国人——昆明人的面貌的怀念。"那面型我熟悉极了，那上面的起伏，是我从小徜徉游乐其间的山丘平野，我简直可以闭着眼睛在那里奔驰跳跃，而不至于跌仆。"

扯不断的乡思，把他从巴黎拉近了。世界在变小，因为，人在行走。

走向前去。向前去！

原载《人民日报》一九八九年一月二十六日

《幽梦影》情结

近见报章杂志上常出现这样那样的"情结"字样,所谓"情结",大约来自"俄狄浦斯情意综"一词,指在潜意识中无法化解的几乎是宿命的一种情感。《幽梦影》这本书对于我可算得是一种"情结"。

抗战时期,为了躲避轰炸,我家在昆明东郊龙头村,一住三载。当时最近的邻居有:一仓库看守,其人极胖大,称为余先生;一对犹太夫妇,称为米先生、米太太;还有北京大学文科研究所。

有一段时期,我和弟弟没有上学,获准在文科研究所去立读,随便翻阅各种书。我们常常在书架中流连徜徉,直到黄昏。我患近视便从那时始。翻阅的书不少,它们也算得我的邻居。对十来岁的孩童来说,那些书是太深奥了。给我留下深刻印象的一本书,是清初张潮所著《幽梦影》。

这是一本讲生活艺术的书,颇像有些书上的眉批,三五句十数句,对生活这本大书做出评点。书中一部分讲人生哲理,讲入世应如何,出世应如何;一部分讲对大自然的欣赏态度,讲如何赏花,如何玩月。轻松的言及居室布置,严肃的讲到音韵学。其序跋有云:"一行一句,非名言即韵语,皆从胸次体验而出,故能发人警省。片玉碎金,俱可宝贵。""三才之理,万物之情,古今人事之变,皆在是矣。"也许这些说法评价太高,但读过后,使人自觉减少了俗气,增添了韵致,便是作用了。

我愿意首先提到如何做人的一则:"立品须发乎宋人之道学,涉世须参以晋代之风流。"宋人道学以诚敬为本,若无这主心骨,不拘小节的风流便是恃才傲物,或竟是轻薄,令人生厌。近年来流行得大红大紫的"潇洒"二字,因为没有主心骨,有时已成为不负责任的代名词。张潮将立品与涉世并提,先有立品,才能涉世。只有心存诚敬,才能潇洒风流,自是高见。

又一则云:"少年人须有老年之识见,老年人须有少年之襟怀。"梁启超《少年中国说》一文喻老年人为字典,少年人为戏文。或可发挥云,少年是演戏的阶段,老年是看戏的阶段。少年应以字典为规范,便有老年之识见;老年应记得自己也是轰轰烈烈演过戏文的,看戏时便有少年之襟怀。若能做到点滴,代沟或可变浅,只是很不容易。

另一则云:"情必近于痴而始真,才必兼乎趣而始化。"情到极处自然成痴。现在情近于痴的人恐已如朱鹮、白象一样稀罕。"才兼乎趣"的"趣"字很难界说,是否可以说一方面要对生活有兴趣,生机勃勃如源头活水;另一方面则要有幽默感。十七世纪我们还没有"幽默"这个词,但当然有这种感,有些禅语机锋便是一种幽默。有了"趣","才"才是活的。

又言:"律己宜带秋气,处世宜带春气。"此乃律己严责人宽之古训以形象出之也。

又一则提出了值得钻研的美学问题。"貌有丑而可观者，有虽不丑而不足观者。文有不通而可爱者，有虽通而极可厌者。此未易与浅人道也。"张潮若生在现代，大可就此写一本书。丑而可观必有其特殊的力量，必定更曲折更深刻。不丑而不足观必平庸无奇。一篇文章句句合语法，并不算好文章。鲁迅文章有几篇峭峻难读，但使人如嚼橄榄，回味无穷。

张潮是大自然的知己。他热爱大自然，了解大自然。他说："风流自赏，只容花鸟趋陪。真率谁知，合受烟霞供养。"独自和大自然相处，是他最得意的境界。他能看出每一景物最特殊的地方。他说："天下万物皆可画，唯云不能画。"这实在是把云的千变万化揣摩透了。又一则云："玩月之法，皎洁则宜仰视，朦胧则宜俯视。"曾在黄山，于晴夜观满月。见清光万里，觉得自己都化在月光之中。朦胧之月，则景物之朦胧更引人遐想。他又说，镜中之影是着色人物，是钩边画；月下之影是写意人物，是没骨画。传神地表达了月下的朦胧景色。

天时变化，草木虫禽在他眼中都是有生命的。不只有生命，且有伦理。"南山之乔，北山之梓，其父子也；荆之闻分而枯，闻不分而活，其兄弟也。"他还自告奋勇做红娘，提出梅聘梨花，海棠嫁杏。物如有知，当感谢他的关心了。

这书中对妇女的态度我不以为然，那不是对人的态度，而是对物的态度。拟之以花，以供观赏，而不问她们自己的意愿。这是古时中国文人对妇女的普遍态度。张岱《西湖梦寻》中有文讲一扬州名妓，年极幼，少言语，居张家数日，只说得一句话："回家去。"这实在是极沉痛的一句话，十数日间供人玩乐，她又有什么话可说！好在人的思想逐渐开明进步，我们也能看出古人的局限了，无论张岱、张潮，若生在今天，一定和我们持同样看法。

张潮是安徽歙县人，生于一六五○年，卒年不详。其弟称黄山为吾家山，可能因此他对云这样了解。他曾任翰林孔目一类的官职，编纂过一部传奇小说选集《虞初新志》，较有影响。

继《幽梦影》之后，有道光年间朱锡绶著《幽梦续影》，近人郑逸梅又作《幽梦新影》，俱亦可读。

几十年来，我虽记不得《幽梦影》中的文字，其中的精神却拂之不去。五十年代自我改造，在思想检查中还批判了《幽梦影》的影响，怎样批判记不得了。近年来，褪下了改造的紧箍儿，又很想看这本书。好容易从北京大学图书馆借得一本，湖北人民出版社出版，将三影合在一起，经钱行校注，并有前人序跋及林语堂英译此书时的介绍。这本书已经很旧了，可见看的人不少，我很感安慰。再读时渐渐明白，于我心头拂之不去的，是中国文化对人生的智慧的态度和与万物相知相亲的审美心理。我曾言自己多病，病最深者为"烟霞痼疾，泉石膏肓"。这已入膏肓的痼疾，便是中国文化赋予我的情结。

张潮文中有几则，我读后不觉技痒，这里也接着说两句。

张潮曰："《水浒传》是一部怒书，《西游记》是一部悟书，《金瓶梅》是一部哀书。"宗璞曰，《红楼梦》是一部痴书。

张潮曰："……菊以渊明为知己，梅以和靖为知己……鹅以右军为知己，鼓以祢衡为知己，琵琶以明妃为知己……"宗璞曰，夜莺以济慈为知己，二月兰以燕园众人为知己。

住在燕园的人，都爱那如火如荼的二月兰。今年不知为何，二月兰很是稀落，想是去年开得太盛。本想再写一则，曰最恨花有小年。但又想，花的生活也需要有张有弛。应该佩服花的聪明，而不必恨。

原载《新剧本》一九九五年第四期

耳读《朱自清日记》

前两年写过一篇文章《乐书》，即读书之乐。其实我现在是读不了书的，只能听书，是曰耳读。耳读感受不到字形的美，偶然用放大镜看到几句文章真觉舒畅极了，只是这机会越来越少。因为同音字多，听力也不是很好，便要常常追问到底是什么字，费时费力，也只能大体知道个意思。但我幸亏还有这点听的本事，能有耳读之乐。

那大概已是前年的事了，仲为我读《朱自清日记》，从头到尾。日记从一九二四年七月二十八日开始，到一九四八年八月二日为止。记叙简略，一般是记下了书信、人际往来，自己做了什么事，读了什么书，间或也有感想。文字极平淡，读后掩卷之余，我们似乎觉得朱先生就在面前。

这是一本真正的日记——照日记本来的意思，都是为自己看的，不必给别人看。现在有些日记，在写时尤其在整理时都是想到有个读者在，若以为日记所记都是真实的，就未免太老实了（我本想说那就是大傻瓜）。《朱自清日记》是真正的日记。朱先生怕别人看，有一部分用英文和日文杂写，他绝没有想要通过日记来炫耀什么，或掩饰什么。而我们就从这些文字中看到了一个真正的人，和一段真正的历史。

我曾有过这样的问题：朱先生这样怕别人看他的日记，事先还做了防备，现在出版他的日记是否违反本人的意愿。但我又想，能够提供一段珍贵的史料，朱先生可能是会同意的。

我们在日记中看到的是一个平凡的普通人。他常常借钱借米，他自谦得有时甚至有些自卑，总觉得自己的学术地位不如人。但是他勤奋、宽容，常常为别人着想。最使我感动的是闻一多先生殉难后，朱先生在成都讲演募捐，做了很多工作。那是需要勇气的，有些人避之唯恐不及。他本不是一个热心斗争的人，但是出于最普通的同情心，他要做他所能做的事情。一直到胃病很严重的时候，他仍勉力编撰《闻一多全集》。闻朱之交可能不像有些人以为的那样深，但是却达到了一种高致。我并不否认朱先生的觉悟、认识、热情，但总以为他的本性不是英雄人物。正是他作为一个平常人的朴素的感情，使得他的人格发出光辉。这种光辉也许不是很强烈，却能沁透人心。

日记多次记述了和冯友兰先生的交往，一九三三年二月十一日记载："晚赴王了一宴……多一时俊彦。芝生述张荫麟所举柏拉图派主仆故事，谓共相不足恃，渠亦将举学童解'吾日三省吾身'之'吾'字故事以证共相之作用。又述辜鸿铭论'改良'及'法律'二词及陈独秀与梁漱溟照相事。又绍虞误认杨今甫为白崇禧事。皆隽永可喜。归金宅，转述芝生笑谈，殊无反应。殆环境既异，才能亦差也。"又一则日记，一九三五年二月二十八日，"对霍士休进行考试的口试委员会今天下午开会。进展颇顺利。冯友兰先生指出唐代以后大量传奇故事的渊源。唐代的传奇故事是霍的研究题目，而这正是他论文中的大弱点，但我们却没有发现。"

日记还记下了在某家遇好饭食，一口气吃了七个馒头。也曾告诫别人冯家的炸酱面虽好，切不可多吃，不然胀得难受。读来觉得朱先生真可爱。他的胃病持续了很多年。抗战中没有好的医疗条件，复员以后，似乎也没有认真地医治，也没有认真地休息。从最后几天日记中可以看到，他仍在读书写作，料理公事。日记忽然中断了。他再也不能写了。十天以后，他离去了。记得他去世前数日，父母到医院看望，也带着我。我站在母亲身后，朱先生低声问了一句："你还写诗么？"我嗫嚅着，不敢大声说话。他躺在那里，比平时更加瘦小，脸色几乎透明。那时我对死亡没有什么概念，只觉得父母亲的脸色都很严肃。五十多年过去了，我还记得那个院子和病榻上朱先生几乎透明的脸色。

一九四八年我到清华上学，那时常写一点小诗，都是偶感之类，不合潮流。一次曾随几个同学到朱先生家，同学们拿出自己的诗作请朱先生看，我也拿出一首凑热闹。朱先生认真看了，还说了几句话，可惜不记得说的什么了。

我上中学时，课本里有朱先生的文章，几十年以后的中学课本里还是有朱先生的文章。大家都记得《背影》《匆匆》，而且都会背："燕子去了，有再来的时候；杨柳枯了，有再青的时候；桃花谢了，有再开的时候。但是，聪明的，你告诉我，我们的日子为什么一去不复返呢？"真的，我们的日子为什么一去不复返呢？这是我和我的同龄人常常发出的慨叹。一天，一位老友打电话，说他极想再读一读《匆匆》这篇文章，想着我这里总会有的，能否查一查。那时我查书比较方便，只需要和我的图书馆长仲说一声。文章找到了，我先在电话里念给老友听，念完了，我们都沉默了半晌。

时光如河水般地流去了，在荷塘月色中漫步的朱先生已化成一座塑像伫立在荷塘月色之中。老实说，现在经过修整的这座荷塘远不如旧时，那时颇有些荒凉的荷塘要自然得多，美得多。不过，朱先生的文字中凝聚着的美，那是朱先生的精魂，是不会改变的。

这部日记是朱先生之子乔森在化疗期间骑自行车送来的。读完全书，他已又住进医院。我说我要写一点感想，真写下来时，乔森已然作古。这一道门槛，是每个人都要跨越的。

朱先生并不需要我来为他添加什么，现在也不是某种纪念日。只因读过他的书和日记，我在心底升起一种情感，便写出来。

时间继续流逝，"去的尽管去了，来的尽管来着；去来的中间，又怎样地匆匆呢？"在这去来之间，在时间的匆匆里，有了多少变化，不能预防，不可改变。人，只有忍受。

聪明的，你告诉我，日子为什么一去不复返呢？

二○○二年五月稿
二○○二年十二月改
二○○四年九月重读
原载《人民日报》二○○四年九月九日
题为《耳读偶记——读〈朱自清日记〉》

耳读《苏东坡传》

平生最爱东坡文字。十来岁时，在昆明乡下，初读前后《赤壁赋》，那是父亲要求我们背的。文中情景"白露横江，水光接天。纵一苇之所如，凌万顷之茫然"，使人如置身其中；议论虽不太懂，却也易读易背，好文章总是容易记得。后来又迷上了东坡诗词，也深慕东坡为人。一首《江城子》："十年生死两茫茫，不思量，自难忘。"我玩味了几十年，到现在才真的体会了那分量。苏东坡除留给我们宝贵的文学遗产外，还留下了造福百姓的各种工程，我觉得他真是了不起。其实我的了解很不全面，今年初始，读了林语堂著《苏东坡传》，才了解到他伟大人格的精髓。

写古人的传记，很难。我们没有见过传主，不认识他，只能凭借文字材料，这就要用得准确。最怕的是，望文生义，断章取义，连编带造，幻想丰富，写出来的是传记作者想象的人物，和传主相距何止十万八千里。这本《苏东坡传》也是凭材料写的，但它把握了材料的真意（好在那时还不需要现在这样深奥的"辨伪学"），一幅幅历史画面都是真实可信的。一部好的传记需要驾驭材料的本领，从中也可以看出作者的见识，甚至显示出他自己的人格。

林语堂的名字也是大家熟悉的。惭愧得很，我以前以为，他只是写点中国文化给西方人看，小说也不见得是上乘。可是这本《苏东坡传》，给了我们一个真实的苏东坡。不只是他坎坷的遭遇，也写出了他的精神，他的性格。没有对中国文化的深刻理解，是写不出的。读完这本书，我对书的作者深生敬意。

苏东坡关心人，关心民间疾苦，这是他一生的底色。书中举出他的三件事情，说它们是人道主义的表现。他被贬谪黄州时，对当地百姓因贫穷而杀死婴儿的情况深为惊骇，写信给太守，呼吁制止杀婴。他在信中叙述了杀婴的情况，并做出建议："公更使令佐各以至意，诱谕地主豪户。若实贫甚不能举子者，薄有以绸之。人非木石，亦必乐从。但得出生数日不杀，后虽劝之使杀，亦不肯也。自今以往，缘公而得活者，岂可胜记哉！"

元祐七年，南方连日大雨，洪水成灾，百姓无衣食，在雨中奔走。而因为青苗法的关系，他们还背负了很重的债务，债主是朝廷。东坡亲眼看到这种情景，夜不能寐，接连七次上表太皇太后，请求宽免贫民的债务。这七次表章可以看作一个文件。

他被贬海南，遇赦回到北方时，知道章惇获罪流放，他给章惇之子的复信说："某与丞相定交四十余年，虽中间出处稍异，交情固无所增损也。闻其高年寄迹海隅，此怀可知。但已往者更说何益？唯论其未然者而已。主上至仁至信，草木豚鱼所知。建中靖国之意可恃以安。所云穆卜反复究绎，必是误听。纷纷见及已多矣，得安此行为幸。见今病状，死生未可必。自半月来食米不半合，见食却饱。今且连归毗陵，聊自憩我里。庶几少休，不即死。书至此，困惫放笔，太息而已。六月十四日（1101年）。"要知道，章惇迫害元祐党人最厉害，把苏东坡一直放逐到海角天涯的琼州。旅途中，多次刁难，不准坐船，经过恳请才能坐一段，还要限定时间。到达目的地，又不准住官舍，东坡不得不结茅而居。连最初允许东坡暂住官舍的太守也被革职。现在，章惇获罪，也被放逐。东坡对他的态度是何等的宽容，充满了同情关心。"闻其高年寄迹海隅，此怀可知……得安此行为幸"，关切之情，跃然纸上。

林公说，这三个文件是人道精神的三个文献。东坡的人道精神还有多方面表现。诸如修水利，建医院，舍药方，赈灾等。几乎贯穿了他为官和被贬的全部生活。

书中还着重指出了东坡的民主精神。他在给门人张耒的一封信里说："文字之衰，未有如今日者也，其源实出于王氏，王氏之文，未必不善也，而患在好使人同己。自孔子不能使人同颜渊之仁，子路之勇，不能以相移。而王氏欲以其学同天下。地之美者同于生物，不同于所生。唯荒瘠斥卤之地，弥望皆黄草白苇。此则王氏之同也。"又在给太皇太后的上书中说："人虽能言，上下隔绝，不能自诉，无异于马。"他主张每个人都应该能表达自己的意见，如果说出来，有关方面听不到，人不如马。如果根本没有说话的权利，岂非更不如马？

东坡和司马光的意见不同，但都不要求别人"从己"。能自由发表意见，不算民主；自己能自由发表意见，又能尊重别人发表意见的权利，才是民主。有一位年轻人问我："西南联大的时期，三校合作无间。那些人都是学富五车、才高八斗的人物，怎么能彼此合作？"我高中毕业那年，正值复员，西南联大解散。我只是联大附中的学生，但因父兄辈在世者渐少，便也常被问及当时情况。我想，先生们大多对中西文化都有了解，有很高的素养，知道民主的真谛在于不只发展自己，也要尊重别人。也就是现在常说的不仅要做到少数服从多数，还要做到多数承认少数的存在。如果多数要消灭少数，就算不得民主。这种精神，千年前的东坡已经具有，是何等的可钦可敬。

东坡的乐观态度给后人精神的净化和鼓舞，在这本书中也得到很好的表现。无论是在黄州的穷乡僻壤或是在惠州瘴疠之地，甚至在大海的那一边的琼州，居无屋，食无米，却还兴致勃勃地和人谈神说鬼。在惠州，曾建议修建公共水利；在琼州，自己造墨，几乎把房子烧了。

东坡在黄州住了四年，还被调来调去。被任命为登州（今蓬莱）太守，只做了五天，就应召进京。这样短的时间里，他还向朝廷建议更改盐税。可惜出自何处，现在我记不得，也无力查，此传未提此事。这在东坡的诸多功绩中，也许不足道，但这也是一件为百姓造福的事，所以当地居民一直怀念他，编出了九朵莲花的传说。说是八仙过海的时候，来了九朵莲花，其中一朵是为东坡准备的，可是他没有去。看来，大家都觉得东坡是应该飘飘然坐在莲花上的。

从书中记述看到，东坡有多位女性知己。他得到几位皇后的关注，尤其是英宗的皇后，也是神宗的皇太后，又是哲宗的太皇太后的高氏，极欣赏东坡的才华，东坡的政绩大多得到她的支持。东坡的原配和继配，两位王夫人都很贤德，侍妾朝云，虽然没有得到夫人的名分，在东坡生活中却有极重要的地位。以前我以为她是杭州名妓。此传中说，她是苏夫人在杭州买的小丫鬟，进府时只有十二岁。曾见东坡一篇文字，说朝云入府时并不识字，大概是丫鬟较确切。不管她的出身如何，朝云极美且有慧根，是无疑的。秦观说朝云"美如春园，目似晨曦"。《红楼梦》第二回，贾雨村论到异气凝聚，从而产生一些不平凡的人物，也提到朝云，把她和薛涛、崔莺、卓文君并论。朝云随侍东坡，远涉蛮荒，身染疟疾而亡，惠州现有朝云墓，上有一亭，名为六如亭。我曾想为朝云写一小说，题目就叫作"六如亭"，也曾想写一篇"五日太守"，讲登州事。像我的许多胡思乱想一样，只在脑中驰骋，永远不得出世。

林公写到东坡停止呼吸，便停了笔，没有写他葬在何处。我偶然得知，东坡和子由葬在河南郏县，今属平顶山市。不知什么缘分，他们长眠在那里。我很想去瞻仰，不过看来是无望了。我现在只能在室中行走，以几步路当作万里之行。

环顾陋室，班驳如抽象画的北墙，悬有东坡手书（拓片）"海山葱昽气佳哉"那首诗；尚称平展的南墙挂着高尔泰兄书写的《卜算子》："缺月挂疏桐，漏断人初静"——词是我点的；案上摊着《黄州寒食帖》："自我来黄州，已过三寒食……空庖煮寒菜，破灶烧湿苇……君门深九重，坟墓在万里。也拟哭途穷，死灰吹不起"；手里再拿着这样好的《苏东坡传》，我还有什么不知足呢。

本书原著是英文，林公的英文当然是十分漂亮的，可惜我不能读了，这是永远的遗憾。

二○○五年三月上旬

原载《文汇报》二○○五年八月二十二日

感谢高鹗

　　初读《红楼梦》是在清华园乙所。应是在我九岁以前，因为九岁时抗战爆发，我们离开了清华园。以后在昆明，在那木香花的芬芳中又多次阅读，但都是断断续续。大概是在上大学时，读了增评补图《红楼梦》，有大某山民和护花主人等评点，那是最初的完整的阅读。五十年代，读到人民文学出版社出版的由何其芳作序的《红楼梦》，这是一次完整的阅读，似乎比较懂了，不过还是在"楼外"行走，不是"痴"也没有"魔"，我甚至没有读过脂批，也弄不清程甲本、程乙本及各种手抄本的复杂性。读小说还是要读小说本身，研究小说是另外一回事，叫作做学问。我对所有的研究者都怀有敬意，他们对《红楼梦》感情深厚，各有贡献。各种研究作为《红楼梦》的辅助读物也很有趣，它们互相启发参照，可以使读得的天地更广阔。我只是一个普通读者，有些读后感，便想说出来。

　　要说的主要是续书问题。近百年来，《红楼梦》后四十回一直是批判对象，说狗尾续貂是很客气的，甚至有人说它把一部伟大的作品毁坏了。全世界都在读这一百二十回《红楼梦》，亿万人为它哭坏了眼睛，高鹗却总在被批判，被否定，被讥讽嘲笑。这个现象很奇怪。续书究竟是好是坏，功过如何，值得探讨。

先说续书的功。首先在于它给了我们一个完整的故事。设想一部《红楼梦》到八十回就没有了，是何等光景？难道会有现在这样的影响么？我想是不会的。只因有了后四十回，《红楼梦》才成为一部伟大的小说；有了一百二十回，才有了《红楼梦》研究的大平台。我们说全部《红楼梦》的故事是完整的，因为它是忠实地沿着宝黛悲剧的线索发展开来的。《红楼梦》曲中"终身误""枉凝眉"两曲，已把钗黛和宝玉的关系交代得十分清楚。"一个是阆苑仙葩，一个是美玉无瑕。"宝黛是木石姻缘，终成虚话。"空对着，山中高士晶莹雪；终不忘，世外仙姝寂寞林。"宝玉娶了宝钗而不能忘情黛玉，所以宝钗是误了自己终身。木石姻缘与金玉姻缘相对。书中从开始写木石感情节节发展，从来就在金玉威胁之下。"梦兆绛芸轩"一回写宝玉在梦中大喊不要金玉姻缘，只要木石姻缘时，宝钗就坐在床边。宝玉要回归木石本色，却逃不出金玉枷锁。续书给了宝钗坐在宝玉床边的地位，没有弄出四角、五角的多边关系，是十分忠实于雪芹的设计的。紧扣住这一根本设计从不偏离，是续书的最大成功处。应该说这就是雪芹要说的故事。

其次，续书给我们的不只是一个故事梗概，而是有高度艺术感染力的文字。宝玉说："我有一个心早已交给林妹妹了，她来时带了来，好歹装在我的肚子里。"照园中大众看，这是痴话，痴话表现的正是海枯石烂的一种至情。王国维在《红楼梦评论》中引了一段文字，是九十六回宝玉与黛玉最后相见那一节，并评论说"如此之文，此书中随处有之。其动吾人之感情何如，凡稍有审美的嗜好者，无人不经验之也"。九十六回到九十八回，关于黛玉死的描写，都是十分动人的文字。"竹梢风动，月影移墙，好不凄凉冷淡。"这样的描写，我在七八岁时读到，现在已过了七十年，它还是那么新鲜。俞平伯老先生竟说描写黛玉死的一段文字"一味肉麻而已"，林语堂则说俞老先生是"恶人之所好，好人之所恶"。照我看，俞老先生有这样一句话，也就很难让人相信他的俗、浊等等批评了。

黛玉死，二宝成婚，实为全书高潮。紫鹃试宝玉一段，宝玉的痴情已显露无遗，怎能让他接受他人？宝玉病到半昏迷状态，在这种状态中还是念念不忘黛玉，就只有移花接木一法了，这样的写法实在是不得已。不知作者怎样呕心沥血，才成就了这文学上的千古大悲剧。

宝玉的结局，也是让人永不能忘的。白雪中一个穿大红猩毡的僧人，似悲似喜并不言语，然后飘然作歌而去。我想这比做乞丐、采药、卖字都要来得干净。多有人批评宝玉出家前拜别父母是败笔，我却以为这是最近人情处。宝玉虽是封建礼教的逆子，却不是野人。他是大情种，这情不应限于男女之情，亲情也是重要的。拜别父母的描写是合理的，中举人也无不可，算是给父母的一个交代。他这交代是按照父母的标准，而不是按照他自己的标准。只是遗有一子不妥，"终身误"中已言"空对"，宝钗应该只是宝玉名分上的妻子，而且宝玉本是一块石头，何必有子。

书中次要人物的性格发展大都符合前文。最好的是对紫鹃的描写。她没有册子可循，写来不只符合人物性格，而且更突出了这个人物。紫鹃坚守在黛玉临终的病榻旁，不肯趋炎附势，令人于悲痛中感到一点安慰，很好地表现了紫鹃这样一个平凡丫头的可敬人格。儿时所读《红楼梦》版本，附有护花主人评，依稀记得有这样的评语：紫鹃于黛玉，在臣为羁旅，在子为螟蛉，而不渝其忠，其忠则更可贵。近来海选《红楼梦》演员，谈话间不免戏言谁该演谁。一位音乐学院研究生郑重地说，我要演就演紫鹃。写紫鹃所以写黛玉，黛玉若是一味地尖酸刻薄，耍小性儿，哪里会有这样的侍女。《水浒》中林冲娘子坚贞不屈，金圣叹批曰："写娘子所以写林冲。"娘子被逼死，益增林冲悲剧之惨烈深刻。

妙玉的命运完全照册子安排，甚至有些呆板。她的断语明书"可怜金玉质，终陷淖泥中"；《红楼梦》曲子"世难容"中又明说她是"到头来，依旧是风尘肮脏违心愿"。妙玉是书中最矫情的人物。续书照着雪芹指出的方向走，却没有写出这矫情人物的丰富性。

第三，续书也反映了当时的社会。如：庄头送东西来，路上车子被官府截去，经人说情才发还，和乌进孝送年货遥遥呼应。若是现代人来编写，肯定写不出这样的情节文字。这些是续书的成功之处。

我曾设想，后四十回也是雪芹所作。后四十回的才气功力等等不及前八十回，也许是因为那时雪芹的精神才气都已用尽。写东西后面不如前面是常见的，何况这样大的长篇。有人指出，林黛玉吃五香大头菜加些麻油醋，简直不像黛玉的生活。我想那时雪芹举家食粥，吃多了咸菜，也可能写进书里。作者的生活很可能影响书中的人物。可是很快我就推翻了这种想法，后四十回为他人所续是显然的，可指出的例证很多。最大的问题是有些人物的结局不符合原意，而那结局在判词中已交代明白。如探春的判词中已说明她如断线的风筝，"千里东风一梦遥"，不会再回故土，续书中却写了回家的一段，还说她出挑得更好了。对她的远嫁描写很简单，也没有回应"日边红杏倚云栽"的签文。年未及笄即能管理偌大家事的探春、给了王善宝家的一记响脆巴掌的探春，结局似太草率，应有一段花团锦簇的文字才好。又如香菱的判词中写明"无端两地生枯木，至使芳魂返故乡"，比较清楚地说明了她是受夏金桂虐待致死。香菱是全书第一个出现的薄命司中人，她原名英莲，照谐音讲该是"应怜"，她又姓甄，更是真应怜了。也就是说薄命司中的人都是那么可怜。而香菱的容貌又有些像"东府里小蓉奶奶"（秦可卿，警幻之妹）。所以香菱的命应该是薄而又薄，才有代表性，写她被扶正生子不合原意。这都是老生常谈了。这样明显地违反判词，可以证明后四十回为他人所作。从文字上讲，有些篇章固然很好，但是败笔也不少。最大的败笔是宝玉重游太虚幻境，第一次游让人感到扑朔迷离，有仙气，重游的一段就似乎有妖气了。宝玉看得清楚，记得清楚，知道各姐妹的命运，岂不像练了气功，有了特异功能，能看见人的五脏六腑一样，多么别扭。又如有几句形容黛玉过生日时的打扮，全是套话。前八十回对人物的描写或浓或淡或粗或细，绝少用套话。"丹凤眼，柳叶眉"本来是极一般的形容，但"一双丹凤三角眼，两片柳叶吊梢眉"就活灵活现地画出一位厉害人物。若要挑毛病，还有许多。也有人揣测高鹗得到雪芹残稿，编辑补缀成书。这也是一种说法。我们可以把精彩片断交还雪芹，平庸文字派给高鹗。不过，补缀整理也是一个大功夫。

　　其实，前八十回也有不合理处，指出的人很多。近见对小红
的谈论，说她在后四十回没有得到发展塑造，成了一个毫不出色
的普通丫头。在前八十回，小红出身的安排就不够妥当。小红是
大管家林之孝的女儿，在贾府中应属于"干部子弟"。书中写她被
秋纹等欺压，不大合理。她可以不必是林之孝的女儿，安排她是
个家生女儿即可，更符合现在书中表现出来的她的地位、性格。
又如贾赦索要鸳鸯，贾母迁怒于王夫人，书上写迎春、惜春提醒
贾母"小婶怎知大伯的事"，照迎、惜的性格不见得会出头管事。
电视剧改为探春来说这句话，倒是合适。

　　现在专门来谈史湘云。对史湘云命运的安排有许多种，有一
种是她与宝玉最后结为夫妇，以应"因麒麟伏白首双星"的回目。
我想这是最不真实的故事。"白首双星"是一个谜，却是可以解释的。
"白首双星"出现在回目中，本来就不够合理，因为它不符合薄命。
我想这是在小说的长期写作中应改而没有来得及改的地方。据张
爱玲《红楼梦魇》说，早本有个时期写宝玉、湘云同偕白首，后
来结局改了，于是第三十一回回目改为"撕扇子公子追欢笑，拾
麒麟侍儿论阴阳"（全抄本），但是不惬意，结果还是把原来的一
副回目保留了下来。后回添写射圃一节，拾麒麟的预兆指向卫若兰，
而忽略了若兰、湘云并未白头到老，仍旧与"白首双星"回目不
合。"脂批讳言改写，对早本向不认账，此处并且一再代为掩饰。"
这一段话讲了两件事，一是"白首双星"曾被改过，留下是失误；
一是卫若兰射圃与金麒麟有关。二者都较可信。

　　林语堂在《平心论高鹗》一文中戏言，程伟元应悬赏征求两
篇文字，一是小红在狱神庙，一是卫若兰射圃，每篇一千美金。（我

建议再加一题:探春远嫁。多花一千美金。)有卫若兰射圃一段情节,似已为人接受。一九八七版电视剧《红楼梦》里也安排了这一场面,但剧中人都变了哑巴,想来是台词难写。卫若兰就是湘云的夫婿,就是那才貌仙郎。怎样把卫若兰、金麒麟、史湘云联系起来,倒要动一番脑筋。

《红楼梦》曲子"乐中悲"说湘云"从未将儿女私情略萦心上",最后"云散高唐,水涸湘江"。若是我们尊重前八十回,应该知道,湘云和宝玉虽然自幼常在一起,早于黛玉,但并无"情",而宝黛的木石前盟是大书特书的,怎能将湘云顶替黛玉?宝玉的人间知己只有黛玉一人。所以他说"林姑娘说过这些混账话么,若说过这些混账话,我和她早生分了"。他还对湘云说,"姑娘请别的屋子坐坐吧。"宝玉在清虚观中将一个金麒麟饰物揣起,不过是好玩而已,也使得情节发展摇曳有致。在宝玉心上,湘云和黛玉的分量是不可同日而语的。又"云散高唐"一句指丈夫早死,"水涸湘江"一句指湘云的生命结束。判词也云:"富贵又何为,襁褓之间父母违。展眼吊斜晖,湘江水逝楚云飞。"水逝云飞人何在?所以她不见得能活过宝钗。宝玉一娶宝钗已是违了初心,怎能再娶湘云。这样安排,把宝黛间海枯石烂、生死不渝的爱情降为普通的感情了。而书中已经说明木石姻缘是一种前盟,黛死钗嫁、宝玉出家,这是最符合雪芹原意的安排。就这一安排,我们也应该感谢高鹗。

总之,后四十回虽不及前书,但它成就了全书。后书与前书血肉相连,功是根本的、主要的。有人要把后四十回割下来扔进字纸篓,那还有《红楼梦》存在么?我们可以提出更好的设想,甚至写出精彩的片断,但要写出超过高鹗文稿的《红楼梦》后半部,是不可能的。

我要说一句：感谢高鹗！这是胡适、顾颉刚说过的话，我想也是很多人心里要说而没有说出来的话。

全部《红楼梦》深刻表现了人生的悲凉，"乱哄哄，你方唱罢，我登场，反认他乡是故乡"。人总归是要回去的，回到那大荒山青埂峰下。功名利禄，不必挂心，是非功过也只在他人谈笑中。仿宝玉偈，编了几句，以为文尾：

> 你证我证，心证意证。
>
> 各有己证，是为立证。
>
> 各无己证，是为大证。
>
> 问何所证，红楼一梦。

二〇〇五年二月初稿

二〇〇六年十月改稿

原载《随笔》二〇〇七年第一期

采访史湘云

　　且说这日宗璞闲来无事，出外胡乱行走。走过一个大门，迎面一座大假山，写着"曲径通幽"四个字，便知是大观园了，不觉走了进去。

　　循着幽径弯弯曲曲来到了芍药圃，见一女子卧于石上，满身的芍药花瓣。趋前观看，忽然悟到这是史湘云啊！正好史湘云睁开眼睛，见面前一个老婆婆鸡皮鹤发，站在那里摇摇晃晃，忙起身让座，一面自己低头拭泪。

　　宗璞笑问："你是史大姑娘？一部《红楼》还未见你哭过，何事伤心？"

　　湘云叹息道："我不说你也知道。"

　　宗璞道："老来思维迟钝，还是你说吧。"因见湘云用的罗帕已经湿透，便递去纸巾。

　　史湘云道："曹公在我的判词和《红楼梦》曲子里都写得清楚，'转眼吊斜晖，湘江水逝楚云飞''云散高唐，水涸湘江'，就是说我回到册子中去了，怎么现在编出那么多离谱的事来。一个电视剧里说我后来做了妓女，你想我史湘云可是那等人，早一头碰死了。

又一些人硬说后来我嫁给二哥哥，宝姐姐守寡是曹公早就安排好的，仔细读书就会知道。为什么'琉璃世界白雪红梅'一回里，大家都穿着大红猩猩毡斗篷，唯有珠大嫂子和宝姐姐一个穿藏青色，一个穿莲青色？这是说宝姐姐将来也要像大嫂子一样守寡。二哥哥早在宝姐姐去世前就出家去了，哪有我嫁他的时间？再有一条更有人编派说：二哥哥其实是和我好。这把木石姻缘又放在何地，岂不叫林姐姐嫉恨我？若真有这事我倒不怕，没有的事硬往人身上栽，岂不冤枉。"

宗璞道："是呀，一部书中头等人物并不一定要处在头等地位，若是从上到下都是头等人物，这社会必然了不得。若是不管什么人物都要去占那头等地位，可就不得了了。"

湘云道："你这话说得透。林姐姐来到这世间就是为了还泪，也有把这部书叫作'还泪记'的，我算老几。那天说了一句经济学问，二哥哥就轰我别的屋里去。他的心事书里交代得明白，怎么老拉扯上我？"

宗璞安慰道："那是因为几位先生太爱这部书了，也太喜欢你了，就生出许多想法来，只是让你受委屈了。不要生他们的气，他们是好心。"

湘云道："把我放在不属于我的位置上，真是窝囊。"

因觉得湘云的话有意思，宗璞拿出录音笔来，想做记录。

史湘云看着录音笔说："当初我有个金麒麟，你这是什么呀？"

宗璞解释道："用这东西做记录，我现在记性太坏了。"

史湘云说："不知曹公怎样安排那金麒麟，是否让卫若兰射圃时捡到。卫若兰便是我的夫君，你听说过吗？'厮配得才貌仙郎，博得个地久天长'，可惜他命不长，先我而逝。"湘云说着又用纸巾拭泪。

宗璞道："我还想到有人研究脂砚斋的批语，说脂砚斋是曹公续弦夫人，也就是你。"

史湘云忙道："就算曹公有个续弦夫人和我有点像，也不能说我就是她啊。册子不是照尘世间发生过的事那样安排，小说归小说，曹公写的是小说，不是传记。你说是不是？"又说："你既然写文章，拿着什么笔，就帮我宣传宣传。"

宗璞道："那好，我也为你不平。说几句话纵然没有多少作用，也是说了。"

湘云道："你回家吗？我看你走路不稳，我送送你吧。"

宗璞忙道："不用不用。"说话间，一阵风过，芍药花瓣漫天飞舞，将史湘云遮住，她不见了。

宗璞叹息，自回到家。家中正乱成一片，人们进进出出，有的打电话，有的拿着呼叫器呼叫，见她回来，围上来问："去哪里了？叫我们着急。"宗璞答不上来。被疑为患了老年痴呆症，得了一道禁令，以后不得独自出门。

原载《新民晚报》二〇一〇年六月十七日

关于《三字经》（外二篇）

这些年来，《三字经》是一本流行读物，朋友带着上幼儿园或小学的孩子来访，总是要表演背诵，背诵的除了唐诗以外，就是《三字经》。孩子不懂其中意义，但都背得很流利，而且字正腔圆、清脆可听。听说，幼儿园千千万万的小朋友大都会背《三字经》。

我幼时没有读过《三字经》，那时它似乎不像现在这样流行。我认真读《三字经》还是"文革"以后的事。它实在很适合幼儿背诵，很上口。在不长的篇幅里，要求孩子要孝悌要勤学，而且把中国宋朝以前的历史和典籍说得很清楚。所以，近千年来传颂不衰。

最近我从家里找到一本《三字经训诂》，是宋儒王伯厚所作，翻印者特别标明"供批判用"。不知道是什么机缘，我家的书经过多次清理，这本《三字经》居然还留在我这里。翻印这本书的人，哪里想得到批判的对象如今有这等身份。但其中有几句话确实应该彻底批判，那就是"三纲者，君臣义，父子亲，夫妇顺"。这种一方统治一方的思想谁也不会赞成。我从翟志成教授的书里知道，在秦以前，儒门的思想其实是要求君仁臣忠，父慈子孝，夫义妇顺，是双方都有责任的；后来，变成了"君为臣纲，父为子纲，夫为妻纲"的一方绝对统治、一方绝对服从。《三字经》里这几句话必须删除扔进垃圾堆。因为小儿读者这样多，更必须早一些改掉。以免在我们可爱后代的小脑袋瓜里又装进一些糨糊。

删去"三纲者"那几句话，并不影响《三字经》文字的连贯。也可以在这个地方做个替换。我斗胆想了几个字来代替，改为"三求者，真善美，多思考，常在心"；全书快结束时有一句"上致君，下泽民"，可以改为"为祖国，为人民"。可能还有提到"三纲"的地方或有别的不当处，我就没有力气去研究了。

很多年前，我曾写过一篇小文，在《新民晚报》发表，讨论十二生肖的改动，建议把蛇和老鼠改为象和鹤。这个建议简直没有什么基础，因为十二生肖来自民间，已经成为一种传统习俗，也是一种文化。蛇和老鼠和人的关系都很密切，改不掉自有改不掉的道理。好在还没有人说我胆大妄为。

关于"三纲"的改动，却是太必要了，不改掉是没有道理。我希望有人印一版新《三字经》，将"三纲"那几句话去掉，也许有更好的词句代替，这可以讨论。我以为，真善美是我们应该多思考，常在心的。

关于《二十四孝图》

搬到这个小区已经两年多了，这里地面不大，有几座楼台亭榭，花木扶疏，风景怡人；还有一处长廊，壁上有浮雕，下面一泓池水，看去也很顺眼。但仔细看过浮雕内容，却让人烦恼。

　　浮雕刻的是"二十四孝图"。这是一个养老的小区，以孝为理念当然是很好的。"二十四孝图"似乎是我们习俗中孝的代表，其中有几幅表现的孝的行为却令人心寒，还生出一种恐惧感。最突出的就是"郭巨埋儿"。郭巨家贫，他的老母常常把自己的那一份食物分给孙儿，郭巨为了不让儿子和母亲争食，要把儿子活埋掉。图上的郭巨正在挖坑，不懂事的小儿子手里拿着拨浪鼓笑着在一旁看，不知道这坑是要埋他的。好在挖坑挖出黄金来，是上天赐给郭巨奖励他的孝心的。我觉得非常奇怪，这也叫孝心？他谋杀了亲生儿子，他的生身母亲失去孙儿，岂不要痛彻肝肠，以致一命呜呼？这不也是谋杀了母亲？我的想象可能太多，好在有上天赐了黄金，残忍的行为没有发生。不过影响也够大了。鲁迅说他小时读了"郭巨埋儿"这幅图后，"怕看见我的白发的祖母，总觉得她是和我不两立，至少，也是一个和我的生命有些妨碍的人。后来这印象日见其淡了，但总有一些留遗，一直到她去世——这大概是送给二十四孝图的儒者所万料不到的罢。"（见《朝花夕拾·二十四孝图》）以鲁迅的尖锐犀利，对这幅图画的故事倒没有深责。仔细想来，其实这幅图画故事使得孙儿害怕祖母，甚至祖母死掉才安心，真没有别的话可说，只能说是大大的作孽。

　　我们这个小区里，常看见白发苍苍的爷爷奶奶，也许是外公外婆，推着里面坐着可爱小宝宝的童车散步。我真担心，再过两三年，这些孩儿看见长廊上的浮雕，会怎样想。

　　还有"曹娥投江"，也是极不合理的。为寻父亲的尸首跳进江里，当然也淹死了。上天又发慈悲，让死后的她背负了父亲浮上来。这也是残忍、愚昧而又迷信的事。听说现在曹娥的故里在大力地宣传她，真是不可思议。"卧冰求鲤"说的是王祥因继母患病，想吃鲤鱼。虽然继母对他不好，他仍不计前嫌，赤身卧冰用自己的体温去融化坚冰，果然跳出两条鲤鱼来。不计前嫌当然是可以表扬的，但这种行为若说是孝，也是愚孝。上天帮助跳出鲤鱼是迷信，事实的结果可能就是得一场肺炎，还要父母求医取药。难道不知古训云：身体发肤，受之父母，不敢损伤？真是其愚不可及了。

古训又云："百善孝为先，论心不论迹，论迹贫家无孝子。"孝很必要，但它是一种爱心，不必宣传"二十四孝图"上的行为，特别是那些乖张的行为。"二十四孝图"家喻户晓，都知道是行孝的代表，要想除掉恐怕是做不到的。从鲁迅就在反对它，到现在也没反对掉。可是，"郭巨埋儿""曹娥投江"等这几幅必须砍掉。"二十四孝"虽然流行，但实际上人们并不完全知道其内容。我们也许可以用偷梁换柱之法，换掉影响最坏的那几幅，如"郭巨埋儿"等。我想到两个人的事迹，可以做两幅图，一个是"木兰从军"，一个是"班昭续书"。这两位女儿为父亲做了他不能接着做的事，可谓大孝。这里的说法都很粗略，需要有人认真的研究"二十四孝图"，看看哪些该留，哪些该续，哪些可添。我实在没有力气了。

那长廊还在，那些浮雕还在，再过两三年，这些可爱的幼儿都成为小学生在这里游玩，看见"郭巨埋儿"，有可能会恨起自己的祖母来。我也是做祖母的人，怎么办呢？

关于《打子》

《打子》是一出昆曲折子戏，我看到它纯属偶然。几年前，我的眼睛还算是眼睛，可以看见东西。因为喜欢昆曲《寄子》这一段唱，寻求到一张带表演的光盘，那真是非常好的艺术享受。没想到《寄子》之后还有一出《打子》，便也兴致勃勃地看下去。却是越看越增烦恼，耐着性子看完，只有长叹。

《打子》这出戏，本出于元曲《绣襦记》，郑元和京试落第，回乡不敢回家。为了吃饭做了歌郎，大概是沿街卖唱之类。郑家老家人看见他，引他回家，不料郑父认为他做歌郎有辱门楣，将他活活打死，还发命令弃置山野不准买棺，舞台上表演了这一情节。戏到此终止。接下去还有名妓李亚仙将郑救活，带到家中调养，希望他再试中第。郑贪恋美色，无心读书，李亚仙竟然刺瞎自己的一双美目，感动得郑元和发奋读书金榜题名，夫荣妻贵，得了大团圆结局。

这个故事讲的是父亲有权杀死儿子，究其根源，和"郭巨埋儿"一样，就是"君要臣死，臣不得不死，父要子亡，子不得不亡"的三纲思想。

我热爱中国文化，常庆幸自己身为中国人，才能在很细微处领略其深邃美妙。但是我们的文化虽然伟大辉煌，却不必没有缺点错误。在弘扬传统文化的同时，最应该注意的是怎样不把污水和婴儿一起保留下来。"三纲"的这一条线，无疑是要彻底清除的。

我的这些想法已经有很多年了，如骨鲠在喉不吐不快。现在病痛之中奋力写出，也是一件快事。我们需要的是对生命个体的尊重，人与人的平等，和"三纲"思想不能两立。愿真善美常在人间。

二〇一四年十二月六日　　断续成文

小说和我

在《三生石》正文前，我写了这样一句话："小说只不过是小说。"这话对小说本身并无贬义，只是希望读者把我的小书只当做小说，而不是当做历史或个人档案来读。前年香港的晚报上有一篇评论《三生石》的文章，开头引了这句话，说："'小说只不过是小说'——但透过小说可以反映现实社会的种种现象，也可以塑造各色各样的人物。"这自然是对的。英国女小说家奥斯丁曾为小说抱不平，说甚至在小说里，小说自己也受到歧视。她为了反驳这歧视，有一段关于小说——尤指长篇小说——的名言："小说家在作品里展现了最高的智慧；他用最恰当的语言，向世人表达他对人类最彻底的了解。把人性各式各样不同的方面，最巧妙地加以描绘，笔下闪耀着机智与幽默。"（引自杨绛译文）我们写小说的人，实应力争做到她对小说的要求，那是很不容易的。

小说常常没有做到那样完美，却也有很大影响，有时的影响大到不可思议。近人梁启超很看重小说的作用。他说，欲新一国之民，不可不先新一国之小说，欲新人心，欲新人格，必新小说。因为小说可以在不知不觉间改变人的精神面貌。他甚至把中国过去政治腐败的总根源归结于陈腐小说的影响，那些旧小说的主人公后来都当了状元宰相，宣扬升官发财思想；主人公无不得娇妻美妾，使人做无聊的才子佳人梦。他的看法，当然是本末倒置的，所持的根本观点不是存在决定意识，而是意识决定存在。但是他对小说的重视，对小说影响的估计是有道理的。比起历史、哲学或任何其他文字著作，小说更接近人的生活，也更能从根本处反映人生，因之能熏浸濡染，潜移默化。这是哲学家有时也会遗憾的。

有如此功能之小说，总应该写得好一点。窃以为小说若要有好影响，应具有社会性、可读性和启示性。

一九四九年新中国成立后，尤其是一九五七年以后，有一个流行说法，即文艺是社会动向的晴雨表。因为有这样的看法，当时的批判大都是文艺界首当其冲。其实这本是一句实话，说明文学艺术对社会生活的感受是最敏锐的。我想文学的价值也在此。如果它不是从生活里来，不反映生活中的晴雨，而只是图解政策，就没有任何力量。新时期以来我们的文学出现了繁荣局面，也是因为我们写了人民大众切身的经历和感受。人们在作品里倾吐自己多年压抑着的悲痛，抚一抚伤痕，是必要的。文学作品应该反映社会的真实情况。

我的有些作品不注重情节，也不用白描叙述的手法，有些费解，遂贻"曲高和寡"之讥。其实我以为小说之为小说的一个重要条件是：能够引人入胜，使人不能释手。也就是说小说应该让人看得下去，有其可读性。不过这里说的可读性不是躺在花园里或坐在火车上随便翻翻，而是要认真地读，小说要经得起认真读，也要吸引人去认真读。五十年代时我曾听我们的前辈作家老舍说，写东西要使人能感觉到。你描写冷，读者也打哆嗦；你描写热，能让人脱掉大衣棉袄。他去世后发表的《正红旗下》有一段文字写北京的风，读的时候真想擦擦桌子，真觉得到处都有黄土。伊丽莎白·波温的小说《心之死》里描写伦敦的雾，读时使人窒息。这段描写可算是一个历史记载，因为伦敦已经没有雾了。总之，小说应该能感染读者，使读者共鸣。

小说还要经得起思索，也就是要对读者有所启示。我们新时期的好小说在社会性、可读性上大体做到，但还少真正有启示性的作品。鲁迅的《阿Q正传》《狂人日记》给我们多少启示！简直是当头棒喝，让人不能不思索我们国民性中的弱点、我们历史传统中封建礼教的危害。中国古典小说《金瓶梅》和《红楼梦》一比较，便可以看出优劣，前者只是描写人情世态栩栩如生，反映当时社会情况，后者除也做到这些，还有理想的光辉，有一种诗意贯穿全书，因为它的作者对社会人生有他的看法，有他的向往、遗憾和悲痛。伟大的作品总有巨大的思想内容，对人有所启示。但这思想内容绝非作者在说教，而是通过作品本身给予读者。

我自己在写作时遵循两个字，一曰"诚"，一曰"雅"。这是我国金代诗人元遗山的诗歌理论。郭绍虞先生将遗山论诗总结为"诚乃诗之本，雅为诗之品"，我以为很简约恰当。没有真性情，写不出好文章。如果有真情，则普通人的一点感慨也常常很动人。如果心口不一，纵然洋洒千言，对人也如春风过耳，哪里谈得到感天地、泣鬼神！文学必须真实地反映人生才能获得自己的生命，这一点是新时期作家们普遍的认识。鲁迅所说的瞒和骗的文学是没有市场的。只是要做到诚，不瞒不骗，并不容易。要正视生活需要很多条件，如本身的理论水平、处世能力、勇气和毅力等等。能够认真地看清楚了，还要认真地写出来，就更是谈何容易！

"雅"可以说是文章的艺术性。要做到这点，只有一个苦拙的方法，就是改，不厌其烦地改。"文章是改出来的"，这是一句尽人皆知的话，但这句话包含多大的耐心，恐怕也只有作者自己知道。

我的作品简单地说，可分为两大类。一类是现实主义的，照现实的样子写。有一位前辈曾谆谆教诲我这样写。我以为有道理。有一天忽然悟到，《红楼梦》里写了几百个年纪差不多的女孩儿，而能各有个性，并不重复，可能因为作家在现实生活中便接触了这样多，也许更多的女孩，把她们写下来，自然便不同，因为世界上没有哪两个人是一样的。我的这类作品有《红豆》《弦上的梦》《三生石》等，窃称之为外观手法。另一类我称之为内观手法。即透过现实的外壳去写本质，虽然荒诞不经，却求神似。中国画讲究"似与不似之间"，讲究神似，对我很有启发。中国画论以山水画为最高，并主张不做自然皮相之模仿，而为诗人理想之实现。有的名画看上去似乎不成比例，却能创造意境，传达精神，给人许多画外的东西。绘画和文学是两种艺术，所凭借的手段不同，但也总有相通之处。我是在尝试这样写。

卡夫卡是文学上的一个怪杰。他的《变形记》《城堡》写的是现实中不可能发生的事，可是在精神上是那样准确。他使人惊异原来小说竟然能这样写！把表面现象剥去有时是很必要的，这点给我以启发。写作手法是为内容服务的，怎样写要依内容要求而定。

有的评论说我的两种写法有会合趋势。我主观上不打算会合，而想使之各自发挥，使各自特点更突出。不过我的外观写法有不少浪漫色彩，而用内观写法时，我主张在细节上要注意符合现实。就是说前者也有不似处，后者则特别注意其似。长远以后也许会会合，以后的事，现在难说。

　　读小说是件乐事，写小说可是件苦事。不过苦乐也难截然分开。没有人写，读什么呢？下辈子选择职业，我还是要干这一行。下辈子再下辈子，那时可能争夺读者的不只是电影电视，还有新发明的想象不出的什么新奇物品。不过我相信总还是有人爱读小说，也总还是需要有人写小说。

一九八四年二月底

原载《文学评论》一九八四年第三期

宗璞文学创作六十年座谈会答谢词

看到这么多朋友光临这个会，听到大家十分温暖的讲话，我心里充满了感激。我的一首词中有两句"托破钵，随缘走"，我觉得自己就像托破钵化缘的僧人。我的写作是生活给予的，是社会给予的。我在平常的生活里更是得到很多的、具体的帮助，在座的朋友们几乎没有不给过我帮助的。怎么能不感觉到温暖，怎么能不心怀感激呢？

说到创作六十年，我深感惭愧。从一九四七年，我发表第一篇作品《A.K.C.》起，那时是十九岁，今年我七十九岁，算是六十年了。《A.K.C.》发表在天津《大公报》，后来又接着写了几首短诗，再后来就停顿了。一九五七年发表《红豆》以后，和大家一样，有一段长时期的搁笔，算了一下，是十四年。我曾经有一首小诗，第一句就是"钝笔尘封十四年"。在以后的时间里，也是断断续续，要关心的事情太多，很少集中精力写作。所以说创作六十年，实在是非常惭愧，实际说起来，充其量也就是二十年吧，也许是十几年。我曾称自己为"四余居士"，因为居士不出家，始终保持业余身份，业余的佛门弟子，那么我是业余作者，正好用"居

461

士"这个称号。四余者，运动之余，工作之余，家务之余，和病魔做斗争之余。在这些"余"中，写了这些作品，也实在是很努力了。我的姑母冯沅君，有一部书，称为《四余诗稿》，也很惭愧，我从来没有见过这本书。我真想起姑母于地下，问一问她的"四余"是哪"四余"。据说老年人分几个层次，有年轻的老年人，真正的老年人。现在我已进入耄耋之年，成为真正的老年人。这一阶段可以说是人生的"余"了，我现在应该称为"五余居士"了。

我收到一封读者来信，是两个年轻人写的。他们说等着看《西征记》《北归记》等得不耐烦了，他们要我"加油！加油！！！"加油后面打了三个惊叹号。老实说，这油也剩得不多，不过我会努力写，以稍减惭愧之情。

元遗山论诗，有两句话："诚乃诗之本，雅为诗之品。"这好像是郭绍虞先生总结出来的遗山的意思，不是原话。"诚""雅"两字，是我一贯的创作追求。许多朋友有很好的阐述。我想，诚，就是说真话，也可以说是思想性。从良知开始到具有思想性，有很长的路。雅，就是艺术性。这个雅并不和俗相对。说真话有好几层，一个是勇气，一个是认识，认识有高下。能认识了，要有勇气说出来。我非常喜欢英国作家哈代，他在《苔丝》第一版弁言中引了圣徒圣捷露姆的话："如果为了真理开罪于人，那么，宁可开罪于人，也强似埋没真理。"这很有勇气。可是勇气又分两个方面，一个是对外界来说，宁可开罪于人，也要坚持真理；一个是对自己来说，有的时候，没有勇气去看事物的深层；有的时候是看到了又不愿写，不忍写。读伟大作品时，有时有一种感觉，作者对自己很残忍。这是高尚的残忍。

王国维说，能够"感自己之所感，言自己之所言"，才能写出伟大的文学。言自己之所言，就是宁愿开罪于人，而不可埋没真理；感自己之所感，就是对事物、对生活，要有自己的看法，独立的见识，这是人格的力量。静安认为宋代以下，有些人能够做到"言自己之所言"，而也能做到"感自己之所感"的只有东坡一人。又说屈子、渊明、子美、子瞻都因为有极高的人格，才有极高的作品。如果他们没有文学天才，就人格而说也"自足千古"。没有相应的人格，写不出好作品，这是永远不会改变的。对于文学高峰，我只能心向往之，以为榜样，要想靠近是不自量了。

创作的道路很长，攀登不易，人生的路却常嫌其短，很容易便到了野百合花的尽头。我只能"托破钵，随缘走"。我的破钵常常是满满的，装的是大家的关心和爱护。我再次感谢大家。感谢人民文学出版社、外文所举办，现代文学馆、作家出版社协办的这次盛会。

我的大学毕业论文写的是哈代的诗。几年前，清华大学图书馆一位馆员热心地找到了我的论文，保存得那么好，它让我又想起哈代的诗。最后我来念一首，题目是《路》，卞之琳翻译。

> 我的面前是平原，
> 平原上是路。
> 看，多辽阔的田野，
> 多辽远的路！
>
> 经过了一个山头，

又来一个，路
爬前去，想再没有
山头来挡路？

经过了第二个，啊！
又是一个，路
还得要向前方爬——
细的白的路？

再爬青天不准许，
又拦不住，路
又从山背转下去，
看，永远是路！

二〇〇七年十一月二日

后　记

　　不知不觉已经写了七十年文章了。我并没有什么目标，只是想写就写。近年来，坊间多见我的散文集，版本常有不同，一直想出一个好选本。现得中华书局帮助，完成这一心愿。选本仍由我的老战友杨柳主编，从七十年来的散文中，选出了一百零七篇，编成这本《铁箫斋文萃》。也许这是我最后一本散文集了。

　　走过人生漫长的路程，感慨良多，但已经不能梳理。想来想去，陈子昂的诗句可以做我感慨的总结，那么就写在这里：

　　　　前不见古人，后不见来者。
　　　　念天地之悠悠，独怆然而涕下。

二〇一八年六月

465